Claire Norton

Claire Norton est née en 1970. Après une avant-première chez France Loisirs, *En ton âme et conscience...* est publié en 2018 aux éditions Robert Laffont. Un succès confirmé par *Malgré nous...* en 2019, *Ces petits riens qui nous animent...* en 2020, et *Celle que je suis* en 2021. En 2022, *Le Sens de nos pas* paraît chez le même éditeur.

LE SENS
DE NOS PAS

ÉGALEMENT CHEZ POCKET

En ton âme et conscience…
Malgré nous…
Ces petits riens qui nous animent…
Celle que je suis
Le Sens de nos pas

CLAIRE NORTON

LE SENS DE NOS PAS

Robert Laffont

ISBN : 978-2-266-33223-1
Dépôt légal : avril 2023

À mes trois enfants, Laureen, Rémy et Lucas

Et à tous ces grands-parents
qui nous ont tant de fois rebattu les oreilles de
« Tu verras, quand tu seras grand (e) ... »,
« Tu verras, quand tu auras mon âge... »,
et dont les paroles prennent de plus en plus de sens
au fur et à mesure que nous marchons dans leurs pas...

Prologue

Le fracas de la tôle contre le bitume résonne dans ma tête, tandis que mon corps ne paraît plus capable du moindre mouvement. Que se passe-t-il ? Où suis-je ?

Au prix d'un immense effort, j'arrive à entrouvrir les yeux. Le soleil m'aveugle.

Les instants précédant le chaos me reviennent : la dispute. Mon départ précipité en voiture. Le téléphone qui ne cesse de sonner, que j'attrape sur le siège passager : deux secondes d'inattention qui me dévient de ma route. Violent coup de volant pour éviter le véhicule d'en face. Perte de contrôle. L'arbre. Choc dans un bruit apocalyptique de tôles compactées et de verre brisé. Ma tête heurte le pare-brise, une douleur terrible au ventre. Puis le trou noir.

Pourquoi avoir décroché alors que je roulais si vite ?

J'entends un gémissement, lointain. Vient-il de ma bouche ?

Le temps se fige. Les bruits aussi.

Une voix de femme me parvient, assourdie. Douce. Tremblante. Je cligne des paupières pour chasser le voile rouge qui m'encombre les yeux.

Je n'aperçois tout d'abord qu'un halo rose. Juste en dessous, un visage, tendu vers moi, bouleversé.

Pourquoi cette femme pleure-t-elle ? J'aimerais pouvoir la rassurer d'un sourire mais je suis incapable du moindre geste.

L'inconnue attrape son chapeau, le colle sur sa poitrine et marmonne des mots que je ne comprends pas. J'entends d'autres voix. J'ai beau me concentrer, je n'en reconnais aucune. Je referme les yeux. Un bruit de sirènes, au loin. Ce doit être grave.

Le visage d'une petite fille danse derrière mes paupières closes. Philomène... Que fais-tu à cet instant précis ? Je donnerais n'importe quoi pour être ailleurs et te serrer dans mes bras... Je t'appelle en pensée, de toutes les forces qu'il me reste.

La voix de la dame au chapeau rose me ramène à la réalité.

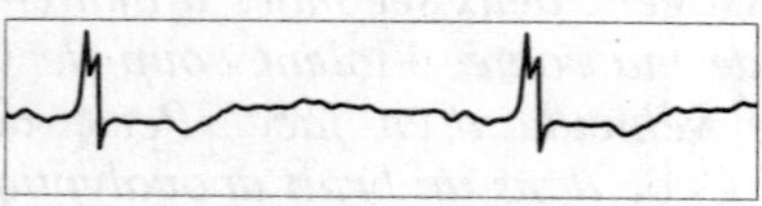

J'éprouve une sensation bizarre dans la poitrine. Comme si on enserrait mon cœur dans un étau avant de relâcher brutalement la pression. Pourtant je n'ai plus mal. Je ne ressens même rien. C'est comme si tout mon corps était anesthésié...

Je réussis à porter la main à mon ventre. Quel est ce liquide chaud qui glisse entre mes doigts ? Je ne sais comment j'arrive à lever le bras au-dessus de ma tête : ma paume est couverte de sang.

Je dois prévenir Benoît. Cette femme va m'aider à le faire. Elle va lui dire de venir et il sera bientôt là pour me prendre contre lui. Mais combien de temps mettra-t-il à me rejoindre ? Et ne va-t-il pas paniquer ? Non, il vaut mieux que je retourne à la maison. Oui, je dois absolument rentrer chez moi.

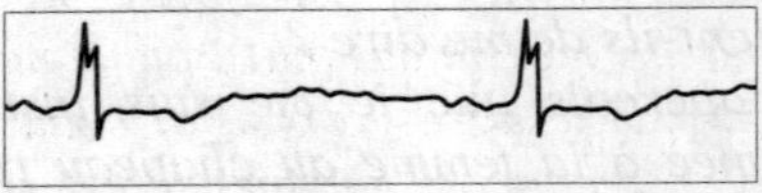

Même truc bizarre dans ma poitrine. J'ai du mal à respirer.

Je m'accroche au regard de l'inconnue : j'y perçois une lueur d'épouvante. Après bien des efforts pour relever la tête, je découvre une large flaque rouge à hauteur de mon buste. Mon Dieu… Tout ce sang est-il le mien ?

J'essaie de m'appuyer sur mes avant-bras pour m'asseoir. Sans succès. Ma tête ne commande plus mon corps. Mais la flaque sous moi s'agrandit.

Je suis terrifiée.

Je ne peux pas, je ne veux pas, je ne dois pas mourir ! Qui s'occuperait de ma petite Philomène ? Qui la protégerait ? Comment va-t-elle grandir sans moi ? Non, il n'est pas question d'abandonner ma fille…

Ces satanées sirènes hurlent de plus en plus fort. Mais quand ces fichus secours arriveront-ils ? Je referme les yeux et prie pour qu'il ne soit pas trop tard.

Le visage rassurant de Benoît virevolte dans ma tête. Je donnerais cher pour qu'il me prenne dans ses bras. D'ailleurs, que va-t-il penser de ma présence ici ? Impossible de partir sans pouvoir lui expliquer !

Et ce bruit insupportable... N'y a-t-il donc personne pour faire taire ces sirènes stridentes ? Elles me déchirent les tympans, m'empêchent de réfléchir.

Deux hommes en uniforme se penchent sur moi. Enfin. Je crois bien qu'ils me parlent. Mais qu'essaient-ils de me dire ?

Je m'aperçois que je me suis instinctivement cramponnée à la femme au chapeau rose. Si elle pouvait chercher mon sac à main... Il doit être à quelques pas, sur le siège avant de ma voiture. Dedans, elle trouvera le numéro de Benoît...

Est-ce que j'ai une chance de m'en sortir ?

J'essaie de parler à mon tour. Seuls des gargouillis s'échappent de mes lèvres, et du sang coule de ma bouche. Est-ce cela, mourir ?

Je pense à ma mère. À mon père. J'aimerais qu'ils soient à mes côtés, eux aussi.

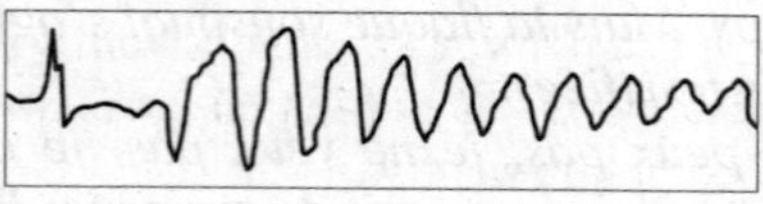

Je bouge à nouveau la tête. Je vois un tas de tôle. Des fragments de verre partout. Et tout ce rouge sur le bitume... Il n'existe sans doute plus de siège avant. Ils ne retrouveront jamais mon sac à temps.

Je suis désespérément seule. Loin de ceux que j'aime. J'ai envie de pleurer. De chagrin. De regret. De peur. Je n'ai que quarante et un ans...

J'ai froid. Si froid. Je sens pourtant les rayons du soleil sur mon visage. Enfin, je crois. C'est tout de même curieux que je n'aie mal nulle part alors que je suis couverte de sang.

C'est peut-être mieux que Benoît ne soit pas là... Comment imposer ça à quelqu'un que l'on aime ?

Une image douloureuse s'impose à moi : celle d'une autre femme que moi dans ses bras. M'oubliera-t-il un jour ? Pourra-t-il en aimer une autre autant qu'il m'aura aimée, moi ? C'est un futur dont je ne veux pas. Je veux retourner près de lui. Et près de ma fille. Reprendre mon histoire là où je l'ai interrompue ce matin...

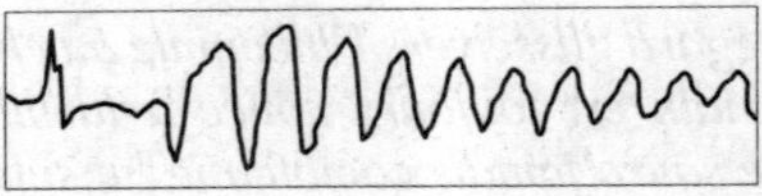

La femme en rose essaie de dégager doucement sa main mais je m'agrippe à elle. Je ne l'ai jamais vue de toute mon existence mais à cet instant elle représente pour moi la seule ancre qui me retient encore à la vie. Pourquoi ces hommes en uniforme ne partent-ils pas ? J'ai bien compris qu'ils ne pouvaient plus rien pour moi !

Pardon, Benoît. Pardon, Philomène... Je n'ai rien voulu de tout ça. Dire qu'il y a encore une heure, je pensais que nous avions la vie devant nous...

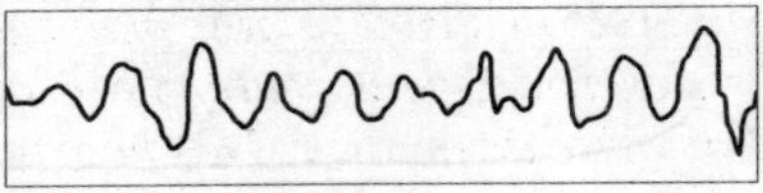

J'ai chaud. C'est sans doute la couverture que l'on a posée sur moi. Non, j'ai plutôt l'impression que l'on vient de me recouvrir d'eau tiède. C'est presque agréable.

Je vois l'un des deux hommes me maintenir le visage et me fixer droit dans les yeux. Ce doit être un pompier. Il a l'air si jeune... Je crois qu'il crie mais je n'entends plus rien. Tous les bruits se sont tus. J'ai l'impression de m'enfoncer dans du coton, d'être sur le point de m'évanouir...

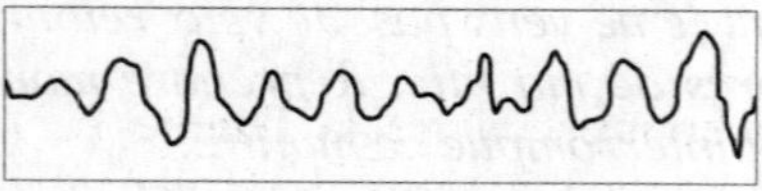

Mon regard glisse vers l'inconnue au chapeau rose, dont la main est toujours nouée à la mienne. Cette femme ne saura jamais combien je lui suis reconnaissante d'être restée près de moi. Elle se penche à nouveau. C'est peut-être ma dernière chance de lui laisser un message pour Benoît et Philomène... Mais aucun filet d'air n'entre plus dans ma gorge.

— Je t'aime, Philomène. Je t'aime, Benoît.

Je ne suis pas sûre d'avoir vraiment parlé. Je me sens brusquement aspirée.

— Pardon. Il va falloir être courageux...

Une dernière pensée d'amour pour ma fille. Pour Benoît. Pour mes parents. Par ma faute, tous quatre vont être écrasés de chagrin. S'ils savaient combien je le suis moi-même, à ce moment précis...

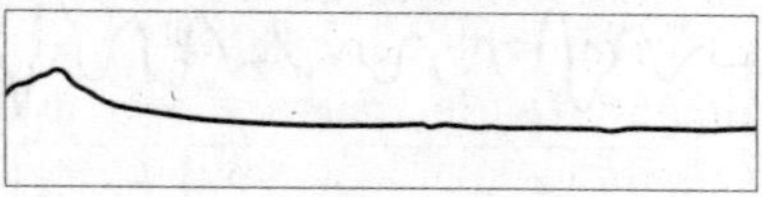

1.

Le front appuyé contre la fenêtre de sa chambre, Philomène laissa son regard se perdre dans le flot incessant des véhicules qui allaient et venaient sans relâche sur le boulevard situé au bout de la rue. De loin lui parvenaient quelques bruits de la cuisine, où son père se préparait un café avant de partir travailler.

Cinquante-deux jours que sa mère les avait quittés, dont plus de la moitié passée à osciller entre admettre son décès et s'accrocher à l'espoir qu'elle ne soit pas morte.

Aujourd'hui, elle avait bien intégré que sa mère était décédée.

En la perdant, elle avait perdu le goût de vivre. Et plus le temps passait, plus il lui fallait trouver un responsable à cette mort prématurée. Pour comprendre l'intolérable. Pour ne pas avoir à se focaliser sur l'absence, le manque et la douleur. Pour enfin décharger sa peine et sa colère sur quelqu'un.

Mais que pouvait-elle faire, seule ?

Elle aurait aimé parler de tout cela avec son père, Benoît. Mais comment partager ses doutes et son chagrin avec quelqu'un qui lui mentait ? Car, elle en avait aujourd'hui la certitude, son père lui cachait quelque chose… Le mot « suicide », entendu lors d'une conversation téléphonique avec la psychologue qu'il l'avait obligée à consulter, l'avait confortée dans cette idée. Elle s'était au début demandé s'il n'avait pas peur qu'elle-même ne commette une folie. Mais depuis quelque temps, une autre question, plus insidieuse, tournait en boucle dans son esprit : sa mère aurait-elle pu choisir de mettre fin à ses jours ? La simple évocation de cette possibilité la torturait.

Elle allait quitter son poste d'observation quand elle se sentit foudroyée sur place : une Polo orange, identique à celle de sa mère, venait de s'engager dans la longue avenue menant jusqu'à son immeuble. Dans un espoir insensé, elle ouvrit en toute hâte la fenêtre et arrima son regard à l'automobile, une main posée sur sa poitrine.

Et si, là, elle s'arrêtait…

Mais la petite voiture poursuivit sa route, tandis que les yeux de Philomène restaient désespérément rivés sur elle et que son cœur se serrait comme une éponge.

Elle referma sans bruit la fenêtre, s'écroula sur son lit et se coucha en position fœtale. Une douleur fulgurante cognait à la porte de sa raison. Elle aurait tant aimé recevoir un signe de sa mère pour lui indiquer quoi faire…

Et si l'apparition de cette voiture en était un ?

Quelle était la probabilité de voir une Polo orange venir rouler dans ce coin de Rueil-Malmaison, au moment précis où elle se tenait près de la fenêtre ? Noire ou rouge, d'accord… Mais orange ? Ne s'agissait-il pas là du signe qu'elle attendait ?

Elle déroula lentement son corps et demeura droite, sur le dos. Des images dansaient sur le plafond blanc illuminé par les premiers rayons du soleil : sa mère assise sur le bord de ce même lit à l'heure du coucher, puis debout dans la cuisine en train de préparer le repas du soir, ou encore penchée sur elle ce fameux matin où elle était partie…

Elle retint un sanglot et s'efforça de se concentrer : qu'est-ce qu'elle lui aurait conseillé de faire, dans une telle situation ?

Ses yeux cessèrent subitement de fixer le plafond. Une phrase que sa mère lui répétait souvent lui revint en tête : « Essaie toujours de comprendre par toi-même. » Philomène se redressa sur son lit et caressa longuement le bracelet qui pendait à son poignet.

Sa mère avait raison. Il fallait toujours chercher par soi-même les réponses à ce que l'on ne comprenait pas.

Lorsqu'elle entendit la porte de l'appartement claquer doucement, Philomène bondit sur ses pieds : elle allait donc chercher, seule, cette vérité que son père s'obstinait à lui dissimuler.

*

Vissé sur son banc, encore sonné par l'image de l'arbre abattu dans son jardin, Auguste ignora la mère de famille qui lui demandait de bien vouloir se pousser un peu. Depuis quelques années, jouer au malentendant était devenu pour lui un exercice quotidien. Il avait donc appris à se montrer convaincant, et la femme ne tarda pas à décamper avec ses deux gamins braillards et sa poussette.

Cela faisait une cinquantaine d'années qu'il se rendait dans cet endroit enchanteur, qui lui servait également de refuge lorsqu'il en éprouvait le besoin. Autrefois, il se livrait à ce petit plaisir simple accompagné de Jeanne et de leur fils Simon. Ils venaient ici, au parc des Ibis du Vésinet. Ils longeaient le bord du lac tandis que Simon, encore petit, s'émerveillait des fleurs du printemps, des cygnes et des canards battant bruyamment l'onde de leurs ailes pour se rafraîchir dans la chaleur de l'été, des couleurs flamboyantes de l'automne, de l'étendue d'eau gelée par le froid de l'hiver…

Simon avait grandi, Jeanne et lui avaient vieilli. Mais, même après le départ de leur garçon, ils avaient tous deux poursuivi le rite de ces balades apaisantes, et continué à venir s'asseoir sur ce même banc, séparé de leur maison par le lac de plus de deux hectares. Là, main dans la main au cœur d'un paradis de verdure, Jeanne et lui se ressourçaient en silence, se délectant des cadeaux offerts par la nature : les chants mélodieux de nombreux oiseaux nicheurs et migrateurs, la grâce des cygnes tuberculés comme posés sur l'eau, les différentes espèces de canards, la multitude de couleurs des arbres aux essences variées…

La mort de Jeanne, son Autre, la compagne de toute son existence et dont il ne s'était jamais séparé plus d'une journée, l'avait plongé dans un abîme sans fond. Il lui semblait encore aujourd'hui qu'une bonne part de lui-même avait déjà rejoint Jeanne et dormait à ses côtés, dans sa tombe.

À la douleur de cette perte s'était ajoutée la découverte de la solitude. Auguste avait également mesuré combien il avait vieilli. Partager son quotidien avec Jeanne, se lever chaque matin à ses côtés, vivre au même rythme qu'elle depuis toutes ces années lui avait masqué la vérité du temps qui passe. Sans les yeux de Jeanne pour miroir, la réalité lui était apparue dans son entière nudité. Et dans toute sa férocité.

Pour lutter contre l'anéantissement qui menaçait de l'engloutir, Auguste avait ressorti son cher vélo, remisé au garage depuis une dizaine d'années, et lui avait refait une beauté. Son père lui avait insufflé l'amour de la « petite reine » dès l'âge de dix ans. Après une pratique intensive jusqu'à ses soixante printemps, il avait ralenti le rythme et arrêté les compétitions locales à soixante-dix. Il était d'ailleurs connu comme le loup blanc au club des cyclistes de la ville. À soixante-quinze ans, il avait définitivement raccroché son vieux Mercier dans le garage, conscient de ne plus pouvoir afficher les mêmes performances, un peu honteux de devoir le reconnaître devant Jeanne. Celle-ci décédée, la peine avait supplanté l'orgueil, et Auguste s'était remis en selle pour pédaler et ne plus penser.

Il avait parcouru de nombreux kilomètres, même si l'énergie déployée n'était plus celle d'autrefois, mais aucun de ses voyages ne l'avait mené loin de sa souffrance.

Quatre mois après le décès de Jeanne, Simon avait annoncé revenir vivre auprès de lui avec sa famille. Auguste avait naïvement pensé que son fils culpabilisait de laisser son vieux père seul dans cette grande propriété de quatre cents mètres carrés. Lui n'aspirait pourtant qu'à préserver cette solitude apprivoisée, accompagné de son chien Bounty et de l'ombre de Jeanne, dans cet univers qui était le leur depuis tant d'années. Mais il n'avait pas eu le cœur de lui fermer sa porte, et s'était rassuré en se disant qu'une telle surface habitable lui permettrait de préserver sa tranquillité. Il s'était aussi dit que Jeanne, de là où elle était, serait heureuse du retour du fils prodigue.

Il avait également misé sur sa présence pour retrouver une raison d'aimer encore l'instant présent. À quatre-vingt-cinq ans révolus, les pensées d'Auguste ne se conjuguaient plus au futur.

Terrible erreur.

Car les choses ne s'étaient pas du tout déroulées ainsi.

Tout d'abord, il avait rapidement découvert que derrière l'élan du cœur de Simon se cachait surtout une manœuvre de sa femme, Nathalie, qui avait vu dans le départ de Jeanne l'occasion de quitter leur appartement de soixante-dix mètres carrés sans balcon.

Si certains avaient la chance d'avoir une bru attentionnée, loin s'en fallait pour Auguste. La sienne s'était révélée caractérielle, tyrannique, et imposait à tous l'odeur de tabac froid laissée par ses mentholées. Il l'avait rapidement surnommée Cruella. Tout chez elle paraissait grossièrement accompli : aucune délicatesse, aucune finesse, même ses plats, noyés dans des sauces innommables, étaient infects.

Le pire n'avait pas été de trouver sa belle-fille dépourvue de qualités. Le plus dur avait été de repérer ses manigances dès son arrivée. La voir arpenter les pièces comme l'aurait fait un notaire lors d'un inventaire, avec une évaluation monétaire des tableaux et bibelots, souvenirs de ses années de bonheur avec Jeanne, l'avait dévasté.

Autoritaire, Cruella avait maintes fois cherché à s'imposer en maîtresse de maison, déplaçant les meubles, réclamant de nouvelles couleurs sur les murs.

Simon n'osait jamais lui tenir tête et obtempérait au moindre de ses ordres. À l'inverse, Auguste s'opposait catégoriquement à ses nombreux aménagements, considérant qu'elle aurait tout loisir de mener son monde à la baguette lorsque lui-même serait passé à trépas. Il obtenait rarement gain de cause.

Maintes fois, Auguste avait rêvé de la mettre dehors. Mais renvoyer la femme aurait signifié chasser le fils, ce qu'il n'aurait souhaité pour rien au monde. Alors, il avait pris la décision de se résigner et de supporter au mieux la situation. Comme beaucoup de vieux de son âge, il s'était tourné vers le passé. Avec toute la mélancolie, la tristesse et les regrets qui en découlaient. Il s'était ainsi condamné à vivre seul dans sa tête. Enfin, presque. Car Jeanne demeurait présente dans chacune de ses pensées.

Il avait commencé par moins parler. Sauf lorsqu'il s'agissait des changements dans la maison.

Puis, pour se protéger, il avait fini par se taire et faire le sourd.

Mais ce matin, tandis qu'il achevait sa toilette, un bruit de tronçonneuse l'avait fait se précipiter vers la fenêtre de sa chambre. Il n'avait même pas eu le temps d'ouvrir la bouche que le mince tronc du *Magnolia grandiflora* planté par Jeanne vingt et un ans plus tôt se couchait au sol. Il avait encore en tête le regard victorieux de Cruella, qui lui avait crié du jardin :

— Je sais que c'est pénible pour vous, Auguste, mais vous comprenez bien que c'était nécessaire…

Bouleversé, il était resté immobile, incapable de réagir. Puis il était venu trouver refuge aux Ibis.

Certes, l'arbre était malade. Mais l'était-il au point d'être abattu ? Il ne le saurait jamais. Et il était évident que sa belle-fille ne manquerait pas d'argumenter auprès de Simon pour justifier sa décision. Maintenant qu'il était trop tard, à quoi servirait-il de contraindre son fils à choisir un camp ? Rien ne lui rendrait ce magnolia, auquel Jeanne tenait tant…

— Si seulement tu étais encore là, murmura Auguste, découragé.

Il lui arrivait de s'adresser à sa femme à voix haute, ce qui avait eu pour conséquence d'ajouter la sénilité aux tares déjà listées par Cruella : il était désormais étiqueté comme vieux sourd dépressif et complètement toqué.

Mais n'avait-elle pas raison sur certains points ? Il était par exemple vrai qu'il s'alimentait de moins en moins. Était-ce parce qu'il digérait moins bien ? parce que de violentes douleurs le réveillaient souvent en pleine nuit ? ou parce qu'il était effectivement devenu dépressif ?

Il y avait deux mois de cela, Auguste avait ressenti des douleurs abdominales. Lorsque les élancements étaient devenus constants et intenses, il s'était rendu à une première consultation chez son médecin de famille. Auguste avait confiance en ce praticien qu'il connaissait depuis maintenant plus de trente ans. Il avait eu droit à une batterie d'examens. Et à la prescription d'un antidépresseur.

Auguste n'avait pas acheté ces satanées pilules. À son époque, chacun assumait les épreuves de la vie sans aucune aide chimique, et il lui semblait qu'un antidépresseur était devenu un bien de consommation comme un autre, que tout le monde ingurgitait au moindre pet de travers.

Sans rien en dire à personne, il avait passé un scanner abdominal, puis les examens prescrits par son généraliste, dont une écho-endoscopie, ce qui avait permis de déceler une tumeur au pancréas. Assez curieusement, Auguste avait plutôt bien réagi. Sans doute parce que le capital santé dont il avait toute sa vie disposé le rassurait sur sa capacité à se remettre de l'acte chirurgical évoqué par ce bon vieux docteur Bregenc. De retour du cabinet médical, il avait hésité à en parler à Simon. Comme à son habitude, celui-ci était rentré tard de son travail, l'avait salué en lui pressant affectueusement l'épaule avant de s'asseoir dans le canapé et d'allumer la télé. Nathalie l'avait aussitôt rejoint. Auguste n'avait pas eu le courage de dire quoi que ce soit. Ni trouvé les bons mots.

Après tout, s'était-il dit, autant attendre d'avoir rencontré le spécialiste auquel le docteur Bregenc l'adressait. Dix jours plus tard, c'était chose faite. Dans la foulée, il passait un examen complémentaire : un PET-scan. Il en aurait le résultat sous trois jours.

Dans l'intervalle, il avait repris rendez-vous avec le docteur Bregenc pour ses reflux gastro-œsophagiens, qui devenaient insupportables. Et il n'avait toujours pas parlé à Simon.

Auguste se redressa sur son banc.

En revanche, il avait aussitôt contacté l'association suisse d'aide au suicide assisté à laquelle il avait adhéré après le décès de Jeanne, pour signaler qu'il était atteint d'un cancer du pancréas. Car, même s'il ne voulait pas se l'avouer, il se sentait de moins en moins serein. Il se répétait qu'une « tumeur », même cancéreuse, ne signifiait pas inévitablement la mort. Mais cela le ramenait systématiquement au traumatisme des derniers jours de sa femme. Le simple fait d'adresser les documents médicaux requis par cette association, « juste au cas où », avait contribué à l'apaiser.

Dans un geste réflexe, qu'il répétait plus souvent depuis quelques mois, il caressa la petite plaque en laiton scellée sur le dos du banc qui portait le prénom de sa bien-aimée. Lorsqu'une fondation du Vésinet avait lancé cette initiative de parrainage de bancs, Auguste s'était précipité pour faire baptiser « Jeanne » celui sur lequel ils s'étaient tous deux tant de fois assis. Cela avait eu le don d'horripiler Cruella, qui considérait que les 1 500 euros déboursés auraient été mieux investis dans l'achat d'un réfrigérateur américain. Auguste avait un peu honte de le reconnaître, mais l'avoir ainsi irritée l'avait mis en joie.

Depuis lors, il venait avec une émotion décuplée retrouver ce banc.

Auguste ferma les yeux : encore quelques minutes de tranquillité avant de rentrer retrouver sa belle-fille pour le déjeuner…

*

Une fois bien certaine d'être seule, Philomène quitta sa chambre et se faufila jusqu'à celle de ses parents.

Elle s'installa face à l'ordinateur et entreprit de se connecter à la messagerie professionnelle de sa mère. Elle procéda comme elle avait vu cette dernière faire de nombreuses fois, entra le mot de passe requis.

Par chance, l'accès n'avait pas été verrouillé : la messagerie s'ouvrit aussitôt. Philomène y découvrit quelques mails non lus postérieurs au 14 mai. Le dernier ouvert datait d'ailleurs de ce jour-là. Philomène cliqua dessus. Il clôturait une suite de courriels échangés entre sa mère et, vraisemblablement, l'une de ses collègues de travail :

Je pense bien à toi aujourd'hui ; -)

Philomène descendit jusqu'en bas de la conversation pour la reprendre au début de l'échange. Elle parvint au message initial, daté du 11 mai, provenant de sa mère :

Bonjour Lise,
J'espère que tu tiens le coup avec tes trois enfants, enfermée à Paris... Ce confinement est bientôt terminé, accroche-toi ! De mon côté, tout va bien. Même mieux que bien. Je te raconterai. Mais je vais t'appeler pour te parler d'une réunion d'équipe soi-disant prévue le 14 mai à Tours. Benoît sera à côté de moi. Merci de jouer le jeu...

Ensuite une réponse, brève, de ladite Lise :

Ça marche ! Bon séjour ambacien, alors... 😉

Sa mère n'avait pas répondu.
Qu'est-ce que ça signifiait ? Et que cachait ce *smiley* ?
Avec son smartphone, Philomène prit l'e-mail en photo.
Tandis qu'elle entreprenait de fouiller dans le reste des messages, ses pensées revinrent sur ce matin du 14 mai, au moment du départ de sa mère. Elle avait entendu son père lui demander si elle partait bien pour Tours. La réponse lui avait paru curieuse : « Ne me

rajoute pas de pression. » Pourquoi avait-elle répondu cela ? Cette phrase prenait un tout autre sens, maintenant. Surtout si elle la croisait avec le mot terrible récemment prononcé par son père…

Le cœur battant, Philomène plongea les mains dans ses cheveux et serra les poings jusqu'à en avoir mal. Était-il possible que sa mère ait fait *ça* ? Une lame d'angoisse la traversa : si oui, aurait-elle manqué de dire ou faire quoi que ce soit qui aurait pu empêcher ce qu'elle n'arrivait pas à nommer ?

Il faut que j'arrête de me faire des films. « Ça » n'a pas pu arriver.

Je vais plutôt chercher pourquoi elle est partie à Tours. Pourquoi elle s'est inventé une réunion de travail. Et pourquoi elle a demandé à papa d'arrêter de lui mettre la pression.

Le besoin de comprendre de Philomène virait à l'obsession. Certes, cela ne lui ramènerait pas sa mère. Mais cela l'arrachait des griffes de la réalité : ces silences devenus assourdissants, l'odeur du parfum maternel flottant encore dans la salle de bains, cette chambre qu'elle habillait chaque soir de sa présence et dont les murs ne faisaient plus que lui renvoyer l'absence… Elle en venait à échafauder des scenarii extravagants. Et en parallèle, inexplicablement, la sensation qu'elle était responsable de la mort de sa mère devenait plus pesante.

Elle se repassa le film des dernières semaines. Elle avait entendu son père appeler l'entreprise dans laquelle sa mère travaillait. Et, à en juger par sa réaction, un doute semblait flotter sur le motif de son départ pour Tours.

Philomène n'avait rien oublié des nombreuses disputes entre ses parents, début mars. Elle avait bien senti que les choses n'allaient plus très fort, entre eux. D'autant que le matin, au réveil, elle avait plusieurs fois découvert son père endormi sur le canapé. Elle avait redouté le pire un certain temps, mais elle aurait mis sa main à couper que le confinement avait tout changé. Ses craintes s'étaient envolées lorsque son père avait regagné la chambre parentale, et que le sourire était revenu sur les lèvres de sa mère.

Cette réconciliation avait été pour elle un vrai soulagement. Philomène redoutait de voir ses parents se séparer. Elle ne voulait pas ressembler à ses copines de lycée, qui se trimballaient d'un premier appartement à un second, d'un parent à l'autre, une semaine sur deux. Elle les aimait trop l'un et l'autre pour n'en profiter qu'au rythme d'un calendrier imposé et coupé en deux.

Sa mère aurait-elle fini par choisir de les quitter tous les deux, pour vivre une autre vie ? Elle en aurait alors été empêchée par ce tragique accident de la route ? Ou bien avait-elle effectivement choisi de mettre fin à ses jours ? Philomène rejeta immédiatement cette option en criant « Non ! » et en plaquant ses mains contre ses yeux. La simple évocation de la mort de sa mère lui était insupportable, celle d'un suicide déclenchait une souffrance indescriptible. Ses yeux revinrent se poser sur l'écran.

Elle retint un sanglot. Ce n'était sûrement pas en l'obligeant à consulter une psychologue qu'elle irait mieux : cette femme ne cherchait qu'à lui faire accepter l'inacceptable. Et il était hors de question de parler à une étrangère de l'être qu'elle aimait le plus au monde et qui ne la serrerait jamais plus dans ses bras.

Sa main droite s'agrippa au bracelet accroché à son poignet gauche, s'attarda sur l'attrape-rêves en forme de cœur retenant trois plumes ; elle se sentit aussitôt apaisée. Elle n'avait pas besoin de soutien. Il lui fallait juste comprendre. Plutôt que d'élaborer mille et une hypothèses, elle allait désormais s'atteler à découvrir seule les raisons du départ de sa mère. Pourquoi n'y avait-elle donc pas songé plus tôt ?

Aucun autre e-mail n'ayant retenu son attention, elle se déconnecta de la messagerie et regarda les papiers éparpillés sur le bureau. Son père n'avait rien touché, tout était resté intact, comme si sa mère allait rentrer d'un moment à l'autre.

Elle se lança dans l'inspection des documents.

2.

De son banc, Auguste contemplait la magnifique meulière qui, à quelques dizaines de mètres, semblait veiller sur lui. Il mesurait sa chance d'en être l'heureux propriétaire. Il la tenait de son père, Henri, qui lui-même en avait hérité de ses parents. Cette maison avait donc connu l'époque où un hippodrome tracé autour du lac avait laissé à l'île le nom d'« 'île du champ de courses ». Elle renfermait en chaque pierre une partie de l'histoire du Vésinet, et la totalité de celle d'Auguste, né dans une chambre qui donnait sur le jardin et qu'il occupait toujours.

Le vieil homme ferma les yeux et replongea dans ses souvenirs.

Son enfance et son adolescence n'avaient pas été les moments les plus tendres de son existence. Issu d'un père militaire, il avait été élevé à la dure. Cette éducation stricte lui avait inculqué des principes et des valeurs qui lui avaient été utiles. Mais il avait souffert d'un réel manque d'affection paternelle. Longtemps, il avait espéré de son père un regard, guetté le geste anodin qui aurait trahi, sinon de la tendresse, au moins une certaine fierté. Hélas, Auguste n'avait jamais rien décelé de tel dans l'attitude de son père, qui s'était éteint sans le moindre témoignage d'amour.

Élève timide mais assidu, Auguste avait accompli un brillant parcours scolaire avant de rejoindre l'École centrale pour y décrocher un diplôme d'ingénieur. Son père lui avait reproché ce choix : lui rêvait davantage pour son fils unique d'un cursus à Saint-Cyr, suivi d'une carrière d'officier dans l'armée de l'air. Ce que cet homme n'avait jamais su, c'est qu'Auguste avait une peur panique du vide et des hauteurs. Le simple fait de se trouver en altitude le rendait malade d'angoisse. Même s'il ne l'aurait avoué pour rien au monde.

Auguste avait finalement dirigé un bureau d'étude aéronautique. Une autre manière d'évoluer dans le secteur de l'aérien…

Après ses études, Auguste avait compté quelques aventures sans lendemain, mais ne s'était jamais amouraché comme la plupart de ses amis de l'époque. Jusqu'au jour où son chemin avait croisé celui de Jeanne.

Tout avait débuté par une invitation au mariage de l'un de ses cousins. Bien que n'éprouvant aucune envie de s'y rendre, Auguste n'avait eu d'autre choix que de répondre favorablement au carton d'invitation. Comme il était célibataire, une cavalière lui avait été désignée par les futurs mariés. Il avait donc assisté à la cérémonie, faisant contre mauvaise fortune bon cœur, avant de rejoindre la salle de réception, où il devait rencontrer la jeune inconnue. Elle seule manquait à la table qui leur avait été attribuée. Il s'était aussitôt imaginé attendre tranquillement que la soirée s'écoule, assis à se délecter des bons crus qui se succéderaient, sans avoir à tenir jusqu'au bout de la nuit un rôle qu'il détestait. Mais elle était arrivée, avait timidement salué la tablée avant de planter son regard dans le sien.

Et là…

Il revoyait encore les grands yeux noisette de Jeanne se poser sur lui. Immédiatement, il avait compris, avait *senti* de tout son être que ce serait *elle* et personne d'autre. La suite lui avait donné raison : ils ne s'étaient depuis lors jamais quittés. Deux mois plus tard, ils échangeaient leur premier baiser. Trois autres mois et ils célébraient leurs fiançailles.

Le mariage avait rapidement suivi.

La vie ne leur avait pas tout donné mais elle leur avait offert l'essentiel : une bonne santé jusqu'à un âge avancé, beaucoup d'amour, et un fils.

Auguste et Jeanne avaient dû patienter de nombreuses années avant l'arrivée de Simon. Lorsque Jeanne avait annoncé à Auguste un retard menstruel, ni l'un ni l'autre ne s'étaient hasardés à espérer, tant leurs précédents espoirs avaient été déçus. Jeanne n'avait pas même jugé utile de consulter un gynécologue, elle s'était contentée d'attendre que « les choses rentrent dans l'ordre » … Son ventre s'arrondissant quelques semaines plus tard, tous deux avaient enfin osé espérer. Et le miracle s'était confirmé : quelques mois plus tard, Simon naissait.

Dès le début, Auguste s'était beaucoup investi dans son rôle de père et avait même été, fait rare pour l'époque, de ces hommes qui manifestaient sans honte leur amour paternel. Pourtant, aujourd'hui, Simon se montrait aussi distant avec son père qu'il en avait été proche. Comme s'il avait tout oublié de sa jeunesse et de leur complicité.

Auguste caressa lentement le dossier du banc sur lequel il était assis.

Simon était resté fils unique, mais il avait suffi à la félicité de Jeanne. Pour cet enfant, elle s'était mise aux fourneaux, révélant de vrais talents de cuisinière, au grand plaisir d'Auguste. Chaque plat concocté était pour Jeanne l'occasion d'exprimer tout son amour pour ses deux hommes. Les repas étaient l'occasion de précieux échanges : la télévision y était interdite.

Les années s'étaient lentement écoulées, sans bruit. Et puis, un jour, le fils prodigue avait quitté le nid.

Un premier tsunami dans leur existence à tous les deux. Surtout dans celle de Jeanne. Auguste l'avait souvent surprise les yeux rouges, dans la cuisine, à frotter inutilement ses casseroles de cuivre, rescapées silencieuses de ces délicieuses blanquettes mijotées dont Simon avait toujours raffolé.

Auguste se souvenait du premier soir qui avait suivi le départ de Simon. Jeanne avait préparé des lasagnes, comme si rien n'avait changé. Mais Auguste n'était pas parvenu à meubler le silence, insolite et lourd, qui s'était abattu sur leurs assiettes. Lorsqu'elle avait fini par détacher son regard des pâtes, Auguste avait lu dans les yeux humides le vide que ce départ creusait déjà en elle. Plus qu'une douloureuse étape dans sa vie de femme, elle voyait en cette épreuve le début du chemin menant à la solitude, à la vieillesse, puis à l'oubli.

Il s'était alors levé sans un mot, s'était dirigé vers le téléviseur, l'avait allumé. C'est ainsi qu'ils avaient pris l'habitude de dîner avec un nouvel hôte. De guerres en faits divers, ils avaient fini par oublier le silence de l'absence, l'échappée de ce fiston parti démarrer sa vie tandis que ses parents amorçaient une descente vers la fin de la leur.

Auguste se remémorait cette période avec tristesse. Combien de fois avait-il vu sa Jeanne, désemparée, s'asseoir sur le lit vide de Simon, dans cette chambre aux murs recouverts de posters de célébrités qu'ils ne connaissaient pas ? Il lui chuchotait alors que Simon reviendrait régulièrement, qu'elle ne devait pas s'en faire. Et elle lui répondait que ces visites ne dureraient qu'un temps, celui de son envol, puis que les choses changeraient.

Le temps lui avait donné raison.

Revenant au début chaque week-end pour donner son linge à laver, Simon s'était par la suite fait plus rare, pour finir par téléphoner une fois par mois. Une fois marié, il ne leur avait plus rendu visite que pour la fête des Mères et Noël. Sous prétexte que Nathalie, sa femme, estimait que se déplacer de la banlieue sud, où ils habitaient, prenait trop de temps. Jeanne avait surtout perçu chez elle un certain malaise : issue d'un milieu social moins aisé, elle semblait agacée par les grandes tables dressées avec soin, et tiquait à la vue de la ménagère en argent.

Auguste soupira. Depuis le retour de son fils avec sa petite famille, la télé fonctionnait en permanence, le plus souvent monopolisée par son petit-fils Hugo, dix-huit ans, passionné de jeux vidéo. *Fortnite* était son préféré. Côté sonore, tout le monde était servi : des bruits de pas à ceux des sirènes hurlantes, en passant par des fusillades en règle, rien ne manquait. Même de l'étage, on se serait cru en pleine apocalypse.

Dans un tel contexte, chaque moment passé seul chez lui devenait providentiel. Dès qu'ils sortaient,

Auguste s'extirpait de sa chambre pour déambuler entre tous les souvenirs disséminés dans la maison. Il saisissait un objet, le contemplait, voyageait quelques instants dans le passé en sa compagnie avant de le replacer comme on repose un trésor. Chacun de ces bibelots, chacune de ces photos évoquaient une tranche de sa vie. Et tous étaient empreints de Jeanne.

Lorsque tout le monde était là, l'enfer reprenait ses droits.

Pour lutter contre sa tristesse, il essayait de se changer les idées, et de varier ses activités. L'une d'elles consistait à mettre le volume de la télévision à fond lorsqu'il avait enfin la permission de profiter de *son* écran, dans *sa* maison. Ainsi, quand cet imbécile de Hugo était parvenu à sauver la planète d'un nombre effroyable de zombies et que sa belle-fille vaquait à d'autres occupations, Auguste s'asseyait à son tour devant le téléviseur, l'allumait sur une émission culturelle. Systématiquement, Cruella venait couper le son en prétextant que cela faisait trop de bruit, et que, de toute manière, il était sourd. Triste contrepartie de son stratagème.

De deux maux, il avait fallu choisir le moindre : Auguste avait appris à se contenter des images défilant silencieusement sur le poste. Il n'était d'ailleurs pas certain que Hugo soit dupe. Mais, si le gamin avait percé son secret, il la bouclait et c'était là le principal.

En dehors de cela, il s'adonnait à l'un de ses divertissements préférés : l'origami. Il s'était initié à la pratique de cet art japonais vingt ans plus tôt. Au début peu habile à ces jeux de pliage, il avait vite progressé et excellait désormais dans cette tradition exigeant concentration et méticulosité. Chapeaux, cygnes, gazelles et autres formes prenaient vie entre ses mains expertes.

Ce hobby agaçait Cruella. À vrai dire, n'importe quel morceau de papier devenait sujet à création : ticket de caisse, prospectus publicitaire, feuille d'un bloc… Dès qu'elle tombait dessus, Cruella froissait rageusement ces réalisations, qu'elle percevait comme autant de signes de sénilité, avant de les balancer à la poubelle quand il avait le dos tourné, pensant qu'il n'en verrait rien.

Auguste n'y attachait aucune importance. Il se savait capable de reproduire à l'envi n'importe lequel de ces mini-chefs-d'œuvre. Concentré sur le morceau de papier et le mouvement de ses mains, il s'immergeait dans un univers parallèle où le temps demeurait suspendu, et où ni pensée ni tension ne pouvaient plus l'atteindre.

Auguste releva la tête et embrassa la maison d'un regard embué. Sa vie entière s'étalait sous ses yeux, et le bonheur qu'il y avait connu s'était enfui.

Puis il quitta son banc, à regret. Cruella ne manquerait pas de se plaindre auprès de Simon s'il arrivait en retard pour le déjeuner.

*

Philomène venait de terminer l'exploration du dernier tiroir du bureau lorsqu'elle se figea au bruit d'une clef introduite dans la serrure de la porte d'entrée. Son père rentrait pour déjeuner ! Cela signifiait qu'il ne retournerait pas travailler cet après-midi, et donc qu'elle ne pourrait pas revenir fouiner de la journée…

À la hâte, elle subtilisa une pile de papiers et tenta de remettre les autres comme elle les avait trouvés. Elle s'empara de l'agenda de sa mère, ainsi que des feuillets volants qui l'accompagnaient. Elle embarqua également un bloc sur lequel étaient gribouillées de nombreuses notes. Toute piste était bonne à suivre.

Puis elle fila dans sa chambre et dissimula le tout dans son sac à dos Eastpak. Impossible de consulter tranquillement les documents sur place en sachant que son père risquait de la surprendre à tout moment. Mieux valait le faire à l'extérieur.

Elle attendit quelques instants, puis le rejoignit dans la cuisine en lui annonçant qu'elle partirait faire un tour à vélo après le déjeuner.

Surpris, Benoît n'osa pas lui poser de questions. Elle ingurgita plus qu'elle ne mangea une salade de crudités, débarrassa rapidement la table et alla prendre son Eastpak dans sa chambre avant de se diriger vers la porte d'entrée. Heureux de la voir enfin quitter l'appartement, il se contenta de lui dire :

— Mets bien ton casque, et prends un masque, Philomène. Il est obligatoire en ville. Et sois rentrée pour 19 heures, ma chérie.

Elle hocha la tête et se rua dans l'escalier, son Eastpak sur le dos.

*

Lorsque Auguste pénétra dans le vestibule, il fut accueilli par un bruit assourdissant de coups de feu. Sans surprise, il découvrit Hugo scotché à sa manette de jeux dans le salon, le regard hypnotisé par les images défilant sur l'écran.

Auguste se hâta de gagner l'escalier en bois, se cala bien à droite pour éviter le couinement des trois premières marches… Il connaissait par cœur chaque grincement, chaque craquement, chaque cliquetis de sa maison.

Une rafale de mitraillette le fit sursauter. Auguste accéléra. Arrivé à l'étage, il s'enferma dans sa chambre et se posta près de la fenêtre laissée entrouverte.

Il ne se lassait pas d'observer la vue qui s'y offrait à lui. Depuis que Jeanne n'était plus, le grand chêne semblait avoir perdu de ses couleurs. Mais l'arbre continuait à veiller sur lui et protégeait la sépulture de Bounty.

Bounty…

Au départ de Simon, Auguste avait redoublé d'attentions envers Jeanne : des fleurs rapportées du marché, des petits billets doux déposés sur le frigo ou sur l'oreiller… Il lui avait offert nombre de recueils de poésie, dont son préféré, d'Alfred de Musset, qu'elle gardait sur sa table de chevet. Mais il manquait à Jeanne quelqu'un à choyer comme un enfant.

Un matin de juillet, Jeanne était partie au marché. Elle en était revenue avec un chiot. Ou plutôt un squelette de chiot. L'animal était si maigre et son souffle si court qu'Auguste avait pensé sa fin très proche. Chaque os de son minuscule corps apparaissait à fleur de peau. Il peinait à respirer. Tout en lui aménageant un coin douillet, Jeanne avait raconté l'avoir trouvé attaché par une corde à un poteau, au fond d'un parking.

Ému par l'énergie qu'elle déployait pour arracher la pauvre bête aux griffes d'une mort imminente, Auguste n'avait pas trouvé le courage de la raisonner. Il s'était dit que cette lutte acharnée pour ramener ce malheureux animal à la vie lui ferait oublier pour quelques heures ce fils qui s'était écarté d'elle.

Effectivement, portée par ce sauvetage inattendu, Jeanne s'était de nouveau sentie utile. Elle avait consacré ses jours et une bonne partie de ses nuits à veiller sur le chiot. Elle avait appliqué à la lettre les conseils donnés par un vétérinaire contacté au hasard, l'avait nourri bouchée par bouchée.

Dès le lendemain, elle s'était remise à la cuisine pour concocter des plats à base de viande ou de volaille hachée, accompagnés de riz et de carottes. Auguste, lui, redoutait le moment fatidique où il lui faudrait creuser un trou dans le jardin, et trouver les mots justes pour consoler Jeanne.

Jamais il n'aurait cru que cet épagneul russe, arrivé chez eux un jour d'été en si piteux état, resterait à leurs côtés durant presque quinze ans. Et pourtant…

Auguste avait vu chiot et épouse se transformer sous ses yeux. Trois mois plus tard, le chien était méconnaissable. Il s'appelait désormais Bounty, nom anglais signifiant « générosité ». Quant à Jeanne, elle avait retrouvé sa joie de vivre. Et leur merveilleuse existence avait repris son cours.

Jusqu'au deuxième tsunami, dix ans plus tard.

Un soir d'hiver, Jeanne était sortie de la salle de bains contrariée. Elle s'était découvert une « drôle de boule » sous le sein droit. Auguste avait tenté de la rassurer, malgré un sombre pressentiment.

Gynécologue. Examens. Et verdict : cancer du sein métastatique. L'oncologue s'était montré pessimiste. Il avait malheureusement eu raison.

Quinze mois plus tard, Jeanne rendait son dernier souffle.

Sa mort avait terrassé Auguste. Et, comme Jeanne en son temps, il s'était raccroché à Bounty, tel un noyé à une bouée de sauvetage.

L'animal avait lui aussi fait le deuil de sa maîtresse : il restait couché de longues heures dans la cuisine, fidèle à la mémoire de celle qui lui avait un jour rendu la vie. Lui qui d'ordinaire dormait au pied du lit était venu s'allonger à la place de Jeanne. Auguste n'avait pas eu le courage de l'en déloger, et s'était même senti réconforté par sa présence.

Ils s'étaient ainsi appuyés l'un sur l'autre pour surmonter leur peine, avaient noué des liens encore plus forts, de ceux des survivants qui savent pouvoir compter l'un sur l'autre.

Auguste avait trouvé en son chien plus d'humanité qu'en quiconque.

Mais l'arrivée de Cruella n'avait pas été simple pour Bounty, qui avait dû apprendre à raser les murs pour passer inaperçu, chacun de ses mouvements étant salué d'un « Cette sale bête empeste toute la maison ! » et de gestes menaçants qui l'effrayaient.

Jusqu'au mois dernier.

Certes, Auguste s'était bien rendu compte que, depuis quelque temps, la santé de Bounty s'était altérée. Son museau, ses oreilles et la pointe de ses pattes étaient devenus blancs. Un voile opaque avait progressivement masqué l'étincelle qui dansait autrefois dans ses yeux, et le moindre effort lui coûtait. Même les balades ne l'enthousiasmaient plus. Mais Auguste n'avait pas imaginé la fin proche de ce compagnon loyal, le seul qui lui apportait un peu de tendresse.

Un soir, Bounty s'était péniblement dandiné jusqu'à lui, avait léché la main de son maître en le regardant avec une intensité particulière. Auguste avait eu l'impression que son fidèle acolyte cherchait à lui dire quelque chose, et un sombre pressentiment l'avait gagné. Comme avec Jeanne.

Un couinement l'avait réveillé dans la nuit. Il avait allumé la petite lampe qui trônait sur la table de chevet de Jeanne. Les yeux plongés dans le regard doux et pénétrant de l'animal, il avait compris que Bounty était en train de rendre l'âme. Anéanti, il avait accompagné son ami dans ses dernières heures, couché contre lui, tous deux sachant pertinemment qu'un seul d'entre eux verrait le prochain lever du soleil. Auguste n'avait pas appelé à l'aide. Il avait tenu à ce que son vieux chien puisse mourir dans la dignité et au calme, dans un silence quasi religieux. Bounty avait rendu son dernier souffle alors que les premières lueurs du jour se faufilaient un chemin au travers des persiennes.

Auguste était resté blotti contre lui avant de se lever pour demander à son fils de l'aider à l'enterrer à côté du vieux chêne. Là, il avait mesuré l'importance que ce compagnon avait pris dans sa vie. Et le vide abyssal laissé par son départ.

Il avait été aussi touché que peiné par la réaction de Simon, qui s'était tenu un peu gauche à son côté, incapable de dire le moindre mot pour accompagner le chagrin de son père.

— Le déjeuner est prêt !

Auguste s'empressa de refermer le battant de la fenêtre. Cruella ne supportait pas d'attendre.

Hugo se trouvait déjà à table, occupé à pianoter sur son téléphone. Sa mère déposa au centre de la table plusieurs barquettes de crudités sous vide.

Si Auguste avait épousé un véritable cordon-bleu, son fils n'avait pas eu la même chance. Nathalie ne manquait pourtant aucune émission télévisée sur le sujet : « Top Chef », « Un dîner presque parfait », « Les Carnets de Julie »… Mais elle n'en retenait pas grand-chose car, dans la réalité et entourée de ses propres casseroles, c'était plutôt un remake permanent de « Cauchemar en cuisine »...

— Hugo, lâche ce téléphone !

— Deux minutes, je tchate avec un pote !

Elle se contenta de lever les yeux au ciel et tendit une première assiette à Auguste.

— Papi, votre serviette ! cria-t-elle à quelques centimètres de son oreille. Sinon, vous allez en mettre partout !

Encore un de ces ordres infantilisants qu'elle jugeait bon de lui donner à la moindre occasion : « Papi, ne vous éloignez pas trop et soyez rentré pour 18 heures au plus tard ! », « Papi, vous avez assez regardé la télé, allez faire une sieste... », « Papi, arrêtez de boire du vin : à votre âge ce n'est pas raisonnable ». Cette femme possédait un véritable don : celui de placer dans chacun de ses mots un sadisme subtil qui rabaissait l'autre tout en ayant l'air de prendre soin de lui. Avec une répugnance visible, Auguste porta une première fourchette de légumes insipides à ses lèvres. Encore une assiette qu'il aurait du mal à terminer.

Machinalement, il jeta un coup d'œil sur sa gauche, là où Bounty se couchait auparavant. Son compagnon dormait alors, la truffe nichée sous les longs poils de sa queue. Lorsque Auguste sentait qu'il ne pourrait tout avaler, il glissait discrètement le reste de son assiette dans sa direction. Elle lui revenait nettoyée en quelques secondes. Hugo l'avait plusieurs fois démasqué. Mais il s'était contenté de sourire et n'en avait jamais rien dit.

Auguste sentit une vague de chagrin le submerger. Là où Cruella jouissait sans doute du plaisir de ne plus voir « cette bête pleine de puces », lui ne remarquait que l'absence de ses deux grands yeux posés sur lui avec amour.

— … trois fois que je te le dis ! entendit-il rugir.

Il s'extirpa de ses pensées, tandis que Hugo lançait rageusement son téléphone sur la table.

— Tu peux quand même attendre deux minutes, non ?

— Hugo Vallois, je t'interdis de me parler sur ce ton ! Je te rappelle que t…

Auguste ferma ses écoutilles. La surdité présentait de nombreux avantages. La simuler aussi. Il pouvait ainsi se réfugier dans son monde avant que les discussions ne virent à des disputes. Les échanges houleux entre sa bru et son petit-fils ne lui parvenant plus que par intermittence, il songea au rendez-vous médical qui l'attendait, et se demanda si ce bon docteur Bregenc n'allait pas insister pour le mettre sous antidépresseurs…

Certes, la vie n'était pas toujours facile. Et qui pouvait résister sans vaciller face au décès d'un être cher ? Mais avaler du Laroxyl lui rendrait-il Jeanne ou Bounty ? Non. Les vraies douleurs ne se consolent pas. Elles attendent juste de s'atténuer.

— Allez, papi ! On termine son assiette : ça vous donnera des forces !

Ces attentions factices l'exaspéraient décidément au plus haut point, mais il se força à finir son repas avant de partir se préparer dans sa chambre.

Il se sentait de plus en plus fatigué. Même s'il veillait à rester d'une parfaite équanimité, il devait reconnaître que tout cela jouait sur son moral. Et petit à petit sur son apparence. Amaigri, il se sentait moins alerte, et son teint brouillé lui avait renvoyé un aspect cireux lorsqu'il s'était regardé dans la glace, ce matin.

Il attrapait son ceinturon quand le téléphone fixe retentit. Auguste ne chercha pas à prendre l'appel : personne ne le contactait plus, aujourd'hui. Il s'examina dans le vieux miroir en pied. Il avait revêtu son beau pantalon en toile beige et la chemise camel achetée avec Jeanne lors de leur dernière escapade au Touquet.

Satisfait, il tourna lentement le bouton de porte et sortit dans le couloir. D'en bas, des bribes de conversation lui parvinrent sur l'habituel fond de mitraillette :

« … et comme ça, nous allons enfin pouvoir remettre un peu de vie dans cette maison. J'ai l'impression de vivre dans un mausolée ! Crois-moi, ça va vite changer une fois que le papi sera parti…

— …

— J'en ai parlé hier soir à Simon. Tu le connais, il a toujours besoin de temps pour réfléchir. Mais je ne suis pas inquiète : pour moi, c'est comme si c'était réglé ! »

Le cœur battant, Auguste retint sa respiration.

« La maison de retraite que je lui ai trouvée est non seulement médicalisée, mais elle est juste à côté d'un grand parc. Comme ça, nous n'aurons pas besoin de le changer d'établissement quand il deviendra dépendant, et il ne sera pas dépaysé, avec toute cette verdure… »

Auguste sentit une lame glacée le transpercer, et il dut s'appuyer contre le chambranle pour ne pas vaciller.

« Oh que oui ! Je vais enfin pouvoir faire de cette maison une demeure digne de ce nom. Tu te rends compte du potentiel inexploité ? Rien que virer ces satanées reliques qui traînent partout me permettra de recevoir du monde sans avoir honte ! »

La lame fouillait à présent sa chair…

« Détrompe-toi, Laure ! J'ai déjà fait sauter le magnolia pour y faire mettre une piscine, tu sais, dans le jardin de derrière ? »

Laure. La sœur de Cruella.

Auguste laissa tomber ses bras le long de son corps, abasourdi.

« Et puis maintenant que le vieux corniaud n'est plus là, ça va sentir meilleur ! »

Une pensée d'amour envahit Auguste pour ce chien de race qu'elle qualifiait de « vieux corniaud ».

Comment aurait-il pu imaginer que sa propre belle-fille chercherait à l'évincer *lui* pour transformer le temple de son amour en une maison sans âme ? Et comment aurait-il pu soupçonner qu'elle échafaudait de le coller en EHPAD ? Quel avenir l'attendait donc, entre ces murs de désolation ?

Auguste savait que son fils n'oserait pas s'opposer à sa femme. Et l'intrigante le savait aussi.

C'était sans doute là ce qui lui faisait le plus mal : sa relation avec Simon. Elle semblait aujourd'hui se limiter à la stricte politesse. Certes, Simon était pudique. Mais Auguste n'attendait pas de son fils de grandes déclarations, juste quelques preuves d'affection. De temps à autre, jouer ensemble aux cartes, parler vélo, eux qui aimaient ça, ou même simplement discuter de la météo… Or cela faisait belle lurette que le père et le fils ne partageaient plus rien. Précisément depuis la découverte du cancer de Jeanne…

Toujours appuyé contre la porte, Auguste se redressa. Simon n'était pas l'urgence. Là, il était confronté à un problème de taille. Le tyran féminin avait gagné la partie. Cruella devait jubiler.

Il songea qu'il préférait encore mourir immédiatement chez lui plutôt que d'avoir à vivre cinq ans de plus dans un mouroir. Puis il descendit l'escalier, sur des jambes flageolantes : il serait temps de se pencher sur son avenir une fois son rendez-vous avec le docteur Bregenc honoré.

Quatre-vingt-cinq ans… Était-il possible de compter tant d'années entre le jour de sa naissance et aujourd'hui ? Que tant de temps se soit écoulé depuis le moment où son regard avait croisé celui de Jeanne et l'instant présent, où il réalisait qu'il était bon pour le rebut ? Car, au fond, n'était-ce pas ça, les résidences médicalisées ? La mise au rebut d'existences chargées d'une histoire qui n'intéressait plus personne.

Auguste imaginait sans peine l'envers de ces décors aux allures paradisiaques sur papier glacé. Une image de pépés et mémés assis à des tables, tuant le temps en égrenant en pensée les lieux où ils avaient aimé. Insupportable pour lui.

Il n'avait certes plus en lui l'énergie de la révolte, mais encore suffisamment de dignité pour ne pas laisser sa vie appartenir à d'autres que lui-même.

Il se dirigeait vers la porte lorsque sa belle-fille jaillit de la cuisine, un torchon à la main :

— Papi, n'oubliez pas de rentrer au plus tard pour 18 heures !

3.

Philomène avait longé les berges de la Seine avant d'atteindre puis de traverser le pont de Chatou. Elle avait ensuite rejoint Le Vésinet. Arrivée aux Ibis, elle enchaîna son vélo à un poteau, entra dans le parc. Le cœur serré, elle prit le chemin maintes fois emprunté avec sa mère, son sac à dos inconsciemment serré contre sa poitrine.

Après avoir fait le tour du lac, elle s'assit sur un banc. Elle remarqua la plaque dorée sur laquelle était inscrit « Jeanne ». Sa mère et elle étaient déjà venues se reposer à cette même place.

Machinalement, elle attrapa le bracelet à son poignet, et se mit à triturer le pendentif : un *charm* en forme de cœur avec trois plumes. Le dernier cadeau qu'elle avait fait à sa mère pour son anniversaire, et que son père lui avait remis le lendemain de l'enterrement.

Bouleversée, elle entrouvrit son sac et en sortit l'agenda noir avec soin. Elle se rendit directement à la page du 14 mai dernier.

« Tours » y était noté en gros.

Elle revint au début du carnet et en tourna chaque page, l'une après l'autre. Chacune était couverte de notes jusqu'à fin mars. Des rendez-vous, des réunions… Pour chaque déplacement trop lointain empêchant sa mère de rentrer le soir, le nom de l'hôtel et la ville où elle avait dû séjourner étaient indiqués. Orléans, Tours, Le Mans, Angers, Nantes… Les derniers mois de sa vie professionnelle s'étalaient tristement sous les yeux de Philomène, figés à tout jamais par cette écriture féminine ô combien reconnaissable.

En dehors de cela, pas grand-chose…

Déçue, elle posa l'agenda sur le banc, ramena ses genoux vers elle, les entoura de ses bras et y engouffra son visage.

Sa mère avait-elle réellement pu choisir de mettre fin à ses jours ?

Que s'était-il passé ?

Philomène attrapa son portable et scruta la photo du mail de Lise Coblanc. Pourquoi un tel smiley clin d'œil ? Et que voulait dire « ambacien » ?

Elle rechercha la signification sur Google : « relatif à Amboise, commune française située dans le département de l'Indre-et-Loire ».

L'échange surpris entre ses parents, ce matin-là, lui revint :

« Ta réunion est à Tours ? Ce n'est pas loin d'Amboise…

— Ne me rajoute pas de pression, Benoît… J'ai fait mon choix et tu le connais. »

Elle cliqua sur Google Maps. Une petite trentaine de kilomètres séparaient Tours d'Amboise. Son père avait donc vu juste, alors qu'il ne connaissait pas l'existence de ce mail, puisqu'il ne disposait pas des codes de connexion de sa mère.

Dépitée, elle s'adossa contre le banc.

Ses yeux tombèrent sur la gueule du sac. Un angle du bloc-notes subtilisé à son père en dépassait. Elle l'attrapa et se lança dans son exploration.

Les feuillets étaient entièrement gribouillés. Elle avait remarqué cette manie, chez son père. Dès qu'il était au téléphone, il prenait un stylo et dessinait des formes géométriques de toutes sortes. C'était plus fort que lui. Elle décrypta les notes écrites ici et là, entre deux figures. Rien de bien intéressant non plus.

Mais une page retint subitement son attention : froissée, l'adresse de l'hôpital Trousseau, à Tours, y avait été notée à la hâte. Sans doute s'agissait-il du lieu où sa mère avait été transportée le jour du drame. Des mots isolés avaient été ajoutés : « héliportée », « pronostic vital engagé », « très grave accident », « D952 à hauteur de Veuves ».

La feuille suivante était une impression en couleurs d'un morceau de carte. On y voyait un long trait jaune parallèle à la Loire, sur lequel un rectangle jaune mentionnait « D952 ». Un point blanc situé au-dessus indiquait l'emplacement d'une commune, « Veuves ». Et, à quelques millimètres au sud, sur la départementale, une croix avait été ajoutée et entourée un tel nombre de fois que le stylo en avait presque déchiré le papier.

Philomène releva la tête et laissa son regard errer sur le paysage. Que représentait cette croix, si ce n'était le lieu précis où sa mère s'était rendue ? Un hôtel ? Son père en aurait noté le nom. Une maison ? Mais alors à qui appartenait-elle ? Elle sentit une sorte de boule au niveau de sa gorge, qui l'empêchait douloureusement de déglutir. Mais elle avait appris à apprivoiser cette sensation-là.

Un détail lui revint subitement en mémoire. Fébrilement, elle se concentra à nouveau sur son butin et se jeta sur l'agenda. 14 mai. « Tours ». Juste « Tours », aucun hôtel.

Elle fit défiler les pages en arrière. Un second « Tours » en date du 11 mars. Toujours sans hôtel. Puis un autre encore dix jours plus tôt. Neuf « Tours » étaient ainsi mentionnés de janvier à mars, dont un seul stipulait le nom d'un hôtel.

Philomène entreprit de compter les déplacements de sa mère : en un trimestre, elle s'était rendue dans sept villes différentes. Une seule fois pour six d'entre elles, et neuf fois à Tours…

Elle tritura l'attrape-rêves, comme si celui-ci avait le pouvoir de guider sa réflexion.

Ses yeux revinrent se poser sur la carte griffonnée par son père, et se rivèrent à la croix, tandis qu'une idée commençait à germer dans son esprit…

4.

Sonné, Auguste s'appuya contre la façade de l'immeuble. Il ne s'attendait vraiment pas à une telle nouvelle. Lui qui pensait sortir de sa consultation avec une ordonnance d'antiacide…

Comme à son habitude, le docteur Bregenc l'avait reçu avec chaleur. Il s'était inquiété de l'évolution de ses symptômes. Auguste avait avoué une fatigue persistante et une augmentation de ses troubles digestifs, auxquels s'était ajoutée une sensation de pesanteur, voire de « trop-plein » de l'estomac, alors que, souffrant aussi d'un manque d'appétit de plus en plus marqué, il mangeait peu.

— Vous voyez, docteur, même les vieux comme moi finissent par devenir déprimés…

Il avait terminé sa phrase sur un petit gloussement forcé, honteux de ce mal de vivre dont il se pensait à l'abri, lui qui avait toujours surmonté les aléas placés par la vie sur son chemin. Le médecin n'avait pas souri. Son visage était même devenu grave. Après avoir pianoté quelques instants sur le clavier de son ordinateur, il s'était levé, avait contourné son bureau pour s'asseoir à côté d'Auguste.

— J'ai échangé avec mon confrère sur les résultats du PET-scan que vous avez passé, monsieur Vallois. Et ils ne sont pas bons…

Le médecin avait pris une profonde inspiration, s'était lancé dans un jargon médical peu compréhensible pour Auguste, qui l'avait interrompu d'une voix douce mais ferme.

— Docteur, je sais que je suis atteint d'un cancer du pancréas. Mais je compte bien m'accrocher !

Le docteur Bregenc avait posé une main sur le genou d'Auguste et s'était éclairci la voix.

— Je préférais vous l'annoncer moi-même : votre cancer s'est propagé à d'autres organes…

Auguste avait senti le sol se fissurer et s'ouvrir sur un gouffre prêt à l'engloutir. En quelques secondes fragiles, sa vie venait de basculer. Car il avait aussitôt compris ce que ces résultats signifiaient. Tout en essayant de masquer la panique qui s'emparait de lui, il avait demandé à connaître la vérité.

Des mots étaient venus rebondir sur les murs : « inopérable », « a provoqué des métastases », « ganglions », « foie », « chimiothérapie de confort », « incurable » …

Il avait encaissé chacun de ces mots comme autant de coups de poignard. Et posé deux questions. Précises. Le médecin y avait répondu. Précisément.

Auguste n'en avait retenu que l'essentiel : « entre trois et six mois ». Il se souvenait avoir remercié. Il avait également demandé à ce que leur échange et le diagnostic restent confidentiels. Il ne souhaitait pas en informer son fils dans l'immédiat. Puis il s'était levé en prenant appui sur le rebord du bureau. Il aurait donné cher à cet instant-là pour être équipé d'une canne, son corps pesant plus lourd qu'une charpente de bois mort. Il avait tenté de contrôler au mieux ses jambes subitement flageolantes, qui semblaient elles aussi avoir compris qu'un mal sournois s'étendrait bientôt pour s'attaquer à leurs muscles, à leurs os, à cette liberté de marcher qui lui permettait de rejoindre chaque jour ce fameux banc où Jeanne l'attendait.

En quittant le cabinet, il s'était adossé à l'un de ses murs, le temps de reprendre ses esprits.

Il attendit d'être à peu près sûr d'arriver à marcher correctement, se détacha de la paroi de pierre et gagna l'arrêt de bus.

Tout se fracassait dans sa tête. Il passait de la conversation qu'il avait surprise le matin à la chape de plomb qui venait de lui tomber sur les épaules. Seule consolation : voilà au moins qui mettait fin à sa crainte d'avoir à végéter des années dans un mouroir. Il sentait déjà le souffle glacial de la Grande Faucheuse sur son cou…

Il fit signe au conducteur du bus qui arrivait. Oppressé, il monta et prit place sur un siège isolé. Il n'aspirait qu'à une chose : rejoindre son banc, retrouver sa Jeanne, lui confier son effroi à la vue de cette ombre macabre qui se rapprochait à grands pas de lui.

Bien sûr, à quatre-vingt-cinq ans, la peur de la mort faisait partie de chaque instant du quotidien. Auguste n'échappait pas à cette fatalité. Il avait ainsi appris à ne plus agir en fonction de ses capacités, mais de ses craintes : celle d'une mauvaise chute, d'une agression, et plus encore celle de tomber dans l'oubli. Vieillir lui avait enseigné la fragilité. Il découvrait aujourd'hui la vulnérabilité. La différence, de l'une à l'autre, résidant dans le degré de dépendance.

C'est pour cela qu'après la mort de Jeanne, Auguste, profondément marqué et révolté par l'insoutenable agonie de sa bien-aimée, avait adhéré à l'association d'assistance au suicide en Suisse qu'il avait recontactée récemment. L'idée d'aller au bout de cette démarche ne lui avait pourtant jusqu'alors jamais effleuré l'esprit : le fait de se savoir adhérent suffisait à le tranquilliser. Il n'aurait pas à vivre ce que Jeanne avait vécu, il n'aurait pas à faire subir à un autre ce que lui-même avait eu à endurer.

Désormais, les documents qu'il avait renvoyés quelques semaines plus tôt le mettaient face à une réalité terriblement concrète.

Il sortit son mouchoir à carreaux de sa poche et se frotta promptement les paupières. Son éducation ne l'autorisait pas à pleurer, mais ses yeux piquaient fortement.

Le bus le déposa à l'entrée du parc et il constata avec soulagement que celui-ci était presque désert. Pressé de retrouver Jeanne, il accéléra le pas.

Au loin se détachaient les contours de sa propriété.

Sa déception fut immense en découvrant le banc déjà occupé par une gamine, absorbée dans la lecture de feuillets. Comme l'y autorisait depuis peu le protocole sanitaire en vigueur, elle ne portait pas de masque. Quel âge pouvait-elle avoir ? Difficile à évaluer : aujourd'hui, les mômes de douze ans en paraissaient dix-huit. Cela devenait bien compliqué.

Il décida d'ignorer sa présence et s'assit en poussant légèrement le sac à dos en toile posé à côté d'elle. La jeune fille ne broncha pas.

Auguste jeta un coup d'œil discret dans sa direction. Elle se trouvait à une quarantaine de centimètres de lui. Bien plus proche que le mètre et demi de distance préconisé par la Haute Autorité de santé. Dans un réflexe, il s'écarta un peu, avant de mesurer l'absurdité de son mouvement. Entre son cancer et le Covid, il aurait volontiers procédé à un échange de ticket…

Tentant de faire abstraction de la présence étrangère, il se plongea dans la contemplation de sa maison. Sans doute avait-elle vieilli, elle aussi. Il ne le réalisait que maintenant. À ses côtés se détachait fièrement le chêne immense qu'Auguste avait planté quelques jours après son mariage. Il revoyait le regard attendri de Jeanne lorsqu'il avait rapporté un gland et lui avait dit : « Quand nous regarderons combien il a poussé, nous mesurerons le chemin parcouru et la chance que nous avons eue de nous rencontrer. »

Bien des années plus tard, leur chambre donnant sur ses branches devenues majestueuses, il suffisait à Jeanne, affaiblie par la maladie, de tourner le visage vers la fenêtre pour l'admirer. Un jour, peu de temps avant de quitter ce monde, elle lui avait soufflé : « Tu as bien fait, Auguste. Cet arbre est une ode à notre histoire. »

Auguste aimait à se répéter ces mots forts et tellement justes. Et jamais ce chêne ne lui avait paru aussi vivant et vaillant, maintenant que lui-même se savait condamné à brève échéance. Immobile, solide, majestueux, l'arbre avait traversé les décennies, bravé des tempêtes, subi l'enchaînement des saisons, assisté en témoin silencieux à bien des fêtes et bien des chagrins. Un jour, il serait lui aussi confronté à la mort, mais en attendant, il demeurait stoïque et vigoureux.

Le visage offert au soleil, Auguste ferma les yeux, assailli à la fois par des tourbillons de souvenirs et par l'angoisse d'un autre type de souffrance à venir… Plus que jamais, il prenait conscience de l'évanescence de l'être et il se demanda un instant qui songerait à lui comme lui-même avait pensé à sa Jeanne, après son départ. La réponse lui serra le cœur : personne.

Personne ne serait là, comme lui l'avait été pour Jeanne, pour lui tenir la main au moment du grand saut. Alors à quoi bon s'acharner à rester près de ce fils qui esquiverait la mort de son père comme il avait fui celle de sa mère ? Mieux valait mourir discrètement, sans faire trop de bruit, sans déranger trop de monde…

Dans un réflexe, Auguste tendit le bras et sa main caressa la plaque de laiton. Il sentit les yeux de sa jeune voisine se poser sur lui mais n'y prêta pas attention. Perdu, il aurait donné n'importe quoi, à cet instant, pour entrelacer ses doigts à ceux de Jeanne.

C'est à ce moment précis que son oiseau se mit à chanter.

Son rouge-queue à front blanc.

Auguste chercha du regard le passereau élancé et sourit. Il s'agissait bien d'elle…

Une vive émotion le traversa, si intense qu'il ne put retenir une faible plainte. Il ferma à nouveau les yeux, se laissant pénétrer par la musique mélodieuse.

— Vous allez bien, monsieur ?

Cette question lui était-elle destinée ? Peu importait. Il maintint ses paupières closes, comme s'il n'avait rien entendu.

— Si vous étiez sourd, vous n'entendriez pas cet oiseau chanter !

Auguste ne put retenir une expression de surprise. Penchée vers lui, la jeune fille l'observait.

— Ne t'a-t-on jamais appris la politesse, jeune demoiselle ?

— « Jeune demoiselle » ? répéta Philomène, l'air contrarié. Si ! répondit-elle enfin. Et on m'a toujours dit que la politesse commençait par répondre aux questions qu'on me posait, rétorqua-t-elle avec un aplomb qui déstabilisa Auguste.

Le vieil homme resta muet quelques instants.

— J'allais parfaitement bien jusqu'à ce que tu m'interrompes dans mes pensées !

Le visage écarlate, elle bafouilla :

— Désolée, monsieur. Mais j'ai cru que vous vous sentiez mal. Je voulais juste être sûre que vous écoutiez l'oiseau siffler…

— Elle ne siffle pas, petite. Elle tintinnabule…

Il porta une main à son oreille, pour lui faire signe de se concentrer à son tour.

— Tu entends ce son cristallin ? Cela n'a rien d'un sifflet ! C'est un chant mélodieux empreint de douceur et de mélancolie… C'est toujours le même rituel : elle commence par quelques notes sonores précises qui rapidement se perdent dans une autre musique plus confuse. Comme si, d'un seul coup, elle oubliait ce qu'elle avait commencé à dire… C'est le merveilleux chant de la vie.

Philomène le fixa un long moment sans prononcer un mot. Auguste imagina qu'elle allait sans doute le prendre pour un cinglé, ce qui aurait pour mérite de la faire rapidement déguerpir de ce banc.

— Pourquoi « elle » ?

Cette gamine avait plutôt le sens du détail.

— C'est un oiseau, non ? poursuivit-elle.

Auguste soupira. Il n'avait vraiment pas la tête à un cours d'ornithologie. Il pointa néanmoins sa rouge-queue du doigt et expliqua :

— Tu vois le plumage brun clair nuancé d'orange sur sa gorge ? Eh bien, c'est le signe que c'est une femelle. Le mâle a des couleurs beaucoup plus prononcées.

— Vous avez l'air de bien la connaître.

— Oui, ça fait sept ans que nous nous retrouvons chaque année à partir du mois d'avril, quand elle revient de son hibernation en Afrique. Je l'ai surnommée Jeannette. Et j'aime l'entendre tintinnabuler…

— Comment pouvez-vous être sûr qu'il s'agit bien du même oiseau ?

— Je le sais, c'est tout.

— Et c'est pour elle que vous êtes venu sur ce banc ?

Auguste expira bruyamment.

— De mon temps, les enfants posaient moins de questions… Et toi, que fais-tu ici ?

— Je réfléchis…, répondit Philomène d'une voix songeuse.

Auguste laissa échapper un grognement étouffé :

— Il y a bien d'autres endroits pour cela…

Elle garda le silence. Son visage exprimait une profonde tristesse, ses traits s'étiraient de fatigue.

— Ma mère et moi venions souvent ici…

— Eh bien, retourne chez toi pour l'y retrouver, petite, bougonna Auguste, agacé.

Elle secoua lentement la tête.

— Si seulement c'était possible…

Auguste l'observa à la dérobée. Le regard perdu dans le vide, elle s'égarait dans des souvenirs qui ne paraissaient guère joyeux. Il songea immédiatement à un divorce : on se séparait dorénavant pour un oui ou pour un non. Cette gamine devait sans doute en faire les frais, comme tant d'autres. Mais, aussi dure soit-elle, sa situation n'était pas critique. Contrairement à la sienne.

Il revint brusquement à sa propre réalité.

Quels seraient les signes annonciateurs de sa décrépitude ? Devait-il déjà admettre que son heure de péremption était arrivée, qu'il était temps de dégager le plancher pour la nouvelle génération ?

Un spécimen de cette génération-là se trouvait justement à ses côtés. Certains des mots de la jeune fille se frayèrent un chemin jusqu'à son inconscient : Veuves, accident, Amboise… Auguste ne s'y attarda pas. Il ne songeait désormais qu'à une chose : comment employer à bon escient le peu de temps qu'il lui restait à vivre. Et réfléchir au moyen de préserver sa dignité jusqu'à la fin, sans devenir une charge pour quiconque.

— … et je me demande si la meilleure solution ne serait pas de partir… soupira Philomène comme pour elle-même.

Auguste fit taire ses pensées lugubres. « Partir »…

— Oui, ça, c'est une bonne idée ! pensa-t-il à voix haute.

Il savait que son désir le plus profond n'était pas réalisable : au fond de lui, il aurait aimé vivre ses derniers jours auprès de ce fils dont il avait jadis été si proche. Des images longtemps refoulées jaillirent de sa mémoire, réveillant de puissantes émotions : une dune de sable, un ciel étoilé, Jeanne blottie contre lui…

— C'est vrai ? Vous le pensez vraiment ? entendit-il.

— Pardon ?

— Aller là-bas. Partir. Vous venez de dire que c'était une bonne idée. Vous le pensez vraiment ?

Auguste quitta la lumière aveuglante du soleil et se redressa. Le mot résonnait dans sa tête.

— Partir…, répéta-t-il, la tête ailleurs.

Le paysage de la dune du Pilat remonta à la surface de sa mémoire. Une idée lui vint alors. Une idée folle, totalement absurde même. Mais salvatrice.

— Ce serait quand même risqué, de partir comme ça, non ? insista-t-elle.

— Mais oui ! s'exclama-t-il à voix haute, le regard perdu au loin. Oui, c'est ça ! Partir plutôt que subir…

— Et je n'ai même pas d'ami pour m'accompagner…, acheva-t-elle d'une voix éteinte.

Un visage, venu de loin, se dessina dans la tête d'Auguste. Lui avait compté un véritable ami dans sa vie. Mais il n'avait pas su le garder… Ému par le souvenir de cet adolescent qui s'imposait à lui, il suivit le fil de sa pensée à voix haute :

— Et avant, faire ce que j'aurais dû faire il y a soixante ans… Mais oui ! Je vais prendre toutes mes dispositions, et décamper avant que Simon et Sœur Sourire ne se lèvent. Ça me laisse combien de temps avant qu'ils ne découvrent le pot aux roses ? Huit heures ? Neuf heures ?

Il se leva et poursuivit, toujours songeur :

— À ce moment-là, je serai loin ! Oui, demain, je décanille et je prends le premier train pour Paris. Mais en attendant, j'ai intérêt à mettre mon projet d'évasion sous le boisseau !

— Sous le… quoi ?

Redescendu sur terre, Auguste se tourna vers sa voisine et la secoua gentiment par les épaules.

— Petite, tu viens de me sauver la vie. Enfin, pas au sens premier du terme, mais presque ! C'est sans doute le Saint-Esprit qui t'a mise sur mon chemin. Merci pour cet échange, mais je dois te laisser : j'ai beaucoup de choses à préparer…

Il souriait. Il lui tapota une dernière fois le bras, se leva et partit vers le petit pont qui enjambait le lac. Philomène, qui n'avait même pas pu lui dire au revoir, lui emboîta aussitôt le pas.

— Attendez-moi !

Il se retourna, surpris, sans interrompre sa marche.

— Mon temps est compté, petite. Et tu n'as pas besoin de moi pour rentrer…

Philomène le scruta attentivement. Sa mère lui répétait souvent que vieillir rendait plus sage. À en juger par l'âge que devait avoir ce grand-père, nul doute que ses conseils seraient empreints d'une grande sagesse. Et à ses côtés, elle se sentirait en confiance.

— Pour rentrer chez moi, non, mais pour en partir, oui ! s'exclama-t-elle en le rattrapant.

Auguste parvint à rire, songeant à une plaisanterie. C'était compter sans l'obstination de Philomène, qui se campa brusquement face à lui.

— Je suis ravie de vous amuser mais je vous rappelle que, sans moi, vous seriez encore en train de pousser la chansonnette avec votre perruche exotique ! Alors, vous pourriez peut-être me rendre service à votre tour !

Estomaqué, Auguste plissa les yeux pour mieux observer l'insolente.

— Ce n'est pas une vulgaire perruche, c'est un rouge-queue à front blanc ! rétorqua-t-il sèchement.

Peu importe. Je te répète que je n'ai plus de temps devant moi. Toi, tu as toute la vie. Mais laisse-moi te rendre la monnaie de ta pièce en écoutant bien ce que je vais te dire : une maman, c'est important ; un père l'est tout autant, lui aussi a besoin de l'amour de ses enfants. N'oublie jamais cela, petite.

Interdite, elle le suivit un long moment des yeux, puis lui courut après pour le rattraper, comme si le perdre de vue signifiait mettre fin au plan qu'elle avait imaginé.

— Mais vous comptez partir quand ?

— Demain, dès l'aube, répondit-il sans même se retourner. « Demain, dès l'aube, à l'heure où blanchit la campagne, Je partirai. Vois-tu, je sais que tu m'attends… », poursuivit-il pour lui-même à voix basse.

Sauf que la bruyère en fleur sera pour ma propre tombe, songea-t-il.

Derrière lui, à une trentaine de mètres, Philomène n'avait pas bougé. Elle attendit de le voir disparaître derrière le portail de l'une des grandes maisons qui bordaient le parc, partit rechercher son vélo : elle aussi avait un sac à préparer.

*

Dès qu'Auguste eut franchi la porte d'entrée, Simon se précipita dans le vestibule.

— Te voici enfin, papa ! Nathalie et moi commencions à nous inquiéter…

Un coup d'œil sur la pendule murale confirma à Auguste qu'il n'était pourtant pas en retard. Il avait même un bon quart d'heure d'avance.

— Papi, venez donc un instant ! Simon et moi voulons vous parler ! entendit-il de la cuisine.

De mauvaise grâce, il rejoignit sa bru, Simon sur les talons. Cruella s'attelait à la confection d'une quiche lorraine.

Ses yeux enregistrèrent la présence d'une brochure publicitaire sur la table. L'élégante couverture en papier glacé représentait deux personnes âgées irradiant le bonheur. Auguste songea que les pages suivantes devaient mettre en scène de belles chambres à la décoration soignée, du personnel souriant, des tables joliment dressées…

— Nous aimerions vous faire découvrir un endroit charmant, très arboré. Cela nous fera une petite sortie familiale ! Avec un temps pareil, ce serait dommage de rester enfermés…

Auguste rongea son frein pour ne pas lui rétorquer qu'il venait justement de l'extérieur. Ne surtout pas réagir. Répondre eût été donner prise à l'attaque qu'il sentait venir.

— Nous pourrions y aller ce week-end, poursuivit Cruella d'un ton mielleux. N'est-ce pas, chéri ? questionna-t-elle en cherchant l'aval de Simon. Cela nous fera le plus grand bien !

Elle mentait si mal que c'en était douloureux. Pour lui comme pour elle.

L'air embarrassé, Simon fit mine de peser le pour et le contre. Mais Auguste comprit immédiatement que la décision était déjà entérinée, et que son départ en maison de retraite n'attendait plus que d'être finalisé.

Abattu par ce constat, anéanti de voir son propre fils déclarer si facilement forfait pour une cause cruciale à ses yeux, il chancela et dut prendre appui sur la table.

Heureusement, personne ne s'en aperçut. Il se hâta de répondre, pour se laisser l'espoir illusoire d'un soutien de son fils.

— Je serai heureux de pouvoir passer un peu de temps avec vous deux, parvint-il à lâcher avec un sourire. Ce sera l'occasion de vous parler d'un projet auquel je songe de plus en plus…

— Un projet ? rebondit aussitôt Nathalie, traversée par un fol espoir.

— Oui, je me disais que mettre cette maison en viager pourrait être une bonne idée !

Pourquoi n'avait-il pu s'empêcher de lancer cette pique ? Nathalie cessa de battre les œufs, sa fourchette suspendue dans le vide. Son visage se figea dans une expression glaciale.

— Vous vous croyez drôle ?

La pousser à dévoiler sa vraie nature était presque jubilatoire pour Auguste, et il eut du mal à masquer sa joie face à cette petite revanche.

— Détendez-vous, mon petit ! Ou vous allez imploser comme une centrale nucléaire, répliqua-t-il d'une voix sucrée.

— Allons, arrêtez tous les deux ! intervint Simon.

— C'était une blague, capitula Auguste. Dans combien de temps passons-nous à table ?

Le regard de Cruella s'accrocha à celui d'Auguste, mais elle n'y lut ni résistance ni provocation.

— Dans une bonne heure, papi ! En attendant, allez vous reposer ! lança-t-elle, décontenancée par l'attitude tantôt arrogante, tantôt docile de son beau-père.

Auguste quitta la cuisine, vérifia que Simon ne l'avait pas suivi, et s'engouffra dans l'escalier menant à l'étage, puis dans celui qui conduisait au grenier, où Jeanne et lui avaient progressivement accumulé tous les objets dont ils savaient qu'ils ne se serviraient plus, sans jamais parvenir à les jeter.

Il pénétra presque timidement dans ce lieu sacré où s'amoncelaient désormais tant de souvenirs. Des milliers de particules dansaient dans la lumière du soleil faiblissant.

Il dégota un vieux tabouret, s'assit dessus, ouvrit une des nombreuses malles en métal recouvertes d'un linceul de poussière. Plusieurs albums de photos y étaient soigneusement empilés, protégés par un papier de soie. Auguste le souleva délicatement, s'empara du premier classeur. Sous ses yeux défilèrent les images d'instants anodins, parfois immortalisés par hasard, et dont il mesurait soudainement le caractère précieux : la première fois qu'ils avaient dressé la grande table dans le jardin, un gâteau d'anniversaire, les premiers pas de Simon au bord de la mer, Bounty le jour où ils lui avaient offert son collier… Y était même glissée une carte postale représentant la dune du Pilat. Jeanne n'avait, elle non plus, rien oublié de cette nuit magique passée entre terre, mer et étoiles. Malgré leur serment d'y retourner un jour tous les deux, ils n'avaient jamais pu le faire…

Mais aujourd'hui tu peux honorer cette promesse en mémoire de Jeanne. Qui sait ? Peut-être sera-t-elle à tes côtés, invisible et silencieuse…

Porté par cette idée, il parcourut encore quelques photos défraîchies avant de s'arrêter net sur l'un des clichés : Jeanne lui souriait, tout en le fixant d'un œil espiègle. Debout, les mains sur les hanches et le ventre en avant, la future mère posait, fière et amoureuse. Ébranlé, Auguste caressa la surface glacée et jaunie par le temps. Une fraction de seconde, il se retrouva propulsé plus de quarante ans en arrière, au milieu de son jardin, l'œil gauche collé au viseur de son vieux Kodak. Il pouvait même sentir l'odeur du jasmin d'été tout juste fleuri. Jeanne se trouvait face à lui, belle à couper le souffle, son chemisier légèrement dégrafé laissant entrevoir la naissance d'un sein qui n'abritait encore aucune masse tueuse. La lumière du soleil accentuait la pâleur de sa peau laiteuse, son sourire était gorgé de promesses, son cœur battait au rythme de sa jeunesse. Le temps d'appuyer sur le déclencheur et Auguste réintégra son espace-temps, retrouva son vieux tabouret et le silence pesant du sanctuaire qu'était devenu leur grenier. Bouleversé, il caressa à nouveau la surface polie, avant de refermer et de ranger l'album à sa place.

Il ouvrit une seconde malle. Celle du beau linge de maison. Celui qui, à la fin, n'était sorti qu'aux occasions particulières. Chaque pièce portait les mêmes initiales brodées à la main : JAV. Pour « Jeanne Auguste Vallois ».

Auguste s'empara d'un carré de lin, lui aussi victime des affres du temps. Il déplia avec douceur l'étoffe jaunie. Combien de fois ce linge avait-il été le témoin silencieux de fêtes familiales, de dîners amoureux, d'échanges à bâtons rompus ? Combien de plats, d'assiettes, de couverts essuyés avec application ?

D'un seul coup, ce linge devenait le symbole d'une vie trop vite passée, de moments de partage trop vite oubliés qui surgissaient subitement d'un geyser : Jeanne saisissant l'un de ces torchons impeccablement blancs pour sortir un plat du four, Jeanne y essuyant ses longs doigts fuselés, ou le nouant autour du cou de Simon enfant…

Auguste effleura l'étoffe, telle une relique. Comment son épouse aurait-elle réagi face aux dommages engendrés par le temps ?

Il tourna et retourna le carré de tissu. Le replia délicatement, cherchant en vain dans sa mémoire la dernière fois où il avait vu Jeanne s'en servir. Il respira le précieux linge. Un torchon avait-il jamais eu autant de valeur pour quiconque ? Comment Simon avait-il pu oublier le bonheur partagé lors de ces repas dont le carré de tissu devenait le symbole ? Comment ce fils tant désiré avait-il pu s'écarter ainsi de lui ?

Le cœur serré, il laissa son regard se perdre dans la pièce faiblement éclairée. Tout respirait un passé révolu. La vie trépidante et heureuse qui avait animé ces vestiges ne serait plus jamais la sienne : elle n'appartenait plus désormais qu'à un vieil homme en passe de les rejoindre. Lui non plus ne comptait plus. Plus personne ne le retenait ici. Pas même Simon.

Auguste se leva, engouffra la serviette dans sa poche avant de quitter ce douloureux temple aux souvenirs.

*

Quand Philomène était rentrée chez elle, des effluves de poulet rôti et de fines herbes embaumaient l'appartement. Son père avait préparé une purée maison, et la table était dressée avec soin. Touchée par ces efforts, Philomène s'y était assise pétrie de culpabilité. À son tour, elle s'était employée à donner le change et avait engagé la conversation sur un sujet anodin. Les yeux de son père s'étaient éclairés d'une lueur d'espoir : celui de la voir enfin se relever.

Après le repas, elle s'était douchée, avait enfilé son pyjama et s'était couchée, ses écouteurs sur les oreilles.

Comme à son habitude, aux alentours de 22 h 30, Benoît était venu l'embrasser en lui souhaitant une bonne nuit. Le cœur serré, Philomène avait failli revenir sur sa décision de mettre les voiles. Mais cinq minutes plus tard, et après avoir à nouveau fait défiler la liste des éléments en sa possession, le doute s'était envolé : seule une visite à Veuves lui permettrait de connaître la raison qui avait poussé sa mère à partir là-bas et de découvrir la vérité.

À présent, elle guettait le moment où elle pourrait préparer son sac.

Dès qu'elle entendit la porte de la chambre de son père se refermer, elle bondit de son lit, attrapa son Eastpak, y fourra quelques vêtements pêle-mêle, des produits d'hygiène, les papiers trouvés sur le bureau de ses parents. Puis elle enfila un jean skinny bleu délavé, l'un de ses préférés, un tee-shirt blanc, et elle déposa ses sneakers Veja au pied du lit.

Elle rédigea ensuite une courte lettre expliquant les motifs de son départ. Elle la déposerait sur son oreiller. Avec un peu de chance, son père ne la découvrirait qu'à son retour du travail, le soir… Nouée, elle termina son message par un « je t'aime ». Serait-il convaincu de la sincérité de ces mots, alors que sa fuite traduirait le contraire ?

Restait à régler l'heure du départ. Le vieil homme avait dit « dès l'aube ». Un site internet lui indiqua que le soleil se lèverait à 5 h 51, le lendemain. Le grand-père partirait donc un peu avant. Elle programma son réveil à 4 h 30 du matin, tout en sachant pertinemment qu'avec la journée qui l'attendait, il lui serait impossible de fermer l'œil de la nuit.

5.

Auguste ouvrit les yeux. La plus profonde obscurité régnait encore, et aucun bruit ne filtrait du silence. Quelques secondes suffirent pour le ramener à la triste réalité qui était la sienne : cet été serait son dernier, et il s'apprêtait à quitter définitivement sa maison.

La veille, avant de se coucher, il s'était attardé sur Internet. Malgré ses quatre-vingt-cinq ans, surfer sur le Net lui était aisé. Son parcours d'ingénieur l'avait amené à s'intéresser toute sa vie aux nouvelles technologies. Et il persistait à penser qu'Internet était l'une des plus belles avancées scientifiques du XXe siècle.

Il n'avait pu résister au besoin d'en savoir davantage sur la progression de sa maladie. Les témoignages d'internautes atteints du même mal lui avaient laissé entrevoir des souffrances terribles. Depuis, il se maudissait d'avoir assouvi sa curiosité, et se sentait irrémédiablement atteint de la solitude des condamnés. Désormais, l'évolutivité de son cancer, dont il avait refoulé l'idée même, était devenue une certitude tangible et imparable. Les douleurs qui iraient de pair aussi.

Auguste s'avança jusqu'à la fenêtre de sa chambre, entrouvrit les volets avec précaution, revint s'asseoir sur le bord du lit. Il contempla la pièce comme il l'avait fait des milliers de fois auparavant, s'imprégna de l'atmosphère pour pouvoir la retrouver, en pensée, dès que le manque se ferait sentir.

S'apprêtait-il à commettre une erreur ?

Une image s'imposa à son esprit : celle d'un vieil homme au teint cireux allongé sur un lit inconnu, seul, la tête agitée par des hallucinations, le cœur ravagé par la solitude, respirant avec difficulté, la bouche ouverte. Qui se soucierait de sa peur de mourir ? Qui le libérerait de sa honte de ne plus pouvoir subvenir seul à ses besoins intimes, comme se laver ou se rendre aux toilettes ? Qui parviendrait-il à convaincre de stopper ces soins de maintien perçus comme des aides à vivre, tandis que lui-même n'aspirerait qu'à une aide à mourir ?

Il ne disposait finalement que d'une alternative : soit il taisait sa maladie, et il rejoindrait dans une ou deux semaines cette résidence remplie de petits vieux somnolents, confus et uniformisés, sans histoire et sans repères, quelle qu'ait pu être la richesse de leur vie passée ; soit il avouait son cancer, et Cruella rongerait son frein et le supporterait ici tant qu'il n'aurait pas besoin de soins spécifiques. Dès lors, elle se démènerait pour lui trouver une place en unité de soins palliatifs, où il terminerait ses jours. Seul et loin de tout ce qu'il avait aimé.

Était-il prêt à se laisser mettre un morceau de fromage dans la main avant de le porter à sa bouche ? À se doucher sur commande ? À vivre ses derniers jours enfermé, sans autre espoir que l'attente de la délivrance ?

Un instant, une idée le traversa, un fol espoir aussi : pourquoi ne pas dire la vérité à Simon et lui demander à terminer ses jours dans cette maison qu'il n'avait jamais quittée, dans cette même chambre, à l'abri des regards étrangers ? Son fils était manipulable mais il avait un cœur !

Et tu vas imposer ton agonie à ton fils et à ton petit-fils ?

Non. Jamais il ne deviendrait un poids pour quiconque.

Il revit les yeux de Jeanne l'implorant de mettre fin à ses souffrances.

En réalité, il n'avait pas le choix.

Tu ne pourras pas échapper à la triste échéance qui t'attend. Mais rester ici te contraindra à mourir lentement et abandonné, tandis qu'ailleurs, une autre solution est possible : elle t'évitera aussi bien la souffrance de la maladie que celle de la solitude. Et avant, tu pourras réparer une erreur qui te hante depuis des années.

De culture catholique, baptisé bébé, Auguste avait reçu sa première communion, puis la confirmation quelques années plus tard. Il avait assisté aux messes dominicales jusqu'à la fin de son adolescence. Il ne s'était ensuite rendu qu'aux messes de Noël. Jeanne et lui s'étaient unis devant Dieu, mais ne s'étaient plus rendus aux offices religieux. Il avait considéré ne plus avoir besoin de pratiquer sa foi pour savoir Dieu présent dans sa vie. Cette même foi avait été mise à rude épreuve, lors de la maladie de Jeanne.

Maintenant qu'il se savait condamné, ses convictions allaient-elles le guider dans ses décisions, tandis qu'il se sentait terrifié à l'idée de devoir endurer ce qui l'attendait ?

Ressaisis-toi, Auguste ! Tout comme tu as toujours maîtrisé ta vie, tu peux maîtriser ta mort. Rappeler l'association suisse pour expliquer que les choses se sont accélérées sera ta priorité absolue lorsque tu seras loin d'ici. Mais pour le moment, l'urgence, c'est de décamper !

Auguste se redressa sur son lit. Dans une heure et demie, Simon se lèverait, rapidement suivi de Nathalie. Il n'avait pas une minute à perdre.

À contrecœur quoique déterminé, il se remit debout, s'habilla.

Il ouvrit délicatement la lourde armoire en merisier, qui avait jadis appartenu à ses grands-parents, fit coulisser un tiroir, tira sur un loquet avant de plonger la main dans le double fond. Il en sortit trois épaisses liasses de billets.

Jeanne et lui avaient toujours eu l'habitude de garder de l'argent chez eux. Juste au cas où. Les histoires des privations de la guerre, racontées par leurs parents et grands-parents, les avaient rendus prudents à leur tour. Chaque liasse comptait cent coupures de 50 euros. Ce petit pécule de 15 000 euros lui permettrait de voir venir…

Il manipula un instant les billets, glissa une première liasse dans la poche intérieure gauche de sa veste en lin, logea la deuxième au fond du petit sac à dos qu'il emporterait. Il enfouirait la dernière dans le chariot à provisions que Jeanne utilisait pour se rendre au marché. Équipé de grandes roulettes et d'un panier de bonne profondeur, il serait bien plus aisé de le tirer que de tracter une valise.

Auguste fit soigneusement son lit, referma pour la dernière fois les vieux volets en bois. Il attrapa son sac, ouvrit doucement la porte qui grinça brièvement sur ses gonds, pointa son nez dans le couloir. Toujours pas le moindre bruit.

Il s'aventura avec une infinie précaution dans l'escalier, veilla à n'en faire craquer aucune marche : placer le pied à l'extrême gauche de la première, plus au centre de la seconde… Cet exercice l'obligea à quelques contorsions, mais il y parvint malgré les rhumatismes dont il souffrait parfois. Même si ses genoux lui rappelaient qu'il n'était plus en âge de courir le monde, il demeurait capable d'affronter deux kilomètres à bonne cadence.

Arrivé au rez-de-chaussée, il sortit le Caddie de sa cachette, en souleva le rabat et mélangea le paquet restant de billets aux vêtements et objets amassés la veille. Puis il le fit rouler en silence sur les cabochons noirs et blancs du vestibule avant de sortir sur le perron.

Il embrassa d'un regard la partie du jardin qui s'offrait à lui, à peine éclairée par les premières lueurs de l'aube, avant de descendre les marches du perron en soulevant son bagage encombrant.

Il se tourna une dernière fois vers sa maison. Qui après lui se rappellerait Jeanne plantant chacun de ces rosiers, chacune de ces renoncules ? Qui, en contemplant le lilas, saurait se souvenir de l'amour et du temps qu'elle avait consacrés à son entretien ? Pas une plantation que Bounty n'ait longuement humée, pas un endroit où il n'ait fureté, les jours de pluie comme ceux de grand soleil. Tout cela s'éteindrait après son départ, et Auguste eut le sentiment d'être brutalement arraché à ce qu'il lui restait de joie de vivre. Il cligna des yeux pour chasser le voile humide qui floutait sa vue, et adressa un ultime sourire à cette compagne de toute une vie, cette maison dans laquelle il avait jusque-là espéré qu'il s'éteindrait le jour venu.

Puis, la mort dans l'âme, il se dirigea vers le portail.

*

Embusquée derrière une haie, cela faisait maintenant trois quarts d'heure que Philomène surveillait la propriété dans laquelle le vieil homme s'était engouffré la veille, et elle commençait à douter : avait-il changé d'avis ?

Lorsqu'elle le vit apparaître derrière le portail, elle poussa un soupir de soulagement. Il resta un long moment tourné vers la maison, debout, appuyé sur ce qui ressemblait à une valise haute. Philomène crut un instant qu'il s'était fait prendre et qu'il parlait à quelqu'un. Mais il finit par ouvrir le portillon et sortir.

Toujours cachée, elle observa Auguste longer la clôture, tourner à l'angle de la propriété en traînant derrière lui un chariot à provisions. Elle hésita à le rejoindre mais décida d'attendre d'être dans le RER pour apparaître. D'ici là, elle allait le filer aussi discrètement que possible…

*

Auguste accéda enfin au quai.

Il n'avait pu acheter de ticket, les deux distributeurs étant en panne et le guichet fermé. Par chance, un jeune homme avait ouvert le portail latéral pour passer avec sa valise, et Auguste était parvenu à se faufiler derrière lui, manquant de peu d'y coincer les roues de son Caddie. Il ne lui restait plus qu'à espérer ne croiser aucun contrôleur.

Le RER arriva à quai. Auguste grimpa à son bord en hissant péniblement son chariot en haut du marchepied, ce qui faillit lui déclencher un tour de reins. Puis il se tourna une dernière fois en direction des pelouses et contempla le paysage derrière le verre crasseux des vitres. Il se revit, dans un wagon d'une autre époque, assis sur un siège plus ancien, face à un Simon petit et pas encore lassé de la magie des choses simples.

Était-il possible que les années se soient écoulées aussi vite ?

— Bonjour, monsieur…

Il lui fallut quelques secondes pour reconnaître le visage de la jeune fille rencontrée la veille au parc. Sidéré, il la regarda se glisser entre le Caddie et le siège pour s'asseoir à ses côtés.

— J'ai fugué…, lâcha-t-elle sans détour.

Auguste en eut la respiration coupée.

— Nom d'une pipe ! Dis-moi que c'est une blague !

— Non, c'est la vérité. Mais vous savez pourquoi : je vous ai parlé de ma mère, hier. Et vous avez validé mon idée de partir ! D'ailleurs…

Auguste ne l'entendait plus. Tétanisé par l'aveu de Philomène, il essayait de ne pas se laisser déborder par la panique. Il chercha à se rappeler les propos que lui avait tenus la gamine. Il se souvenait vaguement d'une histoire de divorce. Mais il ne se rappelait pas avoir posé de question. Et encore moins d'avoir validé quoi que ce soit !

— Je vais avoir besoin de vous pour me rendre là-bas…

Il se souciait comme d'une guigne du « là-bas » en question et, après avoir jeté un rapide regard autour d'eux, il secoua la tête énergiquement.

— Je crains qu'il n'y ait un malentendu, petite… Je n'ai aucune intention d'aller où que ce soit avec toi ! Tu dois rentrer chez toi et te recoucher !

— Arrêtez de me parler comme si j'avais cinq ans !

— Tu ne dois pas en être bien loin ! grogna-t-il.

— J'ai quinze ans et je vous demande votre aide, monsieur. Je n'ai pas d'argent, et aucune envie de faire de mauvaises rencontres. Avec vous à mes côtés, je serai en sécurité…

Il se tourna vers elle, terrifié à l'idée qu'un voyageur témoigne par la suite avoir vu cette gosse en sa compagnie.

— Un détail t'a peut-être échappé : je n'ai rien d'un garde du corps…

— Vous passerez pour mon grand-père. Ça suffira.

S'il n'avait été assis, Auguste en serait tombé à la renverse. Il dut laisser passer quelques secondes avant de répliquer :

— Crois-moi, si tes parents te cherchent partout et qu'ils te voient en ma compagnie, ils n'auront cure de mon âge ! Et moi, je n'ai vraiment pas envie d'ajouter des problèmes à ceux que j'ai déjà.

Il s'avança sur son siège et se pencha vers elle.

— Alors écoute-moi bien car je n'aurai ni le temps ni l'énergie de te le répéter : JE-NE-PEUX-PAS-T'AIDER ! martela-t-il en appuyant sur chaque syllabe. J'ai moi-même des choses urgentes et personnelles à régler, et je ne tiens pas à le faire avec un boulet accroché à mes basques !

Il jeta un coup d'œil sur le moniteur accroché en hauteur : son écran indiquait une arrivée imminente à la station Nanterre-Ville.

— Je suis mineure. Je ne pourrai pas prendre de chambre d'hôtel, et en plus je ne sais pas comment me rendre à Veuves…

— Je ne connais même pas cet endroit ! s'énerva Auguste. Appelle ta mère et dis-lui de venir te chercher. Ce sera bien plus simple !

— Vous n'avez rien écouté de ce que je vous ai raconté hier…, lâcha Philomène, la mâchoire tremblotante, les yeux brillants de larmes.

Le train s'arrêta. Un jeune homme monta à bord, un casque brailleur vissé sur les oreilles.

— Ma mère est morte. Et j'ai besoin de comprendre ce qu'on me cache…

Décontenancé, Auguste redressa son Caddie. Philomène migra sur la banquette d'en face et plongea son regard dans le sien avant de se lancer dans des explications détaillées : les disputes entre ses parents, le confinement, l'accident, les papiers trouvés sur le bureau. Les informations arrivaient confuses au cerveau tourmenté d'Auguste.

Parvenu à Charles-de-Gaulle-Étoile, celui-ci coupa court au monologue en se précipitant sur le quai. Il s'engouffra dans l'escalator menant au métro parisien. Un coup d'œil par-dessus son épaule lui confirma que la gamine le talonnait toujours.

En haut de l'escalier, il se dirigea vers les portillons d'accès aussi vite que le lui permettaient ses jambes arthrosiques.

Il blêmit à la vue de trois contrôleurs, négligemment appuyés contre l'un des distributeurs automatiques de billets. Pris par leur conversation, les agents lorgnaient distraitement du côté des tourniquets.

Auguste essaya de se ressaisir : certes, il n'était plus en mesure d'enjamber l'un de ces portiques, qui plus est avec son Caddie. Mais que risquait-il, en dehors d'une amende qu'il réglerait séance tenante ? Pourquoi persistait-il à croire qu'il lui faudrait démontrer être en pleine possession de toutes ses facultés intellectuelles pour qu'on lui fiche la paix ? Se pensait-il décati au point d'être ramené de force chez lui à la première incartade, et d'être ensuite « incarcéré » dans cette maison de retraite dont il ne voulait pas ?

Oui, parce que tu n'es plus qu'un petit vieux sans armure. Lâché par un corps que tu pensais solide, lâché par un fils que tu espérais protecteur. Sur qui s'appuyer lorsque l'on ne peut plus compter ni sur soi ni sur les siens ? Cela a un prix. Celui de la liberté. Celui de la dignité, aussi. Et tu sais bien que, si l'on te ramène chez toi, tu n'auras pas de deuxième chance pour t'enfuir... Es-tu prêt à en courir le risque ?

Ces arguments suffirent à le convaincre de ne rien tenter d'hasardeux. Il allait devoir attendre son tour devant l'un de ces hommes-machines et acheter un billet, en espérant qu'aucun d'entre eux n'aurait l'idée de lui demander comment il était arrivé jusqu'ici.

— Tenez, ce sera plus simple ! Grâce à ma mère, j'en ai toujours sur moi…

Il se retourna. Philomène lui tendait un ticket de métro, un sourire narquois sur les lèvres. Cela lui évitait non seulement d'attirer l'attention des agents, mais également de patienter derrière trois personnes.

En le saisissant, il eut l'impression de conclure un pacte avec le diable.

— Ce n'est pas pour autant que je vais t'aider dans ton délire ! crut-il utile de préciser en se dirigeant vers les portillons.

Philomène se contenta de le suivre en reprenant son histoire là où elle s'était interrompue. Auguste l'écouta d'une oreille distraite, mais sentit sa curiosité grandir au fur et à mesure du récit. Même s'il n'était pas question de l'aider, il se sentait touché par l'histoire de cette gamine prématurément brisée, et plus encore par sa démarche. Ils arrivèrent enfin à la gare d'Austerlitz.

Bien qu'attristé, Auguste lui expliqua, de la manière la plus douce possible, qu'il avait une mission urgente à remplir et qu'il ne pouvait lui être d'aucun secours.

— J'ai menti à mon père, laissé mes clefs chez moi. Je suis partie vous rejoindre à pied. J'ai attendu longtemps, planquée derrière un buisson. Pour finir par vous suivre le plus discrètement possible jusqu'à la gare du RER. Je n'ai pas fait tout ça pour rien. Si vous ne voulez pas m'aider, tant pis. Je me débrouillerai seule.

Il la dévisagea et, à cet instant précis, il eut la certitude de sa détermination, irréversible.

— Tu n'as aucune idée des obstacles que tu risques de rencontrer sur ta route, petite…

— C'est bien pour ça que je vous ai demandé de m'aider. Je n'ai plus confiance en personne. J'ai cru qu'avec vous ce serait différent. J'ai eu tort…

Philomène regarda autour d'elle, l'air accablé.

— Ne vous inquiétez pas : vous pouvez vous sauver, vous et votre vieux chariot.

Sans un mot de plus, elle s'éloigna. Auguste, lui, bifurqua vers la sortie pour prendre un peu l'air.

Est-ce sur une note comme celle-ci que tu veux terminer, Auguste ? En refusant de tendre la main à une gamine désespérée ? Imagine qu'il lui arrive quelque chose...

Il lui suffisait d'aller trouver n'importe quel agent pour expliquer la situation et il serait débarrassé du problème. Mais ne serait-il pas alors contraint de rester en attendant qu'ils aient retrouvé le père ? Ne devrait-il pas décliner son identité ? Ne prendrait-il pas le risque de voir Simon contacté à son tour ?

Il constata que Philomène avait disparu de sa vue. La conscience un peu lourde, il retourna dans la gare, suivit la flèche indiquant la direction des départs grandes lignes. Le prochain train pour Orléans partait dans vingt minutes. Il accéléra le pas et ne tarda pas à accéder à un gigantesque hall, tout aussi bruyant que le précédent. En son beau milieu, perdue dans la foule matinale, une gamine à la mine abattue tournait sur elle-même, ses yeux soucieux passant d'un panneau d'affichage à un autre.

Auguste sentit son cœur se serrer : qui était le plus fragile des deux ?

Il marmonna quelques mots incompréhensibles et s'approcha de l'adolescente.

— C'est quoi, le nom de la ville où tu veux aller ?

— Veuves ! Je crois qu'il faut descendre à Veuves-Monteaux…

— Inconnue au bataillon.

Philomène pianota sur son téléphone.

— Si, ça existe bien ! Sur Internet, il est même précisé qu'il y a 211 habitants !

Auguste leva les yeux au ciel.

— Si tu veux trouver un hôtel pour la nuit, il vaut mieux descendre dans une grande ville ! Montre-moi une carte !

Elle tapa frénétiquement sur son smartphone avant de le mettre sous le nez d'Auguste. Celui-ci réajusta ses lunettes, grimaça pour trouver ce qu'il cherchait.

— Va à Amboise. Au moins, tu seras sûre de trouver un lieu où dormir ce soir…

— Vous voulez dire un pont ou un parc ? Je vous l'ai dit, je n'ai pas d'argent sur moi. Et de toute manière, personne n'acceptera de me donner une chambre…, ajouta-t-elle, toute la misère du monde dans le regard.

De nouveau, Auguste leva les yeux au ciel en soupirant. Elle n'avait pas tort.

— Tu feras tout ce que je te dis. On est bien d'accord ? aboya-t-il tout en se disant que ce qu'il s'apprêtait à faire relevait de la pure démence.

L'adolescente se retourna et le gratifia d'un tel sourire qu'il en oublia presque sa malencontreuse initiative.

— Promis ! répondit-elle avec un clin d'œil pétillant de reconnaissance.

Hochant la tête, il plongea la main dans la poche de son blouson, en retira deux billets de 50 euros et se dirigea vers le guichet grandes lignes.

— Nous allons prendre deux allers pour Amboise, avec de faux noms. Pour moi, donne celui de Paul Tellier. Ils ne devraient pas contrôler notre identité si nous avons nos titres de transport. Pour la suite, nous aviserons sur place…

Et tandis que Philomène lui emboîtait le pas, il commença à réfléchir au moyen d'alerter son père.

6.

Benoît tendit l'oreille vers la chambre de Philomène. Habituellement, lorsqu'il partait travailler, il lui suffisait de s'approcher pour entendre de la musique s'échapper de son casque audio. Mais ce matin, aucun bruit ne filtrait.

Soulagé de savoir sa fille endormie, il attrapa ses clefs avec précaution et s'éclipsa.

Alors qu'il refermait la porte de l'appartement, à vingt-cinq kilomètres de là, Auguste et Philomène prenaient place à bord de leur train.

*

Calé dans son siège en deuxième classe, Auguste triturait son titre de transport, pris sous le nom de Paul Tellier. Ce nom lui était spontanément venu à l'esprit. Il chassa d'un revers de main ce fantôme ressurgi du passé, posa le billet de train sur ses genoux.

Sentant le regard insistant de sa voisine, il engagea la conversation.

— Alors, jeune fille. Raconte-moi de nouveau ton histoire, je ne suis pas sûr d'avoir tout bien entendu…

Philomène reprit son récit du début. Elle lui parla de sa mère, décrivit le lien unique et complice qui les unissait. Elle fournit bien plus de détails que les deux fois précédentes. Puis elle parvint au jour de l'accident, où tout avait basculé.

Auguste l'écoutait en l'observant attentivement. Ses idées se mélangeaient, elle passait confusément d'une conclusion à une autre : un instant, elle assurait que sa mère avait voulu les abandonner, elle et son père, en choisissant de refaire sa vie ailleurs ; l'instant suivant, elle affirmait que sa mère s'était suicidée. Cette petite était visiblement déboussolée. Avait-elle partagé toutes ces confidences avec son père ? Sans doute pas.

Elle finit par se taire et le fixa comme s'il détenait la clef de l'énigme. Elle dégagea la longue mèche de cheveux châtains qui lui cachait les yeux, et Auguste y lut à quel point elle était perdue.

Comment devait-il réagir ?

— Je ne suis pas certain d'avoir bien saisi le sens de ta recherche, ma petite…

Son air désemparé le désarma.

— Je veux découvrir la vérité ! confessa-t-elle. J'ai besoin de savoir pourquoi ou à cause de qui ma mère est morte…

Le vieil homme avait l'air de ne rien comprendre à sa démarche. N'était-elle pourtant pas évidente ?

En vérité, ce qui m'obsède, c'est de savoir si elle a vraiment choisi de se suicider. Parce que si c'est le cas, ça signifie que je n'étais pas suffisante pour la retenir à la vie.

Auguste hocha la tête. Que pouvait-il bien objecter à cela ?

— Tu sais, c'est peut-être le hasard, un hasard tragique…, souffla-t-il.

Au regard sombre qu'elle lui décocha, il se hâta d'ajouter sur un ton apaisant :

— Quiconque cherche la vérité finit par la trouver… Tu la découvriras donc à ton tour.

Il vit l'espoir envahir ses yeux et cette réaction le troubla. Elle ne le connaissait pas mais lui accordait une confiance aveugle. Était-ce lié à son grand âge ?

Comme si elle avait suivi le cours de sa pensée, Philomène se disait à cet instant précis que même s'il ne comprenait pas encore tout, elle avait bien fait de choisir ce vieil homme pour l'aider. Elle le sentait sincère, sans calcul. Il ne cherchait pas à embobiner les gens.

— Et vous ? Qu'est-ce que vous aviez l'intention de faire, avant que j'arrive ?

Auguste réfléchit un instant.

— Moi, j'avais et j'ai toujours l'intention de réparer une erreur… Ce qui m'aurait directement mené à Orléans, si je n'étais contraint de faire un crochet par Amboise, si tu vois ce que je veux dire, ajouta-t-il, un brin sarcastique.

— Quel genre d'erreur ?

Elle attendait visiblement des explications.

— De mon temps, les jeunes posaient vraiment beaucoup moins de questions…, soupira-t-il. Retrouver un vieil ami, enchaîna-t-il.

— Ça, c'est précis…, railla-t-elle.

Comme il restait silencieux, elle s'énerva :

— Je vous ai confié des choses très personnelles. Vous pourriez quand même en faire autant !

Auguste faillit lui répondre vertement qu'il n'avait pas demandé à se trouver dans ce train en sa compagnie, mais il se contint. Son objectif était de gagner la confiance de la jeune fille pour découvrir qui était son père, puis de le contacter afin que sa courte fugue se termine bien. Il ne devait donc pas l'effaroucher.

— J'avais un ami d'enfance, autrefois. Il s'appelait Paul. Nous étions très proches. Je l'avais connu en primaire. Il avait un bec-de-lièvre et il n'y avait pas un jour où il n'était pas conspué par les garçons et moqué par les filles. L'école des filles et celle des garçons sonnaient la fin de la classe aux mêmes heures, et Paul ne pouvait éviter les quolibets, aussi cruels que stupides. C'était très dur pour lui. Alors, il passait toutes ses récréations à dessiner seul au fond de la cour, assis à même le sol avec un carnet et des crayons. Le soir, il courait jusque chez lui sans s'arrêter. Un matin, j'ai été fasciné par l'une de ses esquisses. À huit ans, il avait dessiné, de tête et sans aucun modèle, un zèbre allongé par terre. L'animal était reproduit avec une précision saisissante. Lorsqu'il a levé la tête, j'ai fait comme si je n'avais rien vu et je suis parti.

Auguste s'empara à nouveau du billet de train, le tourna et le retourna entre ses doigts.

— J'ai commencé à lorgner de loin ses dessins, ébloui par son talent. Il l'a compris. Un jour, il m'en a timidement tendu un. Il représentait un arbre en automne. C'était magnifique. J'avais l'impression de voir les feuilles tomber sous mes yeux, dans des nuances de couleurs incroyables. À partir de là, nous sommes devenus inséparables. J'étais plus costaud et craint des autres : plus personne n'osait le traiter de quoi que ce soit.

Concentré sur les images qui surgissaient de son passé, Auguste fronça les sourcils.

— Nous avons quitté l'école primaire, usé nos pantalons sur les bancs des mêmes collège et lycée. L'été, il venait à la maison, on allait jouer au tennis. Nous sommes même allés à Roland-Garros ensemble. J'en avais rapporté une balle signée par un jeune joueur australien : Ken Rosewall. Paul en crevait de jalousie ! s'esclaffa-t-il au souvenir de cette balle. Et puis, l'hiver, nous passions des journées entières à jouer à la belote… Il était si gentil que mes parents ont accepté de me laisser partir en vacances avec lui, chez sa grand-mère, à Orléans. Mais, l'année de 1re au lycée, j'ai tout gâché…

— C'est-à-dire ? demanda Philomène.

— Il y avait une jeune lycéenne que tous les garçons convoitaient. Elle s'appelait Louise. Une jolie fille. Va savoir pourquoi, cette sirène avait jeté son dévolu sur moi.

Il secoua lentement la tête.

— Et moi, comme un gros benêt, j'en ai perdu les pédales. J'avais un sacré béguin pour elle. Dès qu'elle posait le regard sur moi, je me sentais pousser des ailes.

Il laissa passer un silence.

— Du jour au lendemain, sur un simple claquement de doigts de Louise, j'ai délaissé Paul. Dès que je pensais voir Paul, elle me proposait autre chose. Et comme je me serais damné pour l'un de ses sourires… Un jour de lucidité, j'ai compris que je ne me comportais pas bien avec Paul. Pour me racheter, je lui ai proposé de nous retrouver à la gare pour aller au Louvre. Mais, sur le chemin, j'ai croisé Louise qui m'a retenu. Ne me voyant pas, Paul s'est inquiété et s'est rendu chez moi, dans cette même maison d'où tu m'as vu sortir ce matin, mais qui appartenait à l'époque à mes parents. Mon père était présent. Et il ne tolérait ni le mensonge ni le manque de savoir-vivre. Or, en partant ce jour-là, j'avais annoncé que j'allais retrouver Paul. Lorsque je suis rentré, il m'a demandé si le Louvre m'avait plu. J'ignorais la visite de Paul, et j'ai passé un bon quart d'heure à m'extasier sur les œuvres qui y étaient exposées. Je te laisse imaginer ce qu'il m'en a coûté…

Suspendue à ses lèvres, Philomène ne put retenir une grimace. Elle imaginait très bien. Mais Auguste était trop absorbé dans ses pensées pour la voir.

— J'ai reçu une sacrée rouste, et me suis retrouvé privé de sortie pendant trois semaines. À l'époque, on ne rigolait pas avec l'éducation… Mais plutôt qu'admettre avoir mal agi, j'en ai voulu à Paul. Dès le surlendemain, je l'ai attendu devant le lycée. Et lorsqu'il est arrivé, je me suis conduit comme un imbécile…

— C'est-à-dire ?

Auguste baissa la tête, mal à l'aise. Son esprit tourbillonnait.

— Je l'ai ridiculisé à mon tour. Paul a essayé de me raisonner en m'expliquant qu'il m'avait attendu et s'était inquiété. Le voir si sage a décuplé ma colère. Je l'ai collé contre le mur en lui hurlant qu'il n'était qu'un moins-que-rien, que je n'avais accepté de le fréquenter que par pitié. Un regroupement s'était formé autour de nous. Je l'ai humilié…

Sa voix s'éteignit.

— Je le reverrai toute ma vie tenter de défroisser sa chemisette déjà élimée, et ramasser sa sacoche, que j'avais vidée sur le sol. Je n'oublierai pas non plus ses yeux apeurés.

S'ensuivit un long silence.

— Le soir même, transi de honte et de remords, je suis resté cloué au lit, incapable d'avaler quoi que ce soit. Le médecin m'a ordonné de garder la chambre pendant dix jours, pensant que je couvais une maladie infectieuse. Mais moi je connaissais l'origine de mon mal.

Auguste se souvint avoir espéré un miracle. La naissance d'un nouveau jour où rien de tout cela ne serait arrivé. Mais ce miracle n'avait pas eu lieu.

— La semaine suivante, Paul est venu sonner au portail. J'ai insisté pour que ma mère lui réponde que je ne voulais parler à personne. De la fenêtre de ma chambre, derrière mes rideaux, je l'ai regardé partir, le cœur serré. La fierté est bien mauvaise conseillère…

Il ne l'aurait avoué pour rien au monde, et surtout pas à son père mais, ce soir-là, Auguste avait même pleuré…

— La fin de mon alitement correspondait au début des vacances de Pâques. Je suis resté terré chez moi. À la reprise des cours, deux semaines plus tard, j'ai appris que Paul n'était pas revenu au lycée depuis presque un mois. Le professeur principal s'était contenté d'annoncer son départ du lycée. À l'époque, on restait discret sur la vie des gens… Louise, lasse d'attendre, était passée à un autre prétendant. Et cela m'était bien égal. Je ne pensais plus qu'à Paul et à notre amitié perdue.

Il secoua de nouveau la tête.

— Mortifié, je me suis rendu à son domicile dès la fin des cours. Je ne savais pas ce que j'allais lui raconter mais j'étais bien décidé à me faire pardonner. En arrivant devant l'immeuble, j'ai constaté que les fenêtres de son appartement étaient dépourvues de tout rideau. Le gardien de la résidence m'a appris que Paul et sa mère n'habitaient plus là. Ce départ n'avait rien à voir avec ce que j'avais fait. Peu après mon inqualifiable conduite, le père de Paul avait été muté. Ils avaient donc déménagé. Sans laisser d'adresse. Et je n'ai plus jamais revu Paul.

Il posa les yeux sur Philomène qui le fixait, interdite. Ce récit lui paraissait surréaliste. Pour elle, une dispute se réglait en un texto…

De son côté, Auguste s'était muré dans le silence. Comment aurait-il pu en vouloir à la petite de ne pas comprendre que cette blessure et ce regret soient restés enfouis pendant des décennies ? Il tourna la tête vers la fenêtre et contempla le paysage.

— Vous n'avez jamais essayé de le retrouver ?

— Je te parle de 1953. À l'époque, les portables et Internet n'existaient pas. Seuls quelques privilégiés avaient une ligne de téléphone fixe chez eux. Mon père étant un militaire haut gradé, mes parents en faisaient partie, mais pas les parents de Paul…

— Avez-vous parlé de cet ami à votre femme ?

Il se tourna vers elle, surpris.

— Comment sais-tu que j'ai eu une femme ?

— Ce n'est pas difficile ! Votre alliance…, lâcha Philomène en indiquant son annulaire gauche du menton.

Il soupira.

— Bien sûr, elle savait… Et elle m'avait proposé de le rechercher. Mais les mois se sont ajoutés aux mois, puis les années aux années. J'ai été occupé à bien d'autres choses. Jusqu'à ce que tout cela me rattrape. Et que les regrets me hantent…

— Et vous savez où il habite maintenant ?

— Non. Je n'ai trouvé aucune trace de lui nulle part, pas même sur Internet. Alors je retourne à Orléans. Là où il y avait la maison de sa grand-mère. Toute sa famille se réunissait là-bas chaque été. Et Paul m'avait confié un jour que sa mère voulait retourner y vivre.

— Mais alors pourquoi ne pas y être allé plus tôt ?

C'était une bonne question et il se l'était souvent posée. N'avait-il pas simplement manqué de courage ?

La réalité, c'est que tu as eu peur qu'il t'envoie promener. Et chaque fois tu as préféré remettre cette visite à plus tard. Mais aujourd'hui, tu ne peux plus reculer.

— Parce que maintenant je n'ai plus rien à perdre…, murmura-t-il.

Philomène se toucha le bout du nez avec l'index et réfléchit quelques secondes.

— S'il a le même âge que vous, votre Paul est très vieux et peut-être même mort…

Décontenancé par sa franchise, Auguste encaissa le coup. Au moins, la gamine ne s'embarrassait pas de baratin.

— Tellier. Il s'appelle Paul Tellier. Et, oui, tu as raison : je vais peut-être là-bas pour rien. Mais au moins je l'aurai fait.

Certes, adulte, il s'était lié d'amitié avec d'autres hommes. Mais la relation entretenue avec Paul avait gardé une valeur et une saveur qu'il n'avait jamais retrouvées avec quiconque : ce lien qui avait pris racine dans son enfance ne tolérait aucun secret, et ils s'étaient construits ensemble jusqu'à leurs dix-sept ans. À part Jeanne, personne ne l'avait connu de manière aussi intime que Paul.

Voilà sans doute pourquoi il ne l'avait jamais oublié.

Auguste glissa à l'avant de son fauteuil.

— Allez ! Trêve d'acagnardage, nous arrivons ! lança-t-il en désignant les haut-parleurs, qui annonçaient leur entrée en gare d'Amboise.

Auguste se concentra sur la bonne nouvelle recueillie au cours de la première partie du trajet : il savait dorénavant que le père de Philomène était ophtalmologue dans un centre médical à Rueil-Malmaison. Il ne devait pas y en avoir cinquante…

Lorsque Auguste posa le pied sur le quai, un sentiment d'excitation mêlé d'appréhension le gagna. Sans se l'expliquer, il trouvait grisant de partir ainsi à l'aventure, sans aucune idée du lieu où il dormirait le soir même. Même s'il n'était pas encore seul pour le faire en toute quiétude.

Maintenant, il devait trouver une cabine téléphonique. La question étant de savoir si ces machines-là existaient encore ou si elles appartenaient déjà, comme lui, au passé…

Il constata avec surprise que beaucoup de gens déambulaient dans la gare. Traînant son Caddie, il zigzagua entre les passants pour quitter le bâtiment. Dépité, il constata qu'il n'y avait pas la moindre cabine à l'horizon.

— Vous cherchez quelque chose ?

Auguste se tourna vers Philomène :

— Un téléphone !

— Le vôtre est déchargé ? Tenez, prenez le mien ! dit-elle en lui tendant spontanément son smartphone.

Il s'imagina un instant appeler de cet appareil le centre médical où travaillait son père, et la tête qu'elle ferait en découvrant qu'il avait utilisé son téléphone pour ça.

— D'abord, je n'ai pas de portable. Ensuite, je dois retrouver le numéro de mon correspondant parce que je ne l'ai plus en tête ! Laissons tomber, j'appellerai d'un café. Cherchons plutôt un taxi !

Auguste s'attendait à trouver une station avec quelques chauffeurs en attente de clients. Ses lèvres se pincèrent.

— Alors, il n'y a plus non plus de taxis !

— Et moi je ne peux pas commander un Uber parce que je n'ai pas de carte bleue…

Il s'arrêta un instant, prit appui sur son Caddie pour examiner les alentours.

— À la bonne heure ! lança-t-il à la vue d'une brasserie. Nos bistrots résistent apparemment mieux que nos vieilles cabines ! Viens, posons-nous un instant dans ce troquet. Nous pourrons y prendre un verre et nous renseigner sur les hôtels du coin.

Ils avaient de la chance, car à un mois près ce café aurait été fermé en raison de la crise sanitaire. Tout en tirant son chariot, Auguste songea à l'excuse qu'il allait bien pouvoir fournir pour convaincre le patron de lui permettre un accès à Internet et ensuite de le laisser passer un coup de fil…

7.

Benoît arrivait à son cabinet quand la réceptionniste l'informa d'un appel personnel et urgent. Il se précipita dans le premier bureau vide pour prendre la communication. Marqué par le souvenir d'un terrible épisode, encore douloureux, il sentit monter une vague d'angoisse en décrochant le combiné.

— Docteur Blin, j'écoute.

— Bonjour, monsieur. Vous ne me connaissez pas et je ne tiens pas particulièrement à vous laisser mon nom. Mais je vous appelle afin de vous rassurer au sujet de votre fille.

— Ma fille ?

Auguste se rendit compte qu'il ne connaissait même pas le prénom de la gamine.

— Oui, votre fille…, se contenta-t-il donc de répéter.

— C'est-à-dire ?

Auguste alla droit au but.

— Ne vous inquiétez pas, elle est avec moi et se porte bien. Elle m'a expliqué la raison de sa fugue et je voudr…

— Elle vous a *quoi* ? le coupa brutalement Benoît.

Auguste comprit que la fuite de la petite n'avait pas encore été découverte.

— Oh… Je suis navré, je pensais que vous étiez au courant de son départ précipité… Et je voulais juste vous rassurer en vous précisant qu'elle est à mes côtés, en ce moment même. Nous sommes en partance pour un hôtel à Amboise, car il me semble avoir compris qu…

— STOP ! Reprenons depuis le début : qui êtes-vous ?

Auguste se racla la gorge.

— Mon nom n'a guère d'importance. Je ne suis qu'un vieux monsieur de quatre-vingt-cinq ans qu…

— Non mais qu'est-ce que c'est que cette blague ? entendit-il en sourdine à l'autre bout de la ligne, comme si son interlocuteur avait posé le téléphone.

Puis la voix revint, nette :

— Où êtes-vous ?

Auguste perçut la colère de son interlocuteur. Ne venait-il pas de commettre une grave erreur en appelant cet homme ? Il s'était imaginé à la place de ce père inquiet, rongé par l'angoisse de ne pas savoir où se trouvait son enfant. Mais il avait négligé d'autres réactions potentielles, tels l'emportement et la suspicion. Ce manque de vigilance allait peut-être lui coûter cher.

— Pour la dernière fois : qui êtes-vous et où êtes-vous ? Si vous ne me répondez pas, j'appelle immédiatement les flics !

Auguste avait la réponse à sa question : oui, il venait de commettre une erreur.

— Sachez juste que votre fille est en bonne santé et qu'un adulte veille sur elle, monsieur. Bon courage !

conclut-il d'une voix si faible que lui-même s'entendit à peine.

Et il raccrocha.

Pourquoi lui avait-il souhaité « bon courage » ? C'était plutôt lui qui allait en avoir besoin. Si ce type mettait sa menace à exécution, la police remonterait facilement jusqu'à cet appareil…

Imbécile heureux ! Qu'il ait ou non ce numéro de téléphone importe peu : tu viens de dire à cet homme que vous étiez à Amboise !

Il se frappa le front avec la paume de la main. Ça, c'était tout lui. Il s'était mis dans de beaux draps.

Calme-toi, Auguste ! Tu n'as rien fait de mal. Tu as juste pris un train avec cette gosse. À la vue de tous. Et tu as prévenu le père. On ne pourra pas te le reprocher. La police ne t'embarquera pas pour ça…

Il inspira à pleins poumons. Il aurait pu choisir de planter la gamine, à Paris ou ici même, et se carapater le plus loin possible du Vésinet. Mais son histoire l'avait remué et, s'il avait eu une petite-fille, il aurait aimé que quelqu'un l'empêche de s'embarquer seule dans une aventure incertaine.

Il s'approcha du barman qui essuyait des verres, le remercia pour l'appel et lui demanda conseil pour trouver un hôtel proche. Le renseignement obtenu, il revint à la table où l'attendait la responsable de toutes ses contrariétés.

Celle-ci lui laissa à peine le temps de s'asseoir.

— Je m'appelle Philomène ! aboya-t-elle sèchement.

Raide sur sa chaise, elle tapotait nerveusement son smartphone. Blême, Auguste bafouilla :

— Je voulais juste rassurer ton père. Je n'ai rien fait de mal, petite !

Le visage fermé, Philomène fixait le sol comme si son calme apparent y était enraciné. Elle lui avait aveuglément accordé sa confiance, et il venait de démontrer qu'il n'en était pas digne.

— Tu es jeune, Philomène. J'ai agi pour ton bien…, murmura Auguste, secoué par la scène qu'il était en train de vivre.

— En appelant mon père derrière mon dos ? Et moi qui vous faisais confiance…, murmura-t-elle en détachant ses yeux brillants du sol et en les braquant sur lui.

Rattrapé par le remords, Auguste baissa la tête. Il venait de trahir la seule personne qui croyait encore en lui…

— C'était aussi stupide que d'imaginer que je n'en saurais rien ! Comment avez-vous pu croire qu'il ne me rappellerait pas dans la seconde ?

Penaud, Auguste balbutia :

— Que lui as-tu dit ?

— Figurez-vous que je n'ai pas décroché ! Dans son message vocal il raconte qu'il a reçu l'appel d'un type à la voix enrouée, qui lui a dit que sa fille, dont il ignorait le prénom, s'était enfuie avec lui pour Amboise ! Autant vous dire qu'il était affolé !

Philomène comprit à la mine défaite d'Auguste que lui non plus n'était pas détendu. Elle lui décocha un regard noir.

— Il n'était censé découvrir ma fugue qu'en rentrant ce soir ! Au lieu de cela, il va se précipiter à l'appartement, et quand il verra ma lettre, il va débouler ici comme un sauvage !

En écho à ses mots, le téléphone se remit à gronder. Ils restèrent à le regarder jusqu'à ce qu'il n'émette plus aucun son. Philomène s'en empara et commença à rédiger un message.

— Que fais-tu ?

— Je lui envoie un SMS. Je lui explique que je n'ai pas voulu lui causer de peine mais que j'ai des réponses à aller chercher.

Elle leva les yeux de son écran et les planta une nouvelle fois dans ceux d'Auguste.

— Et puis je vais ajouter que j'ai rencontré un vieux grand-père gentil qui veille sur moi et en qui j'ai toute confiance ! lâcha-t-elle, sarcastique.

*

Benoît sauta dans sa voiture et démarra en trombe. Il avait tenté de joindre Philomène, sur son portable et sur le fixe de l'appartement. Mais le premier basculait invariablement sur la messagerie, et le second sonnait indéfiniment dans le vide… Il avait également rappelé le numéro affiché sur son écran lorsque l'inconnu l'avait contacté : c'était celui d'une brasserie à Amboise.

Il tapa nerveusement du poing sur le volant. Il n'avait rien vu venir. Philomène s'était montrée docile et presque souriante, hier soir.

Audrey aussi était souriante en quittant l'appartement le matin où…

Le double traumatisme de l'annonce de l'accident puis du décès d'Audrey avait meurtri Benoît : le monde s'était dérobé sous ses pieds, il n'avait plus goût à rien et seule la douleur lui rappelait qu'il était encore vivant.

Depuis le drame, il avançait pas à pas. Et chaque première fois le confrontait à une réalité qui le rendait fou. Il n'avait pas seulement perdu celle qu'il aimait. Le décès brutal d'Audrey le confrontait à des pertes multiples : chaque « jamais plus » entraînait un deuil à surmonter. Chaque première fois était un choc, un coup d'épée dans sa chair, une lutte pour ne pas tomber : la première fois où il s'était couché, dans ce grand lit froid, à côté de la place qui avait été la sienne, et dont il n'avait osé effleurer le drap, de peur de le froisser ; la première fois où Philomène et lui s'étaient attablés sans elle au dîner ; le premier film regardé seul sur ce canapé dans lequel Audrey se lovait chaque soir, emmitouflée dans un plaid ; la première fois où il avait dû ouvrir leur grand dressing pour y prendre une chemise, et où chacune des robes suspendues lui avait rappelé qu'il ne sentirait jamais plus le corps aimé, si vivant à travers ces étoffes… La liste de ces premières fois lui apparaissait sans fin : les premières vacances, le premier Noël, la première réunion familiale… Où puiserait-il le courage et la force de les affronter toutes, les unes après les autres ?

Il abordait chaque jour comme une nouvelle épreuve venant écraser celle de la veille.

Benoît ne cherchait pourtant pas à idéaliser la relation qui avait été la leur. Il n'avait rien oublié des mois précédents, très éprouvants pour leur couple. Lors de la découverte de l'infidélité d'Audrey, il avait pensé endurer l'indicible. La vie lui avait par la suite démontré qu'il existait pire encore.

Audrey n'avait même pas cherché à nier lorsqu'il lui avait brandi sous les yeux une photo d'elle enlaçant un autre homme. Elle aurait pu inventer une histoire. Benoît n'attendait d'ailleurs que cela pour balayer d'un revers de main cette terrible vérité. Mais elle avait immédiatement tout avoué et achevé l'échange en murmurant : « Laissons-nous quelque temps pour réfléchir. »

Les deux jours suivants, il n'avait rien pu avaler. Il s'était replongé avec acharnement dans son activité professionnelle surchargée, en partie responsable des fissures au sein de leur couple. Cette hyperactivité l'avait protégé d'une confrontation avec lui-même. Il avait troqué le lit conjugal contre le canapé, et y avait passé des nuits plus angoissantes encore que ses jours, habité par un sentiment dévastateur de trahison et d'humiliation.

Il avait pensé préserver ce qui lui restait de dignité en annonçant un soir à Audrey, juste après le dîner, qu'une séparation rapide serait la bienvenue. Non sans un certain plaisir, il avait vu ses épaules s'affaisser, son regard vaciller quelques instants avant qu'elle ne bafouille : « Oui, bien sûr… Je comprends… »

Cet échange s'était tenu le 13 mars au soir.

Trois jours plus tard, le pays basculait dans un confinement total. Et le 17 mars à midi, Benoît refermait sur Audrey, Philomène et lui la porte de leur appartement.

Le confinement imposé de cinquante-cinq jours avait séparé beaucoup de couples, mais en avait aussi miraculeusement rapproché d'autres. Celui d'Audrey et Benoît avait été de ceux-là.

Placée dès le début en chômage partiel, Audrey, déléguée technico-commerciale en matériel médical pour orthopédistes, s'était transformée en professeure pluridisciplinaire afin d'assurer les cours de Philomène, en classe de 2de. Benoît, ophtalmologue en ville dans un centre médical, s'était rapidement retrouvé sans activité : faute de masques, surblouses et autres équipements de protection, la structure avait dû transitoirement fermer ses portes.

Cet arrêt professionnel forcé n'était pas tombé au meilleur moment… Il avait prétexté une foule de comptes rendus en retard pour s'enfermer dans la pièce promise à un deuxième enfant qui ne verrait jamais le jour. Les seules excursions qu'il s'autorisait étaient pour aller piocher nourriture et boissons dans la cuisine. S'il croisait Audrey dans le couloir, il ne manquait pas de lui lancer un regard noir. Puis il retournait se terrer dans son bureau de fortune qui ressemblait davantage à une cellule. Après trois jours d'isolement durant lesquels il n'avait fait que ressasser sa rancune et se laisser ronger par son amertume, il avait été convaincu qu'une journée de plus passée dans cette même pièce allait le rendre fou. Il s'était alors extirpé de son cachot et, angoissé à l'idée des semaines à venir, s'était proposé de relayer Audrey pour la scolarité de Philomène, autant mû par le besoin de se sentir utile que par celui de distraire ses pensées.

Contraints de passer du temps ensemble, tous deux s'étaient livrés à leur propre examen de conscience tout en veillant à préserver l'espace et l'intimité de l'autre. Puis un événement avait tout fait basculer : un appel téléphonique, le 27 mars en début d'après-midi, de la mère d'Audrey inquiète de la fièvre subite de son époux, âgé de soixante-treize ans. Son médecin généraliste n'ayant rien diagnostiqué aux poumons, il s'était montré rassurant et avait évoqué un début de grippe. Ses recommandations s'étaient résumées à une surveillance régulière de la température, avec prise de paracétamol toutes les six heures. Sécurisée par les propos du médecin, Audrey s'était contentée d'informer Benoît du diagnostic.

La médecine générale n'était pas son domaine, mais Benoît avait aussitôt craint une contamination au Covid. Son dépistage était alors irréalisable à domicile ou en laboratoire, car uniquement pratiqué dans les hôpitaux. Ses beaux-parents résidant à cent kilomètres de chez eux, toute visite était impossible, et il s'était juste noté de rester vigilant à l'égard de l'apparition de tout symptôme.

Il avait rappelé sa belle-mère vers 20 heures, qui lui avait annoncé avoir donné un Doliprane à 18 h 30 à son époux. Depuis, celui-ci dormait à poings fermés.

Trois heures plus tard, Audrey surgissait paniquée dans le salon. Son père avait 40 de fièvre et était au bord du malaise. Benoît lui avait immédiatement dit d'appeler le SAMU. Mais, compte tenu de l'absence de troubles respiratoires, le centre avait renvoyé Audrey vers SOS-Médecins, service totalement saturé.

Benoît avait alors contacté lui-même les urgences. Après un long échange entre médecins, Benoît avait insisté sur le tableau clinique inquiétant de son beau-père et la nécessité d'une prise en charge rapide. L'urgentiste, convaincu, avait dépêché une équipe sur place. Bien lui en avait pris. À l'arrivée des secours, le père d'Audrey avait été pris d'une quinte de toux l'empêchant de reprendre sa respiration. Trente minutes plus tard, il était admis en service de réanimation, où le vieil homme était resté intubé durant un mois. Audrey avait réalisé que, sans l'intervention de Benoît, elle aurait sans aucun doute perdu son père, pour qui le diagnostic du Covid-19 avait été confirmé.

Avoir vu passer la mort si près avait profondément ébranlé Audrey. Cet événement avait subitement redéfini l'ordre de ses priorités, et elle avait à nouveau ressenti l'amour protecteur de celui qu'elle avait un jour choisi d'épouser. Elle avait débarqué un soir dans le « bureau-couchette » de Benoît, avait éclaté en sanglots et s'était jetée dans ses bras. Bouleversé, il avait cherché à la rassurer, tandis qu'Audrey s'était rappelé le caractère unique de leur relation, forgée par le temps et les constructions communes. Après s'être mutuellement rendus responsables de l'échec de leur couple, ils avaient l'un et l'autre admis leurs propres erreurs. Puis ils étaient enfin parvenus, sans l'oublier pour autant, à dépasser le passé pour se poser la seule question qui comptait : « Et maintenant, où allons-nous ? »

Par la force des choses, Audrey et Benoît avaient été contraints de se parler. Et ils l'avaient fait. Beaucoup. Audrey s'était ouverte des raisons qui l'avaient poussée dans les bras d'un autre homme, auquel elle s'était attachée. Elle avait trouvé en lui quelqu'un qui la regardait comme Benoît ne le faisait plus, qui lui offrait écoute et attention, tandis qu'elle-même et Benoît s'étaient perdus dans une routine sans surprise. Benoît avait quant à lui évacué la colère qui le rongeait depuis qu'il avait découvert cette infidélité, et avoué combien il se sentait trahi et humilié.

Elle avait beaucoup pleuré. Lui aussi.

Ils avaient pris le temps de se redécouvrir et de repartager des plaisirs simples, avaient retrouvé des moments d'affection, des gestes de tendresse. Benoît s'était rappelé ce qui l'avait séduit chez Audrey : ce faux air de Romy Schneider qu'il retrouvait sur son visage et dans son regard pétillant, cette aura magnétique qui envoûtait son entourage…

Un soir de fin avril, Philomène couchée, Benoît avait rejoint Audrey sur le balcon. Il lui avait pris la main et, les yeux baissés, lui avait chuchoté « je t'aime ». Sa voix tremblait. Ému, les yeux rivés à l'anneau qu'il avait un jour glissé à son doigt, il avait ajouté que sa fierté importait moins que son désir de finir sa vie à ses côtés. Il avait exprimé ses peurs et ses doutes sur un avenir flou et incertain, avait reconnu que la confiance perdue ne se retrouverait pas en quelques jours. Mais il avait dit aussi que pour arriver au pardon, il fallait avoir compris la raison de la faute et accepté un passé sur lequel nul ne pouvait revenir. Seul le temps pourrait se charger de cette deuxième étape. Si elle l'aimait encore. Et si elle éprouvait autant que lui le désir de retrouver et poursuivre ce chemin commun.

Ce soir-là, ils avaient refait l'amour pour la première fois depuis bien longtemps. Et une lueur d'espoir s'était lentement ravivée.

De fait, là où la contrainte de rester ensemble vingt-quatre heures sur vingt-quatre aurait pu, *aurait dû* enterrer définitivement leur couple, l'inverse s'était produit.

Le 11 mai, comme 67 millions d'autres Français, ils s'étaient « déconfinés ». Dès le lendemain, Benoît avait repris ses consultations à Rueil. Audrey lui avait annoncé reprendre son travail le 14 avec une réunion d'équipe, organisée en petit comité à Tours.

Benoît avait masqué son appréhension de retomber dans la routine qui avait failli briser leur couple. Et plus encore sa peur qu'Audrey ne renoue avec cet homme… Elle l'avait compris. Il se souvenait du regard qu'elle avait plongé dans le sien, deux jours avant son décès, lorsqu'elle lui avait dit : « Aie confiance en *nous*. »

Ces quatre mots l'avaient porté des heures durant. Jusqu'à la terrible nouvelle.

Ce jour maudit du 14 mai, il s'était levé après qu'Audrey était venue l'embrasser et lui dire que son café était prêt. Elle avait entrouvert un instant la porte de la chambre de Philomène, qui dormait encore, ils avaient échangé quelques mots difficiles à la suite d'une remarque qu'il n'avait pu retenir. Mais elle avait su le rassurer. Puis elle avait quitté l'appartement avec un grand sourire et un dernier baiser adressé de la main. Lui avait rejoint la cuisine, pioché dans le sachet de madeleines entrouvert, bu son café en savourant le début d'une journée qui s'annonçait sereine, sans imaginer qu'elle allait devenir la pire de sa vie.

Cinq heures plus tard, aux alentours de midi, alors qu'il s'acquittait des dernières tâches administratives au centre, un numéro inconnu s'était affiché sur l'écran de son portable. Il avait hésité à décrocher, avait néanmoins pris l'appel.

Chaque fibre de son corps ressentait encore la lame qui l'avait transpercé lorsque son interlocuteur s'était présenté. Il aurait été incapable de répéter son nom. Mais il avait bien retenu : « gendarmerie ». Son sang s'était figé dans ses veines. Le soleil qui inondait la pièce quelques secondes plus tôt s'était subitement volatilisé : tout, autour de lui, était devenu sombre. Il avait un court instant espéré que le gendarme avait fait une erreur de numéro. Avant de réaliser qu'il l'avait bien appelé « monsieur Blin ». Ce genre d'appel ne réservait jamais de bonnes surprises. La suite le lui avait confirmé.

Il se souvenait avoir maladroitement noté l'adresse où se rendre, avait appelé Philomène pour la prévenir d'un impératif qui le retiendrait au centre. Il s'était engouffré dans sa voiture et avait foncé en direction d'Amboise.

Sur la route, il avait entamé un long monologue. Pour ne pas laisser de place à la peur ou à la folie. Il savait très bien que Tours se trouvait non loin d'Amboise. Et il s'était demandé si cette réunion n'était pas une excuse pour retrouver « l'autre ». Il avait cherché à se convaincre que ce n'était pas Audrey, que ce n'était pas lui, que ce ne serait pas là leur triste histoire. Mais ce déni n'avait été que de courte durée, la réalité le rattrapant brutalement à son arrivée au centre hospitalier intercommunal d'Amboise. À l'annonce du décès d'Audrey, tous ses espoirs avaient été brutalement balayés par une peine immense, doublée d'une douleur abyssale.

Il n'avait eu aucune précision sur l'accident même. Il avait juste appris que la voiture d'Audrey avait dévié de sa trajectoire pour heurter de plein fouet un arbre sur le bas-côté de la route. Il n'y avait aucun autre véhicule accidenté. Apparemment il y avait un témoin, et il lui avait été précisé qu'une enquête permettrait de comprendre les circonstances exactes de ce terrible accident.

Les derniers mots qu'ils avaient échangés le matin même lui étaient revenus :

« Ta réunion est à Tours ? Ce n'est pas loin d'Amboise…

— Ne me rajoute pas de pression, Benoît… J'ai fait mon choix et tu le connais. »

D'autres questions, torturantes, s'étaient rapidement insinuées dans son esprit : Et si Audrey avait finalement choisi de rester avec cet homme ? Était-il invraisemblable d'imaginer qu'elle n'ait pas eu le courage d'assumer cette décision et que, sur un coup de tête… ? Ou encore qu'elle ait bien rompu, parce que moralement contrainte et forcée, mais qu'elle n'ait pu supporter d'envisager sa vie sans ce type ? Ces deux suppositions conduisaient à… un suicide.

De retour vers 21 heures, il avait ouvert sans bruit la porte de l'appartement à jamais dépourvu de la présence d'Audrey. Une musique en sourdine provenait de la chambre de Philomène. Il s'était laissé glisser le long du mur de l'entrée, hébété. Sonné par cette impression d'un néant presque palpable, il avait plusieurs fois murmuré « Ce n'est pas vrai… Ce n'est pas vrai… » comme une incantation.

Il avait profité de ces quelques minutes supplémentaires pour se préparer à affronter l'une des pires épreuves auxquelles un père puisse être confronté.

Le ventre noué, il s'était relevé, avait rejoint Philomène en s'imposant de masquer son anéantissement. Mais comment annoncer l'indicible ? Comment ne pas laisser de place à l'espoir lorsqu'on l'appelait soi-même de tous ses vœux ? Et comment trouver la force d'essayer d'adoucir le chagrin de son enfant tandis que lui-même ne parvenait toujours pas à mettre le mot « mort » sur ce qui était arrivé à Audrey ? « Mort » ramenait à l'irréversible. À « jamais plus ». Si lui ne parvenait pas à faire face à cette tragédie à quarante-deux ans, comment Philomène pourrait-elle le faire du haut de ses quinze ans ?

Il s'était assis à côté d'elle sur le bord du lit et avait marmonné, d'une voix tellement basse que Philomène avait dû s'approcher pour l'entendre : « Maman a eu un accident de voiture, Philo… »

Bêtement, il avait ajouté qu'il allait lui falloir être courageuse. Le courage limitait-il l'invasion de la souffrance, réduisait-il son omniprésence et le poids de sa dictature ? Bien sûr que non. Le silence était devenu insupportable. Et la douleur trop vive. Alors il n'avait fait que parler pour parler. Philomène, elle, était sortie de son mutisme en bondissant de son lit et avait quitté sa chambre en claquant la porte. Il l'avait laissée seule. Certaines douleurs nécessitent l'absence de tout témoin.

Elle était revenue beaucoup plus tard. Tout d'abord bouleversée, elle avait de nombreuses fois répété les mots qui tournaient sans discontinuer dans la tête de Benoît : « Ce n'est pas possible… Ce n'est pas vrai… » Puis elle était restée prostrée dans les bras de son père. Sans verser la moindre larme.

Benoît avait lutté contre le réflexe de s'enfermer seul avec son chagrin. Il lui avait paru indispensable de partager avec Philomène les premières heures où ils avaient à vivre cette première nuit sans Elle. La première d'une longue série de premières…

Lorsque le sommet du soleil avait pointé au-dessus de la ligne d'horizon, ni l'un ni l'autre n'avaient fermé l'œil. Ni prononcé le moindre mot.

Tôt le matin, Benoît avait commencé à passer des appels. À ses parents. À ceux d'Audrey. À leurs amis communs. Anéanti, il avait eu à gérer l'effondrement de la maman d'Audrey. Tel un automate, il avait annoncé la tragédie, entendu d'une oreille distraite les messages de réconfort, raccroché sur un même sentiment d'incrédulité et d'injustice.

Le corps d'Audrey avait été transporté à Rueil. Philomène avait refusé de se rendre au funérarium et d'assister à l'enterrement. Malgré toutes les tentatives de son père pour la raisonner, l'adolescente s'était montrée catégorique : « Je ne veux pas y aller, c'est mon choix. Tu comptes me forcer à venir ? » Ses yeux étaient restés brillants, mais, là encore, aucune larme n'en avait jailli. Elle n'avait pas quitté son lit. Pris dans la tourmente, dépassé par ses propres émotions, Benoît l'avait laissée s'emmurer dans un profond mutisme.

Cela avait été sa première erreur.

Mais qui aurait pu lui jeter la pierre ? Seul, il avait eu à affronter une situation qu'il n'aurait jamais imaginée. Des amis proches lui avaient conseillé d'emmener Philomène consulter une psychologue spécialiste des adolescents. Celle qu'il avait choisie lui avait posé de nombreuses questions sur les circonstances de la mort d'Audrey. Il n'avait pu cacher son doute sur le fait que sa femme ait pu choisir de mettre fin à ses jours.

Philomène s'était rendue à une première séance. Droite comme un I sur sa chaise, elle était restée totalement absente de l'échange. Elle avait ensuite annulé les deux séances suivantes.

Parallèlement, Benoît avait appris deux choses : l'enquête avait conclu à un accident, et il avait pu prendre connaissance des conditions dans lesquelles la tragédie s'était déroulée. Le conducteur d'une voiture qui arrivait en face de la Polo orange avait eu le temps de voir qu'Audrey regardait autre chose que la route, qu'elle avait levé la tête et brutalement braqué le volant sur sa droite en le voyant. Aucune trace d'appel ne figurait sur son smartphone personnel au moment de l'impact. Le téléphone professionnel d'Audrey n'avait jamais été retrouvé. Par la suite, il avait également appris par la DRH de l'entreprise pour laquelle elle travaillait qu'Audrey n'avait aucun rendez-vous prévu à Tours ce jour-là. Cette révélation, avec tout ce qu'elle impliquait, avait définitivement détruit Benoît. Audrey était non seulement morte, mais elle était partie dans le mensonge, sans doute en pensant à un autre que lui. C'était tout simplement insupportable.

Hyperactif le jour, insomniaque la nuit, il s'était à nouveau noyé dans le travail. Cette frénésie lui avait permis de ne pas penser, de ne pas disjoncter. La nuit était devenue le seul témoin de son chagrin : il avait parfois réussi à voler quelques heures de sommeil à ses cogitations nocturnes, s'était réveillé angoissé et vide, soulagé d'apercevoir les premières lueurs de l'aube, avant de remettre le masque le jour. Épuisé par les efforts que lui demandait ce travail de simulation, il n'avait pas pris conscience du changement de comportement de sa fille.

Deuxième erreur.

Et pourtant, la transformation de la petite Philomène studieuse et pétillante avait été rapide. Elle qui adorait lire passait désormais son temps avec un casque sur les oreilles. Elle parlait peu, ne souriait plus, et restait enfermée dans sa chambre, assise contre la fenêtre, où elle laissait son regard errer le long de la Seine.

Benoît aurait voulu comprendre ce qui se passait dans sa tête. Mais elle se contentait de le scruter en silence, comme si elle tentait de percer un mystère dont lui seul détiendrait la clef. Et il était incapable de lui parler.

Benoît stoppa sa voiture en double file devant l'entrée de l'immeuble. Il avait mis vingt-cinq minutes de son travail à son domicile : il avait sans aucun doute battu son record de vitesse.

Il se précipita dans la chambre de Philomène et son cœur s'arrêta un instant à la vue du mot déposé sur son oreiller : « J'espère que tu ne m'en voudras pas, papa. Fais-moi confiance. Je reviens très vite. Je t'aime. Philo »

Sonné, il se laissa choir sur le lit. Le monde se désarticulait autour de lui.

Décidément, tu n'es pas meilleur père que tu n'as été bon mari…

Un bip annonça l'arrivée d'un SMS.

Dsl, papa, je sais que c'est aussi difficile pour toi, mais j'ai besoin de comprendre certains trucs par moi-même. Laisse-moi qq jours. Je serai prudente, et un papi prend soin de moi. Je t'M

Ce n'était pas le moment de s'apitoyer sur son sort. La première chose à faire était de prévenir les flics. Ils déclencheraient le plan Alerte enlèvement et Philomène serait vite repérée.

Sauf qu'il ne s'agissait pas d'un kidnapping. Pas même d'une disparition. Comme l'avait dit le vieux : Philomène avait fugué. Ce n'était pas la même chose. Certes, sa fille étant mineure, ils la rechercheraient, mais leur intervention serait moins rapide.

Devait-il aller trouver la police dès maintenant ? Il devrait patienter trois plombes le temps que l'on prenne sa déposition, revenir sur toute l'histoire qui avait conduit Philomène à s'enfuir à Amboise. Combien d'heures cela prendrait-il ? Pourquoi perdre ce temps précieux alors qu'il pouvait se rendre lui-même sur place ?

Amboise. La seule évocation de cette ville lui provoquait des frissons dans le dos. Lui savait pourquoi Philomène avait choisi cette destination, et il se mordait les doigts de ne pas avoir jeté les papiers qui avaient contribué à alimenter les fantasmes de sa fille.

Il s'empara de son portable et tapa « Distance Rueil-Malmaison/Amboise ». Deux cent trente-deux kilomètres. Deux heures et demie de route. Il consulta sa montre : il pouvait y être aux environs de 14 heures. Autant dire le même temps que pour se rendre chez les flics, patienter et faire une déposition…

Il bondit sur ses pieds. Le choix était vite fait. Amboise n'était pas une ville gigantesque. Il pouvait retrouver Philomène sans l'aide de la police. Surtout si elle était accompagnée d'un vieillard.

À condition qu'il en soit vraiment un.

Une vague d'angoisse déferla en lui.

Respire ! Sa voix était vraiment celle d'un homme âgé. Et qui peut encore dire « nous sommes en partance » ?

Un peu rassuré, il claqua la porte de l'appartement et se lança dans l'escalier.

Dans le pire des cas, il se rendrait au poste de gendarmerie d'Amboise.

*

Philomène termina son verre de jus de fruits et le reposa sur la table.

Dans un esprit vengeur, elle avait dépeint son père comme un homme violent, capable d'entrer dans des colères effroyables. Elle avait ajouté qu'il devait déjà être en route pour Amboise. Sur ce dernier point, elle était dans le vrai. Et elle tentait de se convaincre des faibles probabilités qu'il la retrouve dans une si grande ville…

Elle devait avouer prendre un certain plaisir à lire sur le visage d'Auguste l'inquiétude, voire la peur qui s'étaient emparées de lui.

— Tout cela ne serait pas arrivé si vous n'aviez pas appelé mon père dans mon dos…

— Rien ne serait arrivé si tu étais restée chez toi, tout court ! riposta Auguste.

— Je vous ai expliqué pourquoi je devais partir. Je veux juste comprendre pourquoi ma mère s'est rendue dans ce bled, et ce qui se cache derrière ce signe dessiné par mon père. J'ai besoin de savoir si maman s'est suicidée. Je n'en dors plus. Et je suis sûre que la réponse se trouve là-bas.

Auguste songea aux autres questions qui resteraient à jamais sans réponse, si un suicide venait à être confirmé. Il préféra ne pas s'attarder sur cette éventualité-là.

— Quand j'étais jeune, je posais des questions quand je ne comprenais pas quelque chose. Tu n'as même pas essayé d'en parler avec ton père !

Au regard réprobateur d'Auguste, elle répliqua, amère :

— Le suicide de ma mère, il en parle avec ma psy. Pas avec moi. Et je ne suis pas sûre que lui-même ait bien compris ce qui s'est réellement passé. Mais tout ça, je vous l'ai déjà dit mille fois !

Face à l'air accablé de Philomène, il tourna la tête. Pourquoi cacher une telle chose à son enfant ?

Quelle que soit l'hypothèse, il est évident qu'un homme capable de mentir sur un tel sujet n'aura aucun scrupule à raconter aux flics que sa fille a été enlevée.

Pour sûr, il saurait prouver son innocence. Mais finir au poste pour y subir un interrogatoire interminable jouerait en sa défaveur. À quatre-vingt-cinq ans, il était presque devenu aussi tributaire des autres que l'adolescente. Encore un prix à payer du vieillissement : le rôle parent-enfant s'inversait, et les enfants devenaient les parents de leurs propres parents. Alors, quelle que soit l'histoire qu'il leur servirait, tout deviendrait louche. Et les autorités ne manqueraient pas de se questionner sur certaines choses, notamment sur ce qui expliquait qu'un vieil homme voyage seul avec une enfant n'ayant aucun lien de parenté avec lui…

Les yeux d'Auguste revinrent se poser sur Philomène, qui l'observait avec attention mais ne lui décrochait plus un mot. Pourquoi diable avait-il appelé ce type, qui était peut-être un vrai malade ? Et comment allait-il se dépatouiller de cette situation ?

La pendule accrochée au-dessus du comptoir indiquait 11 h 25. L'urgence était de trouver un hôtel pour le soir. Il aviserait ensuite.

— Il faut y aller !

Elle fit mine de l'ignorer. Il régla l'addition, se leva et quitta la table en précisant qu'il ne l'attendrait pas. Après tout, si elle restait ici, cela résoudrait naturellement une bonne partie de ses problèmes…

*

Nathalie, passablement irritée, monta l'escalier qui menait à la chambre d'Auguste. Cela faisait trois fois qu'elle appelait son fils et Auguste pour passer à table…

Sans frapper, elle poussa la porte d'un air peu amène et la surprise se peignit sur son visage. D'un rapide regard, elle balaya la pièce plongée dans la semi-pénombre et alluma la lumière. Comme d'habitude, la chambre était impeccablement rangée, le lit soigneusement fait. La seule chose qui sortait de l'ordinaire, c'étaient les volets fermés. Auguste avait des marottes, comme celle de faire entrer la lumière le matin dans les pièces du côté sud, pour les plonger l'après-midi dans le noir. Il n'y dérogeait jamais en été, lorsqu'il faisait chaud. Or, il était midi, et les fenêtres auraient dû être grandes ouvertes.

— Hugo, tu as vu ton grand-père ce matin ? cria-t-elle de l'étage.

Un bruit de tir en rafale lui parvint du rez-de-chaussée en guise de réponse.

Nathalie éteignit la lumière. Auguste ne s'était pas manifesté de la matinée. Ce n'était pas courant mais pas inquiétant non plus. Il partait parfois « à la fraîche » pour « respirer le bon air du matin », comme il disait.

Ses lèvres se pincèrent : elle le soupçonnait surtout de ne pas avoir digéré sa proposition de balade de la veille. Elle avait surpris le regard du vieil homme se poser sur la brochure de l'établissement. Il n'avait sans doute pas pu en lire le moindre mot, mais elle aurait mis sa main à couper qu'il avait suspecté ses intentions. S'il n'était pas dupe, elle non plus.

Par son absence, il cherchait sans doute à lui signifier qu'il décidait encore de ses loisirs, sans avoir à rendre de comptes à quiconque.

Qu'à cela ne tienne, et qu'il profite bien de son escapade ! Ses enfantillages seront de courte durée.
Elle claqua la porte et redescendit l'escalier.

*

Philomène n'avait finalement pas tardé à rejoindre Auguste, ce qui l'avait autant amusé que contrarié. Amusé parce que cela donnait une leçon à cette petite tête de mule ; contrarié parce qu'une fugueuse de quinze ans n'était pas précisément ce que l'on pouvait souhaiter de mieux à un mort en sursis qui en comptabilisait soixante-dix de plus.

Auguste était toujours sérieusement préoccupé par la réaction du père de Philomène. Ils avaient marché vingt bonnes minutes au rythme qui était le sien, avant de trouver l'hôtel recommandé par le barman. Il avait réservé deux chambres communicantes, car il tenait à garder la jeune fille à l'œil.

Il n'avait pour l'heure qu'une seule envie : se reposer. Les chambres n'étant disponibles qu'à partir de 15 heures, il avait confié son Caddie à un réceptionniste abasourdi. En attendant, il avait proposé à sa compagne d'infortune d'aller grignoter quelque chose. Rancunière, elle lui avait à peine adressé la parole depuis le malencontreux appel, et s'était contentée d'opiner du chef en désignant un bar à salade croisé au cours de leur marche.

Les seules places disponibles se trouvaient face au comptoir en marbre, sur deux tabourets hauts. Philomène s'y hissa d'un bond tandis qu'Auguste dut s'y reprendre plusieurs fois avant d'y caler son postérieur.

L'adolescente opta pour une salade composée, Auguste se contenta d'une bouteille d'eau bien fraîche. Il avait l'estomac bien trop noué pour envisager d'avaler du solide. Son manque d'appétit n'était dans le cas présent pas lié à sa pathologie, mais plutôt à l'idée obsessionnelle du père de Philomène déambulant furieux dans les rues d'Amboise.

Il s'adressa à Philomène en s'efforçant de ne rien laisser paraître de son angoisse :

— Tu vas bouder encore longtemps ?

Elle suspendit la fourchette pleine de crudités, puis la reposa dans son assiette, visiblement soulagée de pouvoir enfin parler.

— Par votre faute, mon père est à ma recherche…

Auguste s'accorda un court espace de réflexion en se servant un verre d'eau.

— Je suis désolé. Je pensais vraiment bien faire. De toutes les valeurs qu'il me semble important de cultiver, l'honnêteté occupe une place prépondérante.

— Ça ne saute pas aux yeux : je vous ai fait confiance et vous m'avez menti ! C'est ça, pour vous, l'honnêteté ?

Il ignora le ton acerbe et poursuivit :

— Je considère que c'est une valeur fondamentale qui nous aide à vivre en restant dans la vérité. Une notion qui t'est chère, non ? J'ai estimé que ton père ne méritait pas de se ronger les sangs. Surtout si ta mère…

Il comprit immédiatement qu'il avait fait mouche. La mâchoire inférieure de la jeune fille trembla légèrement.

— Je ne voulais pas le blesser. Je cherche simplement à comprendre !

Il ne remit pas en cause la véracité de ses propos. Il la sentait, la *savait* sincère.

— Les gens mentent souvent par facilité ou par volonté de manipulation. Toi, je sais que tu l'as fait pour d'autres motifs. À ton tour, essaie de te mettre à ma place…

D'une main hésitante, Philomène reprit sa fourchette et porta une dernière bouchée à ses lèvres.

Auguste songea à sa propre mère, décédée lorsqu'il avait trente ans. Le double de cette gamine. La mort d'une mère n'entraînait pas qu'un douloureux travail de deuil. Elle signait également la fin d'un refuge, le deuil d'une partie de sa propre histoire. De quels soutiens, de quelles aides Philomène bénéficierait-elle pour lutter contre la morsure de l'absence maternelle, à l'âge où l'on est en pleine construction de son identité ? Il la laissa méditer sa dernière remarque en silence, puis changea de sujet :

— C'est un vieux prénom, Philomène. Il doit être rare…

— C'est ma mère qui l'a choisi. C'était celui de sa grand-mère. Maman l'aimait beaucoup. Elle me disait que c'était un beau cadeau que de me donner son prénom. Qu'un prénom, c'était précieux…

— Ta maman parlait juste, petite.

Ils sortirent. Il leur restait encore deux bonnes heures à patienter avant de prendre possession de leurs chambres. Auguste proposa une promenade vers le château. Il restait à l'affût de toute Peugeot 2008. Ce modèle ne lui évoquant rien de précis, son regard traquait toutes les voitures bleu marine arborant un blason avec une tête de lion.

Ils venaient d'arriver à l'île d'Or lorsque Philomène s'agrippa au bras d'Auguste.

— La voiture de papa ! cria-t-elle.

Affolée, elle pointait le pont qui traversait la Loire.

— Je suis sûre que c'était lui !

Le cœur d'Auguste cogna instantanément plus fort. Ce qu'il redoutait allait se produire. Il imagina un instant le regard apitoyé de Cruella, et le sourire de satisfaction se dessinant sur ses lèvres lorsque Simon le ramènerait à la maison.

Même ton Caddie est une anomalie. Le réceptionniste de l'hôtel était médusé en le voyant. Il deviendra un marqueur de plus d'un début de démence...

Paniqué, Auguste chercha des yeux un endroit où Philomène et lui ne seraient plus à découvert. Sans succès.

— Ne restons pas sur le quai. Viens !

Il galopa le plus vite qu'il put en direction d'une petite rue perpendiculaire, puis bifurqua sur celle de droite. Son cœur battait la chamade. L'air lui semblait de plus en plus irrespirable. Et il sentait la transpiration lui couler sur le front et tout le long du dos.

Il se dissimula derrière un arbre pour reprendre son souffle, examina attentivement la rue dans les deux sens. Aucun véhicule ennemi n'apparaissant à l'horizon, il traversa. Ils débouchèrent sur une immense place, occupée par de nombreux promeneurs. Plus loin apparaissaient au-dessus de leurs têtes deux immenses ballons de couleurs vives. Une fête foraine devait se tenir à quelques encablures.

— Viens par ici ! commanda-t-il en attrapant Philomène par le bras.

Les battements affolés de son cœur résonnaient douloureusement dans ses oreilles. Il ne parvenait plus que difficilement à insuffler de l'oxygène dans ses poumons.

Tout plutôt que te faire prendre !

Il découvrit ce qui rassemblait du monde. Il ne s'agissait pas d'une fête foraine mais d'une zone de montage de trois montgolfières.

— Oh, c'est génial ! s'écria Philomène.

Au bord du malaise, Auguste ne trouva pas le souffle nécessaire pour lui répondre. Tout en continuant à avancer aussi vite que ses jambes le lui permettaient, il jeta un coup d'œil du côté des ballons. Deux étaient prêts à décoller. Un troisième n'était pas encore gonflé. L'immense enveloppe de tissu traînait sur le sol. Quatre personnes portant un tee-shirt avec une publicité dans le dos pour les vols en montgolfière s'affairaient autour des engins. L'une d'elles attacha l'enveloppe à une nacelle.

Auguste s'arrêta. Il n'était plus en mesure d'effectuer le moindre pas. Il s'imposa une pause, vitale, pour retrouver une respiration normale, assistant, à l'égal des autres curieux et bien malgré lui, à la séance de gonflage du dernier ballon, sans cesser de surveiller les individus qui l'entouraient.

Les puissants ventilateurs finissaient d'insuffler de l'air dans l'enveloppe en tissu. À trois mètres d'eux, un couple et un enfant attirèrent son attention : le petit garçon, à qui il donna six ou sept ans, pleurait et se débattait comme un beau diable dans les bras de son père.

— N'aie pas peur, Arthur ! Nous allons voler, comme les oiseaux…

En guise de réponse, l'enfant hurla encore plus fort et se mit à donner des coups de pied dans le vide. Son père le serra fermement contre lui.

— Bon, ça suffit, maintenant ! Tu te donnes en spectacle, là ! gronda-t-il, agacé.

Son regard croisa celui d'Auguste et, gêné, il chercha à se justifier :

— Ma femme et moi avons réservé ce vol en montgolfière il y a trois mois et voilà que le petit nous fait une crise…

Auguste répondit par un bref sourire. La mésaventure de ce jeune couple était bien le cadet de ses soucis.

— C'est bon, vous pouvez venir ! cria l'un des hommes au tee-shirt publicitaire en direction des deux parents.

La mère se précipita vers l'enfant :

— Tu verras, Arthur… De là-haut, tu pourras voir le château, le fleuve… Et les personnes te sembleront toutes petites !

Les arguments furent peu convaincants : Arthur brailla de plus belle. Mais ils le furent pour Auguste : de là-haut, lui et Philomène seraient en sécurité. En un mouvement impulsif, Auguste s'avança vers le jeune père et s'empara du bras de l'homme.

— Excusez-moi, mais si le petit refuse de monter, que se passera-t-il ?

Le jeune père soupira :

— Il n'est pas question de forcer mon fils à y grimper. De toute façon, le pilote ne l'accepterait pas. Mais nous ne serions sans doute pas remboursés. Et au prix que ça coûte…

— Oui, j'imagine qu'on ne parle pas de quelques sous…, appuya Auguste. Écoutez… Je vous propose de vous racheter vos billets.

Éberlués, les deux parents échangèrent un bref regard avant de le dévisager.

— Combien avez-vous déboursé, sans être trop indiscret ? enchaîna Auguste.

— 450 euros…

Auguste sortit son porte-monnaie et en sortit douze billets.

— En voici 600 ! Prenez-les. Dites-leur que vous cédez votre place à votre vieux père et à une nièce. Ils ne vous embêteront pas…

Il vit l'homme froncer les sourcils et tenta de jouer sur la corde sensible :

— J'ai toujours rêvé de voler en montgolfière. Mais organiser un tel voyage à l'avance est un pari risqué, à mon âge…

— Ils n'approuveront jamais…

— Vous avez réservé et payé. Le choix des personnes que vous mettez dans cette nacelle ne regarde que vous, tant qu'il n'y a aucune contre-indication médicale…

Le petit garçon était maintenant plus rouge qu'un costume de Père Noël, et il pleurait à coups de grands hoquets. Cela leva les dernières hésitations des jeunes parents.

— Marché conclu ! céda l'homme, déçu de ne pouvoir jouer à Icare, mais satisfait de l'arrangement inespéré.

Il partit rejoindre les tee-shirts aux ballons, en revint au bout de deux minutes :

— Voilà, « papa » ! Ils m'ont demandé votre âge et si vous aviez des problèmes de santé particuliers.

J'ai répondu que vous aviez soixante-quinze ans et que vous vous portiez comme un charme. C'est bien le cas ?

— Absolument ! confirma Auguste, peu disposé à se réjouir du divertissement annoncé, mais flatté de ce rajeunissement inattendu. Merci beaucoup…

Il prit la main d'une Philomène incrédule, et tous deux s'approchèrent du dirigeable. On les invita à prendre place dans la nacelle en rotin. Auguste aurait aimé faire honneur à ses prétendus soixante-quinze ans, mais il était un peu trop tard pour espérer une régénération musculaire. Il se hissa donc péniblement sur le marchepied. L'adolescente, privilège de la jeunesse, grimpa en deux secondes.

D'une oreille distraite, il écouta le pilote leur donner des consignes de sécurité. Il ne prit conscience des conséquences de sa décision brusque et irréfléchie qu'au moment où une voix clama :

— Préparez-vous au décollage !

À cet instant précis, il se demanda s'il n'avait pas effectivement perdu toute sa raison.

*

Benoît gara sa voiture sur le bas-côté, coupa le contact. Par où commencer ? Le vieux lui avait lâché qu'ils allaient chercher un hôtel… Son imagination débordante lui suggérant certaines images insupportables, il essaya de la canaliser pour ne pas la laisser divaguer. Il devait garder la tête froide pour avoir les idées claires.

L'inconnu au téléphone avait bel et bien une voix de personne âgée. Certes, il existait aussi de vieux pervers, mais ceux capables d'appeler le père d'une ado fugueuse pour le rassurer devaient se faire plus rares.

Pour arranger le tout, Philomène avait coupé son portable et restait injoignable…

Il inspira à pleins poumons et expulsa bruyamment l'air, pour s'exhorter au calme. Il se donnait jusqu'au soir pour les retrouver. Il fouillerait la ville quartier par quartier, passerait chaque rue au peigne fin, puis se rendrait dans tous les hôtels pour demander si un vieil homme accompagné d'une adolescente y avait réservé des chambres pour la nuit.

S'il n'avait rien trouvé à 20 heures, il irait à la police.

20 heures. Pas une minute de plus.

Il redémarra le véhicule, s'engouffra dans la file de voitures, suivit la flèche en direction du centre-ville et tourna sur sa droite.

*

La montgolfière prit rapidement de l'altitude.

Dès qu'ils eurent quitté la terre ferme, Philomène se hissa sur ses jambes pour admirer le paysage. Auguste préféra rester terré au fond de la nacelle.

Mais le pilote lui demanda rapidement de se lever, en lui rappelant que si l'atterrissage devait se faire accroupi, le vol, lui, se faisait debout. Auguste tenta donc de se redresser en se cramponnant de toutes ses forces au bord du panier.

Un violent vertige s'empara de lui et il dut fermer les yeux pour ne pas s'évanouir. Le cœur cognant très fort dans sa poitrine, le dos tourné à l'homme, il chercha à reprendre une respiration régulière.

Il rouvrit les yeux, se tourna vers l'intérieur de l'embarcation et tenta de se concentrer sur la flamme de plus de cinq mètres qui chauffait l'immense ballon.

Si cette saloperie de nacelle vient encore à bouger, on va finir projetés dans le ciel, tels deux vulgaires dés jaillissant de leur gobelet.

De nouveau, il manqua chavirer, se colla contre la nacelle. Lui qui cherchait à fuir une longue agonie dans un mouroir, il allait finalement terminer aplati comme une crêpe sur un trottoir, huit cents mètres plus bas… L'atroce image qui s'imposa à lui l'obligea à refermer les yeux.

— Vous vous sentez mal, monsieur ?

Il faillit hurler que ce n'était pas pour rien qu'il n'avait jamais pu intégrer l'armée de l'air, qu'il avait le vertige, et donc qu'il fallait lui ficher la paix. Mais le regard inquiet du pilote le fit se ressaisir. Cet homme se moquait bien de savoir s'il avait le pied marin ou s'il souffrait du mal de l'air. Son sujet était de s'assurer qu'il n'allait pas redescendre en urgence avec un cadavre à son bord. En revanche, s'il prenait la décision de redescendre maintenant, le fou furieux qui le pistait quelques centaines de mètres plus bas aurait tôt fait de le retrouver et de lui rouler dessus. Autant s'accrocher à cette saloperie de panier en espérant que le voyage serait de courte durée.

— Ça va… Mais je suis tout déparpaillé…, bredouilla Auguste en montrant sa chemise froissée, dont un pan dépassait de la ceinture.

Au regard ahuri du pilote, il se demanda si celui-ci avait compris quoi que ce soit. Pour autant, cela eut au moins pour mérite de lui faire tourner la tête et de l'inciter à passer à autre chose.

Le ballon monta, et monta encore. Auguste ferma à nouveau les paupières, tout en sentant bien que la montgolfière gagnait en altitude.

Les petits cris de joie de Philomène l'exaspéraient. Il devait avoir l'air ridicule, comparé à cette gamine qui n'en finissait pas de s'extasier, et qui l'invitait en le vouvoyant à la rejoindre pour « profiter du spectacle ».

— C'est merveilleux, Auguste ! Je crois que je n'ai jamais rien vu d'aussi beau de toute ma vie !

Rien de surprenant, sa vie ne faisait que commencer…

— Où et dans combien de temps serons-nous de retour sur le plancher des vaches ? aboya-t-il à l'intention du pilote.

— Aucune idée du lieu où nous allons atterrir ! répondit celui-ci sur un ton jovial. Ici, le maître, c'est le vent.

Il se méprit sur l'origine de la pâleur d'Auguste et ajouta précipitamment :

— Mais rassurez-vous, nous sommes en liaison radio avec une équipe au sol, qui suit notre trajectoire en voiture. Ils seront présents lors de l'atterrissage, et nous ramèneront à notre base de départ. Ne vous inquiétez pas, monsieur : tout est sous contrôle !

Philomène s'approcha de lui, posa une main sur son épaule :

— Vous avez peur, n'est-ce pas ? lui souffla-t-elle à l'oreille, pour ne pas être entendue du pilote.

Vexé, Auguste répliqua :

— J'en ai vu d'autres, petite !

Mais Philomène ne fut pas dupe. Elle demeura silencieuse à ses côtés, la main toujours sur l'épaule d'Auguste, dans un geste protecteur destiné à le rassurer.

Alors il prit sur lui et se força à maintenir les yeux ouverts.

Après quelques secondes difficiles et une dernière sensation de vertige, il se retrouva dans une sorte d'irréalité, comme s'il vivait un rêve. Il éprouva l'impression de flotter dans les airs. Puis la magie opéra.

Une incroyable sérénité l'envahit, dans un silence ouaté uniquement entrecoupé par le bruit du brûleur. Il se retourna : aucune fenêtre à travers laquelle choisir le paysage qu'il souhaitait contempler. Où que se posât son regard, la nature lui était offerte sous un panorama à 360 degrés, dans une beauté à couper le souffle.

Bouleversé par cette vue, partagé entre la fierté d'affronter sa phobie et le regret de ne pas l'avoir fait plus tôt, il s'approcha de l'un des bords et s'y cramponna. Il risqua un œil vers le bas et ses doigts serrèrent tellement fort l'un des arceaux que leurs articulations en blanchirent.

Là, légèrement penché à ce balcon du ciel, la vie d'en dessous lui apparut : tout y était miniature, ce qui faisait du monde un spectacle grandiose.

Auguste inspira l'air à pleins poumons et la sensation d'être plus vivant que jamais l'envahit. Il regarda Philomène, également fascinée, et sa candeur le toucha. Tout ici paraissait pur, féerique.

Pourquoi n'avait-il pas expérimenté cela plus tôt ?

J'aurais aimé que mon père me voie. J'aurais aimé ne pas le décevoir.

La beauté extérieure faisait écho en lui.

Il m'aura fallu quatre-vingt-cinq ans mais je l'aurai fait...

Durant une heure, tour à tour, ils touchèrent la cime des arbres, frôlèrent la Loire, caressèrent les nuages, filant au gré des vents. Ils s'extasièrent à la vue des châteaux, s'émurent de la splendeur d'une nature jusqu'à présent ignorée.

— Nous allons entamer notre descente, finit par annoncer le pilote.

Auguste se retint d'en demander encore. Il aurait voulu ne jamais redescendre.

Il aurait voulu mourir ici.

Alors qu'il avait choisi de revivre une dernière fois certains des moments qui avaient marqué son existence, il redécouvrait inopinément l'excitation et l'émerveillement d'une première fois : son baptême de l'air. Vivre un moment aussi fort qu'inattendu, voire inespéré, était un cadeau de la vie. L'un des derniers, sans doute. Et une première fois qui serait aussi la dernière.

Pris d'une soudaine nausée puis d'un étourdissement, il inspira plusieurs fois lentement à pleins poumons. Ces malaises étaient de plus en plus rapprochés. Il sentit la montgolfière perdre lentement de l'altitude. Bientôt, ils survolèrent calmement les toits des maisons. Son malaise passa.

— Préparez-vous, nous allons nous poser ! lança le pilote, tandis qu'il manœuvrait habilement la corde de la soupape.

Auguste et Philomène s'accroupirent.

Lorsque la nacelle toucha le sol en douceur, Auguste était encore émerveillé de ce voyage fortuit. Il avait vécu cette dernière heure comme une parenthèse hors du temps, hors de sa terrible réalité personnelle. Celle qui englobait sa maladie, sa fuite, sa vieillesse, sa tristesse, sa solitude.

Il venait de vivre un rêve éveillé et, curieusement, n'était plus agité par l'angoisse terrible d'être rattrapé par le père de Philomène.

Quand il posa un pied à terre, il entendit sa jeune voisine éclater d'un rire franc :

— Bravo, Auguste ! Vous l'avez fait !

Il la dévisagea. Il n'y avait aucune moquerie dans sa remarque. Elle semblait sincèrement heureuse de l'avoir vu relever ce défi, et plus encore de l'avoir vu le remporter.

Naïvement, tel un enfant, il se sentit envahi par un sentiment de fierté.

Et il s'attacha sur-le-champ à Philomène.

*

Simon avait laissé Nathalie aller au bout de ses explications.

— Donc tu le vois bien : ton père cherche simplement à nous faire tourner en bourriques ! Ne nous alarmons pas pour rien.

— Il n'a pas pris sa valise. Où peut-il être allé sans affaires ?

— Pas bien loin… Il va revenir.

Simon leva la tête, une idée lui traversant subitement l'esprit. Il s'élança dans l'escalier. Nathalie, restée seule dans le salon, lâcha un juron. Elle aurait dû se douter que son beau-père allait leur jouer un tour. Il n'était pas si docile qu'il cherchait à le paraître. Et l'air débonnaire feint la veille n'avait été qu'une astuce pour détourner leur attention.

Elle entendit Simon ouvrir un, deux tiroirs, la porte de l'armoire. Il réapparut quelques instants plus tard en haut des marches, blafard :

— Sa boîte à sucres a disparu ! Son matériel à origami aussi…

— Sa boîte à sucres ? répéta-t-elle sans comprendre.

— Une boîte métallique dans laquelle il conserve des objets symbolisant certaines périodes de sa vie. Il ne l'aurait pas embarquée pour quelques heures…

Un lourd silence s'abattit entre eux. Simon le rompit sèchement :

— Je file au commissariat !

*

Après son aventure céleste, Auguste avait eu du mal à renouer avec la réalité.

De retour à l'hôtel, il s'était isolé dans sa chambre, Philomène dans la sienne, et il s'était allongé, cette fois-ci assailli par de lancinantes douleurs abdominales.

Puis il avait sorti un dossier de son Caddie, composé le numéro qui figurait sur son bulletin d'affiliation à l'association suisse. Il avait de nombreuses questions à poser et espérait que les réponses obtenues éclaireraient sa décision. Il veilla à ne rien laisser transparaître des doutes qui l'habitaient encore, afin de convaincre son interlocutrice d'engager la procédure d'urgence dont il avait besoin.

À son tour, il eut à répondre à de nombreuses questions. Il expliqua la progression de son cancer, les métastases révélées par le PET-scan, qui le condamnaient à très brève échéance. Il décrivit ses douleurs, de plus en plus intolérables. Sur ce dernier point, il exagéra un peu et il n'en était pas fier, mais n'était-ce pas là qu'une question de jours ? Il insista ensuite sur son souhait d'en finir au plus vite, tout en se félicitant d'avoir eu la présence d'esprit d'adresser son dossier médical dès l'annonce du premier diagnostic.

En réalité, Auguste avait une raison très personnelle de vouloir accélérer le processus. La nuit précédente, en regroupant ses affaires, il s'était rendu compte que dans huit jours, ce serait le 16 juillet. Et mourir le 16 juillet était pour lui l'ultime cadeau, le plus beau que pouvait lui offrir la vie, au regard des circonstances.

Discrète, la femme à l'autre bout du fil ne chercha pas à savoir pourquoi cette date était visiblement cruciale pour lui, mais elle ne lui cacha pas que tout organiser dans un délai si court allait être très compliqué. Il allait notamment falloir qu'il fournisse des documents complémentaires, sans doute difficiles à réunir en si peu de temps. Compatissante, elle l'assura néanmoins qu'ils feraient de leur côté tout leur possible pour accéder à sa demande. Avant de raccrocher, elle lui donna un nouveau rendez-vous téléphonique, pour le lendemain, avec un médecin genevois cette fois-ci.

Préoccupé, Auguste entrouvrit doucement la porte de la chambre communicante. L'adolescente avait pris une douche, enfilé une chemise de nuit, s'était laissée tomber sur un des deux lits, et s'était assoupie. Attendri, il la recouvrit de la couette, referma le battant et s'allongea à son tour, s'efforçant de chasser de son esprit le long échange téléphonique qu'il venait d'avoir.

Il trouvait curieux de ne pas avoir encore reçu de nouvelles du père de Philomène. Il ignorait par quel biais celui-ci prendrait contact avec lui, mais il se sentait dorénavant prêt à l'affronter.

Le téléphone de sa table de chevet sonna, le faisant sursauter. Il se rua dessus :

— Bonjour monsieur, la réception ! Un monsieur demande à vous voir. Dois-je le laisser monter ?

Auguste demeura interdit quelques instants. Il ne pouvait s'agir que de *lui*. Et il n'était pas question de le recevoir ici.

— Non, dites-lui que je descends à l'accueil.

Au moins, il ne se retrouverait pas seul face à cet inconnu.

Lorsqu'il arriva devant la réception, un homme à la haute stature bondit dans sa direction.

— Évitons de nous donner en spectacle et faisons en sorte de discuter paisiblement, s'il vous plaît…, lança Auguste d'une voix à peine audible.

Sans un mot, les mâchoires serrées, Benoît se dirigea vers le salon qui jouxtait l'accueil et s'assit sur le bord d'un fauteuil. L'une de ses jambes trahissait sa nervosité en ne cessant de se balancer à un rythme saccadé.

— Maintenant, juste avant de me laisser récupérer ma fille, j'aimerais que vous repreniez toute l'histoire depuis le début ! exigea-t-il.

Auguste jaugea l'homme. Âgé d'une quarantaine d'années, grand et mince, les yeux bruns et le regard vif, un visage carré bien dessiné, il lui fit l'effet d'un adulte équilibré. Rassuré, il se lança dans le récit de sa première rencontre avec Philomène sur le banc du parc, de sa surprise quand elle l'avait abordé dans le train, et de leur escapade.

De son côté, Benoît scrutait Auguste des pieds à la tête, à la recherche de manifestations inquiétantes. Mais il ne repérait chez ce vieil homme aucun signe, tant physique que psychologique, susceptible d'évoquer un trouble de la personnalité. Il semblait même jouir de toutes ses facultés.

Pour autant, Benoît ne comprenait toujours pas les motivations qui l'avaient poussé à accompagner Philomène.

Le vieil homme lui expliquait justement ce qui avait incité sa fille à se rendre à Amboise : découvrir ce qui avait amené sa mère à mentir, à venir ici, et peut-être même à s'y donner la mort.

— C'est absurde !

— Pour vous, probablement. Mais pour votre fille, c'est primordial…

Benoît se borna à secouer la tête. Son pied continuait à frapper le sol à une cadence frénétique.

— Écoutez, monsieur. Je ne suis pas certain de bien comprendre ce qui vous a convaincu de venir vous perdre ici, mais je vais vous dédommager, monter chercher Philomène, et nous allons rentrer chez nous. Merci pour tout ! ajouta-t-il, dans un élan de politesse. Combien vous dois-je ?

Il sortit un carnet de chèques, comme s'il s'apprêtait à régler une prestation de service. Mais Auguste n'entendait pas capituler si facilement. Il avait compris la détresse de Philomène. Il sentait que sa quête de vérité n'était pas que symbolique, et que la réponse apportée la protégerait de bien des tourments une fois devenue adulte.

— Je crains que vous ne commettiez une grave erreur…

Les sourcils de Benoît se froncèrent.

— Permettez-moi de penser que je suis meilleur juge que vous en ce qui concerne ma fille.

Auguste soupira. Il aurait sans doute agi de manière identique à sa place.

— Je crois qu'il est très difficile d'accompagner la souffrance d'un être cher lorsque l'on est soi-même ravagé de chagrin.

L'étonnement de Benoît changea de nature. Sans lui laisser le temps de reprendre l'avantage, Auguste enchaîna :

— Qu'avez-vous fait pour aider Philomène ?

Il vit son interlocuteur hésiter entre l'agressivité et la poursuite de leur échange. Par chance, Benoît opta pour la seconde possibilité :

— Elle ne parvenait pas à me parler. Je l'ai donc encouragée à consulter une psychologue…

— Est-ce que ça a fonctionné ? demanda doucement Auguste.

Benoît s'enferma dans son silence.

— Votre fille ne manque pas de sémillance, monsieur. Mais elle craint aujourd'hui que sa mère se soit suicidée, après vous avoir entendu en parler au cours d'une conversation téléphonique. Alors, le sujet n'est pas de savoir si elle fait ou non erreur, mais d'admettre qu'elle a besoin de chercher par elle-même certaines réponses.

Benoît se repassa le film des dernières semaines. Il ne pouvait nier avoir échoué dans ses tentatives d'échange avec Philomène. L'absence de résultat du côté de la psy était tout aussi flagrante. De plus, Philomène venait d'outrepasser son autorité, ce qui démontrait qu'il n'avait plus sa confiance. Mais de là à accepter qu'elle se confie dorénavant à un vieil homme qu'elle ne connaissait pas…

— N'essayez pas de me culpabiliser.

Repris d'un étourdissement pour la troisième fois de la journée, Auguste posa ses deux mains à plat sur le fauteuil. Ses lèvres étaient devenues aussi pâles que son visage. Benoît se précipita vers lui.

— Vous ne vous sentez pas bien ?

— Écoutez, monsieur Blin…, souffla Auguste, épuisé, en refusant doucement son aide, je ne vais pas m'escrimer à vous convaincre. Vous avez eu une rude journée. Moi aussi. Philomène est en train de dormir, chambre 34. La mienne est au 32. Je vais y remonter. Laissez-moi un quart d'heure et profitez-en pour bien réfléchir, puis rejoignez-moi. Si vous voulez repartir avec votre fille, vous le ferez. Quoi qu'il arrive par la suite, vous l'aurez sur la conscience et devrez vivre avec. Mais ça, ça ne me regardera plus…

Devant un Benoît éberlué, Auguste se leva et repartit vers l'ascenseur, son pas claudicant en disant long sur son niveau de fatigue.

*

Auguste attendait, assis sur le bord de son lit. Il avait un instant craint que Philomène ne se soit réveillée. Mais elle dormait toujours profondément.

Un quart d'heure plus tard, à la minute près, trois coups légers furent frappés à sa porte. Auguste l'ouvrit sur un Benoît tendu mais moins nerveux. Après l'avoir fait entrer, il lui proposa un café, la carte des boissons à offrir dans cette pièce étant plutôt réduite. Benoît déclina la proposition et contourna le lit, gêné.

La situation parut encore plus incongrue à Auguste. Il ne se serait jamais imaginé faire entrer un inconnu dans une chambre d'hôtel. Mais il n'en était plus à une incongruité près.

Comme il s'y attendait, Benoît demanda immédiatement à voir sa fille.

Portant l'index à ses lèvres, Auguste le pria de parler moins fort. Il déverrouilla la porte qui séparait les deux chambres communicantes, glissa une tête dans l'entrebâillement, constata que Philomène dormait toujours à poings fermés dans l'un des deux lits jumeaux. Il s'écarta.

Benoît pénétra à pas de loup dans la chambre plongée dans la pénombre, juste éclairée par le rai de lumière provenant de la pièce attenante. Il balaya l'espace du regard, reconnut immédiatement le jean et le tee-shirt soigneusement pliés sur le secrétaire, l'Eastpak posé au sol. Philomène respirait paisiblement. Ému, il remarqua qu'elle avait enfilé pour dormir l'un de ses longs tee-shirts de nuit.

Il ne put retenir un sourire de fierté devant cette femme en devenir qui avait encore tant à apprendre mais qui s'appliquait à bien reproduire les bonnes manières enseignées par ses parents.

Il se retourna vers Auguste, qui ne bougeait pas. Pourquoi ce vieil homme avait-il accepté d'accompagner Philomène ? Quelle était sa véritable motivation ? Sa bienveillance affichée ne dissimulait-elle pas des intentions perverses ? Pouvait-il se fier à sa fragilité apparente ?

La mort dans l'âme, il quitta la chambre de sa fille et referma la porte. Qu'il l'accepte ou non, Philomène avait besoin d'aide. Et il n'avait pas envie de faire partie du problème, mais plutôt de contribuer à la solution qui permettrait à son enfant de surmonter cette terrible épreuve.

Il se laissa tomber sur une chaise et se prit la tête entre les mains. La journée avait été interminable.

— Êtes-vous un peu plus rassuré, maintenant ? chuchota Auguste.

Benoît posa sur lui un regard suspicieux.

— Je ne comprends toujours pas pourquoi vous avez accepté d'aider ma fille. Vous ne la connaissez même pas.

Les épaules d'Auguste s'affaissèrent.

— Pour être parfaitement honnête, quand elle m'a demandé de l'aider, je me suis vu à travers ses yeux : un adulte capable de se montrer utile pour les autres, de les protéger. C'est sans doute illusoire, mais elle me regarde comme un être vivant, pas comme un vieux grabataire en bout de course.

Puis il parla si bas que Benoît dut se pencher pour l'entendre.

— Maintenant, je vais être franc avec vous : je n'ai plus l'âge de jouer à cache-cache, mais je suis contraint de le faire avec les autorités.

Benoît releva brusquement la tête, sa méfiance reprenant le dessus.

— Non, rassurez-vous, je ne suis pas un tueur en série…

Toujours à voix basse, il lui parla de Simon et de Nathalie, et de la conversation téléphonique surprise ce terrible matin. Il s'arrêta là.

Benoît l'écouta sans l'interrompre. Puis il se leva, fit plusieurs allers-retours de la porte à la fenêtre et demanda :

— Comment envisagez-vous de procéder, avec Philomène ?

Son regard placide incita Auguste à se détendre.

— Je vais l'accompagner à l'endroit dont elle ne cesse de parler. Il est difficile de perdre sa mère si jeune. Elle n'arrive pas à l'accepter…

Benoît affichait une apparence sereine. Mais au fond de lui, ce n'était pas le même topo.

— Je vais vous suivre de loin…, finit-il par déclarer.

— Je ne voudrais pas insister, monsieur, mais il ne faut surtout pas que votre fille vous voie. J'ai failli perdre sa confiance en vous contactant, et pour le moment il n'y a que sur ce lien que nous pouvons compter. Si je la déçois à nouveau…

Il laissa la fin de sa phrase flotter dans le silence. Puis il reprit :

— Demain, nous nous rendrons à cette fameuse maison que vous avez indiquée par une croix.

— Quelle maison ?

— Vous avez laissé un croquis sur votre bureau. Un plan traçant une départementale entre Veuves et Amboise. Vous y avez ajouté un signe. Philomène pense y trouver les réponses à ses questions. C'est là que nous nous rendrons. Et nous reviendrons dormir ici le soir. Qui allons-nous y rencontrer ? À quoi dois-je m'attendre ?

Benoît plongea la tête dans ses mains et secoua la tête, sans un mot. Puis il se reprit, quitta la fenêtre, se planta devant Auguste.

— Je repasserai demain à 23 heures. D'ici là, croyez-moi, je vous ai à l'œil. Je ne serai jamais bien loin.

Il attrapa le bloc de papier à lettres de l'hôtel, griffonna dessus, puis arracha la feuille et la lui tendit en ajoutant :

— Voici mon numéro de portable. Je veux être prévenu en avance du moindre de vos mouvements, de tous vos départs et destinations. Et au moindre problème, vous m'appelez.

— Il faudra alors me laisser le temps de revenir à l'hôtel parce que je n'ai pas de téléphone portable. J'ai toujours refusé de vivre avec un fil à la patte…

Il plia la feuille, considéra l'homme qui lui semblait à cet instant aussi perdu que sa fille.

— Il faut du temps pour que certains échanges puissent se faire, monsieur… Accordez-en à Philomène. Elle vous renifle aujourd'hui avec prudence car elle sent un piège quelque part. Lorsqu'elle verra qu'elle fait erreur, elle reviendra vers vous…

Auguste le vit hocher lentement la tête en ouvrant la porte. Avant de la refermer sur lui, il murmura :

— Au fait, je m'appelle Benoît.

Et tandis que s'éloignait le bruit des pas feutrés, Auguste réalisa que Benoît n'avait pas répondu à ses questions au sujet de l'endroit où Philomène souhaitait se rendre le lendemain.

8.

Si les émotions de la journée et sa discussion avec Benoît l'avaient turlupiné une bonne partie de la nuit, Auguste avait fini par sombrer dans un profond sommeil réparateur. D'ordinaire, même s'il ne parvenait à s'endormir que très tard, il n'en était pourtant pas moins sur le pied de guerre dès le chant du coq. Mais ce matin-là, il se réveilla à 8 heures.

Il entrouvrit doucement la porte communicante. Philomène était assise sur son lit, le regard perdu dans le vide.

Leur petit déjeuner fut rapidement servi : Philomène se contenta de grignoter une tartine de beurre et délaissa le plateau de viennoiseries. Auguste, n'ayant pas davantage d'appétit, se limita à un café au lait.

Tandis que Philomène s'était éclipsée pour prendre une douche, la sonnerie du téléphone posé à côté du lit d'Auguste retentit. « Quelqu'un » le demandait à l'accueil.

N'ayant aucun doute sur l'identité de cet « inconnu », Auguste se précipita au rez-de-chaussée aussi vite que ses vieux genoux le lui permettaient. Benoît faisait les cent pas devant la réception.

— Vous êtes fou ? Si Philomène vous voit, nous aurons tous les deux perdu sa confiance ! s'énerva Auguste.

— Désolé, mais vous savoir injoignable m'est insupportable. Imaginez qu'il y ait un problème : vous ne pourriez même pas me prévenir ! le fustigea Benoît en lui tendant un téléphone portable.

— Nous sommes dans un pays civilisé, cher monsieur. J'imagine que j'arriverais à demander de l'aide…

Benoît fronça les sourcils.

— Sauf votre respect, à votre âge, on n'est jamais trop prudent…

Auguste s'empara de l'appareil.

— Je vous remercie pour cette touche d'optimisme.

Il retourna le portable dans tous les sens, tandis que Benoît complétait :

— C'est un téléphone à carte. Le modèle le plus basique. Dites à Philomène que vous l'avez acheté avant de partir. Elle vous expliquera comment vous en servir…

Il jugea préférable de garder pour lui l'installation préalable d'un tracker sur l'appareil, qui lui permettrait de localiser en temps réel tous les déplacements du vieil homme.

Auguste lui lança un regard de biais.

— Maintenant, déguerpissez ! Et ne cherchez pas à me contacter, parce que si Philomène voit votre numéro s'afficher…

— Compris, marmonna Benoît en reculant dans le hall, vers la porte de sortie. Aidez Philomène à se relever…, ajouta-t-il avant de lui tourner le dos, malheureux.

Benoît le créditait subitement d'un pouvoir qu'il ne détenait pas. Auguste remonta, préoccupé. Sur le seuil de la porte communicante entre leurs deux chambres, Philomène le guettait.

— Qu'est-ce que vous faisiez ? Je m'inquiétais. J'ai cru que vous étiez parti…

Auguste sentit un regard suspicieux épier la moindre expression qui trahirait une faute. À contrecœur, il répondit de l'air le plus naturel possible :

— Je suis descendu commander un taxi qui viendra nous chercher en début d'après-midi pour nous déposer à ton fameux endroit. Impossible d'y aller plus tôt : j'attends un coup de fil important en fin de matinée.

Résignée à cette attente supplémentaire, Philomène exhala un long soupir bruyant.

— D'accord, acquiesça-t-elle comme si elle avait le choix. Et en attendant, on fait quoi ?

Pris de court, Auguste ne sut que répondre. Il avait oublié depuis longtemps comment occuper un ado de quinze ans. Alors une fille…

— Tu n'as qu'à allumer la télé. Ça te divertira.

Elle se contenta de hausser les épaules et se replia dans sa chambre.

De son côté, Auguste se sentait nerveux. Comment devait-il se préparer à l'appel qu'il attendait ? Devrait-il prendre sa décision immédiatement ? Pourrait-il parler de ses doutes, de ses peurs ? Il sentait qu'il allait gamberger jusqu'à ce que le téléphone sonne. À moins de s'occuper l'esprit. Une seule activité, en dehors de ses échanges avec Jeanne sur le banc, parviendrait à le distraire.

Il se dirigea vers son Caddie, en extirpa quelques vêtements, une boîte à sucres, puis un grand sac en plastique qu'il retourna délicatement sur le lit. Une multitude de feuilles de papier crépon, kraft, métal et de soie se retrouvèrent étalées sur l'édredon. Auguste opta pour une feuille de *washi* abricot, s'assit au bureau face à la fenêtre et s'attela à la création d'une gazelle. Concentré, il ne vit pas sa jeune voisine s'appuyer contre le chambranle de la porte pour l'observer, émerveillée, donner vie à l'antilope.

— Qu'est-ce que c'est beau ! finit-elle par s'exclamer.

Le ton admiratif attendrit Auguste. Il n'avait pas entendu le moindre compliment sur ses pliages depuis des lustres.

— Merci, répondit-il, une note de fierté dans la voix. Mais ce sera encore plus joli terminé. C'est une gazelle…

— Et combien de temps vous faut-il pour la terminer ?

— Ce sera long ! Environ une heure et demie…

Cela n'eut pas l'air de l'effrayer. Elle étudia encore une dizaine de minutes les mains flétries manipuler avec agilité le papier japonais.

— Apprenez-moi…

Surpris, il la considéra à son tour d'un air pensif. Comme il aurait aimé entendre cela de la bouche de Hugo… Les yeux de Philomène étaient presque suppliants.

— Approche ! décida-t-il. Si tu veux être initiée à cet art, laisse-moi d'abord t'en conter l'histoire, elle est passionnante, commença-t-il. Beaucoup le considèrent comme un loisir pour enfants, alors qu'une vraie philosophie se cache derrière.

Deux heures plus tard, la chambre était méconnaissable. Si la gazelle commencée par Auguste n'avait pas avancé d'un pliage, de nombreuses autres figures, moins sophistiquées, avaient vu le jour. De multiples feuilles de papier ordinaire jonchaient le lit. Elles avaient permis à Philomène d'acquérir les techniques de pliage de base et de s'y entraîner. Elle éprouvait naturellement quelques difficultés à reproduire certains plis, et Auguste s'amusait de son impatience à imiter ses gestes.

Il sursauta lorsque le téléphone sonna.

— Un appel de Genève pour vous, monsieur Vallois. Je vous le passe ?

Le vieil homme jeta un coup d'œil vers Philomène, appliquée à la réalisation d'un pli pétale.

— Passez-le-moi dans la chambre de ma petite-fille, s'il vous plaît…

*

Assis sur la banquette du taxi, Auguste était contrarié. L'appel téléphonique ne lui avait pas apporté de bonnes nouvelles.

Si le médecin était resté ouvert à la date du 16 juillet au regard des éléments rapportés par Auguste, il avait insisté sur une obligation incontournable : ils devraient avoir reçu avant l'intégralité des pièces manquant à son dossier, dont il avait dressé la liste. Et celle-ci mentionnait d'autres consultations médicales.

Si Auguste voulait pouvoir se laisser le choix de mourir ailleurs qu'en soins palliatifs et à la date voulue, il allait devoir rassembler ces documents complémentaires en un temps record. Or comment organiser en quelques jours des rendez-vous avec des spécialistes qui affichaient deux à trois mois d'attente ? Jamais il ne serait prêt dans les temps. D'autant que l'aventure rocambolesque dans laquelle il venait de s'embarquer risquait de lui compliquer grandement la tâche.

— Est-ce que vous avez des enfants ?

Il quitta des yeux le paysage qui défilait derrière la vitre et se tourna vers Philomène.

— J'ai un fils. Et puis arrête de me vouvoyer ! Tu l'as dit toi-même, je pourrais être ton grand-père !

— Comme tu veux… Et tu as des petits-enfants ?

— Un seul. Il s'appelle Hugo. Et il me suffit amplement !

Elle médita sur sa réponse, puis poursuivit son interrogatoire :

— Il a quel âge, ce petit-fils ?

— Trois ans de plus que toi. Et pas mal de neurones en moins à force de passer ses journées à s'abrutir devant des jeux débiles !

— Je vois…

Une ombre passa sur son visage. Auguste préféra ne pas la questionner sur ce qu'elle voyait au juste. Il coupa court à l'échange en redirigeant son regard vers la vitre. Le silence fut bref.

— Vous êtes ici pour des vacances ? l'interrompit poliment le chauffeur.

Auguste n'ayant guère envie de faire la causette, il se contenta d'un vague :

— Non, nous sommes juste de passage…

— Et vous venez de quel coin ? insista l'homme.

À sa mine inquisitrice, Auguste comprit que la curiosité était plutôt la motivation première du personnage.

— Peu importe ! J'ai précisé à l'hôtel qu'il fallait nous déposer sur la D952, à hauteur de Veuves.

Le ton bougon et sans appel eut le mérite de couper court à toute tentative de conversation. Philomène, de son côté, avait posé la tête contre la portière, les yeux dans le vague. Elle faisait inlassablement tourner le bracelet qui pendait à son bras. À quoi songeait-elle, à ce moment précis ?

Ils roulaient depuis une bonne dizaine de minutes lorsque Auguste aperçut une longue croix en bois dressée sur le bord de la route.

— Arrêtez-vous !

Surpris, le chauffeur jeta un coup d'œil dans le rétroviseur intérieur avant de se ranger sur le bas-côté.

— Nous venons de dépasser un mémorial. Vous savez s'il est ancien ?

— Vous parlez de la croix ? Malheureusement, des accidents se produisent régulièrement ici. Tous ne sont pas mortels. Mais celui-ci l'a été. Au printemps dernier, une femme a perdu le contrôle de sa voiture, qui s'est encastrée dans un arbre. Tout ça parce qu'elle ne regardait pas la route ! Les gens sont totalement inconsc…

— Merci, monsieur ! l'interrompit Auguste. Nous allons descendre ici.

— Ici ? Vous ne trouverez rien à moins de deux kilomètres ! Je croyais que vous vouli…

— Pourquoi dites-vous qu'elle ne regardait pas la route ? le coupa Philomène qui s'était avancée, blême, entre les sièges conducteur et passager. Comment pouvez-vous le savoir ?

Tout à son aise d'avoir enfin un auditoire, l'homme se lança, presque avec enthousiasme :

— En cas d'accident mortel, il y a enquête. Le gendarme qui s'en est chargé est du coin et il nous a dit ce qui s'était passé. Tout le monde pensait cette sortie de route due à un éclatement de pneu. Mais, grâce au témoignage d'un automobiliste qui s'est retrouvé face à elle à ce moment-là, on a su que ça n'était pas le cas. Il roulait en direction d'Amboise quand il a vu une voiture foncer dans l'autre sens. La conductrice avait la tête baissée et sa voiture mordait sur la voie de gauche. Quand elle a jeté un coup d'œil par le pare-brise, elle a été surprise par la bagnole arrivant en face : il paraît qu'elle a braqué le volant dans l'autre sens et est allée s'écraser contre un arbre. Sous la violence du choc, elle a même été expuls…

— Nom d'un chien, je crois qu'on a compris ! le coupa à nouveau Auguste, bouleversé par le visage dévasté de Philomène. Combien vous dois-je ?

— Oui, vous avez raison, m'sieur. Paix à son âme ! 11 euros, s'il vous plaît.

Auguste lui tendit un billet, attendit la monnaie.

L'homme chercha son regard dans le rétroviseur intérieur, avant de tomber sur celui de Philomène.

— Je peux attendre, si vous voulez, ajouta-t-il d'un air contrit, comme s'il sentait avoir commis une maladresse. Il y a deux bons kilomètres jusqu'à la prochaine ville. Pour vous, ça risque de faire beaucoup…

Auguste hésita un instant. Nul doute que cette croix correspondait à celle dessinée sur la feuille dont parlait Philomène. Ils étaient bien loin de la maison qu'elle avait imaginée. Mais cela expliquait l'étonnement de Benoît lorsqu'il l'avait évoquée. Si secret il y avait, Philomène n'en découvrirait jamais la clef ici. Comment allaient-ils retourner à l'hôtel ? Ils seraient obligés de marcher jusqu'à Veuves et, le chauffeur avait raison, il n'était pas certain d'en avoir la force.

Il se tourna vers Philomène : secouée, elle triturait nerveusement son bracelet. Elle allait avoir besoin de temps pour se recueillir à l'endroit où sa mère avait rendu l'âme. Ce dernier point emporta sa décision.

— Merci, nous nous débrouillerons.

Ils descendirent du véhicule, tournèrent le dos au soleil pour marcher vers la croix. D'où ils étaient, ils pouvaient déjà apercevoir une grande gerbe de fleurs posée à son pied.

Arrivée à quelques mètres de celle-ci, Philomène s'arrêta. Sans le regarder, la mâchoire serrée, elle secoua lentement la tête pour indiquer à Auguste qu'elle ne souhaitait pas s'approcher davantage. Il s'arrêta à ses côtés, comprenant ce besoin de rester en retrait, de retarder quelques instants encore la confrontation avec la réalité de la mort de sa mère.

Peu de voitures circulaient, et un silence de plomb régnait.

Lentement, Auguste se remit en marche vers l'autel de fortune qui rendait hommage à Audrey. La croix en bois, rudimentaire et bricolée à la hâte, avait été érigée à même la terre et se maintenait droite grâce à des pierres disposées tout autour. Les fleurs de la gerbe, dans une jolie composition de rose pâle et de blanc, étaient fanées, grillées par les rayons du soleil. À leur gauche, au sol, un immense bouquet de roses rouges semblait les narguer. Les nobles fleurs tranchaient par leur couleur vive et leur fraîcheur. Auguste songea qu'elles n'avaient pu être déposées là que récemment.

Un petit morceau de carton blanc plié et logé entre deux pierres attira son attention. Curieux, il se tourna vers Philomène : elle venait de laisser son sac tomber au sol et fixait à présent son bracelet comme pour y puiser le courage d'avancer à son tour. Il profita de cet instant pour subtiliser la carte et la déplier. Après avoir ajusté ses lunettes, il lut : « Pardon. » Gêné, il replia le papier avec la désagréable sensation d'avoir fait intrusion dans la vie de cette femme, qu'il ne connaîtrait jamais.

Toujours un peu en arrière et concentrée sur son bijou, Philomène n'avait rien remarqué de son embarras.

Auguste se remémora les confidences de la jeune fille. Elle lui avait fait part de ses doutes sur l'éventualité d'un suicide, et de son intime conviction sur l'existence d'un secret. S'il remettait la carte à sa place, elle la saisirait pour en lire à son tour le contenu. Ne sèmerait-elle pas davantage le doute dans sa tête ? Benoît étant sans doute le seul à être venu se recueillir à cet endroit et à y déposer des fleurs, pourquoi lui aurait-il demandé pardon s'il n'avait rien à se reprocher ?

Certes, Philomène était en quête de vérité. Mais jusqu'à quel point pourrait-elle l'entendre et la supporter ? Que pouvait-elle comprendre, à quinze ans, de ces chemins sinueux et pas toujours moraux que la vie poussait parfois à emprunter ?

Sur sa droite, Auguste vit Philomène se baisser pour ramasser son sac. Il en profita pour fourrer la carte dans sa poche. Lorsque l'adolescente parvint à sa hauteur, il recula, la laissant se recueillir seule.

Devant ce monument funéraire improvisé, Philomène lui apparut d'un coup plus chétive. Elle avait espéré trouver dans ce signe dessiné sur une feuille de papier tout un monde prêt à répondre à ses questions, et se retrouvait au lieu de cela face à un crucifix en bois, planté au milieu de nulle part. C'était rude…

Tandis qu'Auguste triturait la carte fourrée à la hâte dans sa poche, se demandant quels mots de réconfort il allait bien pouvoir trouver, Philomène se tenait droite, face à la croix. Il lui importait que sa mère soit fière d'elle, si elle la regardait de là où elle était. Elle aurait aimé pouvoir se recueillir avec élégance – Audrey en était l'incarnation, dans ses manières, son habillement, ses goûts… Mais comment rester élégante face à la mort de la personne que l'on aimait le plus au monde ?

Je me souviens de ce jour où tu as cru que papi allait mourir, maman. Il avait de la fièvre, mamie t'avait appelée et papa a immédiatement pensé au Covid. Cette nuit-là, je t'ai entendue pleurer dans la cuisine. Tu m'as prise dans tes bras en m'expliquant qu'il fallait se préparer à perdre un jour ses parents, mais qu'on ne s'y sentait jamais prêt. Que c'était toujours trop tôt. Et très difficile. Moi, je t'ai avoué que je ne supporterais jamais de te voir partir. Tu m'as souri entre tes larmes, tu m'as embrassée en me disant : « Nous deux, nous avons toute la vie devant nous, ma puce. »

Maintenant que la vie m'a démontré qu'elle pouvait être bien plus courte que prévu, comment ne pas m'écrouler, maman ? Comment continuer alors que je me sens mourir avec toi ?

Elle avait refusé de mettre un pied au cimetière. Là-bas, le corps de sa mère demeurait à jamais prisonnier d'un bloc de béton. La savoir enfermée dans ce caveau funéraire était insoutenable pour Philomène. Ici, c'était différent. Ici, son âme errait entre ces arbres et ces fleurs où elle avait perdu la vie, libre de toute entrave. Sans la crainte de passer pour une folle, elle aurait crié à Auguste qu'elle la sentait flotter autour d'elle, envelopper ses épaules et lui souffler d'être forte.

Par intermittence, Philomène ne pouvait retenir un léger reniflement, sec. Mais elle refusait de laisser son chagrin se déverser. Une telle douleur ne pouvait s'exprimer.

Auguste, de son côté, n'osait pas bouger. Le décès de cette inconnue le ramenait à ses morts à lui. Ses parents, Jeanne, Bounty. Sa propre mort à venir, aussi. C'était toujours ainsi lors de la disparition d'un être cher. Les adieux nous rappelaient ceux que l'on avait déjà eus à surmonter. Pour Philomène, c'était nécessairement différent. Il s'agissait de sa première confrontation à la séparation absolue, à l'irréversible. Et elle ne pouvait qu'affronter seule cette expérience qu'elle découvrait bien jeune.

Le soleil était devenu brûlant. Sous l'effet de la transpiration, les lunettes d'Auguste ne cessaient de glisser sur son arête nasale. Pourtant, il restait immobile, courbé sous le poids de la chaleur. Il ne tenait pas à ajouter une insolation à son actif, mais n'osait interrompre Philomène.

— Je suis beaucoup moins courageuse que ce qu'elle croyait, finalement…, l'entendit-il dire d'une voix faible.

Un étau lui broya le cœur. Il avait lui aussi douté de ses capacités à puiser dans ses propres ressources pour dépasser son chagrin.

— Il existe plusieurs formes de courage, petite…

— C'est-à-dire ?

— Le courage, c'est la vertu qui permet d'oser entreprendre et avancer malgré ses doutes. C'est aussi affronter les épreuves en surmontant sa peur. C'est encore continuer à marcher malgré la fatigue. Et c'est enfin trouver la force de se relever à chaque fois que l'on tombe à terre, écrasé par la douleur.

Il se rapprocha d'elle.

— Le courage est la ressource des circonstances extrêmes, Philomène. Et c'est malheureusement ce que tu es en train d'affronter…

— Je n'en aurai jamais assez…

— De courage ? Ta simple présence ici témoigne de ta sincérité et de l'amour que tu portais à ta mère. Et le courage, c'est d'abord l'élan du cœur. Il te faudra du temps, mais tu y parviendras…

Auguste lui tapota affectueusement l'épaule et se dirigea vers un arbre, à quelques mètres. À l'ombre de ses branches, il sortit son mouchoir, essuya les perles de sueur qui lui coulaient sur le front, puis consulta ostensiblement sa montre. Deux kilomètres de marche les attendaient pour rejoindre Veuves, la commune la plus proche, et dénicher un taxi. Sous un tel cagnard, c'était une pure folie. Il se mordait les doigts de ne pas avoir accepté la proposition du chauffeur trop bavard.

Philomène se baissa, cueillit quelques pâquerettes avec soin, les huma face à la croix avant de les poser à côté des roses, puis le rejoignit à contrecœur.

Ils se mirent en chemin.

Le soleil tapait de plus en plus fort. Auguste avançait péniblement.

Au bout de vingt minutes, ils n'avaient pas croisé âme qui vive.

Épuisé, en eau, Auguste marqua un nouvel arrêt sous un peuplier. Il faisait plus chaud qu'en enfer.

— Inutile de nous presser ! Personne ne nous attend ! souffla-t-il pour justifier cette seconde pause.

Lucide, Philomène s'assit à ses côtés et murmura, éteinte :

— Oui ! Et avec cette canicule…

Pas dupe et touché par sa réaction, Auguste l'observa discrètement : il ne savait ce que les jours à venir lui réserveraient, mais la rencontre avec cette chrysalide, à mi-chemin entre la fillette et la femme, resterait sans conteste un événement marquant de sa fin de vie. Un phénomène, même, s'il songeait au voyage en solitaire qui aurait été le sien sans elle.

— *Mon phénomène*…, murmura-t-il comme pour lui-même.

Perdue dans ses pensées, Philomène ne l'entendit pas et garda un long moment le silence avant de demander :

— C'est ça qu'on appelle le destin ?

— Oh, le destin, c'est quelque chose qui vient avec l'âge. Toi, tu es trop jeune pour comprendre ce qui se cache derrière ce mot. À ton âge, on se sent immortel, invincible, et on croit que tout est question de volonté. Tu penses que le chemin se dessine sous tes pas, mais plus tu avanceras sur ta route et plus tu te rendras compte que cette voie était peut-être déjà tracée et que tu n'avais qu'à la poursuivre…

— Je n'arrive pas à accepter que tout se termine comme ça. Ni à me dire que je ne la reverrai jamais plus.

Ce n'étaient plus des mots, juste un souffle s'échappant de ses lèvres.

— Je ne sais s'il existe un moyen d'échapper à son destin… Pour le reste, oui, ce sera difficile. Tu la reverras, mais d'une autre manière. Il te suffira de fermer les yeux…

Elle ne parut pas entendre Auguste et enchaîna, comme si elle ne faisait que suivre le cours de sa pensée à haute voix :

— Avec elle, je me sentais protégée. Elle savait tout de moi… Ce n'est pas juste…

— La mort fait partie de notre existence, fillette. Elle arrive rarement au bon moment, et effectivement elle n'est pas toujours juste, c'est tout.

— Si c'est ça la vie, c'est vraiment moche.

— Non, mon phénomène. La vie, c'est l'avenir, c'est toi. C'est celle que tu es chaque jour, c'est chacun de tes rires, chacune des larmes que tu verses. Et c'est celle que tu donneras un jour, à ton tour.

— Tout ça, c'est du bla-bla. Pour moi, la seule chose réelle, c'est l'absence de maman. Depuis qu'elle n'est plus là, j'ai l'impression d'être devenue quelqu'un d'autre…

Que répondre à cela ? Lui aussi était devenu un autre à la mort de Jeanne. Une ombre de l'homme qu'il avait été…

— Je ne suis même pas allée à son enterrement…

— Ce n'est pas grave, Philomène. Les enterrements, c'est pour les vivants. Pas pour ceux qui nous quittent.

Il reprit, la voix noyée d'émotion :

— Face à de tels chagrins, il n'existe pas de recette miracle. On fait comme on peut. Laisse le temps faire son œuvre, mon phénomène…

— Il ne me rendra jamais ma mère, Auguste.

— Non. Mais il te fera grandir.

Pour couper court à leur échange, elle se leva. Auguste fit de même et, en silence, ils se remirent en marche.

*

Assis sur le lit de son père, Simon enfouit sa tête entre ses mains.

Il oscillait entre agacement et inquiétude. Certes, le départ d'Auguste le préoccupait, mais il le savait suffisamment sain d'esprit pour l'avoir décidé à bon escient. C'était ce qui le tracassait principalement : admettre qu'une raison suffisamment importante avait motivé son père à quitter l'endroit qu'il aimait le plus au monde. Et encaisser qu'il n'ait pas éprouvé le besoin d'en parler à son propre fils…

Au déjeuner, Simon avait à peine touché à son repas. Il avait alerté son travail de son absence pour la journée.

Au commissariat, l'officier qui avait enregistré sa déposition lui avait annoncé qu'aucune enquête ne serait ouverte pour une personne majeure non mise sous tutelle ou curatelle. L'âge ne suffisait à lui seul à qualifier une disparition d'inquiétante. À moins que ne s'y associe une certaine vulnérabilité.

Était-ce le cas de son père ? Pas réellement. Il avait toute sa tête et sa vie active passée lui permettait de conserver une bonne forme physique et mentale. Mais le reconnaître devant cet officier eût été accepter de rester sans aucune idée de l'endroit où Auguste se trouvait. C'était tout bonnement insupportable.

Acculé, Simon avait donc dépeint un vieillard fragile, tout en songeant que si Auguste l'avait entendu parler de lui comme ça, il en aurait éprouvé une immense déception. Pour accentuer le caractère inquiétant de cette disparition, il avait ajouté deux critères aggravants : une surdité, et un départ sans affaires personnelles. Un demi-mensonge… Si Auguste s'était volatilisé avec sa boîte à sucres, c'est qu'il avait également emporté d'autres choses.

Depuis, il attendait que son téléphone sonne. Il ne comptait évidemment pas sur un appel de son père, puisque celui-ci avait toujours refusé de s'encombrer d'un portable…

Assis sur le lit parental, dans cette chambre qu'il connaissait peu pour s'y être rarement introduit, Simon se sentit assailli par les souvenirs liés à la maison.

Entre ces murs, il avait grandi, espéré, pleuré, ri, menti pour ne pas avoir à justifier avec qui il sortait, avoué certains mensonges, gros et petits, pour être toujours pardonné. Il avait rêvé d'une autre vie ailleurs et avait fini par mettre les voiles. Mais combien de fois ses pensées l'avaient-elles ramené dans cette demeure qui l'avait protégé et consolé de bien des maux ?

Tu ne t'es guère montré reconnaissant de tout l'amour qui t'a été donné…

Sur la table de chevet d'Auguste, une photo immortalisait Jeanne, âgée d'une soixantaine d'années. Ému, Simon s'empara du cadre. Si la complicité qui le liait à son père s'était doucement effritée au fil des années, l'un et l'autre s'étaient murés dans un douloureux silence depuis la mort de cette femme douce et lumineuse. Simon avait fui la déchéance progressive de sa mère, tétanisé par les effets de la maladie sur ce corps maternel qui lui avait donné la vie. Il n'avait pas eu le courage d'avouer cette lâcheté à son père, resté vaillant face à l'adversité. Lui avait choisi la fuite et le déni. Les regrets l'avaient rattrapé, mais bien trop tard, une fois que la douleur et l'incompréhension s'étaient cristallisées dans le regard d'Auguste. Rongé par le remords, il n'avait pour autant pas trouvé le courage de revenir sur cette terrible période de son existence, où son père aurait sans doute eu plus que jamais besoin de sa présence.

Depuis, sans mots, sans bruit, un vrai fossé s'était creusé entre eux.

Simon avait espéré se racheter un peu en revenant habiter ici avec sa propre famille. Mais son activité professionnelle intense et le stress qui en découlait le rendaient peu disponible. Il n'occupait certes pas un poste à responsabilité comme Auguste en son temps, mais il rentrait du boulot harassé et se reposait entièrement sur Nathalie pour tout le reste. Y compris le bien-être de son propre père. Il s'était dit que celui-ci le comprendrait.

Sauf que lui te consacrait beaucoup de temps quand tu étais môme. Et ce malgré son boulot... Depuis que tu es revenu vivre ici, combien de moments as-tu passés seul avec lui ?

La réponse était simple : aucun. Hormis celui consacré à l'inhumation de Bounty près du vieux chêne. Aux yeux de Simon, Nathalie, Hugo et lui ne formaient qu'un bloc, et le temps passé avec n'importe lequel d'entre eux avait la même valeur que celui passé en tête à tête tous les deux. Comme si les attentions, l'affection pouvaient se déléguer…

Son père ne s'était-il pas tout simplement senti délaissé ?

Simon tenta de justifier son absence par l'époque, où tout allait plus vite, trop vite. Il lui était impossible de s'extirper de cette spirale professionnelle dévorante, surtout en sa qualité de soutien de famille. Lorsqu'il compris qu'il cherchait avant tout à se convaincre lui-même, il se leva et quitta la pièce.

*

Christophe Lebel s'engagea sur le pont et traversa la Cisse. Le niveau de la rivière avait sensiblement baissé. Rien de bien surprenant avec une telle canicule. Il se passa la main sur le front. Il était monté dans sa voiture il y avait de cela à peine trois minutes et il était déjà en sueur. Il poursuivit sa route sur la D65. Il aurait pu faire le trajet les yeux fermés tellement il le connaissait par cœur.

Un détail inhabituel attira soudain son attention : sur sa gauche, un vieil homme accompagné d'une jeune fille marchait péniblement dans la direction opposée. Que faisaient-ils ici, seuls en plein cagnard ?

Il freina quelques mètres plus loin, fit marche arrière et s'arrêta à leur hauteur.

— Bonjour ! Vous êtes perdus ?

Le visage du vieillard s'habilla d'une expression de soulagement.

— C'est le ciel qui vous envoie ! s'exclama-t-il. Nous allions à Veuves, pour y commander un taxi qui nous ramènerait à Amboise…

— À Veuves ?

Le conducteur éclata d'un rire franc.

— Mon pauvre monsieur, vous n'y trouverez aucun taxi ! Je vais à Amboise. Montez, ce sera plus simple.

Le regard d'Auguste se teinta d'une soudaine méfiance. Mais le visage bonhomme et les manières simples du conducteur le rassurèrent. Il fit signe à

Philomène de monter à l'arrière, tandis que lui-même prenait place à l'avant du véhicule.

— Je vais au Manoir des Minimes, à Amboise. Vous déposer en ville ne me dérange pas ! ajouta le conducteur dans un grand sourire.

Contrairement au chauffeur de taxi, l'homme, très bavard, ne chercha pas à savoir ce qui les avait amenés ici. Ravi d'avoir trouvé deux compagnons de route, il expliqua qu'il travaillait dans cet hôtel quatre étoiles, à Amboise, et faisait ce trajet cinq jours sur sept. Il était en charge des achats régionaux pour l'« épicerie-bistrot », où son rôle consistait à sélectionner des produits valorisant les producteurs locaux et les circuits courts. Fier, il s'attarda sur un vin blanc récemment découvert.

Philomène s'isola avec ses écouteurs. Ce verbiage ne l'intéressait pas. Elle voulait rester au plus près de sa mère, entrer en communion avec elle. Elle choisit une chanson qu'elles écoutaient souvent ensemble, lors du confinement : « On fait comme si », de Calogero. En un instant, la mélodie la ramena en arrière, à l'un de ces soirs où elles fredonnaient cette chanson d'espoir, en des temps troublés qui paraissaient pourtant bien doux à Philomène aujourd'hui.

Auguste n'écoutait son voisin que d'une oreille. Le véhicule repartit en direction d'Amboise, et s'engagea sur la D952. Lorsqu'il aperçut la croix se profiler au loin, Auguste se tourna discrètement vers la banquette arrière. Calée contre la portière, la tête appuyée sur la vitre, les yeux clos et les oreilles distraites par la musique à plein volume qui filtrait de ses écouteurs, Philomène semblait coupée du monde.

— La malheureuse…, lâcha le chauffeur en passant devant l'hommage improvisé.

— « La malheureuse » ? répéta lentement Auguste.

— Oui… Il y a près de deux mois, une femme s'est tuée en voiture à cet endroit. Elle était jeune. Cette dame venait souvent au Manoir avec un type sympa. Un beau petit couple, de Tours. Ils passaient là deux jours, parfois trois. Ils y avaient leurs habitudes… Et notamment celle de déguster mes produits dans le salon de l'hôtel, ou sur la terrasse ensoleillée donnant sur le château royal d'Amboise. Je les aimais bien…

Cette fois-ci, Auguste veilla à ne pas interrompre le flot de paroles.

— Ce jour-là, ils étaient venus boire un verre. Elle en repart et… *boum !* Plus personne… Vous vous rendez compte ? On est vraiment peu de chose…

— Oui, comme vous dites…

— Il est repassé plusieurs fois déposer des fleurs. Ça doit être terrible, pour lui…

— Vous le connaissez ? Il doit être du coin pour revenir si souvent à cet endroit…

— M. Divarin ? Il tient un salon de thé à Tours. Je le sais parce que l'un de mes produits l'intéressait et il voulait que je lui communique le nom de mon fournisseur. Sa boutique s'appelle *Au plaisir de vivre*. Si j'avais su que six mois plus tard…

Le reste de son monologue se perdit dans un cafouillis inaudible pour Auguste. Une petite voix ne cessait de lui rappeler l'existence du billet subtilisé au pied de la croix. Pourquoi demander pardon ? Qui avait pu laisser un tel message à la défunte ? Qu'avait cette personne sur la conscience ?

Pour quelqu'un qui ne s'est jamais mêlé des affaires des autres, tu y prends rapidement goût...

Il balaya cette observation d'un revers de main et changea de sujet de conversation :

— Rassurez-moi, cette chaleur écrasante ne va pas durer toute la semaine, si ?

9.

Lorsque Christophe Lebel déposa Auguste et Philomène à Amboise, il était 15 h 50.

Ni l'un ni l'autre n'avait rien mangé depuis le matin, mais Auguste estima inutile d'insister pour que Philomène avale quelque chose. Certaines peines devaient d'abord passer. L'appétit reviendrait une fois qu'elle aurait retrouvé l'envie de vivre…

Silencieux, ils remontèrent la rue de la Concorde, passèrent sous l'impressionnant château royal. Puis ils bifurquèrent sur leur gauche et rattrapèrent le quai de la Loire, qu'ils longèrent sur une centaine de mètres. Là, ils s'assirent et contemplèrent le fleuve.

— Pourquoi es-tu parti, toi ? lança-t-elle.

Auguste esquissa un geste las.

— J'ai l'impression d'être devenu un fardeau pour mon fils. Et comme je n'ai pas l'intention d'entendre de sa bouche qu'une belle vie m'attend en maison de retraite, je prends les devants.

Philomène leva un sourcil.

— Et que vas-tu en faire, de ces devants ?

— Je vais d'abord réparer une erreur. Après, on verra…

— L'erreur, c'est ton ami Paul ?

Auguste se tourna vers elle, surpris de sa capacité à retenir les détails de leurs échanges.

— Exact. Je voudrais le revoir une dernière fois…

— Pourquoi « dernière » ?

— Disons qu'à mon âge, je suis plus près des dernières fois que des premières.

— C'est faux ! Jusqu'à hier, tu n'étais jamais monté en montgolfière !

Il sourit.

— C'est juste… Je peux affirmer que cette première fois sera aussi la dernière, et que je ne l'oublierai pas. C'était formidable de se dépasser comme cela.

— Je trouve ton idée bizarre. On sait toujours quand une fois est la première, mais on ne peut pas savoir si elle sera la dernière.

Philomène laissa son regard se perdre dans les reflets chatoyants de l'eau avant d'ajouter :

— Qu'est-ce qui compte le plus, selon toi : les premières fois ou les dernières ?

— Bonne question…, soupira-t-il. Certaines premières fois nous ramènent à des émotions intenses. Les autres s'effacent. Mais on n'oublie jamais celles qui ont vraiment compté : la première fêlure, le premier baiser, les premiers pas d'un enfant, son premier mot, le premier deuil, le premier amour…

Philomène hocha la tête sans détacher le regard des scintillements du fleuve, son attention concentrée sur la voix d'Auguste.

— Quant aux dernières fois, je pense qu'elles ne visent qu'à rappeler les moments qui nous ont rendus heureux : un coucher de soleil, une coupe de champagne, une soirée entre amis… Et puis il y a les premières et les dernières fois que l'on pensait essentielles mais que l'on a oubliées parce qu'elles nous ont fait souffrir ou déçu, et ce n'est peut-être pas plus mal…

Il lui tapota gentiment le genou.

— Toi, tu as tout un éventail de premières fois devant toi et tu découvriras combien certaines peuvent être magiques. Moi, je suis malheureusement trop vieux pour elles.

— Mais tu as de la chance d'être vieux ! J'aurais aimé que ma mère puisse vieillir, elle aussi… Elle me répétait que cela faisait partie de la vie.

— C'est vrai. Mais il n'empêche que ce n'est pas facile. Ce n'est pas le processus de vieillissement qui fait mal. On ne s'en rend souvent pas compte car il se faufile insidieusement dans le quotidien. On le décèle parfois au détour d'une ride d'expression qui s'est creusée, par le biais d'un geste simple que l'on ne fait plus avec la même facilité, ou lorsque l'on perd progressivement tous ceux qu'on aime… Non, ce qui est moche, ce n'est pas de vieillir mais de faire un jour le constat que l'on est devenu vieux. Et ça on le découvre subitement, parfois dans le regard des autres, souvent au travers de petites choses qui prennent une tout autre dimension au fil du temps : un voyage trop long, une charge trop lourde, des escaliers trop hauts, une nourriture trop épicée, des soirées trop tardives… D'un seul coup on réalise que, même si l'âge de nos artères n'est pas celui que l'on a toujours dans notre tête et dans notre cœur, on a basculé dans la catégorie des vieux. Et cet écart entre ce que l'on est et ce que l'on croyait être encore est extrêmement douloureux, vois-tu ?

Il poursuivit d'une voix atone :

— Vieillir, c'est beau lorsque l'on n'oublie pas que chaque jour qui nous est offert est une chance de profiter des plaisirs de la vie, ou encore des gens que l'on aime. De goûter et se délecter de chacun de ces instants en prenant conscience de la chance que l'on a… Mais pour s'en rendre compte, il faudrait avoir conscience en permanence du temps qui passe, vite, si vite… Je me souviens de ce matin de printemps où ma Jeanne a compris que le temps de sa jeunesse était révolu…

— Jeanne ? C'était ta femme ?

Il hocha la tête, ému.

— C'était mon alter ego, ma moitié.

Aristophane n'avait-il pas parlé de la douleur d'être coupé de son âme sœur, de sa moitié perdue ?

— C'est dur aussi, tu sais, de perdre la femme de sa vie…

— Moi aussi, j'ai perdu la femme de ma vie…, murmura Philomène.

Auguste conclut avec solennité :

— Finalement, la vieillesse est une contradiction : on la souhaite pour ce qu'elle signifie de longévité, mais on la redoute parce qu'elle nous fragilise jour après jour… C'est comme la vie : elle est faite de paradoxes.

— Que veux-tu dire par « paradoxes » ?

Il réfléchit quelques instants avant de répondre :

— Je vais te donner un exemple. Regarde-nous. Toi, tu es au début de ta vie, et moi, je suis à la fin de la mienne. Apparemment, nous n'avons aucun point commun. Si l'on interrogeait le premier venu, ou même ton père ou mon fils, tous seraient d'accord là-dessus. Et pourtant la jeunesse et la vieillesse ont bien plus de similitudes qu'on ne l'imagine.

Il écarta les bras en signe d'impuissance.

— On considère, et pour l'un, et pour l'autre, que nous ne sommes pas encore ou plus en mesure de prendre de grandes décisions pour notre propre vie. Les vieux sont logés à la même enseigne que les enfants.

— Je ne suis plus une enfant !

— Et moi, je me sens bien plus jeune qu'en réalité…

Un pli vint se dessiner entre les deux sourcils froncés de Philomène.

— Donc nous sommes dans le même bateau. Ça devrait te faire plaisir !

— Non, parce que nous appartenons à des saisons différentes. Tu vois ce peuplier ? Toi, tu es la jeune pousse qui s'accrochera à sa branche. Le vent peut souffler, tu n'en es qu'au printemps et tu es solide. Lorsque tu grandiras, tu seras comme les feuilles de cet arbre : bien verte, belle, grande, forte. Les feuilles auront jauni lorsque l'été passera le relais à la saison suivante. La feuille marbrée de l'automne sera plus fragile, moins résistante au vent. Parfois, la moindre bourrasque la fera chuter.

— C'est toi, ça ?

Il laissa échapper un petit rire étouffé.

— Pour moi, cela fait bien longtemps que la fin de l'automne est arrivée. Je fais partie de ces rares feuilles qui ont réussi, Dieu sait par quel moyen, à rester accrochées à l'arbre. Mais la feuille nervurée et transparente de l'hiver est très fragile…

— Oui, mais le printemps arrive ensuite et tout recommence !

Il la gratifia d'un sourire attendri.

— Oui, avec de nouvelles pousses… Un jour, tu repenseras peut-être à nos échanges d'aujourd'hui, et tu comprendras mieux ces difficultés liées à la vieillesse. Pas seulement pour ce qu'elle représente de dégradations physiques et mentales. Mais d'abord parce qu'elle met fin à tout un champ des possibles. Tu sais, tous ces projets qui te donnent envie d'être déjà au lendemain pour les voir prendre forme… Tu ne connais pas encore cette allégresse des réveils où chaque matin l'avenir t'appartient. Aujourd'hui, tu es au sommet d'une montagne et tu domines la vallée, mon phénomène. À tes pieds, tu as cet immense panorama qui te semble infini et tu n'as qu'à choisir les chemins que tu souhaiteras ou non emprunter. Pour toi, tout est possible.

— Peut-être. Mais en attendant, moi, je suis sûre que nous avons tous un rôle à jouer, quel que soit notre âge. Même au tien.

Il laissa passer un long silence.

— Tout cela est culturel. Au Japon, il existe carrément un jour férié consacré aux anciens de plus de soixante-dix ans : c'est le jour du respect des personnes âgées. Chaque maire organise une réception en leur honneur, les célèbre et leur offre des cadeaux. Tous les Japonais remercient leurs aînés pour leur contribution passée à la prospérité de leur pays et leur souhaitent longue vie. La solidarité familiale ainsi que des aménagements spécifiques leur permettent de continuer à vivre dans des endroits familiers. Dans un pays qui reste néanmoins très attaché à la notion de productivité, on adapte leur activité professionnelle en fonction de leurs déficiences cognitives ou physiques. La place du travail étant essentielle au Japon, cela leur permet de se sentir utiles et insérés dans la société. C'est beau…

Il soupira, rattrapé par la nostalgie.

— Chez nous, les rapports intergénérationnels se sont délités. Avant, parents et grands-parents partageaient leur histoire, leurs projets, leur vision du monde. Les plus jeunes écoutaient, apprenaient, s'enrichissaient de toutes ces tranches de vie. Les vieux étaient considérés comme des sages et ils étaient respectés. Leurs paroles étaient reçues comme autant de conseils et d'enseignements précieux dont on se rappelait le moment venu pour tisser notre propre avenir. Aujourd'hui, leurs propos s'apparentent à des radotages de vieux cons… Et puis, regarde autour de toi : les vieux, on ne les aime pas. Peut-être parce que nous sommes devenus pénibles, aigris, pleins de marottes. Mais la réalité, c'est que les vieux font peur.

Il secoua la tête lentement.

— C'est triste à dire, mais oui, en France, les vieux dérangent, et on les cache… Et moi, à quatre-vingt-cinq ans, je ne suis plus qu'un vieux chnoque…

Philomène s'arracha au spectacle de l'eau, bondit sur ses deux pieds et se campa face à lui.

— Je trouve que tu te plains beaucoup. Mes grands-parents sont plus jeunes que toi mais en moins bonne forme ! Et eux ne disent rien !

Elle avait de jolies fossettes au creux des joues, et il se demanda un instant si elle les tenait de sa mère. Il s'éclaircit la voix pour dire :

— Tu as raison. Mes rhumatismes aux genoux m'empêcheraient de m'inscrire au marathon de Paris, mais je peux encore marcher une heure ou deux sans chuter.

Avec une expression de tendresse, il lui confia :

— Alors que j'avais une quinzaine d'années, ma grand-mère m'a fait compter à voix haute jusqu'à cinquante. Une fois que j'ai eu terminé, elle m'a dit : « Tu vois, Auguste, ça, c'est le nombre approximatif d'étés qu'il te reste à vivre. » L'espérance de vie courait alors autour de soixante-cinq ans. Moi, ça me semblait énorme. Mais arrivé à vingt-cinq, l'idée de me dire qu'il ne me restait que quarante étés m'interpellait différemment. À chaque nouvel été qui arrivait, je me disais : « Combien d'étés encore ? » Penses-y à ton tour, plus tard. Crois-moi, tu ne verras jamais plus un été de la même manière. Et tu tiendras à profiter intensément de ceux qui te seront offerts.

Il lui adressa un clin d'œil.

— Je me plains mais sache que j'aime pourtant la vie par-dessus tout. J'aime entendre les oiseaux chanter, m'attarder sur la couleur des fleurs, sentir le vent sur mon visage… Dans mon corps vieilli brille la même fougue qu'autrefois, une certaine candeur, et une identique capacité à m'émerveiller des trésors simples qu'offre la vie. C'est ça qui m'insupporte : sentir que le regard des autres ne voit qu'une peau fripée, alors que je me sens bien moins vieux, dans ma tête. Et pas prêt à mourir…, acheva-t-il, mélancolique.

Il éprouva le besoin de se dégourdir les jambes et se leva à son tour. Il se mit à longer le fleuve, suivi de Philomène.

— Maman me répétait que la transmission entre générations était importante. Que ma grand-mère m'enseignerait aussi beaucoup de choses, tout comme elle-même le ferait lorsque j'aurais à mon tour un enfant…

— Elle avait totalement raison.

— Mais alors, toutes ces belles valeurs, qui me les transmettra maintenant que ma mère n'est plus là pour le faire ? Qui me préviendra des pièges de la vie ?

Il s'arrêta quelques instants et la fixa, l'air grave.

— Ton père, Philomène. Tes grands-parents. Les autres. Les livres. Et le temps.

— Oui, mais ça ne sera pas pareil.

Auguste dodelina de la tête.

— Tu as raison : ce sera différent… Mais cela restera tout aussi important.

Plusieurs secondes passèrent avant qu'il ne reprenne :

— Tu sais, les morts laissent une part d'eux en chacun des vivants qui ne les oublient pas…

Philomène haussa les épaules et garda un instant le silence.

— Ces valeurs, tu les as enseignées à ton fils ?

— Oui, je crois…

— Il ne semble pas les avoir retenues.

La voix noyée d'émotion, Auguste répondit :

— Parfois, on peut aussi se perdre en chemin…

Elle laissa tomber, comme un couperet :

— Moi, j'espère ne pas les oublier. Et j'espère que mon père n'aura jamais à fuir de chez lui parce que je me serais perdue, à mon tour…

Elle allait se remettre en marche quand elle sentit la main d'Auguste la retenir.

— Il y a un petit truc pour t'aider à ne jamais oublier ce qui est important. Ou pour immortaliser certains des moments que tu voudras garder en toi. Viens, suis-moi…

10.

Sagement assise sur un muret de pierres sèches, Aurore offrit son visage au soleil rasant de cette fin d'après-midi. Venir à cet endroit faisait partie des petits rituels qu'elle affectionnait. Elle prenait plaisir à observer les inconnus dont elle essayait d'imaginer l'histoire et l'identité.

Elle appréciait moins la période estivale car, chaque année, des mines patibulaires se mélangeaient aux touristes. Il n'était pas rare que certains d'entre eux se fassent dépouiller.

Elle ouvrit les yeux et observa les passants. Un homme retint son attention. La casquette rabattue sur les yeux, il épiait les promeneurs. Il lui fit penser à un animal à la recherche d'une proie.

Machinalement, elle serra contre sa poitrine son petit sac à main en forme de besace. Elle n'aurait rien eu à craindre si le jeune voyou avait eu connaissance du maigre butin qui s'y trouvait : de menues pièces pour acheter son pain du jour, trois billets de 10 euros qu'elle gardait en cas d'urgence, les clefs de chez elle, et trois précieuses photos. Trois clichés d'un autre temps, d'une autre histoire, qui avait été la sienne. Voilà ce qui constituait son seul trésor.

Bien droite, elle rendit timidement son salut au charcutier. Elle était connue comme le loup blanc ici, et les commerçants étaient toujours prévenants avec elle. Il faut dire que, depuis toutes ces années où elle venait chaque mercredi et jeudi, au même endroit, presque toujours vêtue de la même manière, elle faisait quasiment partie du décor…

Une douce odeur de feu de bois vint chatouiller ses narines. Elle reconnut le fumet aromatique des pizzas d'Antoine, le jeune homme qui tenait un *food truck* sur la place. Régulièrement, il lui en offrait une part, qu'elle savourait avec délice. Elle en aurait volontiers dégusté une tout de suite. Mais ses moyens, modestes, ne lui permettaient aucune dépense autre qu'indispensable.

Ses 900 euros de revenus mensuels couvraient juste ses charges et besoins fondamentaux. Et le respect à la lettre de rituels bien organisés lui permettait d'éviter des dépassements imprévus. Ainsi, chaque matin, elle savourait son bol de café au lait complété de deux biscottes recouvertes de confiture. Le midi, elle dégustait une bonne assiette de légumes ou de crudités qu'elle accompagnait de viande un jour sur deux, et terminait par un laitage et un fruit. Le soir, elle se contentait d'une soupe ou d'un bouillon léger, terminait sur une touche savoureuse avec l'un des fromages fabriqués à la ferme. Ces menus, immuables, s'agrémentaient des mets offerts par les artisans qui la chouchoutaient : saucisson, tartines de rillons, fouées garnies de rillettes, pâtisserie aussi parfois…

— Bonjour mademoiselle Aurore ! Vous êtes resplendissante, aujourd'hui !

Le compliment fit monter le feu à ses joues. Le jeune Antoine se tenait face à elle, son immense pelle à pizza entre les mains. Flattée, elle se redressa légèrement, réajusta son petit chapeau de feutre rose qui menaçait de tomber, et considéra avec convoitise les pizzas bien garnies étalées sur le comptoir.

Un éclat de rire fusa dans son dos. Elle se retourna et découvrit un tandem original : une adolescente accompagnée d'un vieil homme. Alignés sur un même pas dynamique, ils offraient un curieux contraste. Fidèle à son passe-temps favori, elle essaya d'imaginer la vie de ce vieillard, probablement le grand-père de la gamine. Celui-ci poussait la porte du magasin de souvenirs quand Antoine l'interrompit dans ses pensées :

— Je sens que mes pizzas vous mettent l'eau à la bouche. Dites-moi laquelle vous ferait le plus plaisir, que je vous en offre une part !

*

Face au coffret apporté par le vendeur, Philomène ne put retenir un petit cri admiratif : elle souleva délicatement l'écrin sculpté en bois exotique, doté d'un joli fermoir en laiton. De magnifiques fleurs, feuillages et oiseaux ornaient chacune de ses faces.

— C'est autre chose que ma vieille boîte à sucres, il faut le reconnaître, commenta Auguste d'un air songeur.

— Quelle boîte à sucres ? répéta Philomène.

— Nous vous le prenons, merci ! décréta Auguste au vendeur en sortant son portefeuille pour en extraire deux billets. Et ajoutez-moi également l'une des lanternes volantes que vous avez en vitrine, ainsi qu'un briquet, s'il vous plaît…

Il attendit que le commerçant se soit éloigné pour répondre :

— J'ai une boîte à sucres dans laquelle je garde les objets et les photos symbolisant les moments qui ont compté dans ma vie. Elle appartenait à ma grand-mère ! Depuis l'adolescence, j'y entasse des fragments de ma vie. Inutile de te dire qu'elle est aujourd'hui dans un drôle d'état. Eh bien dorénavant, tu auras toi aussi ton propre coffret.

*

Philomène et Auguste quittèrent la boutique au moment où Aurore prenait congé d'Antoine, une copieuse part de « Regina » dans les mains.

S'éloignant du camion, elle repéra un banc disponible vers lequel elle se dirigea et vit l'adolescente aperçue un peu plus tôt déposer un baiser sur la joue de l'homme âgé. Celui-ci, visiblement surpris, leva les mains pour signifier qu'il n'en fallait pas tant, mais elle le devinait heureux de ce témoignage d'affection.

Elle allait mordre à pleines dents dans le morceau de pizza quand ses yeux tombèrent à nouveau sur l'homme à la casquette. Elle suivit son regard, braqué sur le vieil homme, et comprit immédiatement ses intentions. De sa main droite, le grand-père tendait un paquet vers sa petite-fille, tandis qu'il tenait un sachet et plusieurs billets dans celle de gauche. Tout à sa joie d'offrir un cadeau, il ne pressentait rien du danger imminent qui le guettait.

Aurore revint sur le rapace à casquette, qui attendait l'occasion de fondre sur sa proie. Lorsqu'elle le vit rabattre la visière sur ses yeux et s'élancer, tête baissée, en direction de la boutique, elle se rua sans réfléchir vers Auguste et Philomène. Mais elle n'était pas aussi rapide que ce voyou, qui était maintenant à moins de quelques secondes de commettre son larcin. Alors elle se mit à hurler, tout en continuant à courir.

Aurore mise à part, le monde entier se figea dans son cri. Auguste comprit instantanément les desseins de l'homme masqué qui se trouvait face à lui. Ce dernier resta interdit deux longues secondes, surpris par cette alerte inattendue, tandis qu'Aurore parcourait les trois mètres qui la séparaient encore de lui.

L'homme vit le vieux ramener ses mains contre sa poitrine. Il tendit le bras et tenta de lui arracher le contenu de sa main gauche, mais il se sentit propulsé contre le trottoir. Déséquilibré, il poussa sans ménagement la femme qui s'était jetée sur lui, se releva avec une agilité spectaculaire. Furieux, il donna un coup de pied rageur dans la forme allongée. Puis il s'enfuit en courant.

— Nom d'une pipe ! entendit Aurore avant d'ouvrir les yeux.

À terre, tremblante de la tête aux pieds, elle essaya de s'asseoir. Auguste et Philomène se précipitèrent vers elle, l'aidèrent à se relever, tandis que plusieurs témoins de la scène s'approchaient pour lui porter secours.

Appuyée sur Philomène, Aurore constata qu'elle saignait légèrement du coude et des genoux. Mais apparemment sa robe n'était pas déchirée. Elle tâta ses cheveux et paniqua en sentant que son chapeau n'y était plus attaché.

— Tenez, madame !

Le petit vieux époussetait tant bien que mal le précieux bibi rose. Il le lui tendit.

— Je vous dois une fière chandelle…

— C'est juste le hasard qui m'a fait passer à ce moment-là, répondit-elle timidement en inspectant son chapeau.

— Alors sachez que je vous remercie du fond du cœur, vous et le hasard, renchérit-il, avec une expression de consternation en découvrant la sauce tomate, la pâte à pain et les champignons éparpillés sur le sol.

Rassurés, les badauds se dispersaient dans un bourdonnement d'indignation. Aurore replaça son chapeau avec précaution. Auguste l'observa.

De taille moyenne, elle était fine, chétive même. De grands yeux verts, très clairs, ornaient un visage au teint de pêche, lui-même encadré par de jolies boucles blond vénitien. Une vraie lumière intérieure émanait d'elle. Auguste lui donna autour de trente-cinq ans, mais ses taches de rousseur et la douceur de ses traits lui conféraient une apparence juvénile.

— Madame, je vous présente Phénomène, surnom qui lui sied à merveille, et voici votre bien dévoué, ajouta-t-il en se désignant de la main : Auguste.

— Moi, c'est Aurore, déclara-t-elle à son tour.

— Nous vous sommes tous deux très reconnaissants et nous serions heureux de vous inviter à terminer ensemble ce que vous aviez commencé seule : un bon repas.

Philomène jeta un coup d'œil sur les restes du festin en question, tout en se faisant la remarque qu'il était encore un peu tôt pour se mettre à table…

— Nous feriez-vous l'honneur d'accepter notre invitation ?

Aurore écarquilla les yeux, guère habituée à un tel niveau de langage. Le vieux monsieur guettait sa réponse, comme la jeune fille qui se tenait à ses côtés. Tous deux avaient l'air gentil. Et elle devait s'avouer que l'idée d'un bon repas était plutôt tentante. Mais comment retournerait-elle chez elle, après ? Deux trains seulement assuraient le trajet Amboise-Veuves, et le dernier n'allait pas tarder. Or, même si elle n'était pas malheureuse, elle n'avait pas les moyens de dépenser 20 euros pour un taxi.

Entre une vie mouvementée à Amboise où elle aurait exercé un métier peu motivant, et une autre plus calme et inspirante à Veuves où elle se partageait entre des animaux attachants et des balades réalisées au rythme de ses envies, son choix avait été vite fait. Même si la contrepartie était de vivre en comptant, et de faire une croix sur certains plaisirs. Là, elle avait un peu honte d'avouer à ce vieil homme qui paraissait plutôt aisé qu'elle était à 20 euros près.

Et puis, elle n'avait pas envie de se retrouver chez des inconnus. Comme si Auguste avait lu dans ses pensées, il compléta :

— Nous logeons actuellement à l'hôtel, juste derrière cette rue. Il a son propre restaurant. Nous pourrions y être dans cinq minutes.

Aurore pesa le pour et le contre. Si elle refusait, non seulement elle retournerait à Veuves le ventre vide, mais elle devrait se contenter d'un bouillon de courgettes, seule devant son poste de télé. De la solitude ou du menu, elle ne savait pas ce qui la démoralisait le plus, après la bonne pizza qu'elle venait de sacrifier.

Pour une fois, ne pouvait-elle s'accorder une petite entorse aux règles ?

— Si ce n'est pas trop loin…, répondit-elle, timide.

Une demi-heure plus tard, ils s'attablaient au restaurant de l'hôtel. Un peu perdue dans l'élégant décor, Aurore redressa son chapeau rose d'un geste machinal et tira sur sa taille pour rajuster sa robe. Puis elle ouvrit la carte et dut se maîtriser pour masquer son excitation. Face à la profusion de plats proposés, elle se sentait aussi euphorique qu'une gamine lâchée en pleine fête foraine : elle aurait voulu goûter à tout ! Elle ne remarqua rien des regards amusés de Philomène et Auguste.

Une fois son choix arrêté, elle leur expliqua qu'elle vivait seule dans une petite annexe d'un corps de ferme, à Veuves. L'ancienne bâtisse avait jadis appartenu à sa famille. Elle avait été vendue une dizaine d'années plus tôt, lorsque la santé de ses parents avait commencé à décliner. La dépendance qu'elle avait tenu à conserver était modeste mais lui suffisait amplement. Elle donnait régulièrement un coup de main aux propriétaires, qui élevaient des brebis et produisaient des fromages avec leur lait. Ainsi, selon les saisons, elle les aidait à la traite des bêtes, à la fabrication des différents fromages, à accompagner les animaux à leurs pâturages… Parfois même, elle leur prêtait main-forte pour la vente, sur les marchés. En contrepartie, ils lui versaient une petite rémunération, lui offraient du lait, des fromages.

C'était ainsi cinq jours sur sept. Et tous les mercredis et jeudis, invariablement, après avoir accompli ses tâches, elle se rendait à pied à Cangey et y retrouvait Fabienne, auxiliaire de vie, qui s'occupait d'une vieille dame à Amboise, et qui en profitait pour l'y déposer.

Elle se tut soudainement, consciente de monopoliser la parole depuis plus de vingt minutes. Confuse, elle conclut, le rouge aux joues :

— Ma vie n'est pas trépidante, mais elle me convient parfaitement.

Intriguée par cette existence monacale, Philomène l'avait attentivement écoutée jusqu'au bout. Perplexe, elle se leva et quitta la table pour se rendre aux toilettes.

— Et vous ? Que faites-vous ici ? demanda Aurore en la regardant s'éloigner.

— Elle a récemment perdu sa mère, souffla Auguste avec un discret mouvement du menton en direction de Philomène. Aujourd'hui elle se cherche, et j'essaie modestement de l'aider…

— C'est votre petite-fille ?

Il sourit, comme s'il jugeait la question saugrenue.

— Non, mais il me faudrait une heure pour tout vous expliquer…

Ne voulant pas avoir à justifier les raisons de leur présence en ces lieux, il changea de sujet.

— Avez-vous pu faire votre choix ? Pour ma part, je suis tenté par plusieurs de leurs plats…

Il entreprit de dérouler le menu à voix haute, pour le plus grand plaisir des papilles d'Aurore. Elle venait de décider de changer de dessert lorsque Philomène réapparut.

Aurore ne put s'empêcher de la couver d'un regard plein d'empathie. Elle-même avait perdu ses parents cinq ans plus tôt, à quatre mois d'intervalle. Et ce double deuil avait été très douloureux. Elle ne pouvait donc que compatir à la peine de cette gamine.

Se sentant observée avec insistance, Philomène s'extirpa de ses pensées, se redressa, et étala sa serviette sur ses genoux. Elle adressa un sourire à Aurore, qui se décomposa sous ses yeux. Inquiète, elle chercha ce que sa voisine de table fixait avec obstination. Lorsqu'elle comprit qu'il s'agissait de son bracelet, elle le fit glisser sur son poignet pour le mettre en évidence.

— Il est beau, n'est-ce pas ? Mon père et moi l'avions offert à ma mère…

Livide, Aurore bafouilla :

— Ce bracelet… Ce n'est pas possible…

Les mains littéralement cramponnées à la nappe, elle lâcha dans un souffle :

— Quel est ton vrai prénom ?

— Philomène.

Un lourd silence s'abattit sur leur table. Aurore déglutit avec peine avant d'ajouter, dans un murmure :

— Tout compte fait, je ne crois pas que ce soit le hasard qui m'ait mise sur votre route…

Bouleversée, elle attrapa la main de Philomène, plongea ses yeux dans les siens.

— Ta maman s'appelait Audrey, n'est-ce pas ?

*

Le serveur venait de prendre leur commande et Auguste se demanda à quoi il avait bien pu attribuer leurs visages subitement décomposés. Hébétée, Philomène semblait figée dans une immobilité de statue. Seuls ses yeux restaient animés, suspendus aux lèvres d'Aurore.

— Comme chaque jeudi en fin de matinée, je me rendais à Cangey, ce 14 mai…, expliqua cette dernière une fois que le serveur se fut éloigné. Je venais de rendre visite à Mélusine, une jument de la ferme sur le point de pouliner.

Mal à l'aise, elle se tortillait les doigts.

— Il faisait beau ce jour-là. Je reprenais enfin mes longues marches habituelles après un confinement pénible. J'avançais tranquillement en direction de la D952, lorsque j'ai entendu un bruit assourdissant.

Au souvenir du fracas de tôles, un frisson la parcourut et elle ne put retenir une grimace. Elle aurait voulu pouvoir oublier ce bruit terrifiant, désormais ancré dans sa mémoire.

— J'ai immédiatement compris qu'un grave accident venait de se produire et j'ai couru vers la départementale. Là, un peu plus loin sur ma droite, j'ai vu un véhicule bleu arrêté sur le bas-côté. Et en face, en direction de Blois, il y avait une voiture orange encastrée dans un arbre…

Elle se mordit la lèvre, soudain consciente de l'impact de son récit sur Philomène. Elle-même aurait donné cher pour se libérer de la tristesse et du traumatisme occasionnés par cet accident. Ni l'une ni l'autre ne l'avaient quittée depuis, et elle n'avait pu se confier à personne, préférant garder au plus profond d'elle l'échange presque intime partagé avec cette femme qui s'était accrochée à elle avec l'énergie du désespoir. L'image de son magnifique visage, curieusement immaculé dans cette scène apocalyptique, s'imposa à l'esprit d'Aurore. Il n'avait aucune blessure, ne portait aucune tache de sang.

— Une femme était étendue au sol. Je me suis précipitée vers elle et je me suis accroupie…

Auguste vit Philomène crisper les poings sur son jean. Il n'osa pas la regarder. Très émue, Aurore baissa la tête.

— Elle avait ce bracelet si particulier au poignet. Avec un pendentif en forme de cœur, et trois plumes en argent…

Instinctivement, Philomène posa sa main dessus et se mit à le triturer à la manière d'un chapelet qu'on égrène.

— J'ai pris sa main dans la mienne, et je lui ai parlé.

Auguste n'avait pas besoin de tourner la tête pour voir ce que ces mots provoquaient chez Philomène. Il le devinait. Non : il le *ressentait*, comme s'il était connecté à sa détresse.

— Les lasagnes aux légumes du soleil, c'est pour ?

De retour, le serveur les interrogeait avec un grand sourire, les bras chargés d'assiettes parées de couleurs vives, comme s'ils étaient en pleines festivités. Profondément perturbé, et contre tous les principes de son éducation, Auguste pointa Philomène de l'index. Dans un silence de plomb, le serveur disposa les assiettes et s'éclipsa sans demander son reste.

Accrochée à son verre, Aurore reprit :

— Elle a plongé ses yeux dans les miens… Le monde autour de nous a cessé d'exister.

Elle se hasarda à lâcher le pied de son verre et jeta un coup d'œil en direction de Philomène. Mais, incapable de soutenir le regard de la jeune fille, elle scruta désespérément son assiette.

— Est-ce qu'elle a dit quelque chose ? entendit-elle, comme une supplication.

Auguste sentit l'air lui manquer. Philomène se mordillait les lèvres, comme pour empêcher le moindre gémissement de passer.

Aurore releva la tête et la hocha lentement :

— Oui. Sa main cramponnée à la mienne, un courant très puissant est passé entre elle et moi. Évidemment, vous devez me trouver ridicule car nous ne nous connaissions pas mais… Je vous jure qu'à cet instant nous avons été liées par quelque chose d'une rare intensité.

Comment expliquer à cette gamine dévastée que l'une avait inexplicablement lu en l'autre qu'elle allait mourir ? Et que cette terrible révélation silencieuse avait poussé sa mère à lui délivrer un ultime message ?

— Elle bougeait les lèvres. Je me suis baissée. Près. Tout près. Et là, ma main toujours nouée à la sienne, j'ai entendu…

Dans son champ visuel, Auguste vit Philomène se redresser et serrer les poings de toutes ses forces.

— « Je t'aime, Philomène. Je t'aime, Benoît. Pardon. Il va falloir être courageux. »

Une larme roula sur la joue d'Aurore. Elle ne chercha pas à la retenir.

— Puis elle a perdu connaissance. J'ai dû lui lâcher la main. Un hélicoptère s'est posé dans le champ. Et les secours l'ont emmenée…

Un léger brouhaha de conversations s'échappait des tables voisines, qui s'étaient progressivement remplies sans qu'ils s'en aperçoivent.

— Le lendemain, j'ai appris qu'elle était décédée. Et qu'elle se prénommait Audrey. Vous ne me croirez peut-être pas, mais cela m'a peinée. Beaucoup. Durant un instant, elle et moi avons été en totale osmose alors que nous étions de parfaites inconnues l'une pour l'autre… J'en suis encore retournée. J'ai planté une croix sur le bord de la route, à côté de l'endroit où elle était étendue et où elle a rendu son dernier souffle. Depuis, chaque fois que je passe devant, je prends le temps d'une prière.

Auguste contempla Aurore : ses yeux verts admirablement dessinés étaient d'une clarté qui rappelait la translucidité d'un lagon. Chacune de ses expressions traduisait la douceur, la générosité. Pas une once de méchanceté n'habitait cette créature. Cette femme était une ingénue au sens littéral du terme : elle était d'une sincérité innocente et naïve.

— Je n'aurais jamais cru pouvoir transmettre son message un jour. Vous n'imaginez pas combien je suis émue de pouvoir le faire. J'espère qu'elle nous voit, de là où elle est…

Sa phrase se perdit dans un silence monacal. Leur table était coupée du monde. Chacun inspectait son assiette, l'appétit totalement coupé.

Afin de se donner une contenance, Auguste piqua un ravioli et le porta à ses lèvres. Aurore s'empara à contrecœur de ses couverts. Philomène se contenta de fixer ses lasagnes, abasourdie.

Lorsque le serveur vint s'inquiéter des plats restés presque intacts, Auguste lui demanda d'avoir la gentillesse d'annuler leur commande de desserts. Puis il souffla d'une voix éteinte :

— Aurore, je ne sais pas pour vous, mais il se fait tard. Et je crois que nous sommes tous rudement secoués…

— Non ! s'exclama Philomène. J'aimerais que vous restiez un peu avec nous, Aurore. Personne ne vous attend ce soir, n'est-ce pas ?

Surpris, Auguste n'y trouva néanmoins rien à redire. Il comprenait le besoin de Philomène de parler avec celle qui avait assisté aux derniers instants de sa mère.

— Philomène a une chambre avec deux lits. Vous pouvez occuper le second pour cette nuit, si vous le souhaitez…

Prise de court, Aurore essuya lentement ses mains sur la serviette tout en réfléchissant. Le lendemain était un jeudi. Elle n'était donc pas attendue. Et ce soir, elle n'avait pas le cœur à rentrer chez elle. Pas après un tel échange. Elle accepta donc la proposition.

Ils quittèrent la table, prirent l'ascenseur. Se lier avec des inconnus ne ressemblait pas à Aurore. Mais étrangement, elle n'était pas inquiète. Philomène ne la quittait plus des yeux. Comme si elle cherchait une trace de sa mère à travers elle. Et cela touchait profondément Aurore.

Parvenue dans la chambre, elle s'assit sur le lit que l'adolescente lui désignait.

Auguste apparut rapidement dans l'embrasure pour leur souhaiter bonne nuit, avant de fermer à clef la porte communicante.

Aurore se tourna vers Philomène :

— Maintenant, parle-moi de toi…

*

À peine Auguste fut-il entré dans le *lounge bar* de l'hôtel que Benoît lui tomba dessus.

— Pourquoi se retrouver ici ? l'apostropha-t-il dès son arrivée. J'aurais préféré voir Philomène…

Auguste lui fit signe de baisser le ton, peu adapté à l'ambiance feutrée du salon. Il l'invita à le suivre et prit place dans un canapé moelleux.

— Je suis navré mais la journée a réservé pas mal d'imprévus. À commencer par la personne qui se trouve en ce moment même avec Philomène, ce qui explique que je ne puisse vous accueillir dans ma chambre..., chuchota Auguste en jetant des coups d'œil inquiets en direction des ascenseurs.

Benoît se figea et l'interrogea avec froideur :

— *Qui* se trouve avec Philomène ?

— Calmez-vous ! C'est une femme de cœur. La bonté incarnée !

Auguste s'approcha du rebord du canapé et baissa encore la voix pour lui raconter leur matinée. Il ne jugea pas utile de mentionner certains détails, comme les confidences faites par l'homme du Manoir des Minimes.

Arrivé au moment de la révélation d'Aurore, Auguste marqua une pause. Il se remémora les mots précis rapportés, baissa la tête pour ne pas être confronté au regard de Benoît, et se lança. Lorsqu'il eut terminé, Benoît paraissait cloué sur son fauteuil. Auguste imaginait sans peine les émotions qui le traversaient.

— J'ai un jour eu un doute et j'ai commis l'erreur de le partager avec la psychologue de ma fille. Mais j'ai toujours été intimement convaincu qu'Audrey ne s'était pas suicidée. Je savais qu'elle n'aurait jamais abandonné Philomène. Cette éventualité me permettait de ne pas me focaliser sur la vraie question de fond qui, elle, m'obsédait.

Il se leva, nerveux, et entreprit des allers-retours incessants du fauteuil à la fenêtre.

— Je suis heureux de cette rencontre fortuite et de ce dernier message délivré. C'est comme si Audrey nous avait adressé une lettre d'adieu, à Philo et à moi. Et entendre qu'elle m'aimait me fait un bien fou..., ajouta-t-il d'une voix enrouée.

Un pli soucieux vint raviner son front.

— C'était également important, pour Philomène, d'avoir la certitude que sa mère n'a pas délibérément mis fin à ses jours…

Benoît fit brusquement volte-face en le fixant dans les yeux.

— Elle allait me quitter, Auguste…

Sidéré par cet aveu inattendu, Auguste le considéra, interdit. Les mâchoires soudées, Benoît s'était arrêté de marcher et semblait guetter sa réaction. Un masque de tristesse s'était substitué à ses traits soucieux.

— Voilà ! Audrey allait sans doute me quitter mais je n'en saurai jamais rien…

— C'était ça, votre fameuse « question de fond » à vous, Benoît ? demanda doucement Auguste.

Mal à l'aise, le père de Philomène consulta brièvement sa montre, et pressa ses tempes de la paume de ses mains tout en reprenant sa marche.

— Votre absence va paraître louche. Vous devriez remonter, Auguste.

— Aurore et Philomène sont lessivées par les émotions de la journée. Nous sommes tranquilles pour un moment. Rasseyez-vous. S'il vous plaît…

Benoît le fixa quelques instants avant de reprendre place dans son fauteuil.

— Audrey avait une liaison, reprit-il. Nous avions tous les deux pris la décision de nous laisser une deuxième chance. Et nous en étions heureux. Du moins, le croyais-je. Parce que je suis aujourd'hui convaincu que, ce jour-là, elle est allée rejoindre ce type. Et je devrai vivre le restant de mes jours en sachant que la femme que j'aimais m'a non seulement menti, mais qu'elle est morte en aimant un autre homme. Et ça, voyez-vous, Auguste, c'est un poison que j'ingurgite à petite dose chaque matin, et qui court dans mes veines chaque nuit…

Auguste fit un signe en direction du serveur qui se tenait derrière le bar.

— Que faites-vous ? s'étonna Benoît.

— Je crois qu'un petit remontant ne nous fera pas de mal… Votre hôtel est à cinq minutes à pied, si je ne m'abuse. Quant à moi, je ne risque plus grand-chose. Armagnac ?

Benoît accepta d'un signe de tête.

— Deux verres d'armagnac, jeune homme, s'il vous plaît… Racontez-moi, Benoît.

Benoît lui parla plus en détail de la découverte de l'infidélité d'Audrey, de leurs multiples échanges, de leurs doutes, de cette décision de repartir ensemble, qu'il pensait commune. Et de sa désillusion lorsqu'il avait appris qu'elle revenait d'Amboise, ce jour fatidique.

— Depuis, j'ai l'impression d'être un imposteur, vous comprenez ? Tout le monde voyait en nous un couple idéal, dont le bonheur aurait été injustement fauché. Il y a une part de vérité : je l'aimais. Mais pas elle. En tout cas, pas assez pour me choisir. À cause de son mensonge, je dois moi aussi mentir à tous…

Les deux digestifs servis, Benoît s'empara de son verre, fit tournoyer le liquide ambré. Auguste était touché par ces aveux. Une imposture de sentiments ne pouvait être que douloureuse. Surtout quand seul le vide lui faisait face. Comment lui-même aurait-il réagi si Jeanne avait été à la place d'Audrey, et lui à la place de Benoît ? Il lui était impossible de répondre à cette question. Mais ce qui était certain, c'est qu'il n'aurait jamais eu le courage d'en parler à quiconque… Le poids d'un secret pouvait devenir aussi lourd que celui d'un deuil, et cet homme devait être désespéré.

— Rien ne dit qu'elle allait vous quitter, Benoît.

Benoît se contenta d'un « hum » sarcastique et fouilla dans son portefeuille.

— Tenez ! Voici le mot qu'elle a laissé sur mon bureau avant de partir !

Auguste ajusta ses lunettes et lut : « Je te demande pardon. Je t'aime. »

— Si l'on ajoute cela à la conversation que nous avons eue le matin même…

— Je sais, Philomène en a entendu une partie. Et elle vous connaît assez pour avoir flairé quelque chose.

— Pourquoi dites-vous cela ?

— Elle est convaincue que vous lui cachez un secret. C'est cela qui l'a poussée à croire à un suicide…

Auguste avala une grande gorgée du précieux liquide.

— De mon temps, tout cela serait resté enfoui et aurait terminé en secret douloureux. Une intrigue dont personne n'aurait jamais parlé. Mais, les jeunes d'aujourd'hui, quand ça se pose des questions, ça fouine partout pour trouver des réponses. Alors, votre fille a fouiné. Trouvé des croquis. Et voulu comprendre.

Une douleur intense lui vrilla le ventre. Il reposa son verre.

— Dites-moi, Benoît, vous vous étiez déjà rendu à l'endroit où se trouve cette fameuse croix, n'est-ce pas ?

— Bien sûr. Deux fois. Une troisième hier. Chaque fois, j'y ai déposé des roses rouges. Audrey les aimait…

C'était donc lui. Mais qui avait déposé l'autre gerbe de fleurs ? Cela ne pouvait être Aurore. Un tel bouquet coûtait cher.

— J'imagine que vous vous interrogez sur l'identité de celui qui a déposé les autres fleurs ? le devança Benoît.

Auguste garda le silence. Avait-il aussi remarqué le carton plié en deux ?

— Maintenant, vous avez la réponse.

Un silence s'installa, chacun était perdu dans ses pensées.

— Je suppose que ma fille et moi allons pouvoir rentrer…, dit Benoît sans y croire complètement.

Le premier SMS envoyé par Philomène précisait en effet qu'elle reviendrait vers lui dès qu'elle se sentirait prête, ce qu'elle n'avait pas encore fait. Il ne fut donc pas surpris par la réponse d'Auguste.

— C'est encore un peu trop tôt. Laissez-lui le temps de digérer tout ça.

Le vieil homme allait ajouter quelque chose quand il se plia brusquement en deux. Benoît se précipita vers lui.

— Qu'est-ce qui vous arrive ? s'inquiéta-t-il en s'accroupissant à son côté.

Auguste se cala au fond du canapé pour changer de position et attendit que la douleur passe en adressant un sourire rassurant à Benoît. La même douleur que la fois précédente lui avait traversé l'abdomen. En plus intense.

— Une petite crampe mais ce n'est rien ! Attendez encore quelque temps, pour votre fille…, s'empressa-t-il d'ajouter pour passer à autre chose. Parler avec cette femme, Aurore, ne pourra que lui faire du bien.

Benoît hésita, puis soupira et retourna s'asseoir dans le fauteuil.

— Je suis ophtalmo dans un centre. Je vais prévoir un remplacement pour plusieurs jours. Je ne veux pas rester loin de vous deux, vous comprenez… J'ai besoin d'être près d'elle, elle est jeune.

Auguste acquiesça, tout en se demandant si cet homme parviendrait un jour à trouver la paix en gardant en lui un secret si lourd sans réponse. De toute évidence, non.

Subitement, Auguste laissa la curiosité prendre le pas sur sa raison et sa bonne éducation. Certes, il n'avait pas à se mêler de ce qui ne le regardait pas. Mais il n'en demeurait pas moins qu'il savait ce qu'il savait, et qu'il ne pouvait pas ne rien en faire. Surtout compte tenu des derniers événements, bien trop extraordinaires pour ne pas mériter une petite entorse à tous ses principes.

Il se décida : il allait chercher à rencontrer ce fameux Marc Divarin.

— C'est normal ! reprit-il, l'air de rien. Mais je vais devoir bouger, en commençant par me rendre à Tours, puis à Orléans.

— Tours ? Mais qu'allez-vous faire là-bas ?

— Je ne peux vous en dévoiler davantage. Je le ferai en temps utile, si vous le voulez bien…

— Attendez deux minutes ! Nous avions un accord pour que vous accompagniez ma fille à l'endroit où Audrey…

Il n'acheva pas sa phrase.

— Bref, c'est chose faite. Vous estimez qu'il lui faut encore un peu de temps pour digérer, soit. Mais de là à la balader…

Auguste réprima un gémissement. De nouveau, cette douleur préoccupante. Qu'avait-elle à ne pas le lâcher, ce soir ? Était-ce le signe de l'évolution tant redoutée ?

Il faudra bien t'y attendre, de toute manière...

— Vous vous sentez bien ? Vous êtes tout pâle, d'un seul coup…

Dans un réflexe professionnel, Benoît était revenu à côté de lui et lui saisissait le poignet. Auguste lui tapota gentiment la main et lâcha, d'une voix éteinte :

— Il est plus que probable que cet été soit mon dernier, Benoît. Vous m'avez fait quelques confidences. Laissez-moi en faire autant.

Il fit part de son désarroi à l'écoute de la conversation téléphonique de sa bru. Il décrivit sa peur panique à l'écoute du diagnostic annoncé par ce bon vieux docteur Bregenc. Sa rencontre avec Philomène. Et cette idée de départ.

— Quel que soit votre âge, je vous assure que, lorsque vous apprenez que vous êtes atteint d'une maladie incurable, il y a un avant et un après. Vous êtes en état de choc.

— Oui, j'imagine…

— Mais il paraît qu'au bout d'un moment on accepte le verdict et que l'on se sent prêt lorsque la mort pointe le bout de son nez. Peut-être donc que ce sera mon cas, mais je n'attends pas avec impatience de pouvoir le vérifier, si vous voyez ce que je veux dire…

Benoît termina son verre. Il avait beau être surtout préoccupé par sa fille, cette nouvelle le peinait. Ce vieil homme paraissait être un roc mais dissimulait en réalité un vrai tendre. Sa manière de s'occuper de Philomène en était une démonstration.

La voix d'Auguste le sortit de ses pensées.

— Mon grand sujet, c'était de savoir « pour quoi », en deux mots, et non « pourquoi », en un seul, j'allais partir… Vous savez, ceux qui ont frôlé la mort ou qui ont réchappé d'un grave accident confient avoir pensé à ceux qui avaient vraiment compté pour eux. Mais lorsqu'on vous annonce que vous avez un répit de trois ou six mois devant vous, c'est différent. Bien sûr, vous songez aussi à ceux que vous allez quitter, mais cela ne dure qu'un temps. Et pour moi, la liste des personnes à qui j'aurais souhaité faire mes adieux tient sur un ticket de métro. À mon âge, elles sont plus nombreuses sous terre qu'au-dessus… Non, voyez-vous, pour ceux dont le compte à rebours à brève échéance a commencé, il y a une envie de « vivre plus fort ». Certains veulent accomplir des choses qu'ils n'ont jamais faites. Moi, ce qui m'importait, c'était de revenir sur des moments qui ont compté pour moi, et tenter de les revivre une dernière fois…

Très ému, il reprit son souffle.

— J'espère ressentir une impression de devoir accompli. La boucle serait bouclée, vous comprenez ?

Le regard pudiquement baissé, Benoît bredouilla :

— Je suis vraiment désolé, Auguste…

Auguste apprécia qu'il ne joue pas au mauvais médecin en cherchant à rallumer de vains espoirs. Sa réaction lui inspira spontanément une vraie estime.

— Vous êtes bien placé pour savoir que la vie passe plus vite qu'une enclume lâchée d'une falaise ne met de temps à toucher le sol… Et puis j'y vois certains avantages ! tenta-t-il de plaisanter. Je ne connaîtrai pas les affres de la sénilité, d'une mémoire devenue trop fragile pour supporter le souvenir de ces moments qui ont jalonné ma vie. Je préfère mourir avec eux que vivre sans. Et puis, je crois que j'ai bien plus peur de devenir un poids que de disparaître. Tout cela m'a amené à réfléchir à la manière dont j'allais mourir…

— Mais votre famille ? Votre fils est-il au courant ?

D'une voix enrouée, Auguste répondit :

— Je suis persuadé qu'aucun de nous ne saurait que dire… Je préfère nous éviter cela.

— C'est ce que vous vouliez dire par « la manière » dont vous allez mourir ?

— Non. Mais je ne tiens pas à en parler dans l'immédiat.

Benoît se tut quelques instants.

— Vous m'avez dit que vous m'expliqueriez pourquoi Tours. Mais Orléans, qu'est-ce qui vous conduit là-bas ?

— Un ancien ami, qui a beaucoup compté pour moi…

Cette fois-ci, Benoît garda le silence. Et Auguste ne chercha pas à le rompre.

Ils restèrent ainsi, un long moment, tous deux liés par leurs confidences, mais aucun d'eux ne parvenant à savoir ce qui, de la tombée de la nuit ou de leurs obscures pensées, avait le plus assombri la pièce.

11.

Le lendemain matin, Auguste fut réveillé par des coups tambourinés à sa porte.

En se couchant, il avait pressenti que la nuit serait difficile. Les faits lui avaient donné raison. De violents maux de ventre l'avaient plié en deux durant de longues heures. Cela lui arrivait de plus en plus souvent, en particulier le soir et en position allongée. S'y étaient ajoutés de vifs élancements dans le dos. Il avait avalé deux comprimés des puissants antidouleurs prescrits par le docteur Bregenc. Ses douleurs s'étaient progressivement atténuées. Agité par sa hantise d'avoir à dépasser la date du 16 juillet, et miné, malgré sa détermination, par la peur de sa fin à venir sans même avoir reparlé à son fils, il avait pensé ne pas pouvoir fermer l'œil jusqu'au matin. Mais le sommeil avait fini par le terrasser.

Encore dans le coaltar, il quitta le lit à regret et constata qu'il était déjà 9 heures. La dernière fois qu'il s'était levé aussi tard remontait à plus de vingt ans !

Il déverrouilla la porte, et Philomène apparut dans le chambranle. Elle considéra les cheveux certes peu nombreux mais en désordre sur le crâne d'Auguste, qui ne laissaient aucun doute sur son réveil récent.

— Aurore et moi avons attendu au maximum. Mais là, on ne tenait plus. Moi qui croyais que les personnes âgées avaient du mal à dormir…, ajouta-t-elle en regagnant la pièce d'à côté.

Auguste s'abstint de lui expliquer qu'il s'était couché très tard. Après le départ de Benoît, il s'était assis face à l'un des ordinateurs laissés en libre accès par l'hôtel, et s'était attelé à la recherche d'informations sur Internet. Heureusement, ses maux d'estomac avaient fini par s'apaiser, et il avait pu se concentrer sur sa recherche. Il avait donc déniché les informations nécessaires sur ce fameux Marc Divarin, et avait noté l'adresse du salon de thé *Au plaisir de vivre*, à Tours. Puis il était remonté dans sa chambre, où il s'était effondré sur son lit.

— Tu verras quand tu auras mon âge ! bougonna-t-il. En attendant, prépare-toi : nous partons à Tours !

Philomène déboula telle une forcenée.

— Hors de question ! Qu'est-ce qu'on irait faire là-bas ?

— Philomène, Tours, ce n'est pas le bout du monde. C'est à une petite trentaine de kilomètres d'ici.

— Oui mais on devait passer la journée avec Aurore. Elle m'a proposé de me montrer Mélusine, la jument, et son poulain. Et les brebis dont elle s'occupe, aussi…

Le visage d'Aurore, gêné, apparut à son tour.

— Ce n'est pas grave, Philomène. Tu viendras une autre fois…

Auguste allait rappeler pour la énième fois à Philomène qu'elle s'était engagée à se tenir à carreau quand il réalisa avoir omis un détail : que ferait-il d'elle pendant qu'il se rendrait dans le salon de thé ? Il était inconcevable de l'y emmener…

— Pourquoi ne resteriez-vous pas ici avec Philomène, Aurore ?

— Je n'ai pas aidé les Guerrant pour la traite de 6 h 45. Alors je tiens à être présente pour celle de 17 h 45…

— C'est précis, ronchonna Auguste, que cette information n'arrangeait pas.

— Oui. La période de traite ne va pas tarder à s'arrêter mais les brebis sont très à cheval sur les horaires ! précisa-t-elle, ravie de son zeste d'humour.

La seule solution était de céder à la proposition d'Aurore, qui tombait plutôt à pic. Mais comment réagirait Benoît si Auguste venait à confier sa fille à une inconnue ?

— Si je vous accompagne là-bas, vous me promettez de ne pas bouger jusqu'à mon retour ?

Les yeux de Philomène brillèrent d'une lueur d'espoir.

— Promis, Auguste !

Il soupira. Veuves ne se trouvait qu'à une quinzaine de kilomètres d'Amboise, Tours de l'autre côté, à trente kilomètres. En taxi, c'était jouable. Il en aurait à peine pour une heure. Et il enverrait un SMS à Benoît pour l'avertir de ce changement de plan.

Il fit mine de réfléchir puis accepta, leur donnant ainsi l'impression de leur concéder une faveur.

— Entendu, mais c'est uniquement pour vous être agréable… Et toi, Philomène, écris-moi ton numéro de portable, que je puisse t'appeler en cas de pépin. On ne sait jamais.

— Mais je croyais que tu n'avais pas de téléphone ?

— Eh bien c'était pour te faire fermer ton clapet ! rouspéta-t-il. J'en ai un, évidemment !

Elle haussa les épaules.

— OK… C'est quoi ton numéro ? Je vais t'appeler, tu n'auras qu'à m'enregistrer…

Son numéro ? Ça, c'était une bonne question. Il n'en avait aucune idée.

— Mais qu'est-ce que c'est que ces manières ? s'exaspéra-t-il. Je te demande ton numéro, et en réponse tu me demandes le mien ? Note-moi ton numéro sur un bout de papier et je le rentrerai plus tard dans mon téléphone, voilà !

Elle se tourna pour qu'il ne voie pas les yeux qu'elle levait au ciel et rumina :

— Sur un papier… On se croirait revenus au Moyen Âge !

— Préparez-vous ! Je commande un petit déjeuner et on décolle tout de suite après !

— Mince… Nous avons déjà mangé ! déclara Aurore.

Auguste n'aurait su définir si cette initiative le réjouissait davantage qu'elle ne l'agaçait. Il décida finalement qu'elle l'arrangeait bien.

— Bien… Alors ne perdons pas de temps. Je réserve un taxi, je prends une douche, et on y va.

Quarante-cinq minutes plus tard, ils étaient en chemin pour Veuves. Auguste demanda au chauffeur s'il était possible de venir le rechercher une petite heure après l'avoir déposé, de manière à pouvoir visiter l'univers d'Aurore sans donner l'impression de s'enfuir comme un voleur. Ils convinrent donc de se retrouver à 11 h 30 devant la ferme.

Dans la cour de la propriété, Auguste découvrit un magnifique corps de ferme. Ils longèrent une première belle bâtisse, le logis des Guerrant, une immense bergerie, partie du bâtiment où vivaient les brebis, et une salle de traite. Aurore pointa du doigt une autre dépendance : la fromagerie, composée d'une salle de fabrication et d'une autre de lavage. Elle promit à Philomène de lui montrer la cave, où étaient affinés les précieux fromages.

Enfin ils parvinrent à une minuscule annexe, totalement réaménagée : la maison d'Aurore.

— Il y a une cinquantaine d'années, c'était encore une petite grange d'appoint dont mes parents se servaient pour stocker du matériel. Pour mes vingt-deux ans, ils ont accepté d'entreprendre des travaux afin de me permettre une certaine indépendance. Depuis, je vis ici…

La porte n'était pas verrouillée. Aurore la poussa et les invita à entrer.

Auguste remarqua que le battant se fermait avec un cadenas attaché au chambranle. Il paraissait aisé de le faire sauter.

— Vous n'avez pas peur d'être cambriolée ?

— Les voleurs ne viennent pas à Veuves. Que voudriez-vous qu'ils pillent, ici ? fit-elle, l'air amusé, en balayant la pièce de sa main et en déposant son chapeau rose sur le canapé.

Son chez-elle se composait d'une pièce principale aménagée en salon et coin kitchenette, qu'une cloison séparait de la chambre et des toilettes. La grande salle était joliment décorée, et d'une propreté impeccable.

Un buffet deux corps ainsi qu'un bureau-écritoire longeaient un premier mur. Une petite table était calée dans un angle avec ses quatre chaises, un fauteuil en rotin était posé en unique spectateur face à une petite télé datant d'au moins une dizaine d'années. Un canapé en cuir marron un peu vieillot complétait l'ensemble.

Tout ici portait la marque du temps et Auguste y retrouva une odeur d'enfance.

Ce logis lui ressemblait : simple, sain, authentique, touchant.

Aurore avait l'air heureuse de leur faire découvrir son lieu de vie. Elle partit leur chercher de l'eau fraîche, laissant Philomène s'approcher du buffet, attirée par les photos encadrées qui l'ornaient. Deux clichés retinrent son attention : le premier montrait un jeune homme, en tenue de militaire. Elle s'attarda sur son visage : des traits fins, un menton affirmé, des dents blanches et régulières, des cheveux couleur miel coupés très court, et des yeux bleu azur. Cet homme était vraiment beau, et il avait plutôt fière allure en uniforme.

Le deuxième cadre le représentait également mais il n'était pas seul. Debout, il serrait une jeune femme contre lui. Philomène reconnut aussitôt Aurore ; beaucoup plus jeune, avec de longs cheveux détachés sur ses épaules et ses immenses yeux verts qui, eux, n'avaient pas changé. Son sourire lumineux trahissait le même sentiment exprimé dans les yeux de l'homme, qui la couvait d'un regard éloquent.

— Mais c'est qui ? lâcha Philomène, ébahie, en s'emparant du cadre.

Aurore réapparut et se tourna vers elle, trois verres d'eau posés sur un plateau. Auguste crut qu'elle allait le lâcher. Sa gaieté s'effaça brusquement, et une immense tristesse voila son visage. Elle avança lentement vers la table, y déposa le plateau, avant de revenir vers Philomène.

— Florent. Florent Bretenoux. Mon grand amour.

Embarrassé, Auguste fit comprendre d'un froncement de sourcils à Philomène de changer de conversation. Il avait oublié combien la petite faisait peu dans la retenue.

— Mais tu m'as dit que tu n'avais jamais été mariée !

Aurore s'assit sur l'une des chaises.

— Certes. Mais je ne t'ai pas dit que je n'avais jamais rencontré mon prince charmant…

Philomène haussa les épaules.

— Prince charmant ? C'est un mythe, le prince charmant !

Aurore ne put retenir un soupir.

— Tu as probablement raison. Mais mon histoire n'en demeure pas moins une magnifique histoire d'amour…

— Raconte-nous, Aurore ! s'écria Philomène, déjà assise pour entendre la suite.

Auguste allait intervenir mais Aurore l'arrêta d'un geste de la main.

— Florent et moi nous sommes rencontrés à un bal, à Amboise. J'avais dix-huit ans, lui vingt et un. Militaire engagé, il profitait d'une permission et était accompagné de deux amis de son régiment. Je revenais m'asseoir à ma place après être allée me chercher un verre quand une dispute a éclaté entre deux hommes bien éméchés. Par inadvertance, l'un d'eux m'a bousculée et mon soda a éclaboussé la chemise d'un jeune homme qui dansait sur le bord de la piste. J'étais rouge de confusion. Lui agacé. Je me suis excusée. Il a marmonné quelque chose et ses yeux ont plongé dans les miens. Ou les miens dans les siens, je serais incapable de le dire…

Un sourire, furtif, illumina son visage.

— Il s'est mis à bafouiller. Lorsqu'il a frôlé ma main sans le vouloir, c'était comme si un fil électrique nous reliait. C'était plus fort qu'un coup de foudre. C'était une évidence. Lui et moi. Moi et lui.

— Ah quand même ! murmura Philomène. Je ne pensais pas que ces histoires pouvaient exister dans la réalité…

Auguste, lui, se tenait en retrait, gêné par le récit d'Aurore.

— Durant un an, nous nous sommes aimés à la lumière du jour. À quoi bon cacher un amour dont l'avenir paraissait tout tracé ? Il accourait à chaque permission. Il souhaitait m'épouser au plus vite. Je n'attendais que cela. Nous parlions même d'un bébé…

Soudain, sa mâchoire se crispa. Ses yeux se couvrirent de nuit. Elle inspira lentement à pleins poumons et reprit :

— Et puis, en 2005, il a été convoqué pour une longue mission. Son régiment, le 1er RPIMA, était appelé à l'étranger. Il ne pouvait m'en dire plus. C'était terrible, de ne pas savoir où il était, de ne jamais pouvoir le joindre. Il m'écrivait de temps à autre. Dès qu'il le pouvait. Début décembre, de retour pour une permission d'un mois, il avait l'air contrarié mais ne souhaitait pas parler de ses préoccupations. Il voulait que je me concentre sur nos projets, que je l'emmène dans un ailleurs qu'il saurait retrouver quand il serait là-bas, loin de moi. Comme il était passionné d'art, je lui dessinais une formation puis un avenir de restaurateur de mobilier. Nous échafaudions des rêves à en perdre haleine et je me souviens de cette parenthèse comme d'une oasis. Il est reparti le 3 janvier 2006. J'ai reçu un dernier courrier en mai 2006. Et depuis, plus rien…

Auguste et Philomène accueillirent la chute avec consternation. Pour signifier la fin de son monologue, Aurore leur tendit un verre en esquissant un sourire.

— Comment ça, plus rien ? insista Philomène. Il est mort ? Elle est horrible, ton histoire !

— Je ne sais pas. J'ai cherché à joindre ses parents. Une fois, ils m'ont répondu sèchement qu'il fallait l'oublier. Et que je devais arrêter d'appeler.

Elle baissa la tête.

— Je crois qu'ils ne voyaient pas notre mariage d'un bon œil. Florent appartenait à un autre milieu que le mien…

— Et alors, où est le problème ?

— Dans certaines familles, on n'accepte pas de se mélanger, Philomène, intervint doucement Auguste. On préfère préserver l'« entre-soi » pour des questions de culture, de valeurs, d'héritage…

La jeune fille leva une fois de plus les yeux au ciel.

— C'est totalement *has been*, ce truc. De nos jours, les Harry épousent des Megan, et personne n'y trouve rien à redire !

Auguste préféra ne pas entrer dans ce débat et se tourna vers Aurore.

— Cela doit être dur, de ne pas savoir ce qui s'est passé, n'est-ce pas ?

Elle lui sourit avec indulgence.

— Quoi qu'il lui soit arrivé, il n'est pas mort.

Auguste et Philomène échangèrent un autre regard silencieux.

— À son départ, nous nous sommes promis de rester connectés l'un à l'autre, chaque jour, chaque nuit. Et cet amour m'a toujours portée. Il est en moi dans chacun de mes gestes, dans chacune de mes pensées. En permanence au début. Aujourd'hui, de manière moins consciente. Mais dès que je ressens de la peine, je me connecte à lui. Je le sens, et je revis.

Philomène la fixait comme si elle se trouvait face à une personne atteinte de démence.

— Mais tu peux imaginer que tout ça, c'est peut-être dans ta tête ? Qu'il est possible qu'il t'ait tout simplement menée en bateau, ton « prince charmant » ?

Auguste essaya d'attirer son attention mais Philomène gardait les yeux braqués sur Aurore, tant ce qu'elle entendait la dépassait.

— Le grand, le véritable amour, il ne s'éteint jamais. C'est ainsi. Nous sommes liés l'un à l'autre. À jamais. Je le sais, et c'est tout.

— S'il t'aimait autant que tu le dis, il serait à tes côtés !

Calme, Aurore ne semblait pas affligée par la réaction de la jeune fille.

— J'ai longtemps cherché à expliquer son absence. Florent était un homme d'honneur. Peut-être a-t-il rencontré une femme, là-bas. Peut-être a-t-il eu une aventure avec elle. Peut-être est-elle tombée enceinte et s'est-il retrouvé contraint d'assumer son erreur.

— Tu parles d'une preuve d'amour…

Aurore se leva sans un mot et se dirigea vers la belle écritoire en merisier. Munie d'une clef, elle ouvrit l'un des huit petits tiroirs et en retira une pile de lettres, reliées par un ruban de soie. Elle les posa, telles des reliques, sur la table.

— Ça, ce sont des preuves d'amour, Philomène. Prendre le temps d'écrire une vraie lettre, avec un stylo, de sa propre main, c'est donner un peu de soi. Et ce sont autant de souvenirs.

Devant Philomène interloquée, Auguste caressa du doigt le ruban bleu pâle. Quel jeune pouvait aujourd'hui comprendre l'impatience de l'attente, la magie d'une correspondance manuscrite, l'émotion du destinataire à la lecture des mots gravés sur le papier, les battements de cœur provoqués par le délié de certaines lettres ? Chacune de ces lettres redonnait un souffle de vie, éphémère mais intense, à des moments forts qu'Aurore avait vécus et qu'elle protégeait dans le dédale de ses souvenirs… Touché par cette belle mais triste histoire, Auguste demanda avec douceur :

— Et vous n'avez jamais douté, Aurore ?

Elle revint s'asseoir, s'empara de son verre et le porta à ses lèvres. Puis elle le reposa, et regarda Auguste dans les yeux.

— Existe-t-il des amours à distance qui soient exempts de doutes ? Je ne crois pas. Mais le plus important, c'est que ce chemin semé d'ombres nous ramène toujours à nos convictions de départ. Ce qui doit aussi valoir pour les relations de couple au quotidien. Mais ça, vous le savez assurément mieux que moi, Auguste…

Pris au dépourvu, Il ne sut que répondre. Elle ne lui en laissa de toute manière pas le temps.

— Je préfère imaginer que vivre ensemble aurait pu banaliser cet amour hors du commun.

Auguste ne pouvait s'empêcher d'admirer Aurore. Comment était-elle parvenue à garder une telle foi en cet amour ?

— Je vous envie presque, d'avoir cette force en vous…, avoua-t-il.

— Je n'ai aucun mérite. La douleur est en moi, chaque jour que Dieu fait. La douleur de l'absence. Mais mes sentiments restent intacts.

Auguste ne savait s'il était davantage frappé par la puissance de son amour ou par la mise à distance de son désespoir.

— Tu n'as jamais cherché à tourner la page, Aurore ? demanda doucement Philomène, touchée à son tour par cette histoire venue d'un autre temps, à l'instar de cette femme, de ces meubles…

— Tourner la page ? Mais pour quoi faire ?

Chacun des moments passés avec Florent évoquait pour elle le souvenir d'un instant de bonheur. Et le souvenir d'un bonheur était le bonheur, elle en faisait chaque jour le constat. Elle refusait donc de les laisser s'échapper de sa mémoire.

— Mais s'il est mort, tu te seras sacrifiée toute ta vie pour rien…

Elle tendit une main vers Philomène et lui caressa la joue de son index.

— Tu sais, Philomène, aujourd'hui je vois des jeunes et des moins jeunes s'exhiber sur Tinder, déclarer leur flamme à coups d'emojis, afficher leurs états d'âme sur les réseaux sociaux avant de se faire plaquer par texto. Nous, on s'envoyait des lettres d'amour, et c'était bien plus chaleureux qu'un e-mail ou un SMS bourré de smileys. Nos impatiences étaient rythmées par la vitesse de ces timbres à nous atteindre, à acheminer nos peines, nos espoirs, nos attentes vers l'Autre… Moi, j'allais jusqu'à acheter des timbres non autocollants. Florent le savait. Il aimait se rappeler que sous ces minuscules carrés rouges se logeait un peu de ma salive, un peu de moi. C'était tout bête. Mais c'était important.

Elle but une nouvelle gorgée d'eau.

— Tu vois, moi, je préfère continuer à penser que tant que je suis sur cette terre, mon Florent l'est encore un peu, ainsi que notre amour. Et ce qui a existé de nous demeurera vivant tant que moi je serai là.

— Cela vaut aussi pour les êtres chers qui ne sont plus auprès de nous…, souffla Auguste.

Tous trois baissèrent la tête. Un silence s'installa.

Quatre petites notes retentirent, en provenance d'une mini-comtoise qu'Auguste n'avait pas remarquée. Il se leva précipitamment.

— Mesdemoiselles, je n'ai pas vu l'heure tourner : mon taxi doit m'attendre dehors. Vous ne bougez pas d'ici. Je serai de retour dans l'après-midi.

Il se dirigea vers la porte, suivi d'Aurore.

— Je vous raccompagne jusqu'au portail, Auguste.

*

Simon raccrocha. L'officier avec qui il venait d'échanger lui avait confirmé l'ouverture d'une enquête administrative. Cela leur permettrait d'avoir accès aux fichiers d'organismes privés et publics en lien avec son père.

L'agent s'était pensé rassurant en lui annonçant qu'ils pourraient ainsi consulter les relevés de son portable, ce qui donnait souvent les informations nécessaires pour remonter jusqu'aux personnes recherchées. Mais il avait rapidement déchanté lorsque Simon lui avait dit que son père n'avait jamais détenu le moindre téléphone.

L'officier s'était alors rabattu sur une autre piste : l'analyse de ses relevés de carte bancaire.

Simon n'en avait rien dit mais il se montrait bien moins optimiste que son interlocuteur. Son père était vieux mais pas stupide. S'il avait fui de cette manière, ce n'était pas pour laisser des traces aussi facilement dépistables…

À moins qu'il ne soit rapidement à court d'argent.

Voilà finalement ce qu'il lui restait à espérer.

12.

Le taxi déposa Auguste quelques mètres en amont du salon de thé. Niché dans un petit coin de rue piétonne, celui-ci offrait une jolie devanture bleu pastel. Les suggestions du jour étaient indiquées en caractères d'imprimerie sur une grande ardoise, exposée sur le trottoir.

Auguste poussa la porte et entra.

Les tons doux, mélange de bleu pâle et d'abriçot, apportaient une touche accueillante et cosy. Un piano demi-queue trônait au milieu de la salle. Plusieurs tables étaient occupées, mais les sons feutrés des conversations parvenaient en sourdine à l'oreille d'Auguste.

Une femme d'une quarantaine d'années s'approcha de lui.

— Je vous laisse vous installer, monsieur, lui dit-elle avec un sourire.

— Je vous remercie mais je suis venu afin de parler à Marc Divarin. Serait-il disponible ? Je viens de la part d'un responsable des achats de produits avec qui il travaille.

— Ne bougez pas, mon mari est à côté : le jeudi est le jour consacré à la comptabilité… Je vais le chercher !

Elle réapparut deux minutes plus tard, accompagnée d'un individu de taille moyenne. Brun, les yeux marron, un visage un peu rond, les lèvres surmontées par une petite moustache bien taillée, il portait un jean et un tee-shirt ample. Il salua une cliente attablée d'un large sourire. Cet homme attirait de prime abord la sympathie.

En voyant le couple avancer vers lui, Auguste commença à paniquer : comment allait-il s'y prendre si l'épouse restait à ses côtés ?

Par chance, une cliente l'intercepta pour une addition.

— Bonjour, monsieur ! le salua le fameux Marc Divarin avec un mouvement de la tête.

Auguste se lança aussitôt, avant que sa femme ne revienne :

— Je suis navré de surgir ainsi sans prévenir, mais j'ai besoin de comprendre certaines choses à la suite de l'accident de voiture qui a coûté la vie à Audrey Blin…

Une fraction de seconde, Auguste vit une lueur vaciller dans le regard de son interlocuteur.

— Je n'ai rien à dire sur ce sujet, monsieur.

— Votre épouse sait-elle que vous aviez une liaison avec Audrey ?

Les yeux soudain inquiets clignèrent dans un visage devenu blême. Auguste masqua sa propre gêne et resta de marbre. Auguste aurait été incapable de mettre à exécution la menace que sous-entendait sa question, mais son interlocuteur devait ignorer qu'il bluffait.

— Audrey s'est inventé une réunion professionnelle à Tours pour vous rejoindre, ce jour-là.

Mais vous et moi savons que sa destination était davantage le Manoir des Minimes, n'est-ce pas ?

D'un geste brusque, l'homme l'invita à le suivre à l'extérieur, à l'abri des regards et des oreilles de sa femme.

— Qui êtes-vous ? demanda-t-il dès qu'ils furent hors de portée de voix.

Auguste avait anticipé cette question.

— Je suis le grand-père de la fille d'Audrey.

Il aurait été plus simple de dire « le père d'Audrey ». Mais, par respect pour la défunte, il n'avait pu s'y soumettre. Relevant la tête, Auguste fut déstabilisé : Marc Divarin était décomposé.

— Je suis sincèrement désolé, monsieur…, balbutia-t-il, livide.

— Je ne suis pas venu jusqu'ici pour entendre cela. Audrey m'avait tout raconté à votre sujet. Mais elle m'avait aussi assuré ne plus vouloir poursuivre cette relation. J'ai donc besoin de comprendre pourquoi elle est revenue ici.

Divarin se tourna et jeta un regard à travers la vitrine, en direction de son épouse. Celle-ci était affairée à la présentation d'un chariot de pâtisseries sèches. Il revint face à Auguste, désemparé. S'il lui fallait vivre le reste de sa vie dans le mensonge, il devait à Audrey de raconter toute la vérité à cet homme.

— Audrey et moi avons effectivement entretenu une liaison durant plusieurs mois. J'étais très amoureux d'elle. Et je pensais que c'était réciproque.

Il fourragea nerveusement dans ses cheveux.

— Le Manoir des Minimes était devenu notre oasis. Nous nous y sentions seuls au monde. Le temps s'arrêtait.

Son visage s'affaissa un peu plus.

— Le 14 mars, Audrey m'a appelé pour m'avertir que son mari avait découvert notre liaison. J'ai perçu là un signe du destin, et je me sentais prêt à tout avouer à ma femme. J'y voyais pour nous deux l'occasion de cesser de faire croire à nos proches que nous étions toujours heureux ensemble alors que la seule chose qui nous unissait encore n'était que le lien réconfortant de l'habitude…

Il passa sa langue sur ses lèvres sèches.

— Trois jours plus tard, nous basculions dans le confinement. Une horreur. Audrey et moi communiquions par SMS au début, mais je la sentais de plus en plus distante. Elle m'a expliqué qu'elle éprouvait le besoin de se recentrer un peu sur sa vie et de réfléchir. J'étais paniqué.

Dans la rue, quelques promeneurs passaient lentement. On entendait les oiseaux gazouiller dans les arbres voisins. Auguste, lui, commençait à sentir ses jambes s'alourdir.

— Son dernier SMS m'annonçait qu'elle avait besoin de prendre du recul. Qu'elle ne savait plus où elle en était.

Divarin plissa les yeux et esquissa un sourire, amer.

— Dès l'annonce de la fin du confinement, elle m'a téléphoné pour demander à me voir et j'ai compris. Elle insistait pour que nous nous retrouvions dans un parc, à Tours. Les cafés n'avaient pas encore rouvert. Si j'avais été certain de ne pouvoir la reconquérir, j'en serais resté à un échange téléphonique. Cela aurait été moins douloureux que de la voir en chair et en os, à portée de mes bras sans la moindre possibilité de la toucher… Seulement voilà : j'espérais.

Se sentant de moins en moins solide, Auguste se dandina sur ses jambes.

— Et j'ai tout misé sur un cadre qui lui rappellerait ce que nous avions vécu. J'ai fini par la convaincre de me retrouver au Manoir des Minimes en prétextant que le coin épicerie-salon de l'hôtel avait rouvert… Ce n'était qu'un demi-mensonge car seule la vente des produits était possible. Mais une fois sur place, j'espérais que…

Il secoua la tête.

— Je me suis préparé à maints scenarii pour la reconquérir. En étudiant toutes les hypothèses. Dans les moindres détails. La tenue que je porterais ce jour-là, les mots que je prononcerais, les arguments que j'opposerais à ses éventuelles objections. J'avais même demandé à l'épicerie de l'hôtel de nous préparer un pique-nique avec tous ses produits préférés. Je voulais que tout soit parfait.

Il écarta les bras en signe d'impuissance.

— Mais rien ne s'est déroulé comme prévu…

— Pourrions-nous nous asseoir, monsieur ? Mes jambes fatiguent…

— Elle se tenait à deux mètres de moi, comme si cette distance était devenue nécessaire entre nous, poursuivit Divarin comme si de rien n'était.

Auguste le dévisagea, contrarié. Faisait-il la sourde oreille, ou n'avait-il vraiment pas entendu sa requête ?

— Quand elle m'a annoncé qu'elle avait choisi de retourner avec son mari, j'ai immédiatement pensé à un chantage de la part de ce type.

Il soupira :

— Venez, il y a un banc, juste en face…

Il avait donc bien entendu, et estimé que le besoin de s'asseoir d'un vieil homme pouvait attendre. Heurté par un tel manque de délicatesse, Auguste le suivit sans mot dire. À peine avaient-ils traversé la chaussée que l'homme reprit son monologue :

— Vous comprenez, je la contemplais, là, face à moi, belle, et triste de la blessure qu'elle venait m'infliger. Mais je préférais la croire malheureuse d'une rupture contrainte, plutôt qu'à l'origine d'une décision mûrement réfléchie. J'avais besoin de penser qu'elle ne voulait pas que cela s'arrête entre nous.

Non, Auguste ne comprenait pas. Comment cet homme faisait-il pour se convaincre que le monde se résumait à sa manière de le regarder ? Visiblement, l'écoute n'était pas non plus l'une de ses qualités. Il aurait aimé le lui dire. Il s'en abstint.

— Je n'arrivais pas à accepter de la perdre. Je lui ai dit que nous allions trouver des solutions. Que son mari n'en saurait rien. Que nous redoublerions de prudence.

Il avait en revanche de la suite dans les idées…

— Elle m'a déclaré avec douceur qu'elle avait commis une erreur en démarrant une relation entre nous. Qu'elle m'avait aimé, mais qu'elle s'était enfin rappelé pourquoi elle avait épousé son mari. Ses aveux m'ont dévasté. Et j'ai pété un plomb.

Le chagrin d'amour, Auguste pouvait le comprendre. Même si lui-même n'y avait jamais été confronté. Mais qu'entendait-il par « pété un plomb » ? Encouragé par son silence, Marc Divarin poursuivit :

— J'ai traité son mari de moins-que-rien. Je ne sais pas pourquoi mais il fallait que je le ramène plus bas que terre. Lui venait de gagner le droit de s'endormir au côté d'Audrey, de dessiner de nouveaux projets avec elle. Moi, tous mes espoirs s'effondraient…

Il se redressa, se tourna vers Auguste comme s'il se rappelait enfin sa présence.

— Et là, d'un seul coup, son regard a changé.

Face à cet homme indéniablement beau parleur, Auguste essayait de se faire sa propre religion. Audrey était-elle fragilisée par la crainte de ne plus plaire, par le sentiment d'être délaissée par Benoît ? Ce Marc Divarin, sans doute réellement amoureux d'elle, avait tout de même priorisé ses intérêts à lui. Peut-être lui avait-il offert un miroir aux alouettes dont elle avait fini par revenir. Et le confinement avait sans doute ouvert les yeux d'Audrey sur ce qui se jouait de bien plus vrai et profond avec Benoît…

— Elle m'a expliqué qu'elle regrettait de me faire autant de peine, reprit l'homme infidèle. Qu'elle espérait que je pourrais lui pardonner un jour. Mais la haine vis-à-vis de son mari m'avait envahi et m'empêchait de m'attarder sur sa tristesse. Je trouvais ça tellement injuste : ce type ne s'occupait plus d'elle depuis des lustres, et un simple claquement de doigts suffisait pour qu'elle lui revienne ?

Il baissa une tête coupable.

— Je n'étais plus moi-même, et je lui ai dit des choses terribles. Je serais incapable de vous les rapporter : je les ai oubliées. Il me semble que je ne pourrais plus me regarder dans une glace si la mémoire me revenait.

Sous les assauts du regret, il ne restait plus grand-chose de l'assurance qu'il avait montrée jusqu'à présent.

— Je venais d'oublier ma position d'amant et j'avais inversé les rôles : j'étais devenu le compagnon légitime, et lui le voleur d'épouse, l'homme à abattre. Les mots assassins sortaient de ma bouche comme malgré moi.

Aucun son ne parvenait à franchir les lèvres d'Auguste. Il avait l'impression de vivre la scène et il éprouva un serrement de cœur pour Audrey. Il regretta de n'avoir jamais demandé à Philomène de lui montrer une photo de sa mère. Il aurait voulu avoir son visage en tête, là, maintenant, au moment où ce triste monologue racontait les derniers instants de sa vie.

— D'une voix froide que je ne lui connaissais pas, Audrey m'a sommé de ne plus jamais la contacter. Elle n'a pas cherché à me dire ce que ma conduite lui inspirait. Son regard s'en chargeait.

Audrey n'avait donc pas menti à Benoît. Elle n'était pas retombée dans les bras de son amant, qui avait pourtant tout fait pour la retenir.

— Elle m'a répété que nous avions commis une erreur… J'avais l'impression de me retrouver dans la peau d'une maîtresse suppliant son amant de quitter sa femme pour vivre avec elle…

Affligé, Auguste ferma les yeux. Connaître la chute de cette histoire tragique ne la rendait pas moins douloureuse.

— Je l'ai suivie, j'ai tenté de la retenir. Elle m'a repoussé. Moi, je ne voyais plus que l'expression de dégoût peinte sur son visage. Voilà ce que je lui inspirais, après tant de mois d'amour et de complicité. Je ne pouvais pas la laisser partir sur un tel gâchis.

L'obstination de cet homme était sans limite. Son désespoir aussi, sans doute…

— Elle est entrée dans sa voiture, a démarré en trombe. Je suis resté planté les bras ballants, à la regarder disparaître. Puis je me suis rué sur mon portable. J'ai appelé, rappelé, insisté encore. Elle ne prenait aucun appel. J'étais comme un fou. Enfin, à la énième tentative, elle a décroché.

— Ce n'est pas vrai…, murmura Auguste, pressentant la terrible suite.

— Vous n'imaginez pas combien mon cœur s'est emballé. C'était pour moi un témoignage de son amour. Un éclair dans les ténèbres… J'étais dans un état second. Je braillais comme un imbécile. Elle m'a raccroché au nez. J'ai laissé passer quelques minutes, histoire de me calmer un peu. J'ai rappelé. Plusieurs fois. Là encore, elle a décroché.

Silence.

— Et là, j'ai entendu un immense fracas de tôles… et un cri. Court, atroce. Inoubliable. Ce cri m'obsède, me hante sans relâche. Juste un cri. Le dernier.

Ce nouveau silence n'avait rien à voir avec le précédent. Absolu malgré tout ce qui les entourait, il évoquait la mort. Auguste aurait aimé pouvoir le rompre, mais il se sentait incapable d'articuler la moindre syllabe. Cramponné à son banc, il songeait avec tristesse aux mots de Philomène. Sa voix vint un instant résonner dans ses oreilles : « J'ai besoin de comprendre pour quoi ou pour qui ma mère est morte… »

Eh bien voilà, Philomène.

Ta mère est morte pour un homme qui lui a un jour apporté une attention dont elle avait besoin, mais qu'elle n'aimait pas autant que ton père.

Ta mère est morte parce que c'était une belle personne qui voulait faire le moins de mal possible autour d'elle.

Ta mère est morte pour une seconde d'inattention, ou plutôt pour une seconde d'attention offerte à un autre, qui ne comptait plus pour elle.

— Je me suis jeté dans ma voiture et j'ai roulé comme un fou dans la même direction qu'Audrey.

Marc Divarin enfouit sa tête entre ses mains.

— Lorsque j'ai vu une Volkswagen orange au loin, encastrée dans un arbre sur la D952, j'ai compris. Je me suis précipité vers la Polo d'Audrey. Des pompiers l'entouraient. Je les ai entendus dire qu'il n'y avait plus rien à faire. Tout autour de moi s'est écroulé. L'un d'eux était assis sur le bord de la route, à côté d'une femme qui portait un chapeau rose. Elle était en pleurs. C'était surréaliste. Hagard, j'ai laissé ma voiture sur le bord de la départementale et j'ai marché, marché, marché. Lorsque je me suis arrêté, la nuit était tombée.

Auguste se redressa sur son banc. Comme la première fois avec Aurore, imaginer la scène lui glaçait les sangs.

— Audrey et moi ne communiquions que par nos téléphones professionnels. Le sien a dû être expulsé de la voiture. La gendarmerie a retrouvé son téléphone personnel et ils n'ont pas pensé qu'elle pouvait en avoir un second. Ils n'ont donc jamais su qu'elle était en ligne au moment de l'accident. Mais moi, je connais la vérité. Et même si je sais que je ne pouvais pas prédire tout ça, je suis condamné à vivre dans l'imposture et dans la culpabilité…

Certes, cet homme souffrait. Auguste ne le niait pas. Mais l'amour, même fou, n'excusait pas tout.

— Je l'ai aimée à en perdre la raison, vous savez…

Qu'attendait-il de lui : l'absolution ou le coup de grâce ?

— Et elle m'a ménagé à en perdre la vie…

Finalement, sa culpabilité supplantait sa peine.

Totalement abattu, Auguste se leva sans un mot. Après tout, cet homme avait sa punition : contraint de traîner son remords comme un boulet de forçat dont rien ne pourrait le libérer. Pas même un « pardon » déposé au pied d'une croix, qui n'obtiendrait jamais réponse.

Il jeta un coup d'œil à travers la vitrine, de l'autre côté de la rue. Mme Divarin passait toujours d'une table à l'autre, en se tournant de temps à autre vers son mari. Audrey décédée, celui-ci avait-il mis fin à cette imposture qu'il avait évoquée ? Selon toute vraisemblance, non. Mais ce n'était pas son problème.

Auguste sentit les yeux de Marc Divarin braqués sur lui.

Il se contenta de hocher lentement la tête, toujours sans le moindre mot, puis tourna le dos et s'éloigna sans un regard.

*

Dès qu'il fut hors de sa vue, Auguste s'empara du portable remis par Benoît, l'alluma. Il avait reçu un message, en provenance de Genève. Tout en se félicitant d'avoir communiqué ce numéro, il porta l'appareil à son oreille. Le message lui fit l'effet d'une douche froide. On lui confirmait que les papiers dont il disposait n'étaient pas suffisants pour déclencher son « départ », et que la date qu'il avait choisie serait sans doute trop rapprochée pour lui permettre d'organiser à temps les consultations médicales manquantes.

Découragé, Auguste se sentit brusquement à des années-lumière de Jeanne, de son banc, de son chêne, de ses volets qui grinçaient lorsqu'on les dépliait… Tout ça était trop dur, trop compliqué. Il n'avait plus assez de force pour se battre. Tant pis. Il allait rentrer chez lui, et laisser Cruella gérer la fin de ses jours comme elle entendait gérer l'aménagement de sa maison.

Alors quoi ? Tout ça pour ça ? Pour tout abandonner au premier écueil ?

Il se reprit. Et se rappela que sa récolte de la journée permettrait au moins à une personne de voir certaines choses de manière plus supportable. Lorsqu'il aurait accompli cela, il aviserait. Il reprit son téléphone et appela le seul numéro enregistré dedans.

La première sonnerie n'avait pas fini de retentir que Benoît décrochait.

— Je vous rassure tout de suite, il n'y a aucun problème avec Philomène ! se hâta d'annoncer Auguste. Mais je dois vous voir pour vous parler de quelque chose. Je suis à Tours. Je vais monter dans un TER. Pouvons-nous nous retrouver dans une heure devant la gare d'Amboise ?

— Vous ne pouvez pas m'en dire davantage ?

— Non, je vous ai dit l'essentiel. Le reste peut attendre.

Un long soupir se fit entendre.

— 15 h 45, devant la gare d'Amboise. J'y serai.

Benoît raccrocha.

13.

À la sortie de la gare, Auguste aperçut la Peugeot 2008 en double file. Il monta dedans. Le court trajet en TER lui avait permis de se ressaisir, mais pas suffisamment pour retrouver le sourire.

— Qu'y avait-il de si urgent qui ne puisse attendre que l'on se voie ce soir, et de pas assez urgent pour que vous ne puissiez m'en toucher deux mots de plus par téléphone ? railla Benoît en s'engageant sur l'avenue.

— Je voulais revenir sur ce que vous avez bien voulu me confier, hier…

Benoît manifesta sa surprise avec un flegme apparent.

— Je ne tiens pas à réaborder ce sujet, Auguste. Je me suis confié à vous à la faveur d'un moment de complicité. N'en parlons plus.

Arrêté à un feu rouge, il entreprit de décrocher le désodorisant en forme de sapin pour le redresser, sa pointe penchant vers le côté.

— J'ai la réponse à votre question, Benoît…

Ce dernier lâcha brusquement le conifère, qui alla s'échouer sur le tapis de sol.

— Ça ne tombera pas plus bas ! lâcha Auguste.

Benoît demeura un instant absorbé dans la contemplation du sapin avant de déclarer :

— Je ne suis pas certain qu'il soit bon pour nous de nous aventurer sur ce terrain-là, Auguste…

Le feu passa au vert, il redémarra.

— Je crois que vous devriez écouter ce que j'ai à vous dire…

— Je ne vois pas bien comment vous pourriez apporter une solution à mon problème, à moins d'être parvenu à échanger avec Audrey ! répliqua Benoît, sarcastique.

— Dans les histoires d'infidélité, il y a toujours au moins trois personnes. Deux d'entre elles sont encore vivantes. Je suis remonté à la dernière…

Benoît pila brutalement, ce qui lui valut un concert de klaxons courroucés. Mais il n'en avait cure : il scrutait Auguste comme s'il faisait face à une hallucination.

— Je ne vais pas m'attarder sur la manière dont j'ai pu retrouver cet homme, ajouta Auguste, penaud. Cela n'apporterait pas grand-chose…

Benoît retint un rire nerveux, repassa la première.

— Je préfère ne pas le savoir. Toutes les vérités ne sont pas bonnes à dire, et encore moins à entendre, vous le savez bien.

— Certaines sont nécessaires pour avancer…

— Laissez-moi seul juge de ce qui me permettra d'avancer ou non ! le tacla-t-il. Où voulez-vous que je vous dépose ? Vous retournez chercher Philomène ?

— Oui, je retourne à Veuves, acquiesça Auguste, las.

Benoît paramétra son GPS et se laissa guider par la voix de synthèse pour sortir d'Amboise. Lorsqu'il s'élança sur la D952, Auguste revint à la charge :

— C'est vous qu'Audrey avait choisi, Benoît…

Sans un mot, Benoît l'arrêta d'un geste, se rangea sur le bas-côté, coupa le moteur. Il se tenait droit, le visage face au pare-brise, attendant la suite.

Auguste lui livra alors une version expurgée de la confession de Marc Divarin. Il ne s'épancha pas sur les tentatives de cet homme pour reconquérir Audrey, pas plus qu'il ne jugea utile de s'étendre sur son dernier appel, meurtrier. Benoît ne venait-il pas lui-même de lui rappeler que toutes les vérités n'étaient pas bonnes à entendre ? Rendre le destin ou le hasard coupable d'une tragédie acculait à l'acceptation et au deuil. Si l'origine en était humaine, la douleur pouvait allumer des idées de vengeance.

— Voilà la vérité, Benoît. Votre femme n'était pas partie rejoindre son amant, elle était allée mettre fin à cette histoire…

Il vit Benoît déglutir.

— Audrey vous avait bel et bien choisi, vous…, termina-t-il.

Pour la première fois depuis qu'il avait quitté Tours, Auguste éprouva un certain soulagement. Si pénible fût-elle, sa démarche n'avait pas été inutile : désormais, Benoît allait pouvoir se reconstruire.

— Je préférerais que vous me déposiez à l'entrée de Veuves, afin qu'on ne puisse nous voir ensemble, ajouta-t-il, histoire d'alléger l'atmosphère.

Benoît redémarra et resta silencieux durant une bonne partie du trajet. Auguste profita de ce mutisme pour explorer les options qui s'offraient à lui depuis son appel de Genève. Leur nombre était assez limité : rentrer au Vésinet et s'en remettre à Simon et Nathalie, préparer une entrée en soins palliatifs ; ou poursuivre ce qu'il avait commencé en trouvant une solution pour accélérer la constitution de son dossier…

— Je viens vous voir à quelle heure ce soir ? demanda soudainement Benoît, comme si rien de particulier ne s'était produit.

— Je ne suis pas sûr que venir soit une bonne idée. J'ai l'intention de partir demain pour Orléans. C'est à une heure d'ici, en TER. Je ferai donc l'aller-retour dans la matinée. Plutôt que d'y emmener Philomène, je souhaitais proposer à Aurore de rester avec elle. Si vous voyiez comment elles s'entendent, ces deux-là…, ajouta-t-il avec tendresse. Mais si je réussis à convaincre Aurore de dormir à l'hôtel, autant limiter les risques de se faire prendre, vous ne croyez pas ?

Benoît ravala son envie d'insister pour voir sa fille. Il crevait d'envie de lui parler, de la serrer contre lui. Mais il se rendait bien compte qu'elle avait besoin de cette période transitoire avant qu'ils reprennent le cours de leur vie.

Un panneau indiquait Veuves à droite. Benoît mit le clignotant. Puis il sourit à Auguste. Un sourire bref, qui suffisait à traduire la connivence invisible qui s'était installée entre eux. Ils roulèrent encore un peu. À l'entrée de la commune, Benoît se rangea sur le bas-côté.

— Je ne saurai jamais comment vous remercier pour ce que vous avez fait. S'il y a quoi que ce soit que je puisse faire pour vous, dites-le-moi. Quoi que ce soit.

Ému, il se baissa pour ramasser le désodorisant, le raccrocha à la grille d'aération.

— Bon, je vais me commander un autre room service et passer une nouvelle longue soirée Netflix. Entre hier et aujourd'hui, j'ai déjà englouti la première saison de *La Casa de Papel*. À cette allure, j'aurai vite vu l'intégrale…

Il s'attendait à arracher un sourire à Auguste, mais ce dernier demeurait plongé dans ses pensées. Benoît attendit encore quelques instants.

— Euh… Nous sommes arrivés à Veuves, Auguste…

Le vieil homme sembla revenir à la réalité, entrouvrit la portière et se tourna vers lui.

— Maintenant que vous me le proposez, il y a effectivement quelque chose que vous pourriez faire pour moi…

— Bien sûr, dites-moi ! lui répondit aussitôt Benoît, soulagé de pouvoir à son tour aider ce vieil homme qui avait tant fait pour sa fille et lui en si peu de temps.

Un sourire de gratitude se dessina alors sur les lèvres affinées par les ans, et tout le visage d'Auguste s'en trouva éclairé.

— C'est simple, Benoît : j'aimerais que vous m'aidiez à mourir…

14.

Auguste posa ses doigts sur le pis de la brebis. Il n'aurait jamais pensé faire un jour l'expérience de la traite… Mais Aurore avait insisté pour qu'il en tente l'expérience.

— Voilà, maintenant, replacez vos pouces et vos index sur les deux trayons.

Il s'exécuta et vit que la pauvre bête semblait aussi tendue que lui. Depuis cinq minutes il répétait les mêmes mouvements, et il n'avait pas récolté la moindre goutte de lait.

Philomène l'observait d'un air amusé. Elle avait de son côté rapidement pris le coup de main et s'en était bien sortie. À n'en plus douter, la présence d'Aurore lui faisait le plus grand bien.

— J'ai beau tirer, rien ne vient !

— Non, Auguste, ne tirez pas les pis vers le bas. Vous risqueriez de blesser la brebis… Exercez juste un mouvement de pression. Vous allez sentir quelque chose de différent quand le lait viendra…

Il replaça correctement ses mains. Il n'avait pu refuser cette épreuve à Aurore, qui avait accepté de les suivre le soir même à Amboise. Elle avait prévenu les Guerrant, heureux de la voir enfin rompre la monotonie de son quotidien. Le lendemain, elle resterait à l'hôtel avec Philomène, où elles s'exerceraient à l'art de l'origami, auquel la jeune fille avait envie d'initier son amie.

Il allait définitivement abandonner lorsqu'il « sentit » une tension suivie d'un flux un peu chaud. Il pressa à nouveau la paire de mamelles et un premier jet de lait jaillit avant de se répandre dans le seau.

— Alléluia ! s'exclama-t-il.

Il maintint la pression entre son pouce et son index, le liquide giclant désormais tout seul de la mamelle.

— Vous vouliez du lait ? Je vais vous en donner, moi. Et à tire-larigot !

Ému, il sentait le lait chaud filer entre ses doigts, et cette sensation lui rappelait, si besoin était, l'éternité du cycle de la vie.

Lui qui était déprimé en arrivant à la ferme se sentit soudainement revigoré.

15.

C'était là. Il reconnaissait le vieux portail en bois, recouvert d'un vernis toutefois plus sombre que dans son souvenir. La petite maison mitoyenne était restée identique, avec ses volets bleus rabattus pour préserver la fraîcheur intérieure. En dehors de quelques roses dont il ne se souvenait pas, le jardin paraissait s'être figé depuis l'époque, si lointaine, où Auguste était venu passer des vacances estivales avec Paul. Même la boîte aux lettres n'avait pas changé : TELLIER. Pas de prénom. Juste TELLIER. Comme autrefois.

Et comme jadis, il n'y avait pas d'interphone à la grille : il poussa le battant entrouvert et monta les marches menant à la porte. De l'intérieur lui parvenait un son sourd et confus.

Ému, tendu, Auguste appuya sur le bouton de la sonnette. Une mélodie retentit. Il ne perçut aucun nouveau bruit durant de longues secondes, puis il entendit une sorte de crissement, comme des pas traînant sur le sol.

— J'arrive ! J'arrive !

Quelques instants plus tard, un homme marqué par les années se tenait face à lui. Voûté, les mêmes yeux restés alertes dans un visage plissé, la même fente déformant son sourire, il attendait que son interlocuteur lui donne le motif de sa présence. De son côté, Auguste cherchait dans ce vieil homme les traces de son jeune ami.

— Bonjour, Paul. C'est moi, Auguste…

Surpris, Paul porta à sa poitrine une main déformée par l'arthrite. Il scruta à son tour son visiteur, cherchant dans les méandres de sa mémoire un lien entre le visage juvénile d'antan et celui qui lui faisait face, criblé de sillons creusés par le temps.

— Alors ça, pour une surprise…, parvint-il à articuler en s'écartant pour laisser entrer Auguste.

Le salon était bien rangé. Sans doute l'œuvre d'une tierce personne, car à en juger par la déformation des doigts et des mains de Paul, soulever le moindre objet devait relever du combat. Le sol était recouvert d'un vieux linoléum, avec pour seul décor un tapis élimé. Deux fauteuils en cuir usé étaient disposés côte à côte. L'un d'eux, le plus abîmé, avait un bras en moins. Il était clair que Paul n'avait pas fait fortune.

Un immense poste de télévision, allumé, trônait dans la pièce. Un spot publicitaire vantant les bienfaits d'une eau minérale défilait sur l'écran. Le volume devait être au maximum. Un avion de chasse aurait pu traverser le couloir sans qu'il l'entende ; que Paul ait entendu la sonnette relevait du miracle.

À son grand soulagement, son ami s'empara d'une télécommande, coincée derrière le bras unique du plus vieux fauteuil, et coupa le son.

D'un geste, il invita Auguste à s'asseoir sur l'autre siège.

— Tu veux boire quelque chose ?

— Un verre d'eau m'ira très bien, merci…

Auguste le vit quitter la pièce, entendit une porte de réfrigérateur s'ouvrir puis se refermer.

Paul revint quelques instants plus tard avec deux verres à moitié remplis, qu'il tenait un peu de guingois entre ses mains déformées. Paul lui en tendit un et s'assit à son tour. Un ange passa.

— Cela fait un bail…, fut tout ce qu'Auguste trouva à dire.

Gêné, il fit tournoyer l'eau dans son verre.

— Maintes fois, j'ai voulu venir. Chaque fois, j'ai remis ça à plus tard, bafouilla-t-il.

Paul hocha la tête, sans répondre. Le malaise entre eux était palpable.

Alors Auguste entreprit de lui faire le récit des presque soixante-dix années qui les avaient séparés. Ce récit aurait dû ressembler à une confidence, mais s'apparentait davantage à un monologue. Pourtant il n'osait s'interrompre, de peur de laisser ce lourd silence s'abattre à nouveau, comme entre de parfaits étrangers. Mais n'était-ce pas ce qu'ils étaient devenus, au fond ?

Quand il se tut, Paul n'avait pas bougé d'un iota. Il continuait à l'observer avec acuité, et Auguste se sentait de plus en plus mal à l'aise.

— Et toi, Paul, tu as des enfants ?

Paul se racla la gorge avant de lui répondre.

— Non, les circonstances ont fait que je me suis marié sur le tard, et ma femme et moi souhaitions profiter l'un de l'autre. Ce que nous avons fait jusqu'à l'année dernière. Nous ne l'avons jamais regretté. Nous avons été heureux tous les deux.

Auguste en déduisit qu'il était veuf, lui aussi.

— Et le dessin ? Tu as continué ? Tu étais tellement doué…

Paul décrocha enfin son regard et le posa sur l'écran du téléviseur. Ses épaules se voûtèrent davantage.

— Oui, le plus longtemps possible. Mais, il y a une vingtaine d'années, on m'a diagnostiqué une polyarthrite rhumatoïde. Sept ans plus tard, je n'étais plus capable de tenir le moindre crayon de la main droite. Celle de gauche est moins abîmée, mais comme je ne suis pas ambidextre…

— Cela a dû être dur pour toi, compatit Auguste, sincère.

Les yeux vifs revinrent se planter dans les siens.

— Jusqu'où allons-nous aller, Auguste ? Tu vas me demander si je préfère le jus de pomme au chardonnay ? La gelée de groseilles à la confiture de framboises ?

Il se leva, lui tourna le dos quelques secondes. Quand il se retourna, son visage émacié exprimait de la tristesse.

— Qu'es-tu venu chercher, Auguste ?

Face au mutisme d'Auguste, tétanisé par cet accueil, il ajouta, plus doucement :

— Si tu crois qu'il suffit d'une heure pour réécrire une vie, c'est que tu es complètement à l'ouest, mon pauvre vieux ! Le temps perdu ne se rattrape pas, et tu le sais bien.

Il laissa passer quelques secondes et reprit :

— Si tu savais combien de fois j'ai espéré ouvrir cette foutue porte et te trouver derrière… Mais tu n'es jamais venu, et finalement je me demande si ce n'est pas toi qui avais raison. Un ami n'est pas nécessairement un ami pour la vie. C'est comme dans un couple.

Chacun change et peut évoluer différemment de l'autre. Même si c'est douloureux, il vaut alors mieux alors que les chemins s'écartent.

Il soupira à nouveau.

— Au moins, nous, nous nous serons épargné ça. Et notre amitié restera toujours inchangée au fond de nous. Ici, dit-il en se touchant la tête, et là, termina-t-il, la main sur le cœur. Mais cette amitié appartient au passé. À l'instar des deux gosses que nous étions.

Auguste reposa son verre, se leva à son tour, le cœur lourd.

Tu t'attendais à quoi ? À ce qu'il te saute au cou ? À repartir comme en 40 dans des échanges complices, faits de ce langage qui n'appartenait qu'à vous ? À retrouver intacte votre complicité d'antan, à l'époque où la vie vous tendait encore les bras ?

Déconcerté, il souffla d'une voix à peine audible :

— Je te demande pardon, Paul. J'ai agi comme un imbécile.

Lui, à quatre-vingt-cinq ans, se sentait plus désemparé que jamais à l'idée d'avoir définitivement perdu cet ami auquel il tenait tant. Il aurait aimé pouvoir remonter le temps, près de soixante-dix ans plus tôt, sortir de sa chambre, descendre les escaliers en courant, prendre l'adolescent dans ses bras en lui demandant pardon pour son comportement. Mais on ne pouvait pas modifier le passé.

Dans sa poche, il caressa la balle de tennis, emportée pour évoquer le moment d'allégresse et de fierté partagé il y avait si longtemps à Roland-Garros. Il n'imaginait pas un instant que Paul ait pu oublier le jour où Ken Rosewall lui avait tendu cette balle signée de sa propre main. Paul avait tout fait pour qu'Auguste la lui donne. En vain. Mais l'objet ressemblait désormais davantage à un poids mort qu'à un trophée.

— Merci d'être venu, Auguste. Et bonne route pour la suite…

Une tape amicale sur l'épaule, malgré une émotion palpable et partagée, et Auguste se retrouva derrière la grille, presque hagard.

Tel un automate, il se dirigea vers la gare, heureusement proche.

Malheureux, il songea à son chien, regretta égoïstement qu'il soit parti le premier. Sentir son amour et sa chaleur lui aurait apporté un précieux réconfort, à cet instant précis. Mais avec Bounty, il n'aurait jamais pu s'enfuir du Vésinet. Même séjourner dans un hôtel aurait été compliqué.

Songer à l'hôtel lui rappela que Philomène et Aurore ne l'attendraient pas pour le déjeuner, alors qu'il pouvait encore les rejoindre. Il s'arrêta, attrapa son téléphone, le bout de papier remis par Philomène.

Elle décrocha à la deuxième sonnerie.

— J'étais sûre que c'était toi, ce numéro ! Tu es perdu ?

Oh, oui, Philomène ! Je suis totalement perdu.

Derrière leur assurance, tu découvriras combien les hommes se révèlent fragiles…

— Non, j'ai retrouvé l'adresse. Et j'ai bien vu Paul…, ajouta-t-il sur un ton qu'il voulut enjoué.

Un silence éloquent accueillit son propos. Il reprit sa marche, tout en parlant au téléphone, ce qu'il avait toujours critiqué chez les autres en qualifiant cette attitude d'impolitesse flagrante.

Une fois n'est pas coutume.

En vérité, tu es tellement mal que tu ne supporterais pas de rester planté, seul, au milieu de cette foule inconnue qui t'ignore.

— Et c'est déjà fini ? demanda-t-elle doucement.

— Je lui ai raconté ma vie. Lui la sienne. Je me suis excusé pour mon comportement passé. Et nous nous sommes quittés en bons termes. C'était important pour moi !

Toujours ce semblant de détachement, qui sonnait si faux…

— Tu aurais pu t'éviter un déplacement et résoudre le problème par un simple coup de fil ! Je croyais que tu voulais réparer ton erreur… Mais crois-tu que parler soit suffisant ? Vous n'avez rien revécu de fort !

Il ralentit le pas, s'arrêta une nouvelle fois. Trouva quelque chose à ajouter :

— J'appelais pour dire que je mangerai avec vous ce midi…

Un autre silence avant d'entendre la réponse de Philomène :

— C'est comme tu voudras… Nous t'attendons, Auguste.

Ébranlé, Auguste se retourna. Quelque chose lui échappait.

Non, la réponse est sous tes yeux. Mais tu ne veux pas les ouvrir.

Évidemment, Paul avait changé. Tout comme lui.

Mais il est resté simple.

Alors quoi ?

Il aurait préféré qu'il se mette en colère. Qu'il l'accable de reproches.

Ce n'est pas le problème, Auguste.

Philomène a raison, le sujet c'est plutôt : « Vous n'avez rien revécu de fort. »

— Vous n'avez rien revécu de fort, répéta-t-il à voix haute.

Il se frappa le front de la main.

— Purée ! s'exclama-t-il, un sourire empli d'espoir venant illuminer son visage.

Il fit demi-tour, revint sur ses pas aussi vite qu'il le pouvait sans tomber.

À nouveau planté devant la porte, mais cette fois-ci à bout de souffle, il garda le doigt appuyé sur la sonnette, sans même se demander s'il ne s'apprêtait pas à commettre un acte insensé.

Le bruit de pas ne tarda pas à se faire réentendre :

— Holà ! Il faut lâcher le bouton !

La porte se rouvrit. Auguste ne lui laissa pas le temps de réagir. Il s'engouffra dans l'entrée sans y être invité.

— Est-ce que tu aurais un jeu de trente-deux cartes, dans ton fourbi ?

Paul plissa les yeux tout en le fixant attentivement.

— Ça pourrait se trouver…

— Et est-ce que tu arriverais à tenir six cartes en même temps dans tes pattes crochues ?

— Je pourrais faire comme les mômes : les coller face contre table et les retourner une par une, répondit Paul, un petit sourire au coin des lèvres.

— Parfait ! Tu es prêt à te prendre une énième raclée à la belote ?

— Tu parles, Charles ! Mais à moins d'avoir pris des cours, tu risques de repartir en pleurant ! s'enhardit Paul en fonçant vers le salon.

Et tandis qu'il ouvrait des tiroirs, Auguste envoya un SMS à Philomène :

Finalement, ne m'attendez pas. J'ai une dernière partie de cartes à jouer.

Il n'en saurait jamais rien mais, lorsqu'elle le reçut, Philomène laissa échapper un petit cri de victoire avant de lever des yeux attendris vers le ciel, heureuse de cette nouvelle.

*

Au Vésinet, le docteur Bregenc s'apprêtait à accueillir le patient suivant lorsque sa secrétaire lui désigna le téléphone.

Il referma la porte, décrocha le combiné.

— Docteur, j'ai le docteur Blin en ligne. Il vous appelle au sujet de l'un de vos patients, Auguste Vallois. Je vous le passe ?

Depuis sa dernière visite, André Bregenc n'avait plus de nouvelles du vieil homme.

— Oui, je le prends.

16.

— Capot ! cria fièrement Paul. On avait dit en trois manches… Si on totalise tous les points, c'est moi qui gagne !

Auguste éclata de rire.

— Nom d'une pipe ! Tu n'as toujours pas compris que je m'arrangeais pour te laisser remporter la partie ?

Ils venaient de ressusciter l'un de leurs souvenirs, de ceux qui avaient donné naissance à une belle amitié écourtée.

— Bon, allez ! On trinque au bon vieux temps ? s'emballa Paul en ouvrant un placard rempli de bouteilles millésimées.

— Oublie ça ! Tes mains vont renverser la moitié de ta gnôle sur le tapis pendant que mon estomac s'enflammera dès la première gorgée ! Alors je suggère qu'on en reste là…

— Ouais…, soupira Paul. On devrait pas vieillir…

— Non, on ne devrait pas…

Auguste se leva. Paul fit de même.

— Tu vois, je partirai avec un regret : celui de ne pas être venu te voir plus tôt…

Paul déglutit avec peine.

— Tu as bien de fait repasser, mon ami. On ne rattrape pas le temps perdu, mais on peut revivre de bons moments.

Auguste glissa une main dans sa poche, en retira la balle de tennis. Les yeux de Paul s'ouvrirent grands comme des soucoupes lorsqu'ils tombèrent sur la signature, dont l'encre était délavée mais toujours visible.

— Bon sang de bonsoir ! Tu l'as gardée…

Il prit la balle entre ses mains. Une fraction de seconde, ce fut comme s'il était propulsé dans les gradins, ce jour de match qu'il n'aurait su dater mais qu'il n'avait jamais oublié.

« Paul, pas chiche ! On descend et on lui demande un autographe !

— Mais tu es fou ! On va se faire jeter ! Et puis, on n'a même pas de feuille, ni de stylo !

— Si, moi, j'en ai un ! lui répond Auguste, qui s'élance au bas des gradins. Pour la feuille, je suis sûr qu'on va trouver un moyen ! Et puis, tu sais bien : "Les folies sont les seules choses que l'on ne regrette jamais", dixit *Oscar Wilde ! »*

— Je te la confie, Paul.

Arraché à cette douce réminiscence, Paul leva la tête. Il aurait aimé prolonger cette remontée dans le temps…

— Mais non, Auguste. Garde-la, elle est à toi. Et tu l'as bien méritée !

— Là où je pars, tu en prendras bien mieux soin que moi…

Bouleversé, Paul saisit brutalement ce qu'Auguste se refusait à dire plus explicitement. Alors, sans un mot, il ouvrit ses bras et serra son vieil ami contre lui.

*

À son retour d'Orléans, ni Philomène ni Aurore n'avaient posé la moindre question à Auguste. Un bref regard complice à l'adolescente avait suffi à répondre à sa curiosité.

Il annonça à Philomène qu'ils partiraient dès le lendemain pour Arcachon.

— Mais on est très bien ici ! râla-t-elle.

— Je n'ai plus rien à y faire, Philomène. Si tu veux rester ici, appelle ton père. Mais moi, je pars à Arcachon, grogna Auguste, un brin agacé par la réaction de l'adolescente.

— Mais qu'est-ce qu'il y a là-bas, pour que tu veuilles y aller à ce point ?

Auguste n'avait pas envie de se justifier. Il n'eut pas à le faire.

— Il y a la mer, entendit-il dans un murmure songeur.

Subitement consciente des regards posés sur elle, Aurore se redressa.

— C'est une chance de pouvoir aller là-bas avec Auguste, Philomène.

Philomène fronça les sourcils.

— Je serais contente d'y aller si je comprenais pourquoi on va là-bas ! La mer, je m'en moque complètement ! grommela-t-elle en se retirant dans sa chambre.

— Les mômes d'aujourd'hui militent pour la défense de la nature mais dès qu'on veut les emmener au vert, il faut les traîner par les cheveux ! râla Auguste. La mer, c'est peut-être banal pour eux mais c'est quand même très beau…

— Sans doute. Je ne sais pas. Moi, je n'ai jamais vu la mer…

La tête de Philomène surgit dans l'encadrement de la porte.

— Tu n'as *jamais* vu la mer ? répéta-t-elle, sidérée.

Auguste étudia cette femme douce et solitaire. Sa petite robe au tissu fleuri était ajustée au niveau de sa poitrine, chaque bouton agrafé jusqu'au cou. Si voir la mer était une évidence pour la jeune génération, il savait, lui, que l'horizon marin restait un mystère pour bon nombre de Français.

Il vit Aurore baisser la tête, comme si elle venait de révéler un secret inavouable. À son tour, il se sentit honteux d'avoir vécu cette vie comme il avait vécu, sans prendre conscience de sa chance. Il allait changer de conversation pour que Philomène n'ajoute pas au malaise d'Aurore, mais l'adolescente s'était déjà précipitée à son côté et lui tenait la main. Pouvait-elle comprendre que voir la mer représentait presque pour cette femme un luxe inaccessible ?

— Pourquoi ne pas venir avec nous, Aurore ? proposa-t-il sans même avoir pris le temps d'y réfléchir.

Le regard de la jeune femme oscilla d'Auguste à Philomène, comme si elle cherchait à s'assurer qu'il ne s'agissait pas d'une plaisanterie.

— Je ne sais pas si ce serait très raisonnable…

— Non mais tu rigoles ou quoi ? s'exclama Philomène, que l'idée de ce voyage rendait subitement enthousiaste. Tu es libre comme l'air, tu n'arrêtes pas de me le dire !

Aurore rougit comme l'aurait fait un enfant pris en faute, fit mine de peser le pour et le contre, puis accepta d'un sourire timide.

Auguste, lui, en profita pour conditionner cette escapade collective, qui ressemblait à s'y méprendre à un départ en vacances, à la réalisation d'une promesse à laquelle il s'était engagé :

— Philomène, je voudrais que tu appelles ton père ce soir et que tu parles un peu avec lui.

*

Aurore étant rentrée chez elle pour organiser son absence et emporter quelques affaires, Philomène et Auguste avaient dîné seuls au restaurant de l'hôtel. Ils sortaient de l'ascenseur lorsque le téléphone retentit dans la poche d'Auguste. Celui-ci fit signe à Philomène de rejoindre sa propre chambre pendant qu'il prenait l'appel.

C'était Benoît.

— Je ne pourrai pas venir ce soir, Auguste.

— J'espère que ce n'est pas à cause de notre dernier sujet de conversation…

— Si, justement. Vous me mettez dans une situation délicate, vous savez…

— Benoît, je ne vous ai pas non plus demandé de tenir la seringue, si vous voyez ce que je veux dire…

Un bref rire nerveux s'échappa de l'écouteur.

— Quand bien même ! Même si ma spécialité d'ophtalmo ne me confronte pas au sujet de la fin de vie, je vous rappelle que j'ai prêté le serment d'Hippocrate qui dit « Je ne provoquerai jamais la mort délibérément ». Pour cette raison, et parce que mes convictions personnelles m'amènent à privilégier la vie, je suis fondamentalement opposé à toute forme d'enthanasie, Auguste.

— Nous ne parlons pas ici d'euthanasie, Benoît, mais de suicide assisté…

— Rien que le terme me fait frémir !

Un long silence passa. Auguste le rompit :

— Le vrai sujet est la prise en charge des malades incurables en fin de vie. Malades dont je fais dorénavant partie.

— Pour moi, vous n'êtes pas encore arrivé à cette extrémité.

— C'est justement cette extrémité dont je ne veux pas, Benoît. Je refuse l'agonie. Je préfère passer de vivant à mort, sans subir l'étape de mourant. Mes douleurs sont encore supportables mais elles vont crescendo. Bientôt elles deviendront intolérables. Je veux agir avant.

Nouveau silence.

— Les unités de soins palliatifs ne ressemblent pas toutes à de sinistres mouroirs, je vous assure, déclara le père de Philomène d'une voix douce. Et la douleur y est traitée. Quant aux professionnels qui y travaillent, ils n'ont pas choisi cette voie difficile par hasard : ils font preuve d'une grande humanité. Je connais des soignants qui se dévouent corps et âme pour leurs patients. Leur engagement est sans limite.

— Les soignants ne sont pas le problème, Benoît. Que prévoit le système quand la souffrance est devenue insupportable ? Que répond-on au patient qui implore la délivrance ?

— Il existe de nombreux moyens d'accompagner la fin de vie, Auguste. La morphine soulage bon nombre de douleurs. Son dosage est en permanence ajusté. Et si elle ne suffit plus, les médecins peuvent aussi avoir recours à la sédation profonde et continue…

— Ah non ! le coupa Auguste, qui s'était levé d'un coup du lit sur lequel il s'était assis. Non ! Là, vous êtes en train de me parler de sédater le patient jusqu'à ce qu'il meure ! Ma Jeanne est passée par ça. Parce qu'il n'existait pour elle aucune alternative. Parce que l'euthanasie lui était interdite. Elle implorait une mort rapide dans mes bras, elle n'a eu droit qu'à une longue agonie sans plus aucune communication possible entre nous deux. Peut-on décemment parler d'une mort sereine, Benoît ? Tout cela est d'une hypocrisie abyssale. Et les choses n'ont toujours pas bougé…

— L'euthanasie pose à mon sens bien plus de problèmes qu'elle n'en résout…

— Heureusement que tous ne partagent pas votre point de vue. Quelques médecins ont osé la pratiquer par humanité, en leur âme et conscience. Mais ceux qui s'y risqueraient encore seraient aujourd'hui rayés de l'Ordre des médecins et traités en criminels. Alors plus personne ne fait rien. Ce laxisme m'est insupportable !

Il reprit son souffle.

— Pardon. Je peux être un peu âpre, parfois.

Il essaya d'imaginer ce que faisait Benoît : était-il en train d'arpenter un salon, sa chambre d'hôtel ?

— Mais tout cela ne m'explique pas pourquoi vous ne viendrez pas ce soir…

— Ce matin, j'ai appelé le médecin dont vous m'aviez communiqué les coordonnées, le docteur Bregenc. Il m'a proposé de venir à son cabinet après ses consultations, ce que j'ai fait.

— Je suis désolé de vous déranger ainsi…

— Au contraire. Ce confrère partage mon point de vue, et cela m'a fait du bien de pouvoir en parler avec lui. Il était d'ailleurs chagriné de votre décision. Même si, tout comme moi, il la respecte profondément, ajouta-t-il doucement.

Auguste entrouvrit la fenêtre et respira avec avidité l'air frais du soir.

— Avez-vous pu rassembler les pièces manquant à mon dossier, Benoît ?

— Je m'y attelle. Je fais vraiment tout mon possible. J'ai appelé l'association dont vous m'avez communiqué les coordonnées. J'attends de leurs nouvelles… Par ailleurs, votre médecin et moi avons réussi à vous décrocher une consultation avec un oncologue à la clinique d'Arcachon. Je lui ai transmis l'intégralité de vos examens. Après examen, il vous délivrera le compte rendu réclamé par l'association. Il vous recevra lundi à 16 h 30. Je vous y accompagnerai.

Auguste ferma les yeux. Il se sentait faiblir de jour en jour. Son vieux corps parviendrait-il à l'amener au bout de son itinéraire ?

— Ça va aller, vous ?

Benoît lui avait posé la question avec une tendresse qui le déstabilisa. Il répondit d'un signe de tête, avant de réaliser que son interlocuteur ne pouvait le voir.

— Oui, ça va aller. Finalement, je m'aperçois que l'on s'habitue avec docilité au sort qui nous attend. Pourtant, je vous assure qu'à l'annonce de mon cancer, l'idée d'avoir à mourir me terrifiait et m'était insupportable. J'étais tellement attaché à la vie… Mais je crois que le plus stressant était l'idée de souffrir en perdant ma dignité, reprit-il. Oui, je crois que c'est cela dont je ne voulais pas… Voilà pourquoi je réclame le droit de mourir. Et puisque mon propre pays ne peut me l'accorder, je vais le chercher ailleurs. Merci, Benoît, pour votre aide précieuse.

Saisi d'un violent vertige, le vieil homme dut prendre appui sur le rebord de la fenêtre pour ne pas flancher. Sa dégradation était spectaculaire, même s'il veillait à la masquer.

— Je vous remercie à mon tour d'avoir poussé Philomène à m'appeler. Nous avons beaucoup parlé.

— Elle est en train de réaliser ce que la vie nous impose et nous offre de renoncements et de cadeaux. Laissez faire le temps, Benoît. Il ne jouera pas en faveur de nous tous, mais de votre côté, il sera salvateur. Comme souvent…

— Elle m'a confirmé que vous partiez à Arcachon demain matin. Avec la fameuse Aurore. Vous êtes un peu l'Arche de Noé, vous, non ?

Auguste éclata de rire.

— Oui, mais alors la situation est inversée ! Le déluge, il sera pour ma pomme !

À l'autre bout, Benoît ne put s'empêcher de sourire.

— Vous serez là-bas pour quelle heure ?

— Vers midi.

— OK. Je vais essayer de vous rejoindre après-demain. On se tient au courant. Soyez prudent.

Après avoir raccroché, Auguste resta longtemps songeur, perdu dans la contemplation du téléphone.

17.

Depuis la gare, tous trois avaient rejoint leur hôtel pour y déposer leurs affaires, puis grignoté un morceau à la hâte, tant Aurore ne tenait plus en place.

Ils avaient ensuite pris un bus.

Philomène était désormais aussi excitée que sa voisine. Auguste les laissait à leur agitation. Sa préoccupation à lui était tout autre : il se demandait si l'association genevoise s'était ou non rapprochée de Benoît.

Face à lui, sur la banquette, l'excitation d'Aurore était à son apogée. Elle ne cessait de se hisser pour entrevoir furtivement un morceau de mer au loin, à travers la vitre. Même Philomène semblait attendrie par son impatience.

Ils descendirent du bus à l'arrêt Péreire Plage. Auguste dut accélérer le pas pour répondre à l'enthousiasme communicatif d'Aurore ; Philomène la devançait presque. Enfin ils arrivèrent au niveau de la belle promenade piétonne qui longeait le bord de mer. Au loin, une étendue de bleu et un superbe panorama sur la presqu'île de Cap-Ferret. Sur la plage, des parasols multicolores et des tentes bleues invitaient au farniente, tandis que des enfants jouaient au ballon ou s'escrimaient à faire décoller leurs cerfs-volants.

Auguste ferma les paupières et huma avec délice l'air marin. Un coup de coude le rappela à l'ordre. Philomène fit un signe du menton en direction d'Aurore.

Celle-ci venait d'ôter son chapeau fatigué, comme en signe d'hommage à l'Océan. Subjuguée par le spectacle de cette immensité en mouvement, elle ne pouvait plus détacher les yeux de cette eau scintillant de millions d'étincelles, qui apparaissaient et disparaissaient en jouant avec le soleil.

— C'est magnifique ! s'extasia-t-elle.

De loin, le clapotis des vagues courtes qui s'entrechoquaient avait quelque chose d'hypnotisant.

— Rapprochons-nous ! suggéra Philomène.

Philomène et Auguste s'assirent à deux mètres du bord de l'eau. Aurore confia son chapeau à Philomène et courut tremper ses pieds dans l'eau.

— Habillés comme on l'est, on fait un peu tache d'encre, mesdemoiselles…, grogna Auguste, tout en s'efforçant avec difficulté de délacer ses chaussures.

Étonné que Philomène ne lui réponde rien, il se tourna vers elle : la tête penchée sur son portable, l'expression de son visage avait subitement changé.

— Ça va, mon phénomène ?

— La dernière fois que j'ai vu la mer, j'étais avec maman…

Il hocha la tête en silence, glissa à son côté. Sur l'écran, une femme serrait Philomène contre elle. Découvrir Audrey l'émut. Être entré dans les détails de sa mort lui donnait le sentiment de l'avoir connue dans la vie. Là, subitement, il mettait un visage sur son prénom, sur son histoire. Il réajusta ses lunettes :

Philomène avait les yeux sombres et la chevelure brune de sa mère. La ressemblance était saisissante.

— Quand je contemple cette photo, je vois ton regard. Garde bien cela en tête : chaque fois que tu te regarderas dans une glace, tu pourras te dire qu'elle est là, à cet endroit…, souffla-t-il en lui effleurant une paupière. Ce n'est pas pour rien qu'on dit que les yeux sont le miroir de l'âme. Derrière les tiens, il y a l'histoire de ta mère, de ton père, de tes grands-parents. Dans quelques décennies, la tienne s'y sera ajoutée.

Il vit sa mâchoire trembloter.

— Chaque fois que quelqu'un plonge ses yeux dans les tiens, ton regard dit : « Voici qui je suis, et voici d'où je viens. » Ne l'oublie jamais, mon phénomène.

Un peu plus loin, Aurore avait légèrement soulevé sa jupe et avait de l'eau jusqu'au genou.

— Tu as une photo de Jeanne, sur toi ?

Il était chaque fois surpris d'entendre ce prénom dans la bouche d'une gamine qui ne l'avait jamais connue, mais qui en parlait comme si elle l'avait vue la veille.

— Il y a belle lurette que je ne porte plus de photo sur moi, petite. Passé un certain âge, elles font plus de mal que de bien. Elles remuent trop de choses…

— Le jour où j'ai entendu papa dire que maman s'était peut-être suicidée, j'ai cru mourir. Mais les jours suivants, il y a une chose qui me faisait tenir : j'attendais une lettre. Si accepter qu'elle ait pu mettre fin à ses jours malgré mon existence me faisait horriblement mal, je ne pouvais admettre qu'elle l'ait fait sans me laisser un mot. Impossible. Quand on aime vraiment les gens, on leur écrit avant de mourir. Alors, j'ai attendu. Chaque jour. Je crois que c'est ça qui m'a permis de continuer : guetter cette lettre. Pour me retrouver dans ses bras, juste le temps de sa lecture…

Un peu plus loin, Aurore se retourna, rayonnante, pour leur envoyer un baiser de la main.

— Savoir qu'elle n'a pas choisi de me quitter me fait du bien, mais réaliser que je ne recevrai jamais cette lettre, tu ne peux pas savoir comme c'est dur…

Elle reprit son souffle, la gorge serrée, laissa son regard se perdre dans le ciel.

— Tu crois que nous nous reverrons un jour ?

Bouleversé, Auguste leva la tête à son tour. Aurait-il seulement la réponse de son vivant ? Philomène n'en attendait aucune. Elle lâcha son portable, se cacha la tête dans les mains et éclata en sanglots. Le flot de larmes qui la secouait semblait ne plus jamais pouvoir s'arrêter. Plus de deux mois que sa mère était décédée, et elle parvenait seulement à exprimer sa peine, songea tristement Auguste.

Sans réfléchir, il la prit dans ses bras.

— Vas-y, mon phénomène, laisse couler ton chagrin…

Alors Philomène s'abandonna, et écrasa sa détresse contre l'épaule du vieil homme.

18.

Le cœur lourd, Philomène avait fini par rejoindre Aurore dans l'eau. Ses larmes, cathartiques, avaient longtemps coulé. La présence d'Aurore avait sans doute aussi agi comme un baume sur sa peine.

De nombreux nuages apportaient de la fraîcheur et suffisamment d'ombre pour permettre à Auguste de rester assis sur la plage. Attendri par l'affection qui s'était tissée entre elles, il se demandait si elles trouveraient le moyen de rester en contact, lorsqu'une vive douleur le transperça au niveau de la ceinture abdominale, irradiant jusque dans son dos. Il crut s'évanouir sous la violence de l'assaut. Il s'allongea en chien de fusil à même le sable, inspira et expira profondément pour retrouver un rythme cardiaque normal. Des sueurs froides lui coulaient le long de la nuque.

Vidé par l'attaque, il se demanda combien de temps il pourrait encore résister à ces offensives, de plus en plus rapprochées et intenses. Même ses aigreurs d'estomac avaient empiré. Il ne pouvait plus le nier : la maladie gagnait du terrain et il sentait que ses capacités physiques se dégradaient de manière progressive mais rapide. Quant aux médicaments prescrits, ils ne suffisaient plus à éteindre ses souffrances. Tout juste parvenaient-ils à les atténuer. Il ne se leurrait pas : telle une invasion barbare, la maladie remportait parcelle après parcelle ; bientôt, elle aurait gagné l'intégralité du territoire. Le moment où il devrait dire la vérité à Aurore et à Philomène se rapprochait à grands pas…

S'il avait l'intention de les emmener le lendemain à la dune du Pilat, l'avant-dernière de ses destinations, il ne pouvait avaler tous les cachets prescrits par le médecin. Ils neutraliseraient ses douleurs autant qu'ils lui paralyseraient le cerveau. Il devait garder la tête claire pour ne faire courir aucun risque à Philomène.

Il se redressa prudemment. Elles ne s'étaient aperçues de rien. Il attendit que l'une d'elles se tourne vers lui pour leur indiquer d'un signe de revenir.

— Si nous retournions à l'hôtel nous reposer un moment ? Il est déjà 17 h 30. Tu pourrais t'exercer à réaliser ta première grenouille seule, mon phénomène. Et moi j'en profiterais pour faire une petite sieste…

La moue expressive de Philomène témoigna de son manque d'enthousiasme, mais un coup d'œil jeté en direction d'Auguste la glaça : son teint avait viré au jaune et il avait l'air exténué. L'inquiétude se substitua immédiatement à la déception.

— Oui, un peu de repos ne nous fera pas de mal ! déclara-t-elle d'un ton faussement enjoué. Et puis je suis partante pour ma première grenouille !

Ils reprirent lentement le chemin de l'hôtel.

*

Lorsque Auguste rouvrit les yeux, il était 19 heures. Ses douleurs étaient fulgurantes par assauts et redescendaient parfois aussi vite qu'elles étaient montées. Pour combien de temps encore ?

Il se leva et glissa une tête dans la chambre voisine. Philomène était assise en tailleur sur le sol, ciseaux sur sa droite, feuilles de papier sur sa gauche, le modèle d'une grenouille en origami face à elle. Aurore se trouvait à ses côtés, accroupie, et scrutait attentivement chacun des gestes de l'adolescente.

Auguste les rejoignit, attrapa deux feuilles, s'assit sur le bord d'un des deux lits, leur fit signe de s'approcher. Elles prirent place à ses côtés.

Il tendit l'une des deux feuilles à Philomène.

— Souviens-toi, mon phénomène, pour commencer cette figure, tu dois réaliser un pliage en losange avec quatre pointes libres. Suis-moi.

Pas à pas, il la guida dans sa réalisation. Plusieurs fois, Philomène échoua et s'énerva. Elle dut déplier, replier lorsque le pliage n'était pas réussi. Mais elle s'accrocha et, une demi-heure plus tard, elle tenait au creux de sa main une jolie grenouille en papier.

— Elle est très réussie ! la félicita Aurore.

Auguste était reparti dans la réalisation d'un autre pliage. Après quelques rapides manipulations, il lui tendit sa création.

— Tenez, Aurore ! C'est pour vous !

Ravie, Aurore s'en empara.

— C'est une grue ! annonça-t-il.

Il leur conta la légende des mille grues, qui disait que « quiconque plie mille grues de papier verra son vœu exaucé ». Nombre de ces oiseaux migrateurs avaient d'ailleurs jailli de ses doigts.

— Parce que tu crois que ça marche ? l'apostropha Philomène, sérieuse.

— Je ne sais pas ! lui répondit Auguste dans un éclat de rire. À toi de le vérifier. Pour moi, c'est trop tard. Mais toi, tu t'y prends tôt. Tu devrais pouvoir y arriver…

Elle lui sourit.

— Ça va, Auguste ? Tu te sens un peu mieux ?

Elle se préoccupait réellement de lui. Cela le toucha.

— C'est reparti comme en 40 ! claironna-t-il.

Philomène bondit immédiatement sur ses pieds, rassembla en un mouvement de bras l'ensemble des papiers qui gisaient sur la moquette, rangea le tout dans l'un des tiroirs du bureau.

Pour Auguste qui aimait prendre son temps pour toute chose, Philomène était un spectacle animé à elle seule. Elle virevoltait d'une pièce à l'autre, d'une idée à l'autre, d'un sujet à l'autre avec une rapidité et une aisance peu ordinaires.

Philomène déposa ses pliages du jour sur le bureau, attrapa la grenouille entre son pouce et son index et la scruta. Elle aimait beaucoup cet art du pliage. En donnant des formes aux feuilles de papier, elle s'échappait dans un monde qu'elle créait au gré de ses envies, dans lequel la mort de sa mère ne lui torturait plus l'esprit. Elle observa Auguste à la dérobée tandis qu'il se remettait debout. Avec lui, elle se sentait soudainement reliée à un monde plus ancien dans lequel elle n'avait aucun repère mais qu'elle trouvait apaisant. Et elle adorait cela.

Elle ouvrit le coffret de bois ciselé, y glissa la grenouille, puis se retourna.

— On va manger ?

*

Simon se hissa sur un coude pour lire les chiffres lumineux du réveil posé sur la table de nuit de son père : 3 h 50. Las, il se laissa retomber sur le dos.

Presque cinq heures qu'il était ainsi, les yeux ouverts, allongé seul au milieu de ce grand lit, l'oreille tendue vers le bruit de la pluie frappant les volets.

Depuis deux nuits, le sommeil l'évitait soigneusement et, quand il le sentait s'approcher, il se volatilisait d'un seul coup. Simon se retrouvait alors à cogiter durant de longues heures, contraint de ne pas bouger pour ne pas réveiller sa femme.

Cette nuit, n'y tenant plus, il avait quitté le lit conjugal et s'était glissé dans la chambre de son père. Dans cette pièce, il éprouvait le sentiment de pouvoir se connecter à celui qui l'avait habitée toute sa vie.

Simon songea à Nathalie. Celle-ci faisait de son mieux mais ne comprenait pas ce qu'il ressentait. Elle le pensait inquiet. Mais le problème était bien plus profond que cela. Car si le départ de son père l'avait secoué, il avait surtout bousculé sa conscience. Et Simon ne parvenait pas à s'expliquer pourquoi. En revenant vivre ici, il pensait lui témoigner son amour. Il connaissait suffisamment son père pour savoir qu'il n'était pas homme à aimer les démonstrations d'affection. Cela n'avait-il donc pas été suffisant ?

« Tu connais apparemment ton fils aussi bien que tu sembles connaître ton père. »

Simon se redressa brusquement. Il venait de mettre le doigt sur un point qui le gênait. Pourquoi Hugo lui avait-il dit ça ? Agacé, il se tourna vers la fenêtre. Qu'avait-il voulu insinuer ?

« … aussi bien que tu sembles connaître ton père. »

Cette phrase tournait en boucle dans sa tête et allait le rendre dingue avant le lever du soleil. Il devait en avoir le cœur net. Hugo détenait peut-être l'élément qui l'apaiserait. Mais était-il décent de réveiller son fils à une telle heure ?

Tu préfères ruminer toute la nuit ?

Il se faufila dans le couloir, s'introduisit à pas de loup dans la chambre de son fils, le secoua doucement.

— Hugo, j'ai besoin que tu me dises quelque chose… Réveille-toi.

Le jeune homme émergea à moitié de son sommeil.

— Mais quelle heure est-il ? ânonna-t-il.

— Hugo, pourquoi m'as-tu dit que je te connais autant que je connais mon père ? Je te promets de ne pas m'énerver. J'ai besoin de savoir…

Il entendit un soupir.

— P'pa ! Tu délires ! On est en pleine nuit…, balbutia-t-il, toujours endormi.

— Je t'en prie, Hugo…

Son fils soupira une nouvelle fois, se retourna en enfouissant sa tête sous l'oreiller, pour retrouver le fil de sa nuit. Dépité, Simon se leva.

Il venait de poser la main sur la poignée de porte quand il entendit, d'une voix d'outre-tombe :

— Papi n'a jamais été sourd. Mais je crois que c'est le seul moyen qu'il avait trouvé pour qu'on lui foute la paix…

19.

Pour la première fois depuis des lustres, Auguste s'était senti bien en s'éveillant. Le monde et le ciel baignaient dans une même lumière délicate, pleine de promesses pour la journée qui s'annonçait. Auguste l'avait démarrée en appelant Benoît, resté à Rueil-Malmaison. Celui-ci attendait encore une pièce importante pour constituer le dossier médical complet requis par l'association. De son côté, Auguste avait fait la demande d'un acte de naissance, obligatoire, en passant par Internet. Il avait indiqué souhaiter recevoir le document au domicile de Benoît.

Il avait ensuite annoncé à Aurore et à Philomène qu'il les emmènerait dans un endroit magique depuis lequel ils assisteraient au coucher du soleil. Il avait ajouté qu'ils passeraient la nuit dehors. Si Philomène avait tout de suite été emballée par cette annonce, il avait été surpris par la réaction d'Aurore, qui avait déclaré préférer rester au bord de l'Océan. Auguste avait tenté de la convaincre de venir avec eux en lui précisant qu'elle le verrait de beaucoup plus haut. Rien n'y avait fait.

Il avait donc cessé d'insister.

Ils avaient tous trois quitté l'hôtel, Auguste et Philomène équipés chacun d'un sac à dos, puis étaient partis acheter deux plaids, de quoi pique-niquer le soir, deux bouteilles d'eau, une lampe torche, un paquet de biscuits. Ils avaient ensuite déjeuné dans un joli restaurant donnant sur la plage. Au dessert, Aurore avait soudainement cessé de planter sa petite cuillère dans sa boule de glace et avait naïvement demandé, d'une voix très sérieuse :

— Il paraît que certaines bouteilles jetées à la mer permettent parfois des miracles. Vous ne croyez pas que je devrais en lancer une, moi aussi ?

Elle avait accompagné sa question d'un sourire plein d'espoir. Si Philomène avait éclaté de rire, Auguste en avait été tout retourné. Et il n'avait su quoi lui répondre.

— Je vois…, avait-elle conclu.

Soudainement abattue, elle avait reposé son couvert, et jeté un regard songeur sur son inséparable couvre-chef rose, posé à son côté. Elle avait fini par s'en emparer, l'avait tourné dans tous les sens avant d'ajouter :

— Finalement, ce chapeau est une métaphore de tout ce qu'est devenue ma vie : une bizarrerie complètement dépassée, au paraître jovial mais finalement triste et usée…

Cet aveu lâché à voix basse était poignant. Auguste et Philomène en étaient tous deux restés cois.

C'est à cela qu'Auguste repensait, maintenant que Philomène et lui roulaient dans un bus en direction de la dune du Pilat. Depuis qu'ils y étaient montés, l'adolescente était rivée à son portable, debout, à côté du siège sur lequel lui-même était assis. Cela l'arrangeait bien, lui permettant de laisser son esprit vagabonder, même si celui-ci revenait invariablement à Aurore, admirable de simplicité et de générosité. Mieux, elle semblait tout entière empreinte d'une bonté ineffable. Qu'avait-elle gagné à cette vie de renoncement, d'empathie et de bienveillance ?

— J'le crois pas ! s'écria subitement Philomène. Aurore nous a bien dit que son Florent aimait ce qui se rapportait à l'art, non ?

Ses pensées tournaient visiblement autour du même sujet que lui… Elle lui brandit son smartphone sous le nez.

— Regarde, Auguste ! Tu ne crois pas que ça pourrait être lui ?

Il remonta ses lunettes, se concentra sur l'écran où il lut : « Antiquités Bretenoux – F. Bretenoux, antiquaire brocanteur, expert en antiquités et objets d'art ». S'ensuivait une adresse, située à Bordeaux.

« Bretenoux ». Il s'agissait effectivement du nom prononcé par Aurore, lorsqu'elle avait parlé de son Florent. Même si un « F » ne cachait pas forcément un Florent, la concordance d'éléments était plus que troublante : un Bretenoux, amateur d'art, tenant une brocante dans la ville où le grand amour d'Aurore était né… S'agissait-il d'un membre de la famille, dont le prénom débutait par la même initiale ?

— Ne nous emballons pas, Philomène. J'imagine qu'Aurore se sera donné la peine de faire ces recherches bien avant toi !

— Pas forcément ! Chez nous, Internet, c'est un réflexe. Chez Aurore, pas sûr. Elle n'a même pas d'ordinateur. Et puis, aucun Florent Bretenoux n'apparaît sur les réseaux sociaux. Il faut un peu maîtriser la Toile, pour le trouver…

Si cet homme avait tenu à disparaître pour ne pas être retrouvé d'Aurore, il ne s'y serait pas pris autrement. Mais il y avait bien plus de chances que ce concours de circonstances les amène à un autre Bretenoux…

Auguste leva la tête vers Philomène, toujours debout à ses côtés, accrochée à la barre. Son entêtement à chercher et trouver les réponses par elle-même n'était plus à prouver. S'il ne s'emparait pas du sujet, nul doute qu'elle s'en chargerait elle-même. Or, si Philomène venait à parler de leur découverte à Aurore, ne risquait-elle pas de provoquer un vain espoir ? Auguste n'avait pas le cœur à lui faire perdre ce sourire que la mer lui avait dessiné jusqu'aux oreilles.

Il arracha quasiment le téléphone des mains de Philomène, appuya sur le numéro de téléphone indiqué, tout en tournant son visage vers la fenêtre et en mettant une main devant sa bouche pour ne pas s'attirer la foudre des autres voyageurs.

— Qu'est-ce que tu fais ? paniqua Philomène.

— Je crève tout de suite l'abcès ! répliqua-t-il.

La sonnerie retentit plusieurs fois. Une voix féminine se fit entendre :

— Antiquités Bretenoux, à votre service !

Bêtement, Auguste sentit son cœur s'accélérer.

— Bonjour, madame ! Je suis bien chez Florent Bretenoux ?

— Euh… Vous n'êtes pas chez lui mais à son magasin, monsieur.

Auguste demeura interdit deux longues secondes. Il sentait le regard scrutateur de Philomène posé sur lui.

— Pardon, c'est une erreur : ce n'est pas cette personne que je cherchais à joindre. Excusez-moi et bonne journée !

La femme au bout du fil le salua à son tour, et il profita de ce court répit pour se composer un visage las, c'est-à-dire aux antipodes de la violente émotion qui le traversait. Choqué ou pas, il savait pertinemment qu'il n'y aurait qu'une seule façon de convaincre Philomène de passer à autre chose.

— C'est réglé : c'est François. François Bretenoux. J'ai dû passer pour un idiot…

Il avait senti sa voix chevroter mais n'avait pu faire mieux. Le regard de Philomène le sonda avec une telle acuité qu'il sentit son flegme apparent vaciller. Son soulagement fut aussi immense que ses remords lorsqu'une profonde déception supplanta la lueur d'espoir dans les yeux de Philomène. Dépitée, l'adolescente rangea son téléphone dans une poche et tourna la tête.

Auguste garda le silence tout en se répétant l'adresse du magasin de brocante. Se pouvait-il que ce soit le même Florent ? Il lui était insupportable d'imaginer qu'Aurore ait guetté à ce point le retour d'un homme qui s'était moqué d'elle. Auguste aurait préféré le savoir mort.

Philomène regardait le paysage défiler par la fenêtre. Auguste avait maintes fois essayé d'imaginer ce que serait la vie de cette gamine, quand elle aurait grandi. Il en avait été incapable car il y avait surabondance d'options. Mais quand il songeait à Aurore, il se disait avec tristesse qu'une seule voie se dessinait pour elle : continuer. Elle continuerait à se rendre à Amboise, tant que ses jambes le lui permettraient. Elle continuerait à assumer proprement les tâches qui lui seraient confiées par les Guerrant. Et son cœur continuerait de battre à l'unisson du souvenir impérissable d'un amour idéalisé.

Auguste... Où veux-tu en venir, là ?

Un étrange calme l'envahit.

Il devait aller vérifier. Si cet homme était bien le même, il écouterait ses explications puis lui livrerait le fond de sa pensée. Aurore n'en saurait jamais rien. Son avenir resterait inchangé, sa voie toujours tracée dans le granit de la monotonie, mais ce Florent aurait à vivre avec cette vérité sur la conscience.

Aurore méritait au moins ça.

— Pourquoi veux-tu retourner là-bas, puisque tu connais déjà cet endroit ?

Ses yeux revinrent se poser sur Philomène.

— Je n'y suis allé qu'une seule fois. Avec Jeanne. J'étais déjà très amoureux d'elle. Nous ne devions y rester qu'une heure. Arrivés là-haut, nous avons marché pour nous éloigner du flot des touristes. Nous nous sommes assis et la magie a opéré. Nous étions subitement seuls au monde, face à l'immensité bleue, main dans la main. Le soleil a amorcé sa lente descente vers l'horizon, dans un jeu d'ombres et de couleurs magnifiques. La force de mon amour pour elle s'est imposée à moi dans une fulgurance indescriptible. C'était comme si la foudre venait de me traverser. Une révélation. Une évidence. Et la juste confirmation de ce que j'ai su dès notre rencontre : ce serait elle et personne d'autre... Alors je me suis mis face à elle, un genou planté dans le sable, et je l'ai demandée en mariage. La boule de feu n'était pas loin de toucher la mer et les yeux de Jeanne étaient d'une beauté à couper le souffle. J'ai retenu le mien le temps de sa réponse.

Lorsqu'elle m'a dit : « Oui, Auguste. Oui », je l'ai embrassée. Le soleil s'est couché sur ce baiser.

— C'est beau…

— Oui… Nous avons passé la nuit serrés l'un contre l'autre, dans la fraîcheur nocturne. Mais peu nous importait. Notre bonheur nous réchauffait…

Son regard se perdit loin derrière les vitres du bus.

— Je crois que ça a été l'une des plus belles nuits de toute ma vie.

— Vous n'y êtes jamais retournés, avec Jeanne ?

— La vie ne nous en a pas donné l'occasion…

Il hocha lentement la tête, tandis que le bus s'arrêtait.

— Mais, aujourd'hui, je voudrais revivre une dernière fois le souvenir de cet instant magique. Une dernière fois qui rejoindrait la première…

Ils descendirent, marchèrent durant dix bonnes minutes avant de gagner l'accès à la dune. De nombreux touristes s'y rendaient également, équipés de larges paniers remplis de nourriture et de boissons.

Enfin ils arrivèrent au pied de la dune.

— Waouh ! C'est haut ! s'exclama Philomène.

— Oui…, lui répondit Auguste.

— Tu es sûr de vouloir monter ? l'interrogea-t-elle, sérieusement inquiète pour lui.

Auguste laissa errer son regard sur le haut de la crête. C'était une bonne question. L'unique fois où il avait atteint ce sommet, il comptait soixante ans de moins. L'escalier en résine n'était pas encore installé, et grimper jusqu'à cette crête était alors autrement difficile. Mais en son temps, sa vitalité lui permettait tout.

— Je vais prendre les marches. Et je mettrai le temps qu'il faudra pour y arriver…

Philomène se contenta de hocher la tête, sans se départir de son air soucieux. Puis Auguste la vit se tourner face au monument de sable, et l'expression de son visage changea. Comme appelée par la dune, elle se rua vers sa face escarpée et en débuta l'escalade, à la seule force de ses jambes. Elle monta sur plusieurs mètres à bonne vitesse avant de se laisser tomber sur le sable et de redescendre d'un bon mètre dans un grand éclat de rire. Elle lui adressa un petit signe de la main puis reprit son ascension avec la même énergie.

Privilège de la jeunesse, songea Auguste avant d'avancer posément en direction des marches.

Il parvint assez aisément à monter les trente premières. De nombreux touristes le dépassaient mais cela n'avait guère d'importance. Il n'était pas pressé.

Arrivé aux environs de la cinquantième, il dut s'arrêter pour reprendre son souffle. Il se fit la remarque que ses années de cyclisme avaient bien préparé son mental, mais que cet escalier était un bon baromètre pour mesurer l'étendue de l'énergie que les années lui avaient ôtée.

Il leva la tête et aperçut Philomène en haut de la dune, qui lui adressait de grands signes avec les bras.

Il reprit son escalade. À mesure qu'il avançait, il sentait croître l'excitation. La fatigue, aussi. Les cinquante marches suivantes furent beaucoup plus compliquées. Au bord de l'apoplexie, en nage sous le soleil qui tapait fort, sans rambarde solide pour se soutenir, il finit par s'asseoir à même le sable, pour ne pas freiner l'ascension des plus rapides.

Philomène roula jusqu'à lui dans de grands cris de joie. Elle s'arrêta à sa hauteur, et son rire s'étrangla dans sa gorge.

— Auguste, tu es tout rouge et tu n'as pas l'air bien… On devrait peut-être redescendre…

— C'est hors de question, tu m'entends, Philomène ? Hors de question ! Je *dois* aller là-haut !

Il parvint à peine à terminer sa phrase, tant l'air lui manquait.

Philomène garda le silence. Plus que jamais, elle comprit le sens de ce mot dont Auguste avait usé plusieurs fois : fragilité. Là, elle remarquait ce qui lui avait jusqu'alors échappé : flétri par son grand âge, le visage d'Auguste exprimait la difficulté qu'il avait à franchir l'obstacle de cette montée. Transpirant à grosses gouttes, le corps courbé et les doigts agrippés au cordage longeant l'escalier, une veine palpitant à une vitesse affolée sous la peau translucide de ses tempes, la déchéance de la vieillesse prenait forme sous les yeux de Philomène. Voir Auguste ainsi la peina mais elle veilla à n'en rien montrer. Elle se contenta de lui ôter son sac à dos en silence, pour le mettre sur ses propres épaules, par-dessus le sien.

Lorsqu'elle le vit se relever, elle se précipita vers lui et, toujours sans un mot, lui prit la main et l'appuya sur son bras. Avec précaution, elle le guida jusqu'à l'escalier, luttant de toutes ses forces pour se maintenir droite dans le sable et laisser ainsi Auguste s'appuyer sur elle en toute sécurité. Elle le sentit trébucher à de nombreuses reprises. Mais elle fit à chaque fois mine de n'avoir rien remarqué, se contentant de le soutenir pour lui permettre de rester debout.

À plusieurs reprises, elle simula la fatigue ou l'essoufflement, ou encore une envie d'admirer le paysage. Alors ils s'asseyaient, elle lui tendait une bouteille d'eau et l'invitait à boire tandis qu'elle-même avalait rapidement une ou deux petites gorgées du précieux liquide.

Il n'en dit rien mais, à ce moment-là, Auguste lui fut infiniment reconnaissant de l'aider à préserver sa dignité en ménageant ce qui lui restait d'orgueil. Il était bien conscient des efforts de Philomène pour ne pas s'élancer à nouveau, avec toute l'impétuosité de sa jeunesse, vers ce sommet envoûtant qui exerçait une force magnétique sur quiconque le contemplait.

Plus que quelques efforts et ils parviendraient au faîte de la dune.

Auguste était exténué. Il s'évertuait à masquer son épuisement, et combattait un à un les messages d'alerte que lui lançait son corps. Il s'interdisait toute reddition, même si le prix à payer était de surmonter le malaise qui le guettait à chaque instant. L'atteinte de ce sommet devenait soudainement une finalité, un objectif crucial. Il fallait, il *devait* retrouver cet endroit, et plus précisément celui où il avait demandé la main de Jeanne. Envers et contre son corps surmené.

Lorsqu'il parvint enfin à la dernière marche, Philomène le portait presque. À bout de forces, il tituba sur sa droite, se laissa choir de tout son poids sur le côté. Philomène fit de même, sans doute elle aussi épuisée par ses efforts pour l'aider. Heureusement, le soleil chauffait désormais un peu moins fort.

Au bout d'un bon moment, quand enfin il se sentit assez vigoureux pour se remettre sur ses jambes, il se releva en prenant une nouvelle fois appui sur Philomène. La dune l'appelait, un peu plus sur sa gauche.

— Viens, c'est par ici !

Ils se remirent en marche, longèrent la crête. Le sable s'étendait à perte de vue, et plus ils s'éloignaient de la vague de touristes, cantonnée au périmètre autour de l'escalier, plus ils se sentaient gagnés par un puissant sentiment de quiétude.

La forêt de pins maritimes à perte de vue sur leur gauche, l'Océan sur leur droite, ils continuèrent à s'éloigner de l'accès au sommet, hypnotisés par la magie des lieux.

Auguste, très ému, poursuivait vaillamment sa progression sur le sable. Il aurait aimé retrouver l'emplacement précis où Jeanne et lui s'étaient assis, ce fameux soir de juillet… Sur une dune s'étendant sur une longueur de trois kilomètres et six cents mètres de large, la mission relevait de l'impossible. Mais il avait encore en tête une image du panorama à 360 degrés. Et il se laissait guider par elle.

— Plus par là ! indiqua-t-il du menton à Philomène.

Ils bifurquèrent vers la face ouest de la dune.

À un moment, Auguste sut, *sentit* que c'était le bon endroit. Il s'arrêta subitement, hocha lentement la tête en signe d'acquiescement à la question silencieuse de Philomène. Ils s'assirent.

Les touristes n'étaient maintenant plus que de minuscules points noirs en mouvement. Rares étaient les courageux qui s'étaient aventurés jusque-là. Sans doute des connaisseurs du lieu, soucieux de préserver leur tranquillité. Enveloppés dans un profond silence, Auguste et Philomène se tournèrent vers l'immensité bleue. Face à eux, le banc d'Arguin et la pointe du cap Ferret, et une vue d'une beauté époustouflante.

Était-ce la magie de l'endroit ? L'émotion d'un lieu sacré retrouvé ? Le souvenir de cet instant si marquant de sa vie ? Était-ce de savoir qu'il venait ici pour la dernière fois ? Auguste sentit monter des larmes qu'il ne chercha pas à retenir. Le temps était certes passé, mais la beauté du paysage qui s'offrait à ses yeux était immuable.

Il entendit Philomène se lever, la vit sortir plaids et nourriture du sac. Quand elle eut tout étalé sur le sable, elle lui tendit de l'eau.

— Bois un peu, Auguste, il fait chaud et tu vas te déshydrater…

Auguste sourit, touché par l'attention de cette petite de quinze ans qui avait déjà de bons réflexes, prête à dispenser à plus vieux qu'elle les soins prodigués par sa propre mère. La vie n'était certes pas toujours juste, mais elle était bien faite.

Il prit le verre, savoura la fraîcheur de l'eau coulant dans sa gorge.

Philomène s'assit à ses côtés et, d'une voix douce, murmura :

— Raconte-moi, Auguste…

Y avait-il meilleur endroit pour parler de celle dont il n'était jamais parvenu à surmonter l'absence ? Existait-il plus beau lieu que cette parenthèse entre ciel et terre, entre ciel et mer, pour que l'hiver se raconte au printemps ? Non. Alors il raconta. Il raconta Jeanne, cette belle rencontre offerte par le hasard ou le destin. Il raconta ce regard qui le faisait chavirer chaque fois qu'il se posait sur lui. Il raconta ce soir fabuleux où ils avaient admiré d'ici le coucher du soleil et où il l'avait demandée en mariage. Il lui raconta leurs années de bonheur, Simon, Bounty. Ses années solitaires de tristesse, de désillusion, de résignation. La conversation qu'il avait surprise entre Cruella et sa sœur.

Mais il n'évoqua pas sa maladie.

Durant ce long monologue, Philomène ne l'interrompit à aucun moment. Malgré son jeune âge, temps de l'impatience et de la turbulence, elle était restée concentrée, captivée. Avait-elle compris toutes les subtilités de la vie de couple ? Sans doute pas. Seules les années lui permettraient d'acquérir la maturité nécessaire pour en décrypter les rouages. Mais elle semblait en avoir saisi l'essentiel et c'était là le plus important.

— Donne-moi mon sac…

Elle le lui tendit, il en sortit un sachet. Philomène reconnut la lanterne achetée à Amboise. Auguste la déballa, la déploya plusieurs fois pour que l'air s'y engouffre.

— Trouve-moi le briquet et viens m'aider à la retourner…

Il alluma le brûleur, le ballon gonfla durant une bonne minute, tandis qu'elle continuait à le maintenir droit.

— Ça me rappelle notre montgolfière ! Tu te souviens ? demanda-t-elle, nostalgique.

Il lui sourit.

— C'est le moment de faire un vœu, mon phénomène…

— Un vœu ?

Gagnée par une soudaine excitation, elle réfléchit à toute vitesse. Prise de court, elle ferma les yeux, laissa apparaître un visage sous ses paupières.

— Ça y est ! lâcha-t-elle, émue.

— Prête ?

— Prête !

Ils lâchèrent la lanterne d'un même geste. La flamme vacilla, le ballon s'envola lentement. Auguste et Philomène se rassirent sans le quitter des yeux, et le regardèrent s'échapper silencieusement vers ces autres cieux qui recueilleraient leur secret.

*

Simon remercia l'officier et raccrocha. Sans surprise, l'enquête n'avait pour le moment rien donné. Si son père avait si facilement réussi à lui faire croire qu'il était sourd comme un pot, nul doute qu'il parviendrait à donner le change à des étrangers.

Simon se cala au fond de son fauteuil, noua ses mains derrière sa nuque et contempla le plafond d'un air songeur.

Le secret révélé par Hugo lui avait porté le coup de grâce. Toute la culpabilité qu'il avait soigneusement contournée, maquillée, ignorée, lui avait sauté en pleine face. Et il avait compris ce qui se cachait derrière son malaise.

La réalité, c'est que la seule déficience que tu reconnaissais à ton père était celle qu'il te montrait, alors que son déclin était intérieur. Il n'était pas sourd. Il se sentait juste vieux et seul.

De nombreuses questions le taraudaient. Mais chaque réponse avait ses incohérences, et il préféra ne pas s'y attarder. D'accord, il avait raté quelque chose. Fallait-il pour autant lui jeter la pierre ?

Le souvenir de son père le guidant dans ses choix ne lui paraissait pas encore si éloigné que cela. Il ne l'avait vraiment pas vu vieillir. Comment aurait-il pu imaginer en cet homme tant admiré un vieillard plus fragile dont le moral vacillait ? Simon était resté l'enfant de son père, sans se rendre compte que l'ordre des générations s'était inversé.

Ce dont il avait simplement besoin, c'était que tu lui offres la même chose que lui te donnait lorsque tu étais un peu perdu : une présence, de l'écoute et de la tendresse.

D'un seul coup, Simon prit conscience qu'il entretenait vis-à-vis de son père le même déni qui l'avait tenu éloigné de sa mère. Celui de le voir vieillir. Et celui de sa fin, inéluctable.

Il réalisa alors que, l'ingrat, c'était peut-être lui.

*

À six cent cinquante kilomètres de là, Auguste admirait le monde.

Le jour commençait à se dérober sur la pointe des pieds : le ciel était encore égratigné de longues traînées filandreuses, tandis que la lumière fléchissante illuminait toujours la dune, dont les grains de sable étincelaient comme autant de diamants que l'on aurait laissés flotter.

Des gouttes de couleurs de plus en plus chaudes semblaient mouiller le ciel et ruisseler sur la mer. Le soleil, devenu presque blanc, était prêt à se parer de son habit de lumière, dans une myriade de rouges, avant de se coucher sur l'Océan plissé d'argent.

— Que c'est beau…, murmura Philomène. Je vais prendre des photos !

Elle s'empara de son smartphone.

— Oui, elles seront bien plus précieuses que tes selfies ! la railla gentiment Auguste.

Il plongea à nouveau dans le spectacle grandiose qui se déroulait sous ses yeux. Le ciel entier était à présent en feu.

Il se disait qu'il aurait aimé se noyer dans ses rougeoiements quand, d'un seul coup, son cœur faillit exploser.

— Tu l'as vu ? s'écria Auguste en basculant brusquement vers Philomène.

— Quoi ?

— Le rayon vert ! Tu n'as pas vu le filet vert, posé sur le soleil ?

— Non…, avoua Philomène, déçue.

Au bord de l'effervescence, Auguste, lui, exultait.

— C'est incroyable ! J'ai vu, *de mes yeux vu* le fameux rayon vert ! Je n'arrive pas à y croire… C'est tellement rare !

Philomène sourit, même si la raison d'une telle allégresse lui échappait.

— Bon, bah… C'est cool alors ! rit-elle.

Ému, Auguste s'expliqua :

— La plupart des gens croient qu'il s'agit d'une légende parce que beaucoup en parlent mais peu l'ont vu. Or il s'agit d'un véritable phénomène scientifique. Il se produit rarement et ne peut être observé qu'au lever ou au coucher du soleil. Lorsque cette boule de feu se trouve en grande partie sous la ligne d'horizon – il essaya de représenter le soleil et la courbe terrestre avec ses mains –, on peut parfois voir un point vert sur le dessus de l'astre.

Agité, il ponctua son explication d'un point imaginaire de son index, juste au sommet de l'astre façonné par ses mains.

— Tu n'imagines pas combien je suis ému, Philomène… Une fois dans ma vie, j'aurai vu le rayon vert… Tu te rends compte ? C'est autre chose qu'une simple étoile filante…

Une violente douleur abdominale le rappela à l'ordre. Et le ramena à la réalité. Il se rassit, tendit son sac à Philomène.

— Dans quelques secondes, il fera totalement noir. Il nous faudra de la lumière…

Philomène se hâta d'allumer la lampe torche et s'allongea sur le plaid, face au ciel. Tous deux se taisaient, chacun perdu dans ses propres pensées.

Auguste s'allongea à son tour, face à la nuit. Les étoiles prenaient déjà la relève et scintillaient faiblement. Une mélancolie poignante et pourtant heureuse l'envahit.

— Ça aussi, c'est beau…, murmura-t-il.

— Oui…

Il n'avait pas souvenir d'un spectacle aussi féerique. Avait-il jamais vu autant d'étoiles ? Oui, probablement, dans un passé si lointain qu'il ne pouvait le dater. Dans une fulgurance, la décision qu'il avait à prendre lui apparut comme une évidence.

Il ferma les yeux. L'image de Jeanne se mit à danser sous ses paupières, avec ses longs cheveux tombant en cascade sur ses épaules, et son regard riche d'un bel avenir.

Derrière lui, dans la nuit noire, il devinait les landes. Ces forêts de pins dans lesquelles Jeanne et lui s'étaient souvent évadés. Quelques pins s'en souvenaient peut-être encore…

— Il commence à faire frisquet…, lâcha-t-il.

Il entendit Philomène prendre un autre plaid pour les en couvrir.

Une vive douleur le traversa. Un assaut plus long que le précédent. Il attrapa le comprimé glissé dans sa poche et l'avala avec une gorgée d'eau. Il fallait maintenant patienter, le temps qu'il produise l'effet escompté.

Quand il rentrerait, il prendrait l'ensemble des anti-douleurs prescrits par le docteur Bregenc. Le lendemain, il appellerait Benoît pour qu'il revienne récupérer la petite. Elle était prête. Il mettrait Aurore dans un train pour qu'elle retrouve son train-train quotidien. Et lui rejoindrait à son tour sa dernière étape.

Mais avant cela, il avait une ultime mission à accomplir : retrouver Bretenoux. Parce qu'il lui tenait à cœur de prendre une dernière fois soin de cette femme si généreuse qu'était Aurore.

À la faible lumière de la lampe, il constata que Philomène n'était pas loin de s'endormir.

Alors il s'installa aussi confortablement que possible à son tour.

Puis tous deux sombrèrent dans un profond sommeil.

20.

Auguste ouvrit les yeux. La lampe torche était encore allumée. Ils s'étaient endormis avant de l'éteindre. Une brise agréable lui caressait la joue. Le poignard qui, la veille, prenait plaisir à retourner ses chairs, semblait avoir décidé d'une accalmie. Il se dressa sur un coude. Face à lui, le soleil, boule de feu naissant sur l'horizon, commençait à peine à éclaircir le ciel.

Il secoua doucement Philomène, qui s'éveilla à son tour. Elle se frotta les paupières, s'étira et s'assit. Seuls, ou presque, ils assistèrent au rituel immuable et grandiose du réveil du monde, tout du moins dans cette partie-là du globe. Le soleil s'élevait lentement et déployait sa palette de couleurs. Le spectacle de son lever était aussi somptueux que celui de son coucher. Puis les premières lueurs du jour vinrent illuminer le panorama. Au loin, d'autres rares campeurs restaient allongés, sans doute encore endormis.

Il jeta un coup d'œil à sa montre, qui indiquait 6 h 34.

— Je n'oublierai jamais les heures que je viens de vivre, Auguste…, déclara Philomène sur un ton grave, presque solennel.

Au loin, la boule de feu flottait à présent sur l'Océan.

Telle une anguille, le temps glissait entre leurs doigts. Auguste sourit à Philomène, lui pressa tendrement l'avant-bras.

— Il faut penser à rentrer…

Elle remballa les deux bouteilles d'eau, la torche, plia les deux grands plaids.

— J'aurais voulu rester ici encore des heures. On y est si bien…, regretta-t-elle à haute voix.

Auguste opina lentement du chef.

— C'est ce qui fait la richesse et la rareté de ces moments, mon phénomène : savoir qu'ils ont une fin.

Il garda pour lui la certitude que lui ne revivrait jamais celui-ci et déglutit afin de chasser la boule douloureuse qui stagnait dans sa gorge.

— Tu crois que je peux prendre un peu de sable, et en mettre dans ma boîte ?

— Non, c'est interdit. Laisse à la nature ce qui lui appartient… Dans ta boîte, tu mettras l'une de tes photos !

Elle pivota et le regarda longuement.

— Laisse-moi en prendre une de nous, Auguste…

Il ne répondit pas tout de suite. Il comprenait ce qu'il y avait derrière cette demande. Ce qu'elle ne disait pas. Et il en fut ému.

— D'accord, on va prendre un de tes selfies, là… bougonna-t-il, juste par principe.

Philomène bondit sur ses pieds et lui claqua un baiser sonore sur la joue, ce qui le surprit, peu habitué qu'il était à ces épanchements. Mais il n'eut pas le temps de dire quoi que ce soit. Déjà l'adolescente posait à ses côtés, radieuse, son smartphone brandi au-dessus d'eux.

Auguste tendit son visage vers l'appareil. Sur l'écran, le sourire sincère et lumineux de Philomène le toucha. Alors, heureux de ce moment éphémère dont elle cherchait à rendre le souvenir impérissable, Auguste sourit à son tour.

Et Philomène immortalisa l'instant.

*

La redescente de la dune leur prit bien moins de temps que son ascension. À 7 heures, ils étaient au pied de la montagne de sable. Ils reprirent l'allée traversant le village des cabanes. À cette heure-ci, il y avait encore très peu de monde.

— C'était quand même plus facile dans ce sens-là ! ironisa Auguste.

— Waouh ! entendit-il Philomène s'exclamer dans son dos. Il me le faut absolument…

Il s'arrêta et se retourna : Philomène était en extase devant un panneau qui indiquait DUNE DU PILAT. Auguste se rapprocha d'elle et chercha l'expression qui lui confirmerait qu'elle plaisantait. Mais elle était on ne peut plus sérieuse.

— Ceci est un panneau de signalisation, petite !

Elle haussa les épaules.

— Il serait bien mieux dans ma chambre ! Je veux ne jamais oublier cette nuit… Cette pancarte me la rappellera chaque matin, ajouta-t-elle sur un ton presque suppliant.

— Quel est le mot que tu ne comprends pas dans « panneau de signalisation » ? se moqua Auguste.

Elle s'arracha de sa contemplation et le regarda comme si elle s'adressait à un enfant de cinq ans.

— À quoi ça sert d'indiquer DUNE DU PILAT avec une flèche alors que cette dune est juste en face ? C'est absurde ! Personne ne va la louper !

— Philomène, s'il prenait à tout le monde la lubie de rapporter à domicile un échantillon de la signalisation routière, les routes ressembleraient à la jungle ! Alors, nous allons gentiment rentrer à l'hôtel et…

— C'est bon, laisse tomber ! Je me disais bien que tu serais pas chiche. Tu n'es pas drôle, laissa-t-elle tomber en reprenant sa marche, les épaules affaissées.

Auguste resta interdit quelques instants avant de lui emboîter le pas. Sans le vouloir, elle venait de le blesser. Pas drôle, lui ? Que croyait-elle ? Lui aussi avait eu son âge. Lui aussi s'était lancé des défis, parfois stupides, parfois drôles, parfois courageux, aussi. Deux voix venues de loin soufflèrent à son oreille :

« Paul, pas chiche ! On descend et on lui demande un autographe !

— Mais tu es fou ! On va se faire jeter ! »

Philomène continuait à avancer résolument, tête baissée. Elle lui en voulait sans doute. Mais son caprice finirait par passer.

« Et puis, tu sais bien : "Les folies sont les seules choses que l'on ne regrette jamais", dixit *Oscar Wilde ! »*

Auguste s'arrêta. Où était passée sa légèreté de potache ?

La vie avait pris très tôt à Philomène ce qu'elle ne serait jamais plus en mesure de lui rendre : l'insouciance de la jeunesse. N'avait-elle pas droit à un peu de folie ?

— Et avec quoi on le descellerait, cet écriteau ? Avec nos dents et nos petits doigts ? cria-t-il.

Elle fit volte-face, pleine d'espoir.

— On a le manche de la lampe torche qui nous aiderait à déblayer le sable, et le couteau que tu as emporté pour notre pique-nique, suggéra-t-elle, osant à peine y croire.

— Ce couteau coupe comme les genoux de ma grand-mère ! Alors si tu crois que ça va nous aider à décoller ce machin…, lâcha-t-il, sceptique, en passant son pouce derrière son épaule pour désigner l'objet de sa convoitise.

Elle réfléchit quelques instants.

— Eh bien essayons simplement de détacher la pancarte ! Ce n'est pas le poteau qui m'intéresse…

Ils firent demi-tour. Revenus devant le panneau, ils sortirent le couteau et s'attaquèrent à la première glissière de fixation, située à l'arrière. Il leur fallut moins de cinq minutes pour la faire sauter. Ils s'attaquèrent ensuite à la seconde. À l'aide du manche de la lampe, Auguste frappait la bride, et chaque coup le faisait davantage retomber en enfance. Philomène, elle, maniait avec précision la pointe du couteau pour dévisser la structure. Ni l'un ni l'autre ne prêtaient attention aux quelques rares passants médusés.

— Bonjour, on peut vous aider ?

Deux hommes d'une trentaine d'années, la mine sympathique, les regardaient, attendant leur réponse. Auguste leur adressa un grand sourire.

— Merci beaucoup, messieurs, mais ça ne sera pas utile. Je crois que nous sommes parvenus à en venir à bout…

Comme pour lui donner raison, la plaque se détacha de son support et il brandit fièrement son trophée dans leur direction.

— Eh bien, alors nous allons pouvoir passer à un autre atelier récréatif : police nationale ! déclara celui qui avait proposé de leur prêter main-forte. Merci de bien vouloir nous suivre…

*

De l'autre côté du bureau, le regard du policier en civil oscillait d'Auguste à Philomène, et vice versa.

— Savez-vous que le Code pénal prévoit des peines précises pour ce genre d'activité conviviale ? interrogea-t-il en désignant de l'index le panneau convoité par Philomène. Trois ans d'emprisonnement et 45 000 euros d'amende. Voilà ce que tout démontage de panneau de signalisation peut coûter au contribuable qui prend les rues pour des magasins de déco !

Il laissa passer un silence et s'adressa plus particulièrement à Auguste :

— Vous êtes-vous déjà demandé ce qui se passerait si tout le monde se mettait à arracher un ou deux de ces panneaux ?

Auguste jeta un coup d'œil discret mais réprobateur à Philomène.

— Le mât plus le panneau, c'est chaque fois 250 euros, au bas mot…, poursuivit l'inspecteur.

— Nous, on n'a pas pris le poteau ! s'insurgea Philomène.

— Peut-être, mais poteau ou pas, c'est le même topo, jeune fille ! s'emporta le policier. Alors de ta part, ça pose question, mais alors de la vôtre, monsieur…

— Ce n'est pas sa faute ! intervint Philomène. C'est moi qui ai insisté. Auguste n'a fait ça que pour me faire plaisir…

L'agent plissa les yeux, s'avança sur le bord de sa chaise et se concentra sur Auguste.

— Bien… Nous allons donc reprendre depuis le début car je ne suis pas certain d'avoir tout bien compris : vous habitez au Vésinet, la gamine vient, elle, de Rueil-Malmaison, et vous n'avez aucun lien de parenté…

Philomène gardait la tête baissée. Auguste n'en menait pas large non plus.

— Philomène n'est pas en fugue, monsieur : son père est parfaitement informé de sa présence à Arcachon. À l'heure qu'il est, il doit d'ailleurs être en route pour nous rejoindre…

Il sentit le regard interrogateur de Philomène se poser sur lui. Il ne trouva pas le courage de se tourner vers elle. Il n'avait plus le choix, il devait dire la vérité, au moins sur cette partie-là. Ne restait plus qu'à espérer que Philomène ne lui en voudrait pas.

L'officier triturait les deux pièces d'identité, songeur. Des flics en civil patrouillaient régulièrement pour sécuriser le site très touristique de la dune. Ils avaient été confrontés à pas mal de choses, drôles et moins drôles. Mais surprendre en flagrant délit un vieillard de quatre-vingt-cinq ans accompagné d'une ado, à l'allure plutôt saine, en train de démonter un panneau, c'était une grande première.

— Et qu'êtes-vous ve…

— J'le crois pas… Tu as vraiment appelé mon père ?

Auguste se trémoussa nerveusement sur son siège.

— On réglera ça plus tard, mon phénomène. Pour le moment, parons au plus pressé. Nous causons suffisamment d'embarras au monsi…

— Tu m'as encore trahie…

Il resta concentré sur l'officier, attendant qu'il poursuive son interrogatoire. Mais celui-ci gardait le silence et les observait attentivement, le menton posé au creux d'une main.

Visiblement affectée, la gamine contractait fortement les mâchoires. Le petit vieux, lui, semblait décomposé, et il lui inspira presque de la compassion. Ces deux-là formaient une drôle de paire. Il laissa le silence se prolonger un peu avant de reprendre la parole :

— Nous sommes en train de vérifier que tout est en règle du côté des papiers et nous allons contacter ton père, jeune fille. Tu me donnes son numéro de portable ou nous prenons vingt minutes de plus pour le trouver par nous-mêmes ?

Sans un regard pour Auguste, d'une voix à la fois froide et éteinte, Philomène dicta le numéro de Benoît.

*

Benoît remonta dans sa voiture, quitta la station-service, traversa l'aire d'autoroute puis s'élança sur la voie d'accélération. Il ne lui restait qu'une cinquantaine de kilomètres à parcourir avant d'arriver à Arcachon.

Une musique retentit dans l'habitacle et un numéro non identifié s'afficha en haut de l'écran de son tableau de bord. Il prit l'appel.

— Monsieur Blin ? Benoît Blin ?

— Lui-même…

— Bonjour, police nationale à l'appareil…

Benoît fit appel à tout son sang-froid pour ne pas paniquer. Pour ne pas imaginer son cauchemar récidiver…

— Je vous appelle car votre fille Philomène est actuellement au poste pour vol d'un bien public.

— Je vous demande pardon ?

— Oui, elle a arraché un panneau de signalisation à l'aide d'un complice.

— Non mais… dites-moi que c'est une blague !

— La situation pourrait paraître assez cocasse mais je vous assure que nous ne la trouvons pas si drôle que ça, non.

Benoît se pinça l'arête du nez pour garder son calme, tout en s'efforçant de rester concentré sur la route.

— Donnez-moi l'adresse exacte. Je serai là dans une heure.

*

Après bien des explications et remontrances, les deux policiers acceptèrent de laisser Benoît et Philomène s'en sortir avec une simple amende pour le panneau. Ils avaient en effet pris en compte certaines circonstances atténuantes : elle était mineure et sous la responsabilité d'un adulte au moment des faits.

Reconnaissant, Benoît les en remercia chaleureusement. Mais il ne pouvait repartir qu'avec sa fille. Pas avec Auguste.

Celui-ci avait été placé dans une autre pièce. Seul depuis une demi-heure avec l'inspecteur, il avait désormais à répondre d'autre chose. Car ils avaient rapidement été informés de la disparition inquiétante signalée par Simon.

— Une enquête a été ouverte à votre nom pour disparition inquiétante, répéta l'inspecteur. Votre fils est à l'origine de ce signalement. Vous êtes donc inscrit sur le fichier des personnes recherchées. Quand bien même nous fermerions les yeux sur la dégradation d'un bien public, nous ne pourrions pas vous laisser repartir comme ça…

— Durant plus d'une heure, j'ai eu le sentiment de faire partie de la grande délinquance ! Maintenant que vous êtes sûr que je ne suis pas fiché au grand banditisme, regardez-moi ! Ai-je l'air sénile ou handicapé ? l'apostropha Auguste en se mettant debout, face au bureau.

L'inspecteur soupira.

— Je suis flic, pas médecin. Je n'ai pas à émettre d'avis médical… Et en même temps, si je puis me permettre, démonter un panneau pour assouvir le caprice d'une gosse de quinze ans n'est pas une démonstration probante d'une pleine possession de toutes ses facultés, si vous voyez ce que je veux dire, le tança-t-il vertement.

En signe de reddition, Auguste se laissa retomber sur sa chaise.

— Ma seule tare est d'être vieux. Si j'avais ne seraitce que vingt ans de moins, vous ne vous poseriez même pas la question. Seulement, voilà, j'ai quatre-vingt-cinq ans…

Il avait le dos en capilotade mais n'osait le dire, de peur que cela n'ajoute à la liste des éléments jouant en sa défaveur.

— Vous avez un médecin, à côté. Demandez-lui ce qu'il en pense ! reprit-il d'un ton las, tout en se disant que si Benoît venait à évoquer sa maladie, il serait dans de sales draps.

Interrogé de son côté, Benoît avait retrouvé Philomène. Celle-ci s'était jetée dans ses bras avant de lui demander pardon. Puis elle avait fondu en larmes. Prise de remords, elle avait avoué son dépit à l'annonce de la trahison d'Auguste, rapidement recouvert par la culpabilité de l'avoir mis dans cette situation. Benoît imaginait sans peine combien Auguste devait se sentir coupable vis-à-vis de Philomène, et démuni face à une administration qui ne pouvait le relâcher sans avoir obtenu de solides arguments pour le faire. Il remplit un gobelet d'eau, intima à sa fille de l'attendre et demanda à voir Auguste. L'inspecteur accepta et il fut conduit dans la pièce.

— Tenez, Auguste. Buvez un peu.

Il se tourna vers l'inspecteur.

— La déontologie m'impose de taire la situation médicale de M. Vallois. J'ai néanmoins le droit de vous dire qu'il a un rendez-vous extrêmement important avec un oncologue à 16 h 30. Il est donc essentiel de le relâcher sans plus attendre. La notion de temps n'est plus la même pour nous et pour lui, inspecteur. Je précise par ailleurs que le mal dont est atteint M. Vallois ne lui enlève rien de ses facultés mentales, et je me porte garant de lui.

Il s'assit à côté d'Auguste.

— Je ne vais pas prendre la parole à votre place parce que vous êtes assez grand pour le faire. Vous êtes un homme brillant, Auguste. Âgé et malade, mais brillant. Ne laissez pas le collier qu'on vous a mis autour du cou dire aux autres ce qu'ils doivent penser de vous. À vous d'affirmer qui est Auguste Vallois. Mais faites-le vous-même.

Il se leva avant d'ajouter :

— Et si vous ne voulez pas qu'on vous traite de la sorte, demandez-vous comment aurait agi un Auguste avec dix ans de moins…

Il lui donna une tape amicale sur l'épaule, remercia l'inspecteur, et quitta la pièce pour une longue explication avec Philomène.

Un silence suivit son départ.

La tête entre les mains, Auguste tenta de mettre de l'ordre dans son esprit. Benoît avait raison. Lui qui toute sa vie avait eu à défendre des positions dans un milieu professionnel rude se laissait désormais traiter comme un enfant.

Puisqu'ils t'opposent un manque de lucidité, démontre-leur que tu as toute ta tête : sois rationnel et factuel.

Il se redressa.

— Qu'est-ce qui rend une disparition inquiétante ?

— Il n'y a pas de critères précis : cela peut être un courrier d'adieu, une vulnérabilité, le fait de partir sans affaires personnelles… En ce qui vous concerne plus précisément, vous êtes âgé, parti sans affaires, et sourd…

— Les affaires dont j'avais besoin sont à mon hôtel, et je ne dois pas être loin d'entendre aussi bien que vous. Par ailleurs, je suis majeur, et ne suis placé ni sous tutelle ni sous curatelle.

— Votre âge seul suffit à vous rendre vulnérable, monsieur. Votre fils doit agir dans votre intérêt.

Les faits, Auguste. Les faits.

— Laissez-moi seul juge de cette dernière supposition, inspecteur, et revenons sur votre première phrase. Mon âge seul suffirait à me rendre vulnérable. Soit. Mais la vulnérabilité suffit-elle à elle seule à rendre une disparition inquiétante ?

Son interlocuteur garda le silence. Auguste reprit :

— Vous avez pu constater que je n'étais pas sourd, contrairement à ce qui vous a été indiqué. Et il me semble que la conversation que nous tenons depuis plusieurs heures vous confirme que je suis à peu près sain d'esprit. Donc, je vous pose la question un peu différemment, monsieur l'inspecteur : qu'est-ce qui vous empêche de me libérer ?

L'homme face à lui soupira.

— Il est vrai que l'âge ne peut à lui seul justifier le caractère inquiétant d'une disparition.

Il se leva, fatigué lui aussi.

— Je vais appeler le commissariat du Vésinet pour leur dire que nous vous avons retrouvé mais que vous ne souhaitez pas communiquer avec vos proches. Et que je ne peux vous retenir contre votre gré dans la mesure où…

— Je vous remercie, le coupa Auguste. Mais je vais de mon côté faire ce que j'aurais dû faire depuis longtemps : je vais appeler mon fils.

*

Auguste sortit du commissariat. Benoît et sa fille l'attendaient devant la voiture, sur le parking d'en face.

Philomène se précipita à sa rencontre. Un peu honteuse, elle lui adressa un timide sourire, qu'il lui rendit. Son échange avec Simon avait été émotionnellement difficile, même s'ils s'étaient dit peu de choses, et il ne se sentait pas d'attaque pour enchaîner avec une autre discussion sensible.

Ils montèrent dans le véhicule.

Benoît démarra. Personne ne parlait.

— Quand même…, lâcha Benoît. Tout ça pour un panneau…

Il ne put retenir un sourire.

— Je n'aurais pas cru vivre ça un jour, répliqua Auguste. Avoir un casier à mon âge, cela aurait quand même été ballot…

Un gloussement se fit entendre.

— Tu aurais vu la tête d'Auguste quand l'inspecteur lui a mis sa carte « police » sous le nez… J'ai cru qu'il allait s'évanouir !

— Ta tête à toi n'avait pas plus fière allure ! ronchonna Auguste.

Philomène ne put retenir un éclat de rire, bref. Benoît n'eut pas le cœur de durcir le ton, trop heureux de retrouver sa fille. Lorsque Auguste se mit à rire à son tour, il se joignit à eux.

*

Il était déjà 15 h 45 quand ils déposèrent Philomène à l'hôtel.

Aurore se précipita vers eux.

— Enfin ! Je commençais à me faire un sang d'encre !

— Ce serait trop long à vous expliquer, s'excusa Auguste. Aurore, je vous présente Benoît, le père de Philomène. Lui et moi devons repartir car il va m'accompagner à un rendez-vous.

Auguste en profita pour annoncer à Aurore qu'un dernier impératif le retenait ici, le lendemain matin. Et que tous pourraient repartir, chacun de son côté, dès le début d'après-midi. Le regard triste échangé entre Philomène et sa nouvelle amie ne lui échappa pas.

Lorsqu'ils eurent repris place dans la voiture, Benoît déclara :

— Pendant que vous faisiez le pitre, je suis parvenu à vous décrocher deux rendez-vous avec le médecin genevois qui vous est imposé par l'association, et dont vous m'avez donné le nom. Compte tenu des circonstances, il a accepté une première consultation en visio demain matin à 8 h 30. La seconde se tiendra en présentiel, à Genève, jeudi.

Le processus imposé par l'association prévoyait en effet deux consultations avec un même médecin, suisse cette fois-ci. La première était une prise de contact, la seconde permettait la délivrance de l'ordonnance pour la dose de pentobarbital de sodium, le produit létal qui mettrait fin aux jours d'Auguste.

Une fois arrivé dans la salle d'attente, Auguste n'eut pas à patienter longtemps. Le praticien vint rapidement le chercher.

Auguste exposa sa démarche en toute transparence : il était là pour que lui soit délivré le dernier document médical français permettant de compléter son dossier pour l'association suisse qui l'aiderait à mourir.

L'oncologue étudia attentivement les résultats des analyses d'Auguste, puis l'invita à se déshabiller. Il l'ausculta tout en posant de nombreuses questions. Quand il eut terminé, il se posta face à lui.

— Je confirme le diagnostic posé par mes collègues, mais vous avez encore de longs jours devant vous, monsieur. Pourquoi précipiter votre départ ?

— Je n'ai pas envie d'attendre de souffrir au-delà du supportable.

— Nous avons de multiples réponses à apporter à ces souffrances. Et une sédation profonde pourrait être mise en place si la morphine ne permettait plus de les apaiser.

Surpris, Auguste ne put retenir un petit rire sarcastique avant de reprendre :

— Honnêtement, ce principe du « laisser mourir » n'est-il pas hypocrite ? Et ne pose-t-il pas une autre question éthique : croyez-vous réellement que l'on puisse parler d'humanité lorsque l'on choisit de priver le corps de toute nourriture et hydratation jusqu'à ce que les organes finissent par lâcher un à un ? Je revois le visage de mon épouse au bout de cinq jours de sédation profonde : il était totalement déshydraté. C'était abominable.

— Certes. Mais la différence radicale avec la solution que vous allez chercher en Suisse, c'est l'intention. L'intention n'est pas, comme par exemple pour le suicide assisté, de procurer les thérapeutiques qui permettront la mort immédiate, ou comme pour l'euthanasie, l'administration par un tiers de produits létaux. L'intention avec ce type de sédation, c'est le soulagement de la personne coûte que coûte.

— Il serait préférable de rouvrir les débats sur la fin de vie, pour les clore de manière bienveillante, éthique et morale. Les débats entre législateurs ne font que virer au combat manichéen. Et rien n'avance…

— Vous savez, monsieur, la plupart de mes collègues et moi entendons complètement les revendications de chacun, que ce soit par rapport au suicide assisté ou par rapport à l'euthanasie. C'est un choix intime.

Mais vous touchez là un sujet très sensible qui ne fait pas qu'opposer des points de vue. Il questionne bon nombre de situations complexes, de difficultés et de dangers. Et contrairement à ce que vous affirmez, je crois que les choses avancent doucement. Je suis pour ma part convaincu que la loi Claeys-Leonetti de 2016 a été promulguée afin de nous ouvrir progressivement, soit à une validation de l'autorisation à mourir comme au Canada, soit au suicide assisté ou à l'euthanasie, comme dans certains pays qui nous entourent.

— Je ne suis pas naïf. Oui, le sujet confronte de nombreux paradoxes, et nécessite d'être encadré pour éviter bien des dérives, alors que tant de situations différentes peuvent exister. Mais encore faudrait-il vraiment décider de le traiter. Les plus démunis continuent à endurer un calvaire sans nom lorsque la souffrance devient réfractaire à tout antalgique.

Le médecin hocha lentement la tête, tout en lui faisant signe de se rhabiller.

— C'est vrai, nous sommes parfois confrontés à des souffrances que nous ne parvenons pas à soulager, malgré toute notre bonne volonté et l'ensemble des approches, qu'elles soient médicamenteuses ou pas. Et peut-être qu'avoir recours à une solution « ultime » serait souhaitable… Mais est-ce que l'euthanasie est toujours une réponse ? Je ne le crois pas. Et est-ce que la demande d'euthanasie tient jusqu'au bout ? Pas toujours. Il arrive que des patients me demandent une euthanasie. Mais à partir du moment où nous parvenons à les soulager de leurs souffrances, qu'elles soient physiques ou psychologiques, ils ne maintiennent pas leur demande.

Il retourna à son bureau en pointant un index vers le ciel.

— Croyez-moi, monsieur : même lorsque les malades arrivent chez moi avec une demande d'euthanasie, une fois qu'ils sont bien soignés et qu'ils ne souffrent plus, aucun d'eux ne demande plus à mourir.

Il s'assit, attrapa un stylo qu'il fit tourner entre ses doigts avant de reprendre :

— Laissez-moi vous raconter une histoire. Le mois dernier, nous avons accueilli une dame de quatre-vingts ans, atteinte d'un cancer métastasique. Sa famille avait exprimé le souhait de la garder auprès d'elle, à domicile, jusqu'à la fin. Mais la situation était devenue telle que cette patiente suppliait l'équipe mobile de soins palliatifs de bien vouloir l'euthanasier, et que ses aidants se sentaient totalement démunis et angoissés. Dès son arrivée, nous lui avons rappelé que l'euthanasie était illégale. Malgré un suivi psychologique, son moral était très altéré et elle souffrait beaucoup. Elle ne mangeait plus, buvait peu, et refusait toute perfusion de nutrition ou d'hydratation. Elle nous a alors demandé à bénéficier d'une sédation profonde et continue. La famille, dévastée et impuissante, appuyait cette demande, convaincue à son tour qu'il n'existait plus aucune autre solution pour aider cette femme.

Auguste acheva de nouer ses lacets et revint s'asseoir face au médecin, qui poursuivit :

— Comme il s'agit d'une procédure collégiale, l'équipe médicale s'est réunie. Notre choix a été d'augmenter les anxiolytiques, qui ont plongé cette dame dans un état de somnolence très important.

Auguste regarda l'oncologue dans les yeux.

— Et… ?

— Et lorsque le produit a été éliminé et qu'elle est revenue à une pleine conscience, la première chose qu'elle nous a demandée a été un café et des biscottes. C'était là le petit déjeuner qu'elle se concoctait depuis des années avant de ne plus rien avaler. C'est étonnant, n'est-ce pas ? Un café et des biscottes. Et cela suffisait à son bonheur.

Il laissa passer un long silence.

— Cette dame a vécu douze jours de plus. Douze matins supplémentaires durant lesquels elle a savouré de trouver biscottes et café à chacun de ses réveils. Douze jours de plus pendant lesquels elle a pu vivre de précieux instants entourée de ses enfants et petits-enfants. Douze jours durant lesquels ceux qui l'aimaient ont pu la retrouver telle qu'elle était avant. Douze jours de vie volés à la mort.

Il se pencha vers Auguste, chercha à son tour son regard.

— Si cette dame avait vécu dans un autre pays, l'injection létale qu'elle réclamait lui aurait sans doute été administrée. Ces douze jours et ces douze cafés-biscottes n'auraient jamais existé. Certes, personne n'en aurait jamais rien su. Mais une fois que vous savez que ces choses-là peuvent arriver, ne trouvez-vous pas que notre vision des choses peut un peu changer ?

Auguste hocha la tête.

— Merci d'avoir pris le temps de cet échange, docteur. Mais ma décision est arrêtée. Même si les cas où vous ne parvenez pas à enrayer les souffrances sont rares, je ne supporte pas l'idée de subir ce que mon épouse a enduré. Je préfère partir dans la dignité.

Sans un mot, le médecin acheva son courrier, le signa, le glissa dans le dossier apporté par Auguste, avant de le lui tendre.

— Voici, monsieur : je confirme la présence de métastases au foie, ainsi que l'évolution irréversible de votre cancer…

Auguste se leva et, sur le pas de la porte, se retourna pour dire :

— Je voudrais vous poser une dernière question, docteur. Pourquoi avoir choisi de travailler dans un environnement si difficile, d'où personne ne peut sortir guéri ?

Le médecin prit le temps de réfléchir, puis confia :

— Il s'y passe quelque chose d'intense. La reconnaissance silencieuse des plus vulnérables est un beau cadeau. La mort n'est pas un châtiment mais une étape, triste et inéluctable. Elle fait partie de notre vie. Et elle peut aussi être précédée de moments lumineux, intenses et inoubliables. On se dit qu'on s'aime. On se dit des mots libérateurs pour les mourants, salvateurs pour ceux qui restent. On se dit les choses, enfin… Ma raison d'être, c'est aussi de permettre tout cela…

De retour dans la voiture de Benoît, Auguste garda pour lui les propos échangés avec l'oncologue. Il attendit quelques secondes, le remercia de l'avoir accompagné avant d'ajouter :

— Benoît, je peux vous demander un dernier service ?

— Tant que vous ne m'invitez pas à braquer une banque…

— Après la consultation de demain, j'aurais besoin que vous m'accompagniez à Bordeaux…

21.

Le lendemain matin, à 8 heures, Benoît retrouva Auguste dans sa chambre d'hôtel. Il se connecta via son téléphone à la salle de consultation virtuelle, puis s'écarta pour le laisser seul avec le praticien. L'échange dura à peine une demi-heure.

Ils partirent tous deux pour Bordeaux dans la foulée. À peine une heure et demie plus tard, ils arrivaient devant un grand magasin d'antiquités et brocante.

— C'est bien là…, confirma Auguste.

Ils se garèrent une vingtaine de mètres plus loin.

— Qu'est-ce que vous allez faire, après ? l'interrogea Benoît.

— Vous le savez bien. J'irai en Suisse. Grâce à vous, j'y suis attendu.

Benoît hocha la tête en silence et ajouta :

— Je vais prendre l'air en vous attendant. Appelez-moi quand vous aurez terminé.

*

Simon effectua plusieurs rotations des épaules et se massa les cervicales. La fatigue et les tensions accumulées ces derniers jours lui broyaient la nuque.

L'échange de la veille avec son père l'avait autant rassuré qu'ébranlé. Celui-ci avait commencé par s'excuser. Mais Simon avait mal réagi et s'était emporté en l'accusant d'inconscience, d'égoïsme et d'irresponsabilité.

Bien mal lui en avait pris.

Son père était entré dans une colère froide et ne lui avait rien épargné des raisons qui l'avaient poussé à partir. C'est ainsi que Simon avait appris la conversation qu'Auguste avait surprise entre Nathalie et sa sœur, sa tristesse et sa déception face à ses silences, à ses absences. « Peux-tu nier que tu as complètement abdiqué notre relation entre les mains de ta femme, qui ne me veut pas de bien ? » avait-il cinglé. À l'autre bout du fil, Simon n'avait rien répondu.

Son père lui avait également reproché de n'avoir jamais cherché à savoir comment il se portait. S'il en avait pris la peine, il aurait découvert qu'il n'était pas sourd, mais qu'il était en revanche atteint d'une grave maladie.

Enfin, il l'avait sommé de mettre fin à cette « chasse au vieux » pitoyable en le laissant « vivre comme il l'entendait ce qui lui restait de vie ». En fonction de la tournure que prendraient les choses, il le recontacterait. Simon n'avait pas pu en savoir plus : son père avait raccroché.

Depuis, il n'avait pu faire qu'une chose : revenir sur sa déposition à la police. Mais quand son père le rappellerait-il ? Et comment lui avouer sa difficulté à accepter sa vulnérabilité alors que toute sa vie il l'avait associé à la solidité d'un roc ?

Quand la maladie de sa mère avait gagné du terrain, il n'avait pu s'empêcher de se mettre en retrait. La voir dépérir avait été au-dessus de ses forces. Il comprenait douloureusement qu'il avait inconsciemment reproduit la même erreur face au déclin de son père.

Pourtant, lorsque Jeanne était décédée, les regrets avaient rattrapé Simon. Trop tard.

Son père n'était jamais revenu sur cette période, qui avait dû être terrible pour lui. Pas plus que Simon, honteux et coupable, même s'il faisait tout pour ne pas le reconnaître.

Certains des propos tenus par son père lui revinrent en mémoire : « En me parquant dans une maison de retraite, tu t'évitais la confrontation avec mon vieillissement. Mais as-tu songé à quoi tu me confrontais, moi ? »

Il n'avait pas complètement tort. Voir son père vieillir au quotidien à ses côtés l'obligeait à affronter une réalité dont il ne voulait pas. Faire le choix d'une institution spécialisée lui permettait de se voiler la face.

Mais ce sont ces mots d'Auguste qui lui avaient porté le coup de grâce : « Accepter de voir vieillir ses parents suppose apprendre à les aimer malgré ce qu'ils ne sont plus, tout en préservant leur illusion de l'être encore. Tu ne m'as guère aidé, de ce côté-là. »

Simon comprenait ce que son père avait voulu dire. Trop tardivement ?

*

Auguste s'arrêta devant la devanture de la boutique. La jolie façade en bois massif était sobre mais élégante. Il poussa la porte du magasin, qui tinta à son passage.

Le simple fait de passer le seuil de cet antre invitait à un voyage dans le temps. Un silence de cathédrale régnait à l'intérieur. Des phonographes côtoyaient de vieux appareils photo, ainsi que des objets d'art en tout genre.

Les choses vieillissent bien mieux que les êtres…, ne put s'empêcher de penser Auguste.

Une jeune femme vint à sa rencontre.

— Bonjour madame, je souhaiterais voir M. Bretenoux, je vous prie.

— Vous êtes… ?

Il perçut une certaine irritation dans sa voix.

— Mon nom n'a guère d'importance, répliqua-t-il. Mais dites-lui que c'est très important.

La jeune femme se contenta d'un bref hochement de tête et fit volte-face avant de battre en retraite dans le fond du magasin.

Auguste s'empara d'un bibelot histoire de se donner une contenance. Avait-il bien fait d'écouter son instinct en venant jusqu'ici ? Qu'allait-il raconter à cet inconnu ? Il éprouva l'envie impérieuse de prendre ses jambes à son cou.

— Bonjour, monsieur. Vous avez demandé à me voir…

Trop tard…

Auguste plaqua un sourire poli sur ses lèvres avant de se retourner. Mais il dut baisser les yeux pour trouver ceux de son interlocuteur, et son sourire chancela. Il n'aurait su dire ce qui le bouscula le plus : le regard perçant posé sur lui, ou le fauteuil roulant dans lequel Florent Bretenoux était assis.

Il s'attarda quelques secondes sur son visage : les cheveux couleur miel viraient dorénavant au châtain, que plusieurs premières mèches blanches venaient éclaircir. Le temps avait apporté une maturité à ses traits, sans les épaissir. Une barbe naissante soulignait le beau visage hâlé. Seuls les yeux n'avaient pas changé, aussi vifs que ceux de la photo sur le buffet d'Aurore.

Son tee-shirt découvrait des bras musclés. Sur celui de gauche figurait un petit tatouage discret représentant le symbole du yin-yang. Il émanait de sa personne une puissance et une sérénité apaisantes.

— Je suis venu vous parler de l'une de mes amies… Aurore. Aurore, de Veuves…

Auguste le vit se raidir.

— Je ne suis pas venu vous importuner, monsieur, reprit-il. Je… je crois juste qu'il me fallait comprendre pourquoi l'homme si amoureux décrit par Aurore pouvait être encore en vie sans s'être donné la peine de lui fournir la moindre explication…

Aucune réaction. Un peu plus loin derrière eux, la jeune femme qui avait accueilli Auguste cherchait à entendre leur conversation. Avait-elle supplanté Aurore dans le cœur de Florent ?

Peiné pour sa nouvelle amie face à un tel mutisme, Auguste s'apprêtait à prendre congé lorsqu'il entendit, d'une voix à peine audible :

— Qu'est-elle devenue, après toutes ces années ?

Agacé, Auguste rétorqua d'un ton sec :

— Je crois ne pas prendre de risque en vous répondant qu'elle n'est pas « devenue » mais plutôt « restée » telle que vous l'avez abandonnée.

— C'est-à-dire ?

L'écœurement se peignit sur le visage d'Auguste.

— Vous connaissez les veilleuses de chagrin ? Vous savez, ces femmes de marins qui guettent le retour de leurs maris lorsqu…

— Oui, je connais, merci ! Qu'insinuez-vous ?

— Eh bien, Aurore est une veilleuse de chagrin. Sauf que l'élu de son cœur est bien revenu et qu'il ne l'a jamais épousée…

Auguste guetta le moindre tressaillement chez son interlocuteur, mais celui-ci ne laissa rien paraître. Il se contenta d'ajouter, d'une voix complètement éteinte :

— Certains projets nécessitent parfois d'être reconsidérés…

Estomaqué, Auguste refusa la dérobade.

— C'est un peu facile de se réfugier derrière une explication aussi courte, non ?…

Tête baissée, Florent garda le silence. Cette réaction consterna davantage Auguste. Il ne put s'empêcher de maugréer entre ses dents :

— Comment Aurore a-t-elle pu voir en un tel mufle un prince charmant ?

Il allait se retourner pour partir quand il se sentit fermement agrippé par le poignet.

— Attendez ! Suivez-moi ! lui ordonna Florent en lui lâchant le poignet et en effectuant un demi-tour agile avec sa chaise.

Auguste le suivit jusque dans une petite pièce, à l'arrière du magasin. Cet endroit devait faire office de réserve et de bureau.

— Parlez-moi d'elle, s'il vous plaît…

Le regard plein d'espoir d'Aurore à l'esprit, Auguste lui raconta sa rencontre avec cette femme généreuse et courageuse, et parla de la bonté, de la simplicité, de la sincérité qu'elle incarnait. Il évoqua le souvenir de cet amour qui la tenait éveillée le jour et la berçait la nuit, de ses espoirs qui ne s'étaient jamais taris, de cette foi aveugle en leur histoire, qui continuait à la porter. L'homme au tatouage ne chercha pas à l'interrompre : mieux, il buvait chaque mot sortant de la bouche d'Auguste.

Quand Auguste eut terminé, le regard bleu acier de son interlocuteur glissa sur de vieilles photos punaisées au mur. Enfin, Florent prit la parole :

— Je me suis engagé très tôt dans l'armée. J'appartenais au 1er RPIMA, régiment de parachutistes d'infanterie de marine. Ce régiment fait partie des forces spéciales de l'armée française. En 2005, mon unité a été appelée pour une mission.

Il laissa passer quelques instants.

— Mon unité et moi-même avons donc rejoint l'Afghanistan, dans le contexte politique et militaire que vous imaginez. Nous avons mené à bien plusieurs missions dans des conditions difficiles.

Il attrapa une petite bouteille d'eau, la tendit vers Auguste, qui déclina la proposition. Il l'ouvrit et but longuement à même le goulot avant de poursuivre :

— Une permission nous a permis de retourner chez nous pendant un mois, fin 2005. Malgré nos échanges de lettres, j'étais noué à l'idée qu'Aurore ait pu rencontrer quelqu'un d'autre. Elle était si jolie, si douce, si différente des autres…

Ses souvenirs remontaient avec une telle acuité qu'il pouvait presque sentir l'odeur de camomille dans ses longs cheveux, lorsqu'il l'avait tenue dans ses bras, au moment de leurs adieux…

— Le départ en janvier 2006 a été encore plus difficile que le précédent. D'abord parce que les tensions sur place étaient extrêmes. Ensuite parce qu'une partie de moi ne voulait plus de cette vie-là. J'aspirais à concrétiser tous les projets qu'Aurore et moi avions dessinés pour notre avenir : ouvrir une galerie d'art, avoir des enfants…

Il planta ses yeux dans ceux d'Auguste. Désarçonné par l'acuité de son regard, le vieil homme baissa la tête.

— Vous avez beau être un professionnel de l'infiltration en zone hostile et savoir que le risque de perdre la vie est omniprésent, lorsqu'une tragédie frappe, vous êtes affecté. En mai, j'ai été désigné pour faire partie de la dizaine de militaires français choisis pour encadrer un bataillon de cent soixante-seize hommes de l'armée afghane, installé près du village de Kajaki. À la suite d'attaques de talibans dans la vallée voisine, le bataillon, peu armé, a décidé de bouger pour rejoindre une autre base, plus opérationnelle. Le 20 mai, à l'aube, je suis monté avec sept autres commandos français dans des pick-up fournis par les Américains. L'un de mes camarades et moi partagions un même et sombre pressentiment.

Auguste eut l'impression que la scène se déroulait sous ses yeux.

— Nous roulions depuis quelques minutes lorsque notre convoi a été attaqué à la mitrailleuse et au lance-roquettes. Ça sifflait de partout. Notre véhicule s'est engagé sur une voie qu'il fallait éviter. Une balle a traversé une vitre pour se loger dans le cou de mon ami. Il est mort dans mes bras. Moi, je me souviens juste d'une douleur fulgurante dans le bas du dos.

Assailli par les souvenirs, et par les émotions qu'ils éveillaient en lui, Florent se racla la gorge.

— Le conducteur a pu nous sortir de ce guêpier par miracle. J'ai été évacué le soir même sur Kaboul, où on m'a opéré en urgence. Deux jours plus tard, j'étais rapatrié en France.

Remué, Auguste éprouva le besoin de se poser. Il prit place sur l'une des chaises dépareillées.

— J'étais un miraculé. Je souffrais mais je ne pensais qu'à une chose : appeler Aurore. Mais je devais d'abord subir des examens complémentaires.

Aucun autre son à présent, juste celui de sa propre respiration.

— Le verdict est tombé, implacable : j'étais définitivement paralysé des membres inférieurs. Sans espoir de guérison possible. C'est en composant le numéro de téléphone d'Aurore que j'ai réalisé l'ignominie de ce que j'allais faire…

Il consulta rapidement Auguste du regard, comme s'il cherchait à recueillir son avis.

— J'allais, moi, au prétexte d'aimer passionnément cette femme, rendre Aurore prisonnière d'un mari diminué. Mais à quel titre pouvais-je faire cela ? Qui étais-je pour décider d'amputer toutes les chances de bonheur d'une jeune femme qui venait d'avoir vingt-deux ans, et qui avait tout pour rendre n'importe quel homme heureux ? Méritait-elle d'être transformée en une infirmière dévouée ? J'ai eu la conviction profonde de ne plus être à la hauteur pour elle. Celui qu'elle avait aimé était mort, je ne remplissais plus ma part de promesses. Bien sûr, je savais qu'elle aurait sans doute la gentillesse de rester avec moi, mais ne devais-je pas la laisser refaire sa vie, quitte à prendre le risque qu'elle me déteste ?

Auguste sentait la colère sourdre en lui. Il la laissa éclater :

— Vous avancez des arguments fallacieux pour vous donner le beau rôle… Qui étiez-vous donc pour décider à la place d'Aurore la vie qui lui aurait le mieux convenu ?

Le visage de Florent s'empourpra. Auguste continua sur sa lancée :

— Inutile de déverser sur moi votre amertume, monsieur. Vous avez repris votre vie en main. Vous avez échafaudé des projets, construit un avenir, monté cette boutique. Aurore, *elle*, a laissé la vie là où vous l'avez suspendue ! Vous avez fait perdurer en elle un espoir qui ne lui a laissé aucune chance de tourner la page et de faire le deuil d'une histoire que vous avez délibérément enterrée sans même lui dire pourquoi vous…

Il se tut, soudainement las.

Florent ressemblait à présent à un gamin mis au piquet. Il gardait obstinément la tête baissée, honteux. Auguste conclut d'une voix atone :

— Vous savez, monsieur, à mon âge on ne court plus après les licornes. Mais moi, l'histoire d'Aurore, j'y ai cru. Elle était belle, d'un autre temps. Trop belle, visiblement…

Florent soupira.

— Moi aussi, j'y ai cru, monsieur. Mais m'effacer était la plus belle preuve d'amour que je puisse lui offrir. De mon côté, je n'ai jamais cessé de penser à elle. C'est à ses côtés que j'ai vécu mes moments les plus heureux…

Cette révélation emplit Auguste de joie et de désolation, à parts égales.

— Cela ne vous a pourtant pas empêché de refaire votre vie, vous ! ajouta-t-il en désignant la boutique du menton.

— Vous parlez d'Edwige ? Elle est remarquable et elle m'est précieuse. Mais il n'y aura jamais rien d'autre qu'un lien amical et professionnel entre nous. Depuis Aurore, j'ai comme une épine plantée dans le cœur.

— Mais pourquoi n'avoir jamais cherché à lui dire la vérité ?

— Parce qu'elle n'aurait pas changé d'avis ! Elle se serait sacrifiée par amour pour moi. Je lui ai écrit une lettre d'adieu. Mais elle ne faisait que hurler mon amour pour elle. Aurore n'aurait pas été dupe…

Silence.

— Du coup, j'ai préféré faire le mort.

Auguste inspira profondément, se leva.

— Et maintenant, vous voulez quoi ?

22.

Assises sur un banc, face à la mer, Aurore et Philomène étaient absorbées dans leurs pensées.

Philomène jeta un coup d'œil à la dérobée sur sa voisine. Égale à elle-même, assise bien droite sur son banc, Aurore portait un regard rêveur sur l'horizon, une douce sérénité lui éclairant le visage.

L'adolescente, elle, était incapable du moindre sourire. Le retour de son père signait la fin de l'extraordinaire aventure qu'elle venait de vivre.

Comment allait-elle pouvoir réintégrer son quotidien sans Auguste et Aurore, qu'elle ne connaissait pourtant pas huit jours plus tôt, mais qui lui avaient redonné foi en la vie ? Était-elle la seule à s'être ainsi attachée et à redouter leur séparation ?

— Que feras-tu, toi, lorsque tu seras retournée à Veuves ? demanda-t-elle innocemment.

Aurore réfléchit un instant.

— Je vais retrouver mes brebis. Et reprendre mes petites excursions à Amboise.

— Mais tu ne t'ennuies jamais ?

Aurore hocha la tête.

— Si, parfois. Mais l'ennui a ses vertus.

Philomène vit la voiture de son père se garer le long de la promenade. Elle bondit sur ses jambes et s'élança vers le véhicule.

Aurore se leva à son tour mais s'approcha du muret, sur lequel elle prit appui. Elle ne se lassait pas de ce paysage… Certes, l'ennui et la solitude étaient devenus deux compagnons de vie qu'elle avait réussi à apprivoiser. Mais comment se résoudre à se contenter d'eux après une telle parenthèse dans sa vie si ordinaire et peut-être un peu trop rangée ?

Elle ferma les yeux et inspira l'air marin, cherchant à imprimer le souvenir de cette magnifique journée jusque dans ses poumons.

*

Dès que Benoît sortit de voiture, sa fille se jeta à son cou et l'étreignit de toutes ses forces.

Philomène finit par desserrer son étreinte et s'écarta. Un inconnu occupait le siège passager, et elle fut soulagée de voir apparaître Auguste à l'arrière de la voiture.

L'adolescente se précipita vers ce dernier pour lui ouvrir la portière, tandis que son père se dirigeait vers le coffre. Il en revint avec un fauteuil qu'il déplia sur le trottoir.

Elle vit l'inconnu assis dans le siège avant se hisser à la force de ses bras sur le fauteuil roulant. Lorsqu'il posa les yeux sur elle, elle se sentit transpercée par le bleu de son regard. Il lui adressa un grand sourire. Elle y répondit, timidement.

— Aurore n'est pas là ? questionna Auguste, qui se sentait curieusement revigoré.

— Sans surprise, elle en profitera jusqu'au bout, lui répondit-elle en désignant le muret, face à l'Océan.

L'inconnu échangea un long regard avec Auguste, et ce dernier hocha brièvement la tête, comme s'il voulait l'encourager. Le fauteuil s'anima alors lentement et roula en direction du muret.

Aurore, toujours tournée vers l'étendue bleue, n'avait pas bougé. Philomène ne pouvait le voir, mais le même sourire confiant illuminait son visage.

— C'est qui ? demanda-t-elle à Auguste.

Il se contenta de hausser les épaules, un sourire sur les lèvres.

— C'est un des miracles de la vie, mon phénomène…

*

Aurore aurait pu se laisser aller des heures durant à musarder face à cette eau bleu azur, qui lui rappelait un autre bleu…

— Aurore… ?

Son corps se figea. Ses yeux s'arrimèrent à l'horizon.

Elle venait d'identifier dans cette voix la tonalité troublante qui la faisait déjà chavirer quinze ans plus tôt.

Le sang se mit à battre plus vite dans son cou, dans ses tempes.

Un parfum boisé parvint à ses narines.

Ce parfum-là, elle ne l'avait jamais respiré chez qui que ce soit d'autre.

Sa raison chercha vainement à refroidir la lueur d'espoir qui venait de s'allumer en elle. Car, elle en était convaincue, son cœur ne pouvait se tromper.

Avec une infinie précaution, elle se retourna.

Le simple fait de bouger n'allait-il pas briser cette douce chimère ?

Elle baissa les yeux.

Elle n'entendait plus les enfants courir sur la plage, ne vit pas le fauteuil qui semblait la fixer de ses deux grandes roues.

Son corps vibra plus fort qu'une ligne à haute tension.

Florent s'avança. Il mourait d'envie de la prendre dans ses bras. Mais il avait juste le droit de s'approcher et de tendre une main vers elle. En espérant qu'elle la saisirait.

Aurore restait tétanisée. Elle aurait aimé courir se blottir contre lui mais ses jambes s'y refusaient : ses pieds paraissaient fondus dans le sol et elle était incapable de faire le moindre geste.

Tremblante, elle se laissa tomber à genoux.

Tendrement, il lui effleura la main de son index, le remonta à hauteur de son visage et lui caressa la joue.

Aurore plongea ses yeux dans ceux de Florent. Une larme longtemps contenue sous sa paupière s'évada entre ses cils avant de couler sur sa joue.

Elle sentit comme une douce chaleur pénétrer son cœur.

Alors elle entrelaça ses doigts aux siens, et songea à cet instant que son cœur n'allait jamais pouvoir résister à une telle intensité de bonheur.

23.

Le même soir, Florent prit le train de 20 heures pour Bordeaux.

Auguste s'étant reposé, il proposa un dernier dîner tous ensemble. Aurore était méconnaissable. Elle rayonnait. Certes, en ce 14 juillet au contexte sanitaire particulier, il n'y aurait pas de feu d'artifice, mais il n'était pas nécessaire pour illuminer son bonheur des plus belles couleurs. Florent et elle étaient restés seuls tout l'après-midi. S'il était convenu qu'elle retourne à Veuves le lendemain, c'était uniquement pour prévenir les Guerrant d'une longue absence à venir. Elle le rejoindrait à Bordeaux deux jours plus tard.

À l'hôtel, Benoît avait observé Philomène préparer sa valise. Une expression nouvelle, qu'il ne lui avait jamais vue, la modifiait imperceptiblement. Comme un degré de maturité acquis par la traversée d'une épreuve. Il y avait sans doute encore mille choses qu'il ignorait d'elle ; il aurait le temps de les découvrir.

Il avait ensuite rejoint Auguste dans la chambre voisine. Il avait scruté le visage ridé, s'était arrêté sur les yeux vifs, à la fois tristes et moqueurs. Benoît savait à qui il devait la transformation de Philomène. Et voir ce vieil homme fragile, fatigué et si seul lui serrait le cœur.

Auguste devait réserver son billet de train le soir même, pour un départ le lendemain. Huit heures et demie de trajet et il arriverait à Genève. Mais, au seuil du trépas, méritait-il d'avoir à monter seul la dernière marche avant le grand plongeon ?

Juste avant de partir pour le restaurant, Benoît prit Auguste à part et lui annonça que Philomène et lui l'accompagneraient en Suisse. Auguste eut beau tenter d'objecter que « la petite » était trop jeune, Benoît resta inébranlable. La mort faisait partie de la vie, et Auguste l'avait fait accepter à Philomène mieux que quiconque.

Benoît avait senti chez le vieil homme une immense reconnaissance. Il en avait été ému.

Ils avaient ensuite rejoint le restaurant, où une jolie table ronde les attendait un peu à l'écart. Auguste et Benoît convinrent d'attendre le dessert pour révéler la terrible réalité.

Le repas se déroula dans une ambiance chaleureuse, qui sentait la fin des vacances. Bien que tristes à l'idée de les voir se terminer, Aurore et Philomène songeaient déjà à ce qui les attendait le lendemain. Auguste avait du mal à profiter de cette dernière soirée comme il l'aurait souhaité. Son corps raide et douloureux le faisait terriblement souffrir et il avait toutes les peines du monde à cacher son supplice.

— Vous souffrez…, lâcha Aurore.

Ce n'était pas une question, mais une constatation.

— Pensez donc ! chercha-t-il à la rassurer. Ce sont mes douleurs de petit vieux !

Il se demanda pourquoi il avait dit cela. Il eût été préférable de ne rien dire du tout.

On leur apporta trois coupelles de fruits rouges. Auguste, qui n'avait pas commandé de dessert, prit la parole après avoir jeté un coup d'œil à Benoît.

— Racontez-moi plutôt ce que vous avez prévu, tous les deux…

Les joues d'Aurore s'empourprèrent et elle baissa la tête.

— Florent m'a proposé de venir passer quelques jours à Bordeaux avec lui. Je suis un peu embêtée pour les Guerrant, mais j'ai dit oui…

C'était tout Aurore, cette réaction-là. Songer aux autres, toujours.

— Demain, je retourne à Veuves chercher d'autres affaires, poursuivit-elle. Et je repartirai à nouveau deux jours après pour Bordeaux. Ce qui se passera ensuite, seul l'avenir le dira…

Mais la lueur malicieuse dans son regard trahissait l'espoir qu'elle plaçait en cet avenir.

— Il faudra quand même qu'on trouve le moyen de se revoir ! s'exclama Philomène. Ce qui ne posera aucun problème entre Auguste et moi ! Nous, on ne se quitte plus ! déclara-t-elle en lui saisissant le bras. Parce que nous habitons à deux pas l'un de l'autre… D'ailleurs, on va pouvoir te déposer au Vésinet, non ?

Elle s'était tournée vers Benoît, qui échangea sans mot dire un regard avec Auguste. Aurore s'empara de sa petite cuiller et porta une fraise à sa bouche.

— Il y a un problème ? s'inquiéta Philomène face à leur silence.

Après une lente inspiration, Auguste adopta un ton circonspect.

— Non, mon phénomène. Notre route commune va effectivement se poursuivre un peu. Mais nos chemins vont ensuite se séparer…

— Pourquoi ? Tu ne resteras pas chez toi ?

Puis, comme si cela était une évidence :

— Tu leur as cédé… Tu vas aller en maison de retraite !

Elle était révoltée. Lui avait beau se triturer les méninges, il ne voyait pas comment amener les choses. Il se morigéna. Il avait suffisamment dépeint à Philomène la mort comme une étape parmi d'autres, dans une vie.

— Ma prochaine destination sera la dernière, mon phénomène… Enfin, de mon vivant.

Philomène ouvrit de grands yeux remplis d'incompréhension. Elle avait longtemps assimilé la mort à un vieillard alité, frappé par une maladie fatale ou usé par une vie trop longue. Depuis le 14 mai dernier, elle avait aussi pris la forme d'un accident. Auguste était certes âgé mais ne cochait aucune de ces cases. Que sous-entendait-il ?

Comme s'il avait lu dans ses pensées, Auguste lui demanda :

— Tu te souviens quand nous nous sommes rencontrés dans le parc ?

— C'était il y a huit jours. J'ai l'impression que c'était il y a une éternité…

Il approuva de la tête.

— Ce jour-là, je revenais de chez mon médecin. Et celui-ci venait de m'annoncer que j'étais atteint d'un mal incurable.

— Un mal incurable ? répéta-t-elle lentement, comme pour intégrer chacun de ces mots.

— Oui. Je n'ai aucun espoir de guérison. La seule inconnue réside dans l'échéance, qui n'est qu'une question de semaines. Avec à la clef la certitude de moments insupportablement difficiles…

Un nouveau silence s'installa. Aurore avait reposé sa cuiller, les yeux rivés sur sa coupelle de fruits.

— La seule option qui m'a été proposée, ce sont les soins palliatifs.

— Qu'est-ce que c'est ?

— Ce sont des soins, prodigués à domicile ou en institution, qui permettent d'améliorer la qualité de vie ou de réduire la souffrance des personnes en fin de vie.

Livide, Philomène fixait Auguste. Il ne se déroba pas.

— Après le départ de Jeanne, j'ai adhéré à une association suisse qui propose le suicide accompagné à des personnes condamnées par la maladie et désireuses de pouvoir mourir au moment qu'elles choisiront, sans avoir à payer un tribut trop lourd en termes de souffrance, d'angoisse, d'amour-propre et de solitude. Je n'étais pas malade alors, mais j'étais dévasté par le calvaire des derniers jours de ma femme. Je ne saurais dire si à ce moment-là j'envisageais réellement d'avoir un jour recours à cette solution. D'autant que cela allait à l'encontre de certaines de mes convictions. Mais le simple fait de savoir que je pouvais me laisser le choix en cas de nécessité me libérait d'un poids énorme.

Il haussa les épaules.

— Et puis les années ont passé et l'on m'a diagnostiqué ce cancer du pancréas. Je n'ai pas cherché à réfléchir et j'ai aussitôt commencé à rassembler tous les documents exigés par l'association : la demande officielle d'une assistance sans date définie, mes examens médicaux, un résumé de vie, des papiers administratifs.

Tout cela prend du temps mais permet d'être prêt au moment où…

Il ne termina pas sa phrase, baissa la tête.

— Les documents que j'avais adressés m'ont permis d'obtenir un accord de principe. Je le voyais comme une roue de secours dont je me servirais ou non. Parce qu'à ce moment-là, moi, ce que je voulais, c'était vivre le temps qui me restait avec l'assurance que je pourrais choisir le moment de m'en aller. Et du temps, j'imaginais en avoir encore. Un an, deux ans. Trois, peut-être. Mais quand j'ai appris que l'on m'avait trouvé des métastases au foie, j'ai compris que c'était fini.

Ni Aurore ni Philomène n'avaient bougé d'un iota.

— J'étais complètement assommé et en même temps pris dans le tourbillon de mon départ, puis de ton appel au secours, mon phénomène. Je ne savais même plus ce que je voulais précisément, en dehors de retrouver Paul et remonter sur cette dune… Ma seule certitude, c'est qu'il me fallait aussitôt déclencher ma demande de réalisation de suicide accompagné. La décision finale m'appartenait, car rien n'oblige jamais personne à aller jusqu'au bout. Mais la procédure à respecter est stricte, et si les membres de l'association savent s'adapter aux urgences, ils sont en revanche intransigeants sur le nombre de consultations médicales et les documents à fournir. Il ne me reste plus qu'à rencontrer demain un médecin indépendant désigné par l'association, avec qui j'ai déjà échangé en visio. Ton père m'a aidé à faire accélérer les choses, pour partir à la date que j'ai choisie. Je n'y serais jamais parvenu sans lui…

— Mais c'est horrible…, murmura Philomène, en larmes. On va te piquer, comme on le fait pour un animal ?

— Non. C'est moi qui boirai une potion létale.

Ébranlée, la jeune fille continua à le fixer puis se tourna vers Aurore, comme pour vérifier si ce qu'elle entendait était bien réel. Mais celle-ci demeurait figée devant sa coupelle de fruits.

— Et tu as aidé à ça ? *Toi* ? lança-t-elle d'un ton incrédule à son père.

— C'est un sujet extrêmement complexe, et délicat, ma chérie, lui répondit Benoît en posant une main sur son épaule. Le serment d'Hippocrate que j'ai prêté est ce qui guide mon éthique. Mais il ne m'appartient pas de juger de la pertinence ou non des arguments des uns et des autres. Pour autant, je considère que, lorsque la mort à court terme est inéluctable, que les souffrances physiques deviennent incoercibles et que le patient est toujours en capacité de décider pour lui-même, on devrait le laisser choisir sa fin de vie. Et c'est le cas d'Auguste.

— Moi, je trouve ça horrible ! On ne sait jamais… Des guérisons incroyables, ça arrive !

— J'aimerais que tu aies raison, mon phénomène, mais il n'y a vraiment aucun espoir pour moi…

— Je croyais que ta maison était l'endroit que tu préférais au monde. Alors pourquoi ne demandes-tu pas à faire ça chez toi ?

— Parce que, en France, le droit à mourir dans de telles conditions est interdit.

Philomène secoua la tête.

— Mais là, tu vas bien. Pourquoi n'attends-tu pas d'être au plus près de la fin pour profiter le plus possible des gens que tu aimes ? Tu as ton fils, ton petit-fils… Et moi… je croyais que je comptais pour toi…

Bouleversé, Auguste baissa la tête, se racla la gorge.

— D'abord, je dois être encore en état de me rendre en Suisse. Tu ne vois aujourd'hui que ce que je laisse paraître. Mais je t'assure que mon état se détériore à grande vitesse, et que mes douleurs sont de plus en plus vives et rapprochées. Ensuite, je ne veux pas imposer à ceux qui me sont chers une dégradation physique qui en fera des témoins impuissants de ma souffrance. Et puis je n'oublie pas que dans un décès, il y a celui qui perd la vie, mais il y a également ceux qui perdent une personne. Je voudrais que la perte de son père soit aussi douce que possible pour mon fils…

Il observa un court silence.

— Est-il vraiment incohérent de préférer partir avant d'arriver au supplice ? Certes, j'aurais sans doute pu poursuivre ma route deux ou trois mois de plus. En me levant chaque matin avec la peur au ventre de la journée qui m'aurait attendu, et en me couchant chaque nuit en sentant le mal se répandre dans ma chair.

Il laissa passer un nouveau silence, plus long, celui-ci.

— Ce qui aura égayé mes derniers jours, c'est le lien qui s'est tissé entre nous. Il n'est pas de jour, depuis que je t'ai rencontrée, où je ne m'en étonne. Il était improbable et pourtant… Comme quoi, il peut arriver que les personnes qui nous ont fortement agacé au premier regard comptent finalement parmi les plus importantes de notre vie ! s'exclama-t-il, dans une vaine tentative d'alléger l'atmosphère. Mais cela ne doit pas m'influencer pour me faire revenir sur ma décision de partir maintenant. Le moment de notre mort est, j'imagine, l'un des plus difficiles, voire le plus difficile de notre existence. Je voudrais vraiment que pour moi celui-ci advienne comme s'est déroulée ma vie : avec humanité et dans la dignité. Le plus dur, ce sera pour ceux qui m'aiment. Mais m'aimeront-ils assez pour accepter mon choix, mon phénomène ? Là est la question.

— C'était pour ça, tous tes coups de fil secrets, tes papiers à aller chercher…

— Entre autres, oui…

Les larmes brouillaient la vue de Philomène. Aurore ne semblait guère plus vaillante. Auguste posa la main sur l'avant-bras de l'adolescente. Son bracelet tintinnabula.

— Tu sais, la mort ne prend pas toujours la même forme. Pour ta mère, elle avait celle de l'injustice et elle était cruelle. Pour moi, elle aura celle de la cohérence, vu mon âge. Et elle me sera douce parce que je l'aurai moi-même choisie.

Philomène posa à son tour sa main sur la sienne. Le contraste entre sa main fine, dépourvue de la moindre ride, et celle flétrie et tachée d'Auguste était saisissant.

Benoît eut un regard plein de tendresse pour sa fille.

— Si tu en es d'accord, et si tu t'en sens capable, nous pouvons accompagner Auguste. Il n'y a aucune obligation. Nous pouvons juste le déposer à Genève et repartir, si c'est trop difficile.

Philomène déglutit péniblement, se redressa, sa main toujours nichée dans celle d'Auguste.

— J'ai peur. Mais je le ferai. C'est ça, avoir du courage…, termina-t-elle en plantant ses yeux dans ceux d'Auguste, qui approuva de la tête.

— Et puis, ils ont accepté ma date du 16 juillet… Tu te rends compte ? Je vais quitter cette terre un 16 juillet…

Aurore leva enfin la tête et croisa le regard de Benoît, qui écarta les mains en signe d'incompréhension. Un sourire triste se dessina sur les lèvres de Philomène tandis qu'elle murmurait :

— Le jour de ton mariage avec Jeanne…

— Oui, mon phénomène. Le jour de mon mariage avec Jeanne…

Émus, Auguste retira doucement sa main.

— Même si je sais que cette annonce n'est pas des plus joyeuses, je suis de mon côté infiniment touché de vous savoir à mes côtés, affirma-t-il, sincère. Maintenant, je trouverais dommage de ne pas faire honneur à ces fruits qui m'ont l'air délicieux. Et puis, vous, il faut vous remplumer ! lança-t-il gentiment en direction d'Aurore.

Il se pencha vers Philomène, piocha dans sa coupelle pour en retirer un morceau de nectarine avec un clin d'œil. Chacun reprit sa cuiller, et tous parvinrent à faire des efforts admirables pour passer une belle fin de soirée.

Ils quittèrent le restaurant, descendirent sur la plage pour regagner leur hôtel, savourant chaque instant. Même les douleurs d'Auguste s'étaient provisoirement effacées pour le laisser profiter d'un instant de grâce en compagnie de ces trois êtres exceptionnels qu'il avait eu la chance de rencontrer quand il en avait le plus besoin.

À aucun moment sa maladie ne fut évoquée. Cet espace-temps était pour chacun une parenthèse précieuse entre l'incroyable épopée qu'ils avaient vécue ensemble et le grand changement qui dès demain allait chambouler leur vie à chacun. L'irrévocable n'y avait pas sa place.

Il faisait encore très chaud. Aurore et Philomène enlevèrent leurs chaussures et coururent tremper leurs pieds dans l'eau. Bientôt rejointes par Auguste, qui avait décidé de sentir une dernière fois le sable filer entre ses doigts de pied, ainsi que les vaguelettes se briser sur ses mollets. Il rentra donc avec le bas de son pantalon trempé, ce qui le gêna un peu pour retourner à l'hôtel, d'autant que les filles ne cessaient de le taquiner.

Avant de se retirer dans sa chambre, Benoît s'isola avec Auguste.

— Je n'ai pas de conseils à vous donner. Mais je crois tout de même que vous devriez rappeler votre fils.

Auguste soupira.

— Pour lui parler de quoi, Benoît ? Je ne peux rattraper tant d'années de silence. Mon appel risque de le rendre incrédule ou malheureux. Les deux, sans doute. À quoi bon ?

— Vous m'aviez pourtant dit que vous le rappelleriez.

— Je le lui ai dit également, et donc je le ferai. Mais c'est trop tôt. Quelle va être sa réaction, selon vous ? Accepter docilement ? Je n'y crois pas un instant. Tenter de me dissuader d'aller en Suisse ? Je refuserai. Alors quoi ? Prendre le risque qu'il prenne ce refus pour de l'indifférence de ma part ? Ce serait pire que tout…

— Peut-être avez-vous raison, Auguste. Mais après ? Une fois que vous ne serez plus là pour apporter la moindre réponse à ses questions, comment interprétera-t-il votre fuite et votre mutisme ? Que pensez-vous qu'il sentira, au fond de lui, lorsqu'il aura à affronter le fait que son père aura choisi d'aller mourir seul, sans même avoir cherché à dire au revoir à son seul enfant ?

Benoît se tut, conscient d'y être allé un peu fort. Cela eut au moins pour mérite de déstabiliser Auguste : sa pomme d'Adam fit plusieurs allers-retours.

— Évitez-lui d'être pourchassé par la culpabilité jusqu'à la fin de ses jours, Auguste.

Auguste réfléchissait. Au bout d'un long moment, il releva la tête.

— Croyez-moi, Benoît, partir avec l'idée de tenir mon propre fils éloigné me peine au-delà de ce que vous pouvez imaginer. Mais je redoute vraiment sa réaction lorsqu'il apprendra ma décision. Je l'ai moi-même élevé dans une morale judéo-chrétienne qui condamne fermement toute forme d'euthanasie et de suicide assisté.

— Si vous l'avez élevé avec ces principes-là, c'est que vous y croyiez, vous aussi. Pourquoi ne pourrait-il pas suivre le même chemin que vous ?

— Parce que lui n'est pas concerné par le fait d'avoir à mourir de manière imminente dans des conditions terribles. Moi, ce chemin, je l'anticipe en pensée depuis l'annonce de mon diagnostic. Comment aurais-je réagi si Jeanne me l'avait demandé avant de subir de telles souffrances ? Je crois que j'aurais tout fait pour l'en dissuader, par égoïsme inconscient, juste pour la garder près de moi. Et le pire, c'est qu'elle aurait sans doute cédé. Par altruisme. Pour me rendre moins malheureux. Je ne suis pas sûr de trouver les mots justes, pour le moment. Alors, croyez-moi, Benoît, repousser cet échange est vraiment la meilleure option…

Benoît n'insista pas.

Mais une fois seul, Auguste resta un long moment devant la fenêtre, songeur.

24.

Sur le quai de gare, Aurore se tenait debout, frêle, immobile, dans la même robe qu'elle portait le jour où elle avait volé au secours d'Auguste. Sa petite valise en tissu à ses pieds, elle tenait de la main droite son chapeau rose, qu'elle n'avait pas voulu prendre le risque d'aplatir. Une lumière nouvelle illuminait son visage. Celui-ci aurait irradié le bonheur si une ombre de tristesse n'était venue le voiler.

Elle s'approcha d'Auguste, très émue.

— Alors, ça y est, c'est le départ…, fut tout ce qu'elle put dire.

Auguste s'essaya à un sourire, pas aussi radieux que celui qu'il aurait aimé lui adresser.

— Merci pour tout ce que vous avez fait pour moi, Auguste. Grâce à vous…

— C'est moi qui vous dois beaucoup. À observer autour de moi, j'avais fini par croire que l'amour était devenu une forme de « concept », comme disent les jeunes d'aujourd'hui. Et que l'amour avec un grand A était aussi ringard qu'illusoire. Moi, c'est pourtant ce qui m'a rendu heureux toute ma vie…

Sa voix tremblait et il marqua une pause. Aurore s'approcha et posa délicatement une main chaude sur son avant-bras.

— La vie nous guide sur des chemins bien singuliers, reprit-il d'un ton plus assuré, et je bénis le Seigneur de m'avoir mis sur le vôtre. Parce que je peux désormais partir avec la conviction rassurante que l'harmonie des âmes peut encore exister.

Il lui serra affectueusement la main.

— Vous êtes une belle personne, Aurore. Ne l'oubliez jamais.

Elle s'approcha davantage, le prit dans ses bras et l'étreignit avec force. Auguste n'avait pas eu le temps d'anticiper ce mouvement et sa respiration s'étrangla dans la sa gorge. À quand remontait la dernière fois où on l'avait ainsi enlacé ? Lorsque l'on était vieux, plus personne ne vous touchait. Comme si vous étiez devenu répugnant. Dans la chaleur des bras d'Aurore, Auguste ne se sentait plus repoussant. La poitrine de la jeune femme se comprima, il comprit qu'elle luttait pour ne pas pleurer.

Maladroit, il se détacha d'elle et s'éloigna, trop ému lui-même pour n'en rien montrer. Philomène se précipita à son tour vers Aurore. Auguste la vit lui remettre un papier. Sans doute son adresse et son numéro de téléphone. Cela lui fit chaud au cœur de penser que leur amitié continuerait à s'écrire sans lui.

Le train arriva, Aurore monta dedans, les salua une dernière fois, et s'élança vers un nouvel avenir.

*

Il régnait un calme étrange dans l'habitacle. Aucun des trois passagers n'avait envie de parler, tous conscients de rouler à vive allure vers une destination dont l'un d'eux ne reviendrait pas.

Philomène, calée au milieu de la banquette arrière, se remémorait tout ce qui s'était passé depuis son départ de Rueil. Comment une telle aventure pouvait-elle finir aussi tristement ? Sa gorge se serra. Et il y aurait pire encore : leur retour, avec un voyageur de moins.

Elle essaya de se concentrer sur le présent. Demain, ils iraient à Genève. Mais aujourd'hui, ils roulaient vers Clermont-Ferrand. Se focaliser sur l'étape de ce soir lui permettrait de ne pas songer à plus tard.

Elle observa Auguste, qui lui parut plus fatigué que jamais. Sentant monter une grande tristesse, elle se fit la promesse de laisser son siège libre quand ils rentreraient de Genève. Pour qu'Auguste demeure auprès d'eux. Désemparée, elle tentait de ne pas céder aux larmes, quand elle croisa le regard de son père dans le rétroviseur intérieur. Il existe bien des langages secrets entre personnes qui ont surmonté un drame commun, et la force – nouvelle – de leur lien lui procura un étrange apaisement. Elle esquissa un pâle sourire, lui pressa l'épaule avant de glisser derrière son siège et de coller son front contre la vitre arrière.

Auguste avait senti quelque chose. Mais il s'interdit de se retourner vers Philomène. Le plus dur l'attendait, à présent. Benoît devrait prendre le relais. C'était dans l'ordre naturel des choses et en même temps réconfortant de se laisser porter. D'autant que le père et la fille étaient désormais prêts à reprendre leur vie là où le décès d'Audrey l'avait suspendue.

Le ciel se couvrait. Les pensées d'Auguste aussi.

Il laissa reposer sa nuque contre l'appui-tête et ferma les yeux.

La pudeur et les silences faisaient aussi de bons compagnons de route.

*

Au bout de deux heures de trajet, Auguste demanda à Benoît de bien vouloir s'arrêter. Ils rejoignirent une aire de repos, où une zone de pique-nique aménagée et un espace de jeux pour enfants offraient un peu de détente aux voyageurs.

Auguste descendit de la voiture, s'isola sur l'un des bancs proposés aux familles. Nerveux, il composa un numéro de téléphone, le seul qu'il connaissait par cœur. Il imagina la sonnerie retentir quatre cents kilomètres plus loin, entre ces murs si familiers desquels il s'était arraché, et se demanda avec angoisse qui allait décrocher.

— Allô !

— Bonjour, Simon. C'est moi…

Trop bouleversé pour maintenir le téléphone contre son oreille, Simon posa l'appareil sur la table du salon, activa le haut-parleur et plongea la tête entre ses mains.

Auguste se lança, sans périphrases.

Découvrir que son père était atteint d'une maladie incurable était un choc. Une béance s'ouvrait, sans que l'on sache ni quand ni comment elle viendrait à se refermer. Mais lui avait à affronter un tsunami. En un même mouvement, son père venait de lui apprendre qu'il était atteint d'un cancer, et qu'il avait choisi de se donner la mort. Aucun répit entre le choc initial et l'acceptation, non pas de la maladie mais de la mort. Et il devait y faire face comme il pouvait, oscillant entre sidération, anéantissement et colère.

De la cuisine lui provenait le bruit d'un robot électroménager. Nathalie devait s'affairer à la confection d'une énième recette donnée à la télé. Le ronronnement du moteur, même diffus, lui était insupportable. Il aurait voulu ne rien entendre, un silence absolu, et être seul.

À l'autre bout du fil, Auguste s'était tu. Il mesurait, tout du moins le pensait-il, l'intensité du traumatisme ressenti par son fils.

Passé le choc de l'annonce, Simon s'efforça de réagir.

— Papa, je regrette tellement de ne pas avoir abordé avec toi ce sujet des maisons de retraite. Et je comprends combien cela a dû être difficile pour toi, d'apprendre ta maladie et de te sentir si seul pour encaisser la nouvelle…

Il laissa passer un blanc.

— Mais maintenant, papa, je t'en supplie, tu dois rentrer à la maison. Nous allons faire des examens complémentaires et consulter d'autres oncologues qui définiront le traitement le plus adapté à ta maladie.

Auguste reprit la parole :

— Simon, j'imagine combien cette situation doit te paraître surréaliste. Tu es sous le choc. Moi, j'ai eu le temps du recul, et donc celui d'accepter les choses. Et je les vois aujourd'hui telles qu'elles sont et non plus telles que j'aurais aimé qu'elles soient. J'ai un cancer du pancréas, Simon. Stade 4, métastatique. Mon foie est touché, mon abdomen peut-être aussi. Donc, aucune chance de m'en sortir. Je pourrais consulter toute la clique médicale nationale ou internationale, en passant par les plus grands pontes, voire les meilleurs vendeurs de rêves que le résultat serait le même : je vais en mourir.

— Mais tu ne peux pas en être sûr !

— Je ne mettrais pas fin à tout ça de cette manière si j'avais le moindre espoir.

Le robot ménager cessa enfin son bourdonnement infernal. Simon sentit sa colère prendre le dessus.

— Non mais est-ce que tu te rends compte que tu es en train de me parler de suicide, là ?

— C'est une fin de vie assistée, Simon.

— Tu m'as toujours appris à être précis, alors emploie les bons termes, papa : c'est un suicide assisté ! Comment peux-tu, avec les principes que tu m'as enseignés, penser à te *suicider* ? Je n'arrive même pas à y croire !

Auguste lui aussi avait dû affronter le dilemme de renier les principes fondamentaux de son éducation religieuse en choisissant cette voie. Il se leva et se mit à faire les cent pas le long de l'aire de repos. Simon cherchait-il un argument pour le convaincre de changer d'avis ou cette décision le heurtait-elle réellement et viscéralement ?

— J'ai décidé de faire appel à la fin de vie assistée pour ne pas avoir à souffrir, pour ne pas me sentir progressivement diminué, et pour ne pas devenir un poids pour vous, expliqua-t-il. Tu n'as pas eu à le vivre, mais accompagner l'agonie d'un être aimé est une épreuve insoutenable, autant que son décès… Je ne renie pas mes principes, mais malheureusement la religion ne m'a été d'aucun secours pour affronter le calvaire de ta mère.

Simon déglutit. Son père lui rappelait combien il avait été peu présent à ce moment-là. À juste titre.

— Crois bien que j'ai plus d'une fois regretté de ne pas avoir été là plus souvent. Mais qu'est-ce que cela aurait changé de toute manière ? Elle n'était plus vraiment elle, et plus vraiment là non plus…

Les mots s'étranglèrent dans sa gorge. Auguste reprit la parole.

— Cela n'aurait rien changé à son sort mais lui aurait tellement apporté, Simon…

— Je n'ai pas pu, papa. Je n'ai pas pu regarder la réalité en face. Je n'ai pas pu me résoudre à la voir nous quitter par petits bouts, en se dégradant chaque jour davantage. Et je n'ai pas su, comme toi, où puiser le courage qui me permettrait d'affronter chaque jour sans m'écrouler.

Il laissa passer quelques secondes et ajouta :

— Je suis désolé et je te demande pardon, papa…

Auguste inspira lentement. À quoi bon revenir sur des souvenirs si douloureux, sur un passé qu'ils ne pouvaient pas réécrire ?

— Nous ne sommes jamais préparés à voir souffrir ceux qui nous sont chers. Au moins, je ne t'imposerai pas ça.

— Quand bien même, papa, tu pourrais bénéficier de soins palliatifs une fois arrivé en phase terminale. Et d'ici là, les antidouleurs te permettraient de vivre le plus longtemps possible auprès de nous. Que tu le veuilles ou non, cette « fin de vie assistée » est une forme d'euthanasie, et cette pratique est totalement contraire à la valeur de la vie humaine !

— Moi je la vois plutôt comme un geste ultime contre des jours de souffrances et d'agonie annoncés…

Simon se frappa le front.

— Je nage en plein cauchemar !

C'était pire. Le monde s'écroulait autour de lui.

— Tu m'as toujours appris à être constructif quand j'étais jeune, ainsi qu'à aller de l'avant, reprit-il. Je ne comprends pas comment tu en arrives à baisser si facilement les bras ! Tu ne peux pas prendre une telle décision sans réfléchir aux autres solutions, car il y en a forcément une !

Il entendit son père soupirer, et attendit désespérément une réaction de sa part. Mais Auguste cherchait en vain les mots justes qui seraient capables d'accompagner la peine et l'incrédulité de son fils.

Face à son mutisme, Simon laissa éclater sa colère.

— Je trouve ton attitude odieuse et profondément égoïste ! Mais il n'y a finalement rien de bien étonnant, elle correspond à ton départ en catimini. Tu nous as rendus malades d'angoisse en t'enfuyant, et tu n'as même pas daigné nous donner la moindre nouvelle. Rien ! S'il n'y avait eu cet incident ridicule avec les flics, je n'aurais jamais retrouvé ta trace ! Est-ce que même tu aurais demandé à quelqu'un de me prévenir de ta mort ? Et tu prétends m'aimer et vouloir m'éviter de souffrir en choisissant de te foutre en l'air ? Je n'ai peut-être pas été le fils idéal, je n'ai peut-être même pas été à la hauteur de tes attentes, mais je reste quand même *ton fils*. Alors comment peux-tu agir avec une telle indifférence quand je te supplie de ne pas aller là-bas ? C'est… c'est monstrueux, cracha-t-il, la voix tremblante de sanglots.

Des lambeaux de vie, sauvés de l'avalanche de mots durs qui se déversaient de sa bouche malgré lui, surgirent de sa mémoire : la voix de son père l'encourageant à vaincre sa peur du vélo, le souvenir de sa main dans la sienne quand ils partaient se balader tous les deux alors qu'il était petit, son expression de fierté quand il avait obtenu mention « très bien » au bac…

Auguste s'était immobilisé. Lui non plus ne parvenait plus à endiguer le flot d'émotions qui le submergeait.

Pourquoi te reproche-t-il de l'indifférence alors qu'à tes yeux ton départ est aussi une preuve d'amour ?

Et pourquoi ces malentendus permanents entre nous, comme si un vide nous séparait ?

— Puisque tu ne cesses de me répéter que tu es suffisamment grand pour prendre seul tes décisions, fais ce que tu veux ! Mais ne cherche pas à nous rappeler, moi ou Hugo ! Parce que ni lui ni moi n'approuv…

— Ne fais pas ça, Simon…

— Je n'ai plus de leçons à recevoir de toi ! Arr…

— Ce n'est pas facile pour moi non plus, mon fils. J'ai aussi mal que toi…, le coupa Auguste dans un murmure.

Il crut entendre un hoquet, rapidement couvert par un raclement de gorge.

— Vraiment ? Tu choisis de mourir, papa. Et mourir, c'est d'abord nous quitter. Mais tu choisis en plus de le faire loin de nous ! Tu me lâches sans même me demander mon avis !

Nous y voilà, songea tristement Auguste.

— Si tu tiens à nous, comment peux-tu décider d'aller mourir loin de ta maison et sans nous ? Ai-je donc été si mauvais fils que cela, pour mériter un tel traitement ?

Auguste s'appuya contre une table de pique-nique en bois. Jamais il n'avait senti aussi lourdement le poids de chacune de ses quatre-vingt-cinq années, ajouté à celui de sa maladie.

— Peu importent les regrets et les rendez-vous manqués, mon fils. Nous en avons autant à notre actif l'un que l'autre. Et cela ne change en rien la profondeur des sentiments que je te porte. Je te demande juste de faire preuve d'humanité en essayant de comprendre l'impasse dans laquelle je me trouve…

Simon garda le silence. Auguste le rompit doucement :

— Je ne veux pas que tu te reproches un jour des choses alors que je ne serai plus là pour te répéter qu'il n'existe aucun grief à réparer entre nous. Je ne te fuis pas, je nous protège. Comment crois-tu que je réagirais en te voyant à mes côtés ravagé par le chagrin ? Crois-tu que je partirai serein si je te sais malheureux ?

Simon était désormais incapable de proférer le moindre mot. Noué par l'émotion, tout s'entrechoquait dans sa tête. Il attendit un long moment avant de pouvoir reprendre la parole.

— Je n'arrive plus à réfléchir, papa. Quand as-tu prévu de…

Il ne parvint pas à achever sa phrase. Ce n'était pas utile.

— Demain…

— Tu te rends compte que tu me préviens juste quelques heures avant de… Tu n'as même pas cherché à en parler avec moi.

— Tu aurais tout fait pour me faire changer d'avis, Simon…

— Et le pire, c'est que tu ne cherches même pas à me contredire.

— Non, mon fils. Le pire, c'est que tu m'aurais convaincu.

Simon ferma les yeux, écrasé par la détresse. Dans un même souffle, il lâcha :

— Je verrai si je te rappelle…

Auguste ouvrit la bouche mais la referma lentement : Simon avait raccroché. Il se détacha de la table mais ses jambes vacillèrent. Son cœur s'était tellement recroquevillé que sa poitrine le brûlait. Il dut laisser passer quelques instants avant de rejoindre Philomène et Benoît, qui l'attendaient un peu à l'écart.

— Je crois qu'il est temps de reprendre la route, mes amis…, souffla-t-il.

Il était livide. Sans rien dire, Benoît lui saisit le bras et l'aida à s'installer dans la voiture avant de se glisser derrière le volant, attristé pour lui.

*

Après leur arrivée dans un hôtel à l'élégance contemporaine, à Clermont-Ferrand, Auguste avait attendu que Benoît et Philomène gagnent leurs chambres pour redescendre dans le hall. Là, il s'était assis derrière l'un des ordinateurs en libre accès, s'était connecté à sa messagerie, et s'était plongé dans l'écriture d'un long mail.

Il n'avait quitté son siège que deux heures plus tard, dix minutes avant de retrouver Benoît à la terrasse du restaurant gastronomique, où ils avaient réservé une table.

Il était épuisé, tous ses muscles endoloris, mais les antidouleurs qu'il avait avalés lui permettaient pour le moment de ne pas avoir trop mal. Il n'était pas question de gâcher sa dernière soirée.

Au pied des remparts de la ville médiévale de Montferrand, ils étaient à présent installés sous un érable immense.

À la demande d'Auguste, le serveur venait d'apporter une bouteille de champagne, un Krug Grande Cuvée de 2003, qui promettait une finesse exceptionnelle. Une vraie folie, selon Benoît qui n'avait pu s'empêcher de frémir à la vue du tarif à quatre chiffres indiqué sur la carte. Un avant-goût du paradis, *dixit* Auguste, heureux de faire découvrir à Philomène ce breuvage sensationnel.

Le nectar fut servi dans des coupes de cristal. Le serveur parti, Auguste s'empara de son verre.

— Boire cet élixir pour la dernière fois de ma vie, c'est une manière émouvante pour moi de revivre en pensée et de partager avec vous toutes les occasions festives qui m'ont permis de lever mon verre. C'est aussi suspendre le temps qui m'est compté.

Il sourit.

— Savez-vous, Benoît, qu'il existe un centre de soins palliatifs, à Clermont-Ferrand, qui a ouvert un bar à vins destiné à ses patients en fin de vie ? Je trouve cette initiative magnifique. Si je n'avais eu d'autre choix, c'est peut-être là que je serais allé, finalement…, dit-il avec un clin d'œil.

— Vous voulez que je vous emmène traîner dans les bars, ce soir ? plaisanta à demi Benoît.

Auguste arbora un sourire songeur.

— Quoi que vous fassiez ce soir, mes amis, je ne serai pas des vôtres. Ce soir, j'ai un rendez-vous important : j'ai une lettre à écrire…

D'un geste, il invita Philomène et Benoît à saisir leur coupe.

— Mes amis, avec ce verre, je rends hommage à une vie réussie qui m'a tant apporté ! À ma femme adorée, à mon fils, à mes réussites, à mes échecs ! Et à toutes les rencontres précieuses qu'elle m'aura permis de faire, même lorsqu'elles se sont révélées tardives..., ajouta-t-il en les considérant tour à tour.

Philomène leva son verre.

— À ma première coupe de champagne !

À la dernière coupe d'Auguste, pensa Benoît en levant la sienne.

Auguste leva son verre à son tour, inspira un grand coup et, dans une bouffée de bonheur pur, il s'écria :

— Oui, mes amis ! À nos premières et dernières fois...

25.

Quand Simon ouvrit les yeux, la chambre d'Auguste était plongée dans la nuit. Aucun bruit ne troublait la paix de cette pièce marquée par l'empreinte de son père.

Ses jambes pendaient le long du lit. Il se redressa.

Ravagé par leur dernier échange téléphonique, il était monté et s'était effondré sur la courtepointe. Épuisé par ces derniers jours et nuits à cogiter sans relâche, il s'était endormi sans s'en rendre compte. Ni Nathalie ni Hugo n'étaient venus le réveiller.

Maintenant que la réalité rattrapait sa conscience, il aurait donné cher pour déconnecter à nouveau son cerveau : la sidération, le chagrin, la culpabilité, l'incompréhension, la colère s'y fracassaient avec violence. Comment son père avait-il pu faire ce choix totalement immoral ? Et pourquoi le privait-il ainsi de toute possibilité de le ramener à la raison ?

Beaucoup de questions demeuraient sans réponse.

Mais il y avait une distorsion incompréhensible entre tout ce que son père lui avait inculqué et l'acte qu'il s'apprêtait à commettre.

Son père choisissait de partir sans leur dire au revoir. Les aimait-il si peu pour s'enfuir ainsi ? Comment accepter que son propre père soit en difficulté et ne se tourne pas vers lui ? Cette fuite lui adressait un message clair : « Je n'ai pas besoin de toi. » Quoi qu'il ait fait, méritait-il une telle sanction ?

Il attrapa machinalement son téléphone, posé sur le lit. L'icône de la messagerie, une enveloppe blanche dans un carré bleu, lui indiquait un message non lu. Il provenait de l'adresse courriel de son père. Il s'empressa de cliquer dessus.

Simon,

Il m'est impossible d'avancer en paix depuis notre échange. Chacun de tes mots résonne à mes oreilles et me lamine. Je suis certain que les miens ne t'ont pas davantage épargné. Comment pourrait-il en être autrement alors que le silence est depuis trop longtemps notre seul mode de communication ?

J'aimerais t'expliquer par écrit ce que je n'ai pas su faire à l'oral. Mais les moyens et le temps dont je dispose encore ne me permettent pas de le faire par le biais d'une lettre manuscrite adressée par voie postale. Pardonne donc la forme impersonnelle qui va nécessairement de pair avec un mail. Comment un courrier électronique pourrait-il véhiculer une émotion couchée sur le papier par une main hésitante ?

Revenons au début.

L'annonce de mon cancer a été un véritable moment de rupture et de basculement. Cela peut te paraître aberrant. À mon âge, ne devrait-on pas être préparé à la mort ? Je te répondrai : pas complètement. Même si nous nous savons tous concernés par l'Inéluctable, voir la mort à distance est une chose, y être confronté en proximité immédiate en est une autre. Je n'ai pas fait exception. Son ombre planait au-dessus de ma tête. Mais lorsqu'elle a pointé son doigt sur moi, je me suis immédiatement senti extrait du monde des vivants. Et j'ai pleinement pris conscience du sens du mot « sursis ».

Le docteur Bregenc s'est montré délicat lors de l'annonce du diagnostic. Si le cancer me volait ma vie, lui n'a pas cherché à me voler ma mort : il n'a pas tenté de faire naître un espoir là où il ne pouvait y en avoir aucun. Et je lui en suis encore reconnaissant.

Je me suis ainsi su condamné, sans espoir de guérison possible. Je n'ai pas eu à me concentrer sur le choix des armes. Se battre contre le cancer est une épreuve dont on peut sortir gagnant. Dans mon cas, la partie était commencée à mon insu depuis bien trop longtemps, et aucun match ne se remporte face à la Mort. Les quelques points remportés se résument au mieux à quelques jours ou semaines de plus. Dépourvu de l'illusion d'une guérison lointaine, j'ai été envahi par l'angoisse, et par une incertitude qui a pris toute la place : quelle serait la longueur de ce couloir inconnu que j'aurais à longer seul ?

L'évocation de ce couloir m'a ramené à ta mère, cette femme merveilleuse que j'ai tant aimée.

Tout à l'heure, lorsque je t'ai dit que tu n'avais pas assisté à sa fin, il n'y avait aucun reproche dans mon propos. Même si, je peux te l'avouer aujourd'hui, je me suis longtemps interrogé sur ton absence lorsque ta mère a eu à combattre son cancer, lui aussi bien trop avancé pour être vaincu. Je ne reviendrai pas sur sa lente et inexorable descente aux enfers : durant des mois, jour après jour, j'ai de mes yeux vu son corps lâcher sous les assauts de la maladie, son esprit s'abîmer face à son inéluctable progression, sa flamme s'éteindre devant l'effroi et le désespoir.

Les quelques souvenirs que tu gardes de tes visites occasionnelles t'ont, je le sais, profondément marqué, même si tu veillais à ne rien montrer de ton désarroi. Je suis convaincu que c'est cela qui t'a tenu plus éloigné encore les derniers jours de sa vie – ou plutôt de sa survie. On devrait d'ailleurs dire « sous-vie ». Cette peur, ce besoin de se préserver sont humains et crois bien que je ne t'en veux pas.

Lorsque ta mère est retournée à l'hôpital, je m'attendais à vivre des choses difficiles. La réalité a pourtant dépassé de loin le pire de mes cauchemars. Je te passe les effets de la morphine sur sa mémoire et son corps, les errances médicales qui la baladaient d'un service à l'autre en cherchant à bien faire.

Je vais juste te décrire sa dernière bataille, lorsqu'elle a enfin été admise en unité de soins palliatifs. Celle, ultime, où elle a tout donné. Je partagerai ainsi avec toi aussi bien ce qu'elle a vécu que ce que j'ai ressenti. Peut-être que vivre les choses après coup mais à travers mes yeux te permettra de combler l'absence dont tu te sens coupable.

Dix jours.

Dix jours d'horreur, d'ignominie, d'affres indescriptibles.

Dix jours durant lesquels ni le dévouement sans limite des équipes soignantes, ni la morphine à haute dose, ni les progrès de la médecine moderne ne sont plus parvenus à enrayer les souffrances physiques et psychiques qui avaient pris possession de ta mère.

Dix jours au cours desquels la joie, le sourire, le regard lumineux de la femme que j'avais épousée m'ont semblé si éloignés de la pauvre forme qui gisait dans ce lit qu'ils me parurent ne jamais avoir existé.

Dix jours où chaque respiration devenait un supplice, où chaque geste cherchant à la soulager confinait à la torture.

Dix jours durant lesquels chacun de ses regards hagards et exténués implorait le coup de grâce.

Dix jours où je me suis maudit autant que haï de ne pouvoir l'arracher à cette agonie inhumaine.

Comment traduire l'insoutenable par des mots ? Que Dieu me pardonne mais la souffrance extrême de Jeanne et mon impuissance à l'en délivrer ont ébranlé ma foi. Ses prières silencieuses balayaient les miennes, ses implorations muettes pour que cesse son calvaire recouvraient tous mes Angélus.

Je passais des heures à lui lire les poèmes d'Alfred de Musset, qu'elle avait tant aimés, mais la poésie ne trouvait aucun écho dans un tel supplice. L'équipe médicale répondait comme elle le pouvait à nos appels au secours, tant à ceux de Jeanne qu'aux miens. Afin de soulager tant son fardeau que sa souffrance, un médecin me proposa d'avoir recours à une sédation profonde et continue jusqu'au décès. Il ajouta un puissant hypnotique à la morphine.

Je revois le dernier regard conscient de Jeanne : ses immenses yeux clairs me délivraient un dernier message d'amour, s'excusaient de ne pas avoir su mieux lutter contre la bête qui l'emportait, me demandaient pardon d'avoir abandonné la partie, me remerciaient pour cette vie de bonheur déjà si lointaine, me communiquaient malgré eux cette terreur qu'ils essayaient pourtant de masquer. Je me souviens avoir fait appel à tout ce qui me restait de courage pour ne pas m'effondrer devant elle qui faisait preuve de tant de vaillance.

Puis est enfin arrivée la phase ultime. Celle de l'envolée définitive.

La nuit s'était couchée sur cette antichambre de la mort, et l'obscurité s'était abattue sur la forme sépulcrale de Jeanne. J'étais assis à ses côtés, je refusais de la quitter ne serait-ce qu'un instant. Je lui avais promis d'être là au moment où… Et je m'accrochais à cette promesse.

Le temps s'égrenait désormais en minutes interminables, les heures ressemblaient à des jours. Chaque seconde était un supplice, pour elle comme pour moi, chacun de nous devant avancer sur deux chemins parallèles et désormais séparés.

Elle, au bord de cette rive dont elle ne reviendrait pas, avait à franchir le seuil qui la séparait de l'éternité, tandis que la bête conquérait les dernières parcelles de son corps décharné qui mourait lentement de faim et de soif.

Moi, je faisais du mieux que je pouvais. Parce que ma respiration se calait inconsciemment sur chaque souffle soulevant sa poitrine. Parce que j'aurais vendu mon âme au diable pour qu'il achève la femme de ma vie. Parce que l'attente insupportable du dernier râle, associée à mon sentiment d'impuissance, menaçait à chaque instant de me faire dégringoler dans la folie.

Seules nos mains restaient nouées, mais sentait-elle seulement la mienne ?

J'avais épousé Jeanne pour le meilleur et pour le pire. Indéniablement, nous étions à l'extrémité de cette seconde partie.

Quand enfin son cœur a émis son dernier battement, je me souviens être resté terrassé par un sentiment partagé d'abandon et de délivrance. Lorsque je lui ai fermé les yeux, j'ai compris que je ne serais jamais plus le même.

Voilà, Simon, ce que la mort peut nous réserver. Alors, non, ne regrette rien de ces absences qui te permettront de garder en mémoire l'image immaculée de ta mère.

Aujourd'hui encore, je me demande ce que j'aurais pu faire de plus ou de mieux pour éviter à Jeanne de telles souffrances. Ses supplications pour y mettre fin étaient explicites. Mais ni les équipes soignantes ni moi-même ne pouvions y répondre.

Je me suis par la suite penché sur le sujet de la fin de vie, en France et ailleurs.

Aujourd'hui, nous avons conquis l'espace. L'homme peut aller sur la Lune. Mais le droit à une fin de vie choisie n'est-elle pas la plus belle des libertés à conquérir ? L'opposition de certains qui considèrent cette aide à mourir comme un Rubicon à ne pas franchir ne répondra en rien aux demandes de plus en plus nombreuses de Français qui réclament la possibilité de choisir les modalités de leur fin de vie. J'en fais dorénavant partie. Comme des millions d'autres personnes. Même si je sais, grâce à un échange précieux avec une infirmière portée par de belles convictions, que la vie vaut d'être défendue tant qu'elle le peut.

Beaucoup d'endroits en France sont dépourvus d'unités de soins palliatifs. Certains soignants engagés œuvrent au quotidien dans ces services dédiés à la mort. Leur dévouement se heurte parfois aux limites de la science. Pour ces situations-là, aucune solution n'est proposée. Peut-être ne sont-elles pas courantes. Mais elles existent. Comment penser autrement avec le calvaire de Jeanne en mémoire ?

Je refuse de laisser d'autres hommes gouverner ma propre mort et choisis à contrecœur l'exil. Parce que j'ai la chance d'avoir un peu d'argent. Parce que je porte en moi la conviction d'être mieux placé que personne pour décider de la fin de vie qui sera la mienne, à l'aube de ma mort prochaine annoncée.

Faut-il ou non légaliser l'euthanasie ?

Tant d'un point de vue intellectuel que philosophique, moral, scientifique, artistique ou religieux, je crains qu'aucun consensus ne puisse jamais être établi sur ce sujet.

Chaque point de vue est respectable.

Mais au-delà de tous ces vents et courants contraires, je crois que, tout comme pour le sens de la vie, la réponse se trouve en chacun de nous car elle nous renvoie à l'intime, à la singularité de notre expérience et aux émotions qui nous envahissent. Pour moi, le sujet n'est pas qu'intellectuel, spirituel ni même moral : il est émotionnel et pragmatique.

Alors, en l'absence de légalisation de l'aide à mourir en France, que me reste-t-il si je refuse de terminer en soins palliatifs ? Seulement deux options : l'exil ou l'euthanasie clandestine, cette dernière posant de nombreux problèmes, tant humains qu'éthiques. Mais il est clair que mon propre pays ne m'accordera pas le droit à l'ultime liberté, c'est-à-dire le choix de mourir. Et je n'ai donc d'autre possibilité que de partir à l'étranger pour y trouver ce que la France me refuse.

Crois bien que la décision de me rendre en Suisse pour y mourir n'a pas été facile à prendre, Simon.

Crois même qu'elle a profondément taraudé ma conscience. « Profondément » n'est pas le bon terme. « Péniblement » serait plus juste.

Et à qui aurais-je pu confier mes tourments ? Aux vivants ou aux morts ? Mais les premiers n'écoutaient pas tandis que les seconds ne pouvaient plus répondre.

Pour parvenir à cette décision difficile, il m'aura fallu chahuter mes plus intimes convictions, affronter mes propres contradictions. Mais pourquoi choisir de prolonger cette mort en suspens lorsqu'il est possible d'éviter une cruelle agonie ? Au nom de quoi s'acharner à lutter ? D'un dieu, quel qu'il soit ? D'un courant de pensée ?

Notre propre mort nous ramène au sens de notre vie. L'imminence de la mienne ne m'en a pas dispensé.

Après bien des insomnies, bien des interrogations, bien des doutes, et au-delà des dogmes et des principes appris tout au long de notre existence, j'en suis arrivé à la conclusion que ce sens n'était pas le même pour tout le monde. Et je suis désormais convaincu qu'il appartient à chacun de définir le sien, quelle que soit sa religion ou sa philosophie. Je crois que mon sens à moi se retrouve dans le verbe « aimer ». Et je m'aperçois avec fierté et émotion que j'ai sans le savoir été toute ma vie fidèle à ce fondement précieux. J'ai aimé maladroitement, entièrement, follement, sincèrement. Et j'ai été aimé. Sans cela, ma vie n'aurait été qu'un grand vide existentiel.

C'est à tout cela que je songeais récemment, encore incertain, une nuit où j'étais allongé entre sable et ciel étoilé. Avais-je vraiment fait le bon choix ? N'étais-je pas plus égoïste qu'altruiste en agissant ainsi ?

Je me suis alors souvenu d'une question qui m'a récemment été posée par une toute jeune fille qui vient de perdre sa mère, et qui me demandait en pensant à elle : « Crois-tu que nous nous reverrons un jour ? »

C'est une bonne question. Qui saurait y répondre sans être traversé par le doute ? Mon éducation spirituelle m'a enseigné l'éternité. Mais celle-ci permet-elle à chacun de retrouver celles et ceux qu'il aura aimés durant son passage sur terre ?

Depuis que je me sais bientôt parti, je ne cesse de me poser cette question. Tu n'imagines pas combien j'espère que tout ce que nous avons vécu ne disparaîtra pas totalement. Comment accepter de n'être que la somme éphémère de nos aventures burlesques et de nos histoires tragiques, de nos triomphes et de nos impostures, de nos allégresses et de nos désenchantements ? Comment concevoir qu'il ne reste rien des rêves qui nous ont portés, de ces amours qui nous ont transcendés, des espoirs qui nous ont guidés ? Et comment supporter l'idée que nos âmes s'effacent tandis que nos corps redeviennent poussière ? Il y a tant à dire de nous, de nos mots d'humeur à nos peurs des maux, de nos craintes vécues à nos peurs et chagrins invaincus, de nos défaites prévisibles à nos victoires inattendues, de nos vœux éconduits à nos espoirs assouvis, de nos partis pris à nos prises à partie…

Voilà à quoi je songeais sous cette voûte céleste, perdu, apeuré. Et là, sous ce ciel qui me renvoyait à notre finitude face à l'immensité du monde, sous le spectacle féerique de ces millions de lumières scintillantes, je me suis subitement senti submergé par un sentiment d'une puissance prodigieuse : l'espérance. Mon infiniment petit face à cet infiniment grand a eu raison de toutes mes interrogations, de tous mes doutes : de tout mon être, j'ai senti, j'ai su que ma décision de partir en Suisse pour y mourir était la bonne.

Tout cela ne s'oppose pas aux convictions spirituelles que nous partageons.

Certes, notre Dieu nous demande de ne pas attenter à notre vie, ni à celle d'autrui. Et il a mis dans le cœur de l'homme la certitude de l'éternité. À ce titre, je ne crains pas la mort en ce passage qu'elle représente vers l'après. Mais je redoute les souffrances. Tu me diras sans doute que celles-ci nous ramènent à la croix, à ce que Jésus a fait pour nous. Mais ne crois-tu pas que l'homme de foi devrait pouvoir refuser d'endurer ces souffrances lorsqu'il en a la possibilité ?

Je m'en remets aujourd'hui à la clémence de Dieu pour qu'il me pardonne. Car, n'en déplaise aux humains qui me jugeront, je décide de m'ôter la vie malgré ma foi. Et je crois en Son pardon.

Les seules certitudes dont je suis désormais rempli sont le refus d'endurer des souffrances inhumaines, de voir ou sentir mon corps détérioré soigné, lavé et nourri par d'autres que moi, de savoir que mon fils assistera impuissant à une agonie inéluctable dont il gardera à jamais l'image.

Tu ne seras ainsi jamais éveillé en pleine nuit par l'image d'un mort vivant, d'ailleurs bien plus mort que vivant, laissant échapper de ses lèvres pâles des bruits provenant déjà d'outre-tombe. Tu n'auras jamais dans ton oreille le souvenir de respirations sifflantes qui te rappelleront combien un souffle est fragile. Tu n'auras jamais l'image de ta propre impuissance à aider celui qui t'aime et te supplie d'écourter son agonie.

Essaie de me comprendre, Simon.

Si je me sens à demi vivant, mon corps est déjà mort à demi. Même si je ne suis pas encore traversé par des souffrances intolérables.

Et pourquoi t'imposer une plongée dans une détresse abyssale dont on ne revient jamais indemne ?

Tous ceux qui ont été confrontés à la mort lente d'un être cher savent de quoi je parle. Peut-être ne partagent-ils pas mon avis. Peut-être encore ont-ils trouvé en eux une foi plus inébranlable que la mienne, ou une ressource dont j'étais alors dépossédé. Peut-être enfin ne se sont-ils pas autorisés ce que je m'octroie. Mais tous ont ancré en leur chair le souvenir d'une douleur, qu'un mot seul suffit à ranimer. En un instant, ils reviennent au chevet de l'être aimé agonisant, à compter les minutes qui s'éternisent. À espérer que le fil ténu le reliant encore à la vie se rompe et le libère pour d'autres cieux plus cléments. Je crois qu'il s'agit là d'une magnifique preuve d'amour : préférer une condamnation à errer sur terre sans l'Autre pour le laisser s'envoler vers un ailleurs où nous ne sommes pas.

Voilà, Simon, ce qui m'a conduit sur cette route en direction d'un autre pays que le mien.

Ma conception de la dignité humaine dépasse la simple question de mon état physique ou psychique. Elle englobe également ce que je ne veux pas que tu aies à endurer.

Je t'entends d'ici me répondre que je parle à ta place.

Je te propose donc de relire, non plus avec les yeux de la raison mais avec ceux du cœur, tout ce que je viens de t'écrire. J'aimerais qu'à ton tour tu sois capable de déposer toutes tes certitudes sur l'autel de l'humilité. Je souhaiterais que tu te laisses à ton tour traverser par les doutes qui ont été les miens, par les tourments qu'une telle décision ne manque pas de remuer.

J'émets le vœu que tu puisses voir en cette dernière bataille que je choisis de mener un combat de vie, et non pas de mort.

Et je prie pour que cette longue confession apporte des explications à tous les griefs que tu m'as exposés. Chacun de ces mots m'a coûté. Chacun d'eux m'a ramené à des souvenirs douloureux. Ils touchent à la fragilité de mon existence, de la nôtre à tous, à mon approche de la condition humaine. Ils me ramènent aussi à la culpabilité d'avoir fait le choix de mourir loin de mon propre fils, sous un ciel que je ne connais pas.

Ne crois jamais, Simon, que je t'écarte de ma vie en te maintenant éloigné de ma mort. Tu es mon fils. Le seul. Le fruit d'un amour magnifique. Et celui en qui Jeanne et moi continuerons de vivre.

Mais tu comprendras que je ne puisse imaginer mourir sans recevoir la bénédiction de mon fils.

Lorsque tu m'as annoncé que tu ne me rappellerais peut-être pas, j'ai pensé mourir déjà un peu... Mais il est vrai que j'ai sans doute été brutal dans ma maladresse, et que ma pensée s'est révélée un peu courte lorsque j'ai imaginé que tu n'avais que faire de moi en laissant Nathalie me mettre en maison de retraite.

Alors, voici ce que je te propose, mon fils : pour te démontrer que tu comptes plus que tout pour moi, et pour te prouver la profondeur de mon amour, je vais remettre ma fin de vie entre tes mains.

En ton âme et conscience, tu décideras pour moi de la fin qui sera la mienne. Ton choix sera le nôtre à tous deux. Je l'accepterai sans réserve aucune.

Et promettons-nous l'un l'autre qu'aucun ne devra jamais se reprocher ce choix, quoi qu'il arrive.

Au moment où je t'écris, je continue à rouler en direction de Genève. Chaque tour de roues me rapproche davantage de la délivrance souhaitée. Ou pas.

Sans réponse de ta part, j'irai jusqu'au bout, ravagé par le chagrin.

Si tu t'opposes à me laisser partir, j'arrêterai tout. Et je reviendrai.

Mais quoi qu'il arrive, quelle que soit ta décision, j'ai besoin de parler avec mon fils et d'être en paix avec lui.

Existe-t-il plus belle preuve d'amour que de confier son ultime souffle à un autre que soi ? Je ne le pense pas.

Encore que.

Il me semble qu'accepter de laisser partir un proche, c'est à n'en pas douter l'aimer aussi…

Quoi qu'il advienne, ton père qui t'aime et t'embrasse.

26.

Tôt le lendemain matin, Auguste s'était éclipsé pour déposer son courrier – une autre missive aussi longue que le mail adressé à son fils – dans une boîte aux lettres. Puis il était remonté dans sa chambre, et ils avaient tous trois repris leur route pour Genève.

Lorsqu'ils y parvinrent, ils s'arrêtèrent deux bonnes heures au lac Léman.

Toujours miné par son échange de la veille avec Simon, Auguste n'était pas parvenu à sourire aux pitreries forcées de Philomène. Préoccupé par la consultation médicale qui l'attendait, il craignait autant d'en sortir avec que sans son passeport pour l'ultime liberté : l'ordonnance de pentobarbital de sodium. L'idée de partir sans que son fils réponde à son message le dévastait. Rongé par la culpabilité, par le doute, il se sentait perdu.

La meilleure manière de lui témoigner ton amour est de faire passer son bien-être avant le tien…

Et donc ? Cela signifiait-il qu'il fallait tout annuler alors qu'il se trouvait si près du but ?

Et lorsqu'il te verra souffrir et qu'il assistera impuissant à ton agonie, ne penses-tu pas qu'il sera à son tour rattrapé par des remords, dont tu ne pourras plus le délivrer ? Le pire cadeau à lui faire est de lui permettre d'endurer cela...

Reste fort et va jusqu'au bout, Auguste.

Après leur pause au lac, dont Auguste n'était pas en état de goûter la majestueuse beauté, ils s'étaient rendus au premier endroit mentionné par leur contact. Y était implanté un cabinet médical, dans lequel Benoît avait réussi à organiser les deux rendez-vous dans des délais plus que raccourcis.

Auguste en revint cinquante minutes plus tard, un dossier assez épais à la main : les comptes rendus de ses examens, l'attestation de discernement établie par le médecin, le questionnaire adressé par l'organisation complété… Benoît ne put retenir un regard désapprobateur : cette pratique allait décidément à l'encontre de ses opinions. Mais il respectait la décision d'Auguste.

Ils mirent à peine une demi-heure pour parvenir à la seconde adresse communiquée par l'association.

Une petite maison, peinte d'une couleur vive, et qu'Auguste n'aurait jamais imaginée ainsi, semblait perdue entre une vallée verdoyante et un magnifique champ de fleurs jaunes. Le lieu était apaisant. Qui aurait pu imaginer cet endroit dédié à la mort ?

Auguste descendit le premier du véhicule. Peu en forme, il dut prendre sur lui pour ne pas vaciller. Malgré le soleil ardent de juillet, il se sentait glacé de la tête aux pieds.

— J'aurai pris la clef des champs dans tous les sens du terme. Mais celle que je vais prendre ici, ce sera celle de la délivrance, dans toutes les acceptions du terme…, chuchota-t-il.

Benoît sortit à son tour de la voiture. Venir ici malgré ses convictions lui était difficile. Il avait envie de secouer Auguste, de le convaincre de retourner chez lui. Dans le même temps, il tenait plus que tout à soutenir jusqu'au bout ce vieil homme droit et courageux qui avait tant fait pour lui et pour sa fille. Même si cela lui coûtait. Philomène se jeta dans ses bras et enfouit son visage dans son tee-shirt.

Les deux hommes s'accrochèrent du regard. Auguste chercha à faire diversion en souriant.

— Honnêtement, c'est une chance d'avoir quatre-vingt-cinq ans et de pouvoir mourir sans avoir à devenir gâteux, vous ne trouvez pas ? plaisanta-t-il.

Une violente douleur lui cingla l'abdomen, et son sourire se mua en grimace. Des sueurs froides lui parcouraient l'échine.

— Mais je crois tout de même qu'on arrive au bon moment, souffla-t-il.

*

Ils furent reçus par deux femmes.

Après s'être présentées, elles leur proposèrent une boisson, que Philomène et Benoît déclinèrent. Puis elles demandèrent à s'entretenir seules avec Auguste.

Cet entretien dura plus d'une heure. L'une d'elles avait déjà échangé plusieurs fois par téléphone avec Auguste.

À plusieurs reprises, elles s'assurèrent de son intention de mettre lui-même fin à sa vie. Elles insistèrent sur le fait que sa simple venue en Suisse ne l'obligeait nullement à aller jusqu'au bout de l'acte, et qu'il demeurait entièrement libre de changer d'avis à tout instant, y compris juste avant d'absorber la potion létale.

Noué, Auguste confirma sa volonté mais expliqua vouloir attendre un peu. Le plus difficile pour lui n'était pas tant l'idée de mourir que l'idée de partir sans l'accord de son fils.

Aurait-il le courage d'aller jusqu'au bout sans nouvelles de Simon ? Pourquoi ce dernier n'appelait-il pas ?

— Monsieur, si vous choisissez de vivre, croyez bien que ma collègue et moi serons heureuses de cette décision. Prenez le temps qu'il vous faudra…

Elles les guidèrent ensuite jusqu'à la chambre où tout se passerait.

La pièce était décorée de manière rudimentaire : les murs peints en blanc cassé, le sol recouvert d'un linoléum beige. Une petite table ronde, recouverte d'un napperon multicolore, siégeait au centre. Dessus, un vase avec quelques fleurs, une bougie.

Un lit simple était accolé à l'un des murs, un canapé deux places disposé dos à la fenêtre.

Un tableau représentant un corps endormi était accroché au-dessus du lit. Une plante était posée à côté du sofa.

Rien d'ostentatoire. Rien de superflu.

— Je ne comprends pas comment tu peux préférer cet endroit à une maison de retraite ou de soins palliatifs, entendit-il Philomène murmurer.

Il la regarda avec tendresse.

— Ici, c'est moi qui choisis d'abandonner la vie pour que sa fin soit douce. En maison de retraite, ce sont ceux que vous avez aimés qui vous abandonnent.

— Il existe beaucoup de ces maisons où il fait bon vivre. Et certaines personnes âgées rejoignent volontairement ces structures, Auguste…, le contredit doucement Benoît.

— Oui, mais ce n'était pas mon cas. Alors d'autres ont décidé pour moi. Et puis, ici, c'est un endroit qui préserve la dignité de ceux qui vont mourir. Là-bas, on cherche davantage à privilégier la paix de ceux qui vous y ont envoyé. Mais de cela, je pourrais presque ne pas leur en vouloir. C'est dur de voir ceux que vous aimez perdre leur indépendance, ou mourir sous vos yeux…

C'est à ce moment-là que son portable sonna. Lorsqu'il vit le numéro de téléphone de sa maison s'afficher, Auguste manqua pleurer de joie. À l'expression de son visage, tous comprirent l'importance de cet appel, et s'éclipsèrent dans un sourire compréhensif.

— Simon…, bafouilla Auguste.

— Bonjour, papa…

Un silence religieux passa. Mais pas de ceux qui gênent. Un de ceux qui lient.

— J'ai réfléchi toute la nuit. J'ai cru devenir fou.

Un autre silence.

— Je…

Rattrapé par une émotion trop vive, il dut s'arrêter. Auguste prit le relais :

— Je ne t'abandonne pas, Simon. Jamais je ne t'abandonnerai. Tu es ce qui me reste de plus cher, ici-bas. Mais je suis arrivé au bout…

— Je l'ai compris, papa. Et moi non plus, je ne t'abandonnerai pas.

Encore un silence.

— Alors, voilà… Je ne suis pas du tout d'accord avec ton choix, mais je vais le respecter…

Auguste l'entendit reprendre son souffle.

— Tu peux partir en paix. Après ton départ, je prendrai soin de ton petit-fils, de moi, de ta maison. Nous allons nous en sortir. Ce sera dur. Mais ne t'inquiète pas, j'y arriverai.

Auguste avala la boule douloureuse qui avait pris possession de sa gorge. Les mots de Simon dissolvaient sa culpabilité, lui permettaient de poursuivre son chemin sans tourment. Les paupières closes, Auguste essaya d'imaginer où se trouvait précisément son fils, au moment où il lui parlait. Son intuition lui souffla qu'il était dans sa propre chambre.

Il comprit soudainement pourquoi leurs silences n'avaient pas le même écho en lui : ils étaient plus chargés de sens que n'importe quel mot.

— Et finalement, tu as raison. Je n'aurais pas pu me trouver à tes côtés. Je n'aurais pas pu. Tu comprends ? demanda-t-il d'une voix éraillée.

— Oui, mon fils, je comprends…

— J'aurais pourtant aimé pouvoir te rassurer et t'accompagner.

Encore un silence.

— Je te demande pardon, papa. Pour maman, pour ne pas avoir su, pour ne rien avoir voulu voir…

— Tout va bien, Simon. Le quotidien, la vie qui passe et nous qui nous laissons dépasser… Tout va bien. On est bien d'accord, tous les deux ?

Simon quitta la fenêtre de la chambre de son père, s'assit sur le lit, effleura de sa main la taie d'oreiller.

— Est-ce que tu pourrais me faire signe juste avant de… Enfin… J'aimerais être en pensée avec toi quand…

Un dernier long silence, entrecoupé d'un bruit qu'Auguste reconnut : Simon pleurait.

— Oui, Simon. Oui. Je t'enverrai un message. Alors, tu pourras te connecter à moi. Ce sera peut-être même encore plus fort.

Chacun des mots prononcés par son fils le libérait de ses tourments, consolait ses espoirs déçus. Une larme en profita pour se hisser au coin d'un œil et couler tout le long des sillons de sa joue ridée. Il ne chercha pas à la retenir ou à l'essuyer. Il aurait aimé pouvoir dire à son propre père combien l'on pouvait être un homme et fier de ses larmes.

— Nous nous sommes dit l'essentiel, mon fils. Tes paroles m'ont libéré. Et je sais ce que cela implique de courage et de lâcher-prise pour toi. Tu n'imagines pas combien je suis fier de t'avoir pour fils…

Deux petits coups se firent entendre à la porte.

— Je dois raccrocher…

— Au revoir, papa.

— Au revoir, Simon.

— Tu n'oublies pas ?

— Non, bien sûr. Je n'oublie pas…

Auguste demeura longtemps à contempler l'écran éteint de son portable, et ne s'en arracha que lorsque la porte s'ouvrit.

27.

Après un dernier échange avec Auguste qui affirma être prêt, l'une des deux accompagnatrices proposa à Benoît d'entrer. Elle expliqua le déroulement de l'acte à suivre : elle apporterait un premier gobelet empli d'une solution pour préparer l'estomac au poison et éviter qu'il ne le régurgite lors de l'absorption. Vingt minutes plus tard, elle reviendrait avec un second verre. Il contiendrait cette fois-ci un mélange mortel à base de pentobarbital de sodium dilué dans de l'eau. Si tel était le choix d'Auguste, celui-ci devrait prendre et avaler seul la potion.

Elle insista sur le fait qu'à partir du moment où Auguste la boirait, il n'y aurait plus aucun retour en arrière possible. Dans les deux à cinq minutes qui suivraient, il perdrait connaissance. La mort surviendrait dans la demi-heure.

Elle se tourna vers Auguste et lui demanda si tout était clair pour lui, puis vers Benoît et Philomène pour s'assurer que ni l'un ni l'autre n'avaient d'autres questions à lui poser.

À leurs hochements de tête négatifs, elle quitta la chambre en ajoutant qu'elle se tenait dorénavant prête dans la pièce voisine.

— Eh bien voilà, nous y sommes…, murmura Auguste.

— Vous êtes sûr qu…

— Oui, Benoît. Je le suis. Tout est en règle, il est temps pour moi de tirer ma révérence.

Il tritura le portable qu'il n'avait pas lâché, puis ajouta :

— Cette décision ne plairait sans doute pas à mon père, mais j'ai aussi appris à m'en affranchir…

Il secoua la tête.

— Mon père était un héros, au sens propre comme au figuré. Grand résistant à son heure, il est mort en bon soldat, debout, foudroyé par une crise cardiaque. Même face à la mort, il aura refusé de se coucher. Il a fallu qu'elle frappe, et qu'elle gagne pour cela.

— Je ne sais pas comment vous trouvez le courage de faire ce que vous voulez faire, Auguste. Avaler ce poison, là, dans cette chambre impersonnelle…

— Pensez-vous qu'agoniser dans une chambre en unité de soins palliatifs serait moins pénible ?

Benoît écarta les bras, paumes tendues vers le ciel, en signe d'impuissance.

— Non, sans doute. Mais vous n'auriez pas à décider du moment où…

Il laissa flotter la fin de sa phrase.

— Je n'ai désormais plus peur de ma propre mort, Benoît. Au fond de moi, j'ai la conviction que nos disparus nous guident.

Il se tut un instant, puis reprit :

— Vous savez, cela vous semblera paradoxal mais, depuis que je suis confronté à la réalité de ma mort avec ce foutu cancer, je n'ai jamais autant savouré de vivre que ces derniers jours. Ils ont été tellement insensés…

Benoît hocha la tête.

— Un sursis de vie, en quelque sorte…

— Oui, en quelque sorte.

— Il faut dire que vous ne vous êtes guère ménagé…

Auguste sourit.

— Comme vous dites ! Mais mon Dieu, ça valait vraiment le coup !

Assis sur le lit, il pivota et fit face à Benoît.

— Vous savez, depuis la mort de Bounty, je ne me sentais plus utile pour personne. Je me sentais même davantage comme un poids pour tout le monde… Avec Philomène et Aurore, je me suis non seulement senti nécessaire mais presque précieux. Elles ont redonné un sens aux derniers jours de mon existence.

Sa voix flancha.

— J'ai eu le sentiment de compter à nouveau pour quelqu'un…

Il se tut, tourna la tête vers la fenêtre.

— Vous n'imaginez pas combien cette dernière étape m'aura été bénéfique.

Ce fut au tour de Benoît de sourire.

— Philomène a eu un sacré flair en vous choisissant. Elle s'est énormément attachée à vous. Vous l'avez guérie de bien des maux.

— Oh, sa blessure ne guérira jamais complètement. Mais au moins maintenant peut-elle apprendre à vivre avec, et du mieux possible… Moi, je n'ai fait que suivre votre fille dans sa quête de vérité. Il est des vérités qui emprisonnent, et d'autres qui libèrent.

— Vous savez, il n'y a pas que Philomène et Aurore pour qui vous aurez été précieux… Vous avez également fait beaucoup pour le père, murmura Benoît en baissant la tête.

Les yeux d'Auguste quittèrent la fenêtre et vinrent se poser sur lui.

— Je suis également heureux de vous avoir rencontré, Benoît. Vous êtes quelqu'un de bien…

— Vous êtes sûr de ne pas vouloir votre fils près de vous, Auguste ?

— Rassurez-vous, nous en avons longuement discuté tous les deux. Il sera en pensée avec moi, au moment où il le faudra. Je voulais nous éviter des adieux trop douloureux. Il aurait tout fait pour me convaincre de ne pas boire ce verre. Et le pire, c'est que sa peine m'aurait dissuadé de le faire. Cela aurait été une grosse erreur. Aussi bien pour lui que pour moi.

— Si vous dites cela, c'est bien que vous êtes conscient que cette décision est…

— Si je dis cela, c'est parce que je sais combien l'amour peut nous induire en erreur. Et vous êtes bien placé pour le savoir.

Benoît se mit à faire les cent pas dans la pièce, les sourcils froncés.

— Oh, arrêtez, vous allez me donner le tournis ! tenta de plaisanter Auguste pour détendre l'atmosphère.

— J'espère que vous ne m'en voudrez pas, mais Philomène ne restera pas là quand vous…

Il avait dit cela en s'approchant du lit, gêné.

— Pas un instant je ne l'ai imaginé, Benoît.

— Moi, en revanche, je peux rester à vos côtés, si vous m'acceptez…

Touché, Auguste lui donna une tape amicale sur l'épaule.

— Votre proposition me va droit au cœur. Mais je crois que Phénomène aura bien plus encore besoin de vous…

Benoît acquiesça silencieusement, s'appuyant de ses deux poings sur le lit.

— Je peux vous poser une question, Auguste ?

— Bien sûr…

— Avez-vous des regrets ?

Auguste réfléchit longuement avant de répondre :

— Je n'en ai qu'un : m'être souvent fait un sang d'encre pour des broutilles qui n'en valaient pas la peine… Pour des choses qui ne sont jamais produites alors que je les redoutais, ou pour d'autres sur lesquelles je n'avais de toute manière aucun pouvoir d'agir. Mais de cela on se rend compte bien trop tard…

Benoît hocha lentement la tête.

Auguste posa sa main sur l'un des poings du médecin.

— On y va ?

— Oui, Auguste. On y va…

Benoît fit entrer sa fille et partit prévenir les deux accompagnatrices.

Philomène se dirigea sans un mot vers la fenêtre.

— À quoi songes-tu, mon phénomène ? demanda Auguste.

Elle se tourna vers lui.

— Je songe à ma première fois où je suis certaine de vivre une dernière fois : celle où nous parlons ensemble, où je te vois et t'entends…

Elle avait dit cela de la manière dont on constate quelque chose d'incontestable.

— Tu as raison…, parvint-il à répondre.

— Je n'arrive pas à accepter de te laisser partir…

Auguste ôta ses lunettes, gagna quelques secondes précieuses en se massant la base du nez.

— Il le faut, mon phénomène. Tu n'imagines pas combien je suis apaisé, en ce moment précis…

Elle haussa les épaules, triste.

— Tu crois qu'il y a quelque chose après ? Un paradis, ou un truc de ce genre ?

— Je me suis souvent posé la question. Mais maintenant que je me tiens au bord de la rive, j'ai la conviction que je vais enfin retrouver ma Jeanne…

— Mais si ça se trouve, il n'y a rien ! Et personne ne t'attendra.

— C'est juste. Et le ciel est vaste… Il n'y a aucune preuve qu'il y ait quelque chose après la mort. Mais il n'y a également aucune preuve du contraire…

Il s'interrompit un instant, replaça ses lunettes.

— Mais quoi qu'il arrive, je finirai au même endroit qu'elle. Et, tu vois, cela suffit à mon bonheur…

L'une des deux accompagnatrices entra, un verre à la main, suivie de Benoît.

— Votre ami m'a dit que vous étiez prêt. Êtes-vous toujours certain de vouloir mettre fin à vos jours, Auguste ?

Elle l'appelait par son prénom, alors qu'elle ne le connaissait pas. Mais, à deux pas de la mort, à quoi aurait-il servi de l'appeler « monsieur » ?

— Oui. Certain.

Philomène se blottit contre lui. Benoît, tout près, baissa la tête.

— Je comprends…, reprit la femme en lui tendant un verre. Voici le premier produit dont je vous ai parlé. Il s'agit de la solution qui préparera votre estomac pour la préparation d'après… Vous pourrez encore changer d'avis après avoir bu celui-ci. Mais pas après le second…

Auguste s'empara du gobelet.

— Si c'est juste pour préparer mon estomac…

À cet instant Benoît se dit qu'il aurait préféré ne pas être médecin et ne pas savoir ce que contenait ce gobelet.

Il releva la tête.

Auguste venait d'ingurgiter la totalité du verre et le rendait vide à la femme.

— Je reviens accompagnée de ma collègue dans une vingtaine de minutes, Auguste.

— Merci, madame, la remercia-t-il, comme l'aurait fait un enfant.

La voix tremblante, Philomène chuchota :

— Quand tu auras retrouvé ta Jeanne, j'aimerais bien que tu partes à la recherche de ma mère. Je voudrais que tu lui dises combien elle me manque…

Il déglutit, attrapa son recueil de poésies d'Alfred de Musset, le lui tendit.

— Je te le confie. J'ai souvent été touché par la grâce de certains vers…

Elle le prit sans un mot. Il remarqua qu'elle avait apporté son coffret en bois. Elle l'ouvrit, en sortit un cube en papier qu'elle lui tendit.

— Tiens, je l'ai fait pour toi. Garde-le avec toi…

Auguste posa le pliage sur le lit : il s'agissait d'un mini-coffret en origami.

— J'aurai mon coffret, tu auras le tien. Ouvre-le…

Délicatement, il souleva le pan de papier. À l'intérieur se trouvait une mini-sculpture. Il la posa sur sa main : la première grue de Philomène…

Il releva la tête, bouleversé. Benoît, tout aussi remué que lui, s'était à son tour tourné vers la fenêtre. Le regard d'Auguste revint se poser sur Philomène. Ses doigts entortillaient désespérément le bout du drap. Il devinait combien elle luttait pour contenir ses larmes et il en fut encore plus ému.

— Un jour, je retournerai à la dune du Pilat, reprit-elle. Moi aussi, j'y apporterai une lanterne. Mais cette fois-là, je te promets que c'est à toi que je penserai lorsque je la laisserai s'envoler.

Lui aussi dut faire appel à toutes ses ressources pour retenir ces satanées larmes qu'il sentait trembler au coin de ses yeux. Ses forces le désertaient. Son envie de la voir grandir le poussait sur une voie qui n'était pas la bonne.

Tu le sais bien : quoi que tu fasses, tu ne verras jamais rien de la femme qu'elle deviendra.

Ce qu'il ressentait à cet instant précis pour cette petite qu'il ne connaissait pas il y avait encore si peu de temps était confondant. Il se ressaisit brusquement en se rappelant combien aimer pouvait altérer le discernement. Puis se revit la nuit précédente, penché sur ses feuilles, le stylo accroché à la main, cherchant à délivrer les messages les plus importants…

— Tu vois, c'est aussi cela, la transmission. Parce que plus tard, même vieille, tu te souviendras de ce que je t'ai offert ce jour-là : un savoir. Inconsciemment, je resterai pour toi à jamais lié à l'origami. Et puis, en un instant, tu pourras me faire revivre le temps de la naissance entre tes doigts d'un cygne, d'une grenouille ou d'une grue. Il te suffira d'une feuille, d'un mouchoir, de n'importe quel morceau de papier pour que je me retrouve sur ton épaule, invisible mais fier. Tu vois, ne serait-ce que grâce à toi, je ne mourrai pas complètement. Tu comprendras plus tard pourquoi je te dis tout ça…

D'une voix enrouée, il reprit la conversation là où il l'avait laissée flotter avant que l'infirmière n'entre :

— Si je retrouve ta mère, j'aurai bien d'autres choses à lui dire ! Notamment sur le sacré phénomène à qui elle a donné vie…

L'humour pouvait-il parvenir à masquer sa tristesse ? Non, mais lorsqu'elle replongea ses yeux dans les siens, il y lut une immense reconnaissance, tandis que lui sentait ce qui lui restait de courage se consumer.

— Je crois que tu devrais y aller, maintenant, mon phénomène. Je garde juste ton père quelques instants et il te rejoint.

Il chercha désespérément quelque chose à quoi se raccrocher dans la pièce. C'était vraiment trop dur. Il sentait son cœur se recroqueviller de chagrin dans sa poitrine.

Et ce silence assourdissant qui amplifiait leur tristesse…

Elle ouvrit à nouveau son coffret et en sortit une pâquerette séchée.

— Tu te souviens ? chuchota-t-elle.

Comment aurait-il pu oublier ? Il la revoyait encore, à quelques mètres de la stèle improvisée pour sa mère, se baisser pour arracher quelques fleurs à la terre.

— Tu vois, cette fleur me rappellera à tout jamais cet horrible moment où je me suis retrouvée face au vide et à ma peine. Je n'oublierai jamais celui qui m'a appris ce jour-là que la seule chose qui me sauverait serait le courage. Le courage de continuer sans elle, d'affronter mon avenir, et de me relever chaque fois que je tomberai. Chaque fois que je regarderai cette marguerite, Auguste, je repenserai à ce que j'ai ressenti et à ce que tu m'as dit. Je n'oublierai jamais.

Les larmes dévalaient désormais le long de ses joues mais elle n'y faisait pas attention. Elle sentit la main rassurante de son père sur son épaule.

— Il faut y aller, ma chérie…

Ses lèvres frémirent mais elle n'insista pas pour rester.

Elle se contenta de dire, d'une voix éteinte :

— J'attendrai en bas, sur le banc qui se trouve sous la fenêtre de cette chambre. Ce n'est pas celui de ta Jeanne mais le paysage est beau.

— C'est une bonne idée. Comme ça, je pourrai t'imaginer d'ici…

Soudain elle se jeta dans ses bras, réprima un hoquet, le serra fortement contre elle. Puis, sans un regard et sans un mot, elle se précipita vers la porte, son coffret serré contre sa poitrine.

Dans l'escalier, elle croisa la même femme que précédemment, accompagnée de sa collègue. Entre ses mains, un autre verre. Le dernier. Celui de l'irréversible.

Auguste échangea un regard avec Benoît, tandis que la nouvelle arrivante s'adressait à lui :

— C'est la dernière étape, Auguste. Êtes-vous toujours certain de vouloir aller jusqu'au bout ? Il ne sera plus possible de revenir en arrière après…

— Oui. Je suis prêt.

Elle déposa la potion sur la table de chevet accolée au lit, tandis que l'autre femme demeurait en retrait et installait une petite caméra sur un trépied.

— Prenez votre temps, Auguste. Nous devons juste rester pour nous assurer que vous prendrez bien ce produit seul… Comme je vous l'avais indiqué, vous serez également filmé. C'est la procédure…

— J'ai juste un dernier message à envoyer…, bafouilla Auguste.

Il réajusta ses lunettes et tapa :

Nous y voilà… Merci de me laisser partir, Simon. Merci pour tout, mon fils. Je t'aime.

Il envoya le SMS, se leva, serra gauchement Benoît dans ses bras. Puis il éteignit le portable, qu'il lui tendit :

— Finalement, il m'aura été bien utile…

Ils échangèrent un dernier regard. Les mots étaient superflus.

Auguste se rassit sur le lit, s'installa confortablement, se recouvrit d'une fine couverture malgré la chaleur, constata que la deuxième accompagnatrice venait d'activer la caméra. Elle lui reposa la question sur sa volonté de mettre fin à ses jours. Il y répondit encore. Il tendit le bras, s'empara du verre, le fixa quelques secondes, se refusa à regarder Benoît, avala d'une traite le contenu, s'allongea, ferma les yeux.

Il sentit une pression affectueuse sur son avant-bras. Un dernier témoignage d'amitié de Benoît.

Et il se retrouva seul.

*

S'il n'avait qu'un seul fragment de vie à emporter avec lui, lequel choisir de tous ceux qui frappaient à la porte de sa mémoire ? Quelle image ? Quel moment de son existence ? Quel lieu ? Le Pilat ? L'église où Jeanne et lui s'étaient mariés ? Cette salle des fêtes où ils s'étaient rencontrés pour la première fois ?

Comment choisir entre tous ces moments uniques et précieux dont chacun l'avait confirmé dans sa conviction – et même sa certitude – que cette femme serait celle de sa vie ?

Emmitouflé sous un ciel qu'il ne reconnut pas, Auguste ferma les yeux et se projeta en pensée dans sa chambre, au bord de la fenêtre donnant sur le jardin de sa maison. Il contempla le grand chêne, vivant et détenteur de tant de souvenirs, symbole d'une vie passée mais de tant d'autres à venir.

À ses pieds, une femme qu'il ne voyait que de dos : Jeanne.

Elle se retourna, dénoua ses longs cheveux et s'adossa au tronc. Elle éclata de rire et lui tendit les bras. Était-ce un ange envoyé par le ciel ?

Le beau visage accroché sous ses paupières, Auguste ne souhaitait plus ouvrir les yeux. Il voulait rester à jamais prisonnier de ce mirage.

Mais en lui, il sentit vibrer comme un appel.

Il devait faire vite.

La réponse s'imposa comme une évidence, et un sentiment de délivrance le submergea.

Il se précipita au pied du chêne, qui lui apparut encore plus majestueux. Il entendait le rire de Jeanne, à présent. Et il sentit sa main se glisser dans la sienne.

Un sourire se dessina sur ses lèvres. De son autre main, il plaça la grue de Philomène contre sa poitrine et la recouvrit, tout en gardant les yeux fermés.

— Je t'aime, mon Auguste…

— Et moi donc, ma Jeanne…

Une pénombre jaillissant de nulle part vint recouvrir les branches.

Il sentit quelque chose dans sa poitrine. Comme une caresse sur son cœur. Puis les lèvres de Jeanne sur les siennes.

Et la nuit se coucha sur le chêne.

28.

Assise sur le banc aperçu à leur arrivée, Philomène attend.

Droite, le dos calé contre le dossier, le visage impassible et le regard perdu dans le vide, elle semble absente. À sa gauche, un magnifique cèdre étale ses branches à l'horizontale.

Une légère brise parfumée vient s'engouffrer dans ses cheveux, elle ferme les yeux et lève la tête vers le ciel. Elle aimerait trouver dans cette manifestation du vent un souffle porteur d'espoir : celui de voir Auguste redescendre de cette chambre funeste. Pour elle qui n'avait jamais été confrontée à la mort en quinze ans, elle doit l'affronter deux fois coup sur coup. Certes, elle ne connaît Auguste que depuis peu. Et elle ne saurait évidemment comparer la perte de sa mère à celle de ce vieil homme qui était davantage en âge de mourir. Mais lui seul a su lui insuffler une force dont elle ne s'imaginait pas capable.

Elle ne voit pas Benoît, qui s'arrête à plusieurs mètres d'elle pour l'observer. L'inquiétude supplante la tristesse qui assombrissait son visage un instant plus tôt. En bon père, il se demande comment ce petit bout de femme va faire face au décès d'Auguste.

Sans un mot, il vient s'asseoir à côté d'elle.

Il est tenté de se retourner vers la fenêtre ouverte pour vérifier qu'Auguste ne s'y tient pas, un sourire aux lèvres, mais il s'en empêche. Il sait que rien ne pourra plus faire revenir ce vieil homme auquel il s'est attaché si vite.

— À quoi penses-tu, ma chérie ?

Philomène ne répond pas immédiatement. Son regard rebondit sur les rares nuages, tandis que s'élève un chant d'oiseau. Un souvenir la submerge. Dans ses oreilles résonne encore la voix devenue depuis familière : *« Elle ne siffle pas, petite. Elle tintinnabule... »* ; *« Tu entends ce son cristallin ? Cela n'a rien d'un sifflet ! C'est un chant mélodieux empreint de douceur et de mélancolie... C'est toujours le même rituel : elle commence par quelques notes sonores précises qui rapidement se perdent dans une autre musique plus confuse. Comme si, d'un seul coup, elle oubliait ce qu'elle avait commencé à dire... C'est le merveilleux chant de la vie. »*

Ses yeux humides viennent se poser sur le passereau au plumage brun-roux, tandis qu'elle se laisse bercer par la répétition des sons flûtés.

— Je ne pense pas, papa. J'écoute..., chuchote-t-elle en montrant du doigt le rossignol posé sur l'une des branches du cèdre.

Plusieurs secondes s'écoulent, elle balbutie :

— Tu crois qu'il est parti ?

Il presse son genou de la main.

— Oui, c'est fini...

— Il sera resté peu de temps dans ma vie, mais il m'aura tellement apporté. Il va énormément me manquer…

— À moi aussi, Philo…

— Grâce à lui, je me sens portée par l'amour de maman, même si elle n'est plus là, et même si je ne suis pas sûre de voir ma peine s'atténuer un jour. Grâce à lui, je me sens prête à reprendre la route.

Benoît laisse à son tour le chant habiller le silence. Il murmure, comme pour lui-même :

— Le chemin sera parfois difficile. Mais nous serons tous les deux.

— Faisons-nous confiance, lui répond-elle.

— Oui, faisons-nous confiance, répète-t-il en faisant glisser la paume de sa main sur la joue de sa fille.

Elle referme les yeux. Benoît se concentre à son tour sur le chant de l'oiseau.

— Tu as raison, Philomène. Il gazouille divinement bien…

Elle sourit, pose sa tête contre le bras de son père.

— Il ne gazouille pas, papa. Il tintinnabule. Et ça, c'est le merveilleux chant de la vie…

Épilogue

Cinq ans plus tard, par une belle nuit d'avril

Émue, Philomène s'allongea sur son lit et fit tournoyer entre ses doigts l'enveloppe que Benoît lui avait remise.

Étudiante dans une école d'ingénieurs, elle se destinait à exercer dans l'humanitaire. Son père, avec qui elle avait tissé un lien extrêmement fort et complice, redoutait le moment de son départ. Mais il la soutenait dans tous ses projets.

Les amis qu'elle avait invités pour fêter son vingtième anniversaire venaient de quitter l'appartement. Elle partait dans sa chambre quand son père lui avait tendu ce pli en lui expliquant avoir découvert dans la boîte aux lettres, une semaine après le décès d'Auguste, une grande enveloppe libellée à son nom. À l'intérieur il y avait une courte lettre, et une seconde enveloppe, plus petite. Le message d'accompagnement remerciait Benoît de tout ce qu'il avait fait pour lui, et lui demandait que la missive jointe soit remise à sa fille le jour de ses vingt ans.

Dont acte.

Après son retour de Genève, cinq ans auparavant, elle était souvent revenue à vélo au parc des Ibis. Invariablement, elle allait s'asseoir sur le fameux banc de Jeanne, à l'endroit précis où Auguste et elle s'étaient rencontrés. Se retrouver là, à cet endroit qu'il aimait tant, lui avait à chaque fois apporté du réconfort. Et elle en avait eu besoin.

Au fil du temps, ses visites s'étaient espacées. Mais son affection pour Auguste était restée intacte. Souvent, elle pensait à lui.

Philomène se leva, ouvrit grand la fenêtre, contempla le vaste ciel qui s'offrait à son regard. Elle ferma les yeux. La nuit était tranquille, l'air frais sans être froid. Elle inspira lentement et profondément, s'assit sur le rebord. Connectée à l'immensité de l'univers, reliée au monde invisible de ceux qui ne sont plus que par la force du souvenir, la voix d'Auguste vint résonner à ses oreilles.

Quand elle se sentit en communion avec le vieil homme qui lui avait tant apporté un certain été, elle décacheta l'enveloppe avec précaution.

Clermont-Ferrand, le mercredi 15 juillet 2020

Mon phénomène,

Te souviens-tu de ce jour où nous étions tous les deux à la plage, assis sur le sable, tandis qu'Aurore barbotait dans l'eau ? Tu me parlais de ta mère, et tu m'as confié que lorsqu'on aimait les gens, on leur écrivait avant de mourir. Tu étais si triste de ne pas avoir reçu de lettre de ta mère… Alors voilà, moi, je vais mourir, tu auras été mon dernier rayon de soleil, et je t'écris.

Toi qui auras vainement attendu une lettre qui ne sera jamais venue, tu en recevras une autre à laquelle tu ne t'attendras pas. La vie réserve décidément bien des surprises…

Je n'aurais jamais imaginé écrire un message d'adieu à une jeune fille de quinze ans. Mais je n'aurais pas davantage imaginé une rencontre telle que la nôtre… Quel beau dernier cadeau de la vie !

Alors que la nuit s'est installée, me voici donc penché sur une feuille, un stylo indécis à la main, tandis que je cherche comment résumer en quelques mots tout ce que j'aimerais pouvoir encore te dire…

Peux-tu m'imaginer, appuyé sur le bureau face à la fenêtre de ma petite chambre d'hôtel, appliqué comme un jeune élève dont on va ramasser la copie pour la noter, m'escrimant à bien dessiner chaque lettre pour que tu ne souffres pas trop dans ta relecture ? J'essaie de maîtriser le tremblement de ma main, mais lui aussi te dira quelque chose. C'est ça qui est beau dans une lettre manuscrite, et qu'un SMS ne pourra jamais lui voler : on ne peut pas tricher. La main, le cœur et la pensée sont liés, et les émotions se dévoilent jusque dans le plein et le délié de chaque lettre couchée sur le papier.

Et puis t'écrire me donne soudainement l'impression grisante de reprendre rendez-vous avec la vie dans un futur proche, pour exister à nouveau à tes côtés, le temps de ta lecture.

Tu n'imagines pas comme je suis ému en cherchant à imaginer qui sera cette adolescente au regard espiègle, chrysalide devenue papillon, au moment où elle lira ce message venu d'un autre temps, dans un futur auquel je n'appartiendrai plus. Et je me demande, tandis que mon stylo reste suspendu à mon inspiration : « Qu'est-ce qu'un vieillard arrivé à l'hiver de sa vie aurait envie de partager avec une jeune femme qui en est encore au printemps ? »

La réponse ne coule pas de source. Pourtant elle m'apparaît avec évidence en songeant à ce jour où nous parlions tous les deux, juste avant que nous ne partions acheter le fameux coffret. Abattue par le chagrin, tu m'avais demandé qui te préviendrait des pièges de la vie, maintenant que ta mère n'était plus là pour le faire. Cette question m'avait tourneboulé. Je me souviens m'être spontanément dit : « Quoi qu'il arrive, ce ne sera pas moi. » Je sais que ton père le fera avec beaucoup d'amour. Mais puisque je vais bientôt mourir, et que tout ce que je suis ici-bas va disparaître, pourquoi ne le ferais-je pas à mon tour, à ma façon ?

Tu le découvriras, du commencement à la fin, aux âges extrêmes de l'existence, les années passent vite. Efforce-toi de ne pas le découvrir trop tard. Parce que je crois que tu ne commences réellement à vivre au présent que lorsque tu as intégré à quelle rapidité file l'existence.

N'as-tu en effet jamais remarqué combien les gens remettent toujours leur bonheur à plus tard ? Petit, on attend d'être grand. Adulte, on attend le mariage, un enfant, une réussite professionnelle, une maison, une voiture… On est souvent convaincu que demain sera forcément meilleur puisque l'on fait en sorte d'avoir davantage le lendemain que le jour que l'on est en train de vivre. Mais la vie n'évolue pas avec cette logique. Car chaque nouvelle journée apporte autant qu'elle enlève. Sauf que ce qui nous est retiré l'est de manière progressive et imperceptible.

Tu le sais déjà, la vie est aussi belle que cruelle. Tu connaîtras des joies vertigineuses et des peines abyssales, comme celle qui te torturait quand nous nous sommes rencontrés. Tu expérimenteras également certains errements. Chacune de ces épreuves te rendra éminemment vulnérable mais seules les aspérités de l'existence te renforceront. Elles obligent à mobiliser toutes les ressources que l'on peut trouver en soi ou en d'autres. La perte de ta mère t'aura ainsi enseigné bien tôt que, si les petites peines se guérissent d'elles-mêmes, les grands malheurs ne s'effacent jamais vraiment.

Donc, aujourd'hui, tu viens d'avoir vingt ans.

Vingt ans. L'âge des premiers vrais choix… Le champ des possibles te semble infini et tu as bien raison. Grisée par cet avenir que tu dessines jour après jour, tu commences sans doute à jouir d'une nouvelle autonomie dans le choix de tes engagements, de tes amitiés, de tes amours peut-être… Je me demande comment les épreuves que tu as déjà traversées t'auront structurée, comment elles vivent en toi. Je suis sûr que tu as une finesse, une profondeur dont peu de jeunes de ton âge doivent pouvoir se targuer.

Mais, dis-moi, as-tu encore des images de ton enfance ? Une odeur de pâtisserie qui flotte dans l'air lorsque tu penses à tes grands-parents ? La sensation de la main de ta mère s'engouffrant dans tes cheveux ? Il ne faut jamais envoyer ses souvenirs en exil. Il faut au contraire les protéger, les envelopper, et s'y rendre en pèlerinage pour se retrouver soi. Se remémorer les douces heures de son passé renforce notre capacité à traverser les épreuves présentes et à venir. J'en ai bien des fois fait l'expérience. Ma mémoire a été le coffre-fort de mon bonheur : j'y ai rangé les événements douloureux comme les heureux. Les premiers y sont restés enfermés, tandis que les seconds en ont été régulièrement extraits pour me donner le courage d'avancer aux moments difficiles. L'enfance est une période qu'il faut garder en soi. Tout cela pour te dire de ne jamais oublier la petite fille que tu viens de quitter. Elle porte en elle des joies, des peines, des souvenirs qui t'aideront à ne jamais perdre de vue qui tu es, tout ce que tu as traversé et qui t'a construite.

Ma Jeanne ne cessait de me répéter que la plus belle période, dans la vie d'une femme, se situe entre trente et quarante ans. Elle affirmait que celle-ci est alors à l'apogée de sa beauté, de son énergie, de ses ambitions.

À trente ans, tu auras gagné de l'expérience, tu seras dans l'action. Tu auras aussi appris à savoir ce que tu ne veux pas. Et tu commenceras sans doute à réaliser ce dont tu rêvais depuis toute petite : t'épanouir dans ta vie professionnelle, te marier, avoir un enfant.

C'est très étrange de me demander, en 2020, si tu auras eu la chance de découvrir le Grand Amour en 2035 ! Tu le sais, je ne crois pas que l'on puisse être heureux sans aimer. Je crois que l'amour est la clef de tout. Y a-t-il plus beau qu'aimer grand, aimer fort, aimer inconditionnellement ? Je ne parle bien évidemment pas d'une aventure amoureuse. Je parle de la rencontre de ta vie. Je parle de celui avec qui tu parviendras à être aussi à l'aise dans l'intimité que si tu étais seule avec toi-même. Ce n'est pas facile de trouver cette âme-sœur là. Mais lorsqu'on la trouve, c'est merveilleux.

Je crois que c'est cela qui m'a touché, dans l'histoire d'Aurore et de Florent. Je les sentais liés par ce fil invisible et fort qui unit de manière différente. Oui, je crois que tous deux sont un bel exemple de ces grandes et belles histoires d'amour. Il me semble que Jeanne et moi l'étions également. Avec elle, il y avait comme un halo impalpable autour de nous. Une bulle qui nous encerclait et nous protégeait de tous les autres. Si je devais ne te souhaiter qu'une seule chose, ce serait de vivre cela à ton tour.

Maintes fois, j'ai essayé d'imaginer ta frimousse, une fois devenue femme. Je n'y suis pas parvenu. Belle ou moins belle à tes propres yeux, j'espère que tu t'acceptes telle que tu es, sans succomber à la tyrannie des apparences ou de la perfection. Tu ne pourrais qu'en être malheureuse. Manquer de confiance en soi alimente une peur irrationnelle de perdre ceux que nous aimons et rend donc malheureux. Et comment s'ouvrir à la tolérance lorsque l'on est en incapacité de s'accepter soi-même ? Tu ne seras jamais la plus belle femme, la meilleure mère. Le mieux est de faire du mieux que tu pourras.

De nombreuses personnes compteront dans ton existence, et y occuperont des places différentes. Au départ, absorbée par le jeu de la vie, tu pourras virevolter de l'une à l'autre, au gré de tes envies, de leurs besoins. Tout sera grisant. Il te semblera pouvoir courir, veiller tard, sans jamais avoir besoin de t'arrêter. Au fil du temps, tu perdras un ou deux amis, proches, parents. Puis, un jour, tu réaliseras avoir perdu beaucoup de monde.

Nous avons à tort tendance à croire que les vivants ferment les yeux des mourants. Je crois à l'inverse que ce sont les mourants qui ouvrent les yeux des vivants. Ils nous ramènent à l'essentiel. Et nous rappellent l'importance de ceux qui nous entourent encore. Ce qui m'amène au point suivant.

Surtout, prends soin des personnes qui comptent pour toi, mon phénomène. Sans le vouloir, on les néglige souvent. On les fait passer après bien des urgences qui n'en sont pas. C'est une erreur dont on ne prend conscience que trop tard. Accorde du temps à ceux que tu aimes, pour savoir déceler chez eux le mensonge lorsqu'ils te diront que tout va bien, alors qu'en vérité ils auront besoin que tu les regardes dans les yeux et que tu les prennes dans tes bras. Sois toujours là pour ceux qui ont foi en toi et qui t'aiment telle que tu es. Comme eux te soutiendront les jours où tu te sentiras vaciller.

Cinquante ans a été le moment où j'ai commencé à jeter un regard rétrospectif sur ce qu'avait été mon existence. Je me suis assis sur un talus, un peu en hauteur, et j'ai considéré le chemin parcouru. Si je m'y rassieds aujourd'hui, il me vient certains regrets : je m'en veux de ne pas avoir réagi lorsque mon fils a commencé à s'éloigner lentement mais sûrement de moi, sans raison aucune. Peut-être les choses auraient-elles été différentes si j'avais cherché à mieux entretenir la belle connivence qui nous liait… Je ne le saurai jamais. Je regrette également de ne pas avoir vécu plus tôt une expérience comme celle de la montgolfière. Je n'oublierai jamais ce moment-là. Moi qui m'étais toujours pensé incapable de vaincre ma peur, il m'aura fallu attendre d'être vieux pour découvrir qu'elle était dans ma tête. Cela aussi je te le dois, mon phénomène. Libéré d'une telle phobie, j'aurais pu rendre mon père fier de moi. Tu vois, même à quatre-vingt-cinq ans, on peut encore souffrir d'un manque d'amour et de reconnaissance paternels.

Peut-être prendras-tu, toi aussi, le temps de t'asseoir sur un talus lorsque tu auras fait un bon bout de chemin. Tu réaliseras combien d'obstacles tu auras dû surmonter pour arriver jusque-là, et combien de choix tu auras dû faire. Tu t'interrogeras sans doute sur ce qu'aurait été ta vie si tu avais pris telle route plutôt que telle autre. Ce sera le temps de la satisfaction des choses accomplies, des souvenirs nostalgiques, des peurs aussi. La vie t'apparaîtra soudainement très courte, et tu t'intéresseras davantage au temps qu'il te restera, et plus encore à la manière de le dépenser.

Tu n'auras pas cinquante occasions de revenir sur tes choix, sur ces sentiers que tu auras parfois pris sans même t'en apercevoir. Certes, et je te le souhaite, tu pourras parfois faire demi-tour. Tu appelleras cela une erreur. Mais tu devras rapidement la détecter et la rectifier. Parce que au moment où tu seras sur ce fameux talus, tu ne pourras plus revenir en arrière. Et tu ne pourras pas davantage revenir sur les choix importants qui t'auront menée là où tu seras.

En revanche, il sera encore temps de trancher sur les directions proposées tout le long de ce bout de chemin qu'il te restera à parcourir, et qui sera bien moins long que celui que tu auras longé.

Tu vois, c'est cela que j'ai réalisé lorsque je me suis retrouvé sur ce banc, avec toi, ce fameux jour de juillet. Ta fougue, ta candeur, ta peine et ta volonté de découvrir la vérité, quelle qu'elle soit, avec le peu de moyens dont tu disposais et malgré les contraintes qui étaient les tiennes m'ont fait comprendre que moi aussi, je pouvais encore faire des choix. Et notamment celui de refuser de me laisser enfermer dans les décisions des autres. Celui encore de poursuivre une quête, comme retrouver mon ami d'enfance. Ne serait-ce que pour cela, je te suis éternellement reconnaissant. Si tu ne t'étais pas obstinée, j'aurais sans doute négligé notre rencontre, je serais peut-être resté sur ce chemin que l'on m'imposait et j'aurais marché tout droit, malheureux et résigné. Grâce à toi, j'ai bifurqué sur mes vieux genoux fidèles qui m'ont toujours porté là où je le devais, et j'ai retrouvé Paul, vécu des aventures que je n'aurais jamais imaginées possibles. Ces jours passés à tes côtés m'ont rendu heureux, Philomène. Parfois, il faut savoir saisir les perches que le destin ou le hasard nous tend…

La vieillesse impose une réalité crue que l'on cherche à enjoliver. Il ne faut pas l'ignorer, vieillir amenuise nos sens, révèle nos fragilités, éveille des douleurs çà et là dans ce corps qui se métamorphose malgré nous… Mais ce qui est merveilleux, c'est lorsque la tête reste intacte. C'est lorsque la mémoire nous rappelle en images chacun des moments qui ont profondément marqué notre vie. Nous devenons alors les dépositaires – parfois les derniers – de tel ou tel instant. Instant qui reste en nous et qui continue à vivre et revivre inlassablement dans notre cœur et notre esprit. Ce long chemin que nous avons tant de fois parcouru à grandes enjambées, qui nous paraît désormais trop abrupt et interminable pour que nos jambes fatiguées puissent encore le longer, nous le sillonnons en pensée. L'action fait place à la contemplation.

Et la contemplation ramène à la sagesse de la fatalité : ce qui doit être accompli doit l'être.

Le plus important, en vieillissant, c'est de ne pas perdre sa capacité à s'étonner et à se laisser déranger. Tu vois, moi, je pensais que plus grand-chose ne pouvait me surprendre et que plus grand-chose ne pouvait me bousculer. Et pourtant… Tu m'as libéré de mes ruminations pour me remonter à la lumière de la vie.

Voilà, mon phénomène, ce qu'il me semblait important de t'écrire, la veille du dernier jour qui me sera donné. Chacun de ceux accordés m'aura apporté son lot de joies, de peines. Des espoirs et des désillusions. Tous m'ont été précieux. Mais je m'aperçois que l'on oublie finalement bien plus de choses qu'on ne garde de souvenirs. Alors ne garde en toi que ce qui compte. Le reste ne mérite pas de t'y attarder outre mesure.

Je crois que l'un des secrets pour être heureux, c'est de rester fidèle à soi, à ce que l'on aime, à ce que l'on est. Avec nos paradoxes, malgré nos erreurs et nos doutes. Car ma fin de vie m'apprend que ce qui compte, une fois notre existence sur terre achevée, ce n'est pas ce que nous avons été, ni ce que nous avons gagné, mais comment nous avons aimé et combien nous avons été aimés à notre tour. Alfred de Musset n'a-t-il d'ailleurs pas écrit : « La vie est un sommeil, l'amour en est le rêve,/Et vous aurez vécu, si vous avez aimé » ?

Alors aime, Philomène ! Aime !

Aime à en perdre la raison et le souffle.

Aime à en faire pâlir Shakespeare, Brontë et Rostand.

Aime de tout ton cœur, de toutes tes forces, de toute ton âme.

Il t'arrivera peut-être d'être envahie par le désespoir. Parce que tu auras perdu quelqu'un de proche. Parce que tu auras été trahie par un ami, ou un amoureux. Parce que tu auras été agressée, parce que cet enfant tant désiré ne viendra pas ou parce que tu te sentiras impuissante à l'aider une fois qu'il aura grandi. Parce que tu te sentiras perdue. Parce que tu seras au cœur d'un tunnel dont tu ne verras pas la sortie. Tu verras alors combien la vie est surprenante. Tandis que ce fameux désespoir t'envahira et que tu seras convaincue que jamais tu ne t'en remettras, le vent se mettra à souffler violemment dans l'autre sens et t'offrira un cadeau : une rencontre, une naissance, un nouvel horizon... La vie te réservera autant de rendez-vous manqués que de rencontres fortuites qui te marqueront à jamais.

C'est fou combien de fois nous sommes capables de tomber à terre, et combien tout autant de fois nous nous relevons. Même si ces béances se rouvrent par à-coups et malgré nous, nous continuons d'avancer. Regarde ces forêts entières dévastées par un incendie. Tout est brûlé, carbonisé. Et pourtant, dix ans plus tard, au cœur de ce paysage de désolation, une pousse verte réapparaît. La vie a raison de tout. Obstinément. Irrémédiablement.

Chacun de nos actes, de nos gestes, a une signification, et chacun de nos choix nous mène à un endroit précis. Vois donc en chaque nouvelle étape une occasion de grandir. Et garde cela en toi ta vie durant, mon phénomène.

C'est là tout ce qui donne un sens à nos pas...

Il est très tard, le sommeil a dû t'emporter. Dans quelques heures, nous remonterons tous deux dans la voiture en masquant notre tristesse. Puis arrivera le moment fatidique. Même si je reste convaincu que la mort ne vient pas avec le dernier souffle mais avec l'oubli, je sais déjà combien se dire adieu sera difficile. Je tâcherai de me répéter une citation récemment découverte : « Ne pleure pas parce que c'est fini, souris parce que c'est arrivé. » En ce moment même, je souris et je te remercie. Je souris de t'avoir rencontrée à un moment si difficile de ma vie, et je te remercie de m'avoir rappelé que je pouvais encore être utile aux autres.

Quant à toi, vis, mon phénomène. Vis. Car la vie est merveilleuse, féerique, éblouissante ! Et elle est unique pour chacun de nous. Savoure-la en t'éveillant chaque matin. Laisse-toi porter par les promesses de chacune de tes journées. Connecte-toi à la beauté des nuits pour te rappeler que tout a une fin, en te rappelant que tout reste possible tant qu'elle n'est pas arrivée. Ne te contente pas de graviter autour de ce qui te tente. Ouvre plutôt ta main, et attrape chaque instant de joie qui te sera offert. Sinon, tu resteras toujours à la périphérie du bonheur, en ayant le sentiment de le vivre mais en comprenant plus tard que tu n'as fait que le regarder de loin.

Je t'embrasse, mon phénomène.

Et sèche vite ces larmes que je devine couler sur tes joues. Il n'y a aucune raison de pleurer.

Victor Hugo a écrit un jour : « Le souvenir, c'est la présence invisible. »

Alors, ferme les yeux.

Écoute le silence.

Ne sens-tu pas ma présence ? Je suis là, sous tes paupières, sur ton épaule, dans ton cœur. Je suis partout.

Ne crains plus rien.

Tu peux dormir en paix.

Où que tu ailles, je veille sur toi…

Auguste

Remerciements

À mon éditrice, Françoise Delivet, pour son écoute attentive, son regard acéré et ses conseils judicieux.

À toutes les équipes des Éditions Robert Laffont et des Éditions Pocket, qui me soutiennent à chaque roman, et ce depuis le début de mon aventure éditoriale.

Aux soignantes et soignants de l'extrême, qui se dévouent chaque jour, non pas pour guérir mais pour accompagner les malades incurables jusqu'à leur dernier souffle, et qui ont bien voulu me confier leur émotions, leurs convictions, leurs dilemmes parfois, sur le difficile sujet de la fin de vie.

À celles et ceux qui m'accompagnent au quotidien ou de plus loin quand les kilomètres nous séparent ou que le temps vient à manquer : leur seule existence suffit à me rappeler où se trouve l'essentiel.

À vous, lecteurs, libraires, qui parcourez mes lignes, défendez mes livres, partagez vos émotions à travers les réseaux sociaux, au détour d'une séance de dédicaces ou par le biais d'un mail : votre appui, nos liens me sont précieux.

Enfin, une pensée particulièrement émue pour deux de mes très proches qui ne sont plus depuis longtemps déjà, mais qui jamais n'ont quitté mon cœur et mes pensées : ils ont nourri mon histoire, donné sens et vérité à ce roman aux allures de conte…

La photocomposition de cet ouvrage
a été réalisée par
GRAPHIC HAINAUT
76, rue de Nancy 59100 Roubaix

Imprimé en France par

MAURY IMPRIMEUR
à Malesherbes (Loiret)
en février 2024

#lisez engagé!
www.lisez.com
Pour plus d'information :
Imprimé sur du papier issu de forêts gérées durablement.

Pocket – 92 avenue de France, 75013 PARIS

N° d'impression : 275462
S33223/06

Das Buch

Daß sich die unübersehbare Vielfalt der Lebewesen auf der Erde aus wenigen einfachsten Formen oder aus einigen organischen Verbindungen im Laufe der Jahrmillionen entwickelt hat, daran zweifelt ein Jahrhundert nach Darwin kein Wissenschaftler mehr. *Wie* dieser ungeheuer komplizierte, von den beiden Hauptkräften Mutation und Selektion angetriebene Prozeß vonstatten gehen konnte und noch immer funktioniert, ist jedoch weiterhin Forschungsgegenstand von Biologen und Paläontologen.
Die Literatur über die Abstammungslehre ist heute unübersehbar. Was dem nicht selbst an der Forschung Beteiligten fehlt, ist eine Darstellung des gesicherten Wissensstandes über die Evolution und eine Diskussion der noch offenen Fragen und Probleme, die auch für Nichtbiologen verständlich ist. Das wird in dieser reich illustrierten Übersicht von berufener Seite geleistet.

Die Autoren

Prof. Dr. rer. nat. Volker Storch, geb. 1943, ist Leiter des Zoologischen Institutes I (Morphologie/Ökologie) der Universität Heidelberg.
Prof. Dr. rer. nat. Dr. med. Ulrich Welsch, geb. 1940, ist Vorstand des Lehrstuhls II (Mikroskopische Anatomie/Elektronenmikroskopie) der Anatomischen Anstalt der Universität München.
Beide Autoren haben bisher je ca. 160 Originalarbeiten, vorwiegend in der funktionellen und vergleichenden Ultrastrukturforschung sowie der Histochemie und der biochemisch orientierten Morphologie veröffentlicht. Adolf Remane hat mit beiden Autoren die ›Evolution‹, das ›Kurze Lehrbuch der Zoologie‹ und die ›Systematische Zoologie‹ begründet; Neuauflagen werden seit dem Tode Remanes im Jahre 1976 von den Autoren eigenverantwortlich herausgebracht. Die beiden Autoren verfaßten gemeinsam eine ›Einführung in Cytologie und Histologie der Tiere‹, die inzwischen ins Chinesische, Englische, Japanische, Russische und Spanische übertragen wurde.